[长篇反腐小说]

前门

高和 著

线装书局

目 录

缘起

当一群野猪出现在银州市偏远山区农民的田里饱餐红薯的时候，谁也不会想到，银州市的官场会让这一群野猪给搅得暗潮涌动、波澜起伏，以至于险些影响到银州市安定团结的大好局面。事情的经过是这样的：

银州市公安局范局长既不贪财又不好色，唯一的嗜好是打猎。近年来国家颁布了《野生动物保护法》，各省也相应出台了保护野生动物的法规条例，这样一来，除了老鼠几乎就没有什么野生动物可以供局长猎杀了。范局长只好按规定将那把心爱的克虏伯牌双筒猎枪缴到公安局的枪库里，刀枪入库，马放南山，动物和公安局局长都过起了太平日子。

银州市的山区有野猪，野猪的繁殖率高，日子太平了野猪就拼命寻欢作乐，寻欢作乐之后就大量繁殖，于是食物发生短缺，野猪就开始向山外扩张，把农田当成了餐桌。农民辛辛苦苦种植的高粱、红薯、山药蛋等作物成了野猪的美餐。野猪这畜生缺德之处就在于它不光吃，还能祸害，一亩地的庄稼它吃三分糟蹋七分，这就更让农民愤怒。农民决定对野猪宣战，在地里扎稻草人、鸣放鞭炮、敲锣打鼓，用这些办法来恐吓、驱赶野猪。刚开始野猪还有几分惧怕，后来逐渐看透了人的伎俩，发现人虽然不是黔驴，却也有技穷的时候，人来了不但不再逃跑，居然反过来龇牙咧嘴吓唬人。

农民们决心大开杀戒，给野猪点颜色看看。可是，打猎是犯法的，即便不犯法也没有武器，猎枪都被集中到了公安局的枪库里，要狩猎必须得到林业局、公安局、野生动物保护协会等机关的审核批准，然后才能由拥有狩猎专业证书的猎手到公安局领取猎枪，在公安局的统一组织指挥下按照有关部门核准的数量、品种猎杀。

为了能够消除猪患，保护自己的劳动果实，农民们就到市委市政府状告野猪为非作歹、鱼肉乡里，要求党和政府为民做主。市委市政府对农民的利益不敢怠慢，更怕农民集体上访事态扩大，连忙组织有关部门商量对策。

有关方面认真学习了国家颁布的《野生动物保护法》和省政府颁发的《野生动物保护条例》，又核对了国家野生动物保护条目，确定野猪并不属于国家重点保护的野生动物，在省里也只被列为一般性的保护动物，从而认定本市范围内的野猪种群数量已经超过了生态指标，可以有组织有计划的猎杀十头成年野猪。于是银州市委市政府领导给公安局下达了任务：尽快猎杀十头野猪，震慑嚣张至极的野猪，还农民一个公道，保护农民的切身利益。

范局长接到命令，大喜过望，压抑多年的狩猎欲望有如青春期的躁动一样令他踊跃勃发。他立刻组织成立了狩猎领导小组，亲自担任狩猎领导小组组长。很快，十来个人的狩猎队组织起来了，局长又任命自己为狩猎队队长，猎枪也发到了每个狩猎队员的手里。局长抚摸着阔别多年的双筒猎枪，那份亲热和激动就像找到了失散多年的儿子。

狩猎队成立后进行了安全、法律等方面的短暂培训，然后便迅速出动，朝野猪出没的山区进发。

范局长全副武装，穿着粗帆布猎装，戴着太阳牌遮阳帽，踩着适合登山越野的翻毛皮靴，扛着他那只心爱的克虏伯双筒猎枪，走在队伍的最前面。在他的潜意识里，这次狩猎活动就像经过上级批准因而合理合法、光明正大的一次公费旅游。狩猎队员们也都非常轻松，用现代化的武器装备对付几头抢食农民粮食的野猪，就像一次度假中预定的娱乐项目。

经过一天跋涉，狩猎队来到了野猪活动的龙山区南山外坡。在农民的农舍中休息一夜之后，狩猎活动正式开始。局长作了分工，狩猎队分成三个小组，每组三个人。每个组都配有一台对讲机可以随时保持联络。局长负责指挥调度，跟一位老猎手两个人算是机动小组。

局长这么分工有点私心，分配的各个组都有规定的方向、区域，不能超越规定的范围搜索、捕杀，这既是为了保证猎手的安全，避免相互之间误伤，也是为了保护野猪不要遭受过量的捕杀。而机动小组没有区域、范围的限制，活动空间自由度更大，所以获取猎物的概率也就更高。

局长是富有经验的猎手，这次狩猎活动又安排得非常周密严谨，按说应该是万无一失，捷报可期。但是，世界上许多事情就是那么古怪，越是觉得危险、艰难的事儿，办起来却往往顺利、平安。越是觉得容易、轻松的事儿，办起来往往会出现意外甚至灾难。就像汽车行驶在崎岖难行的道路上不会出事故，行驶在平坦笔直的高速公路上反而常常车毁人亡。

局长跟老猎手钻进林子，很快就发现了野猪的踪迹，根据踪迹他们判断这是一家五口，两口大猪三只小猪。这次狩猎专门规定，不能打小野猪和母野猪，只能打大公猪。野猪和人一样，成年雄性的生存风险都更大一些。

很快他们就跟上了这一家五口，野猪们也很快发现了他们两个人。野猪已经跟农民斗痞了，不但不怕人，反过来向人发威。猪爸爸是一头跟牛犊子差不多大的壮汉，长长的獠牙龇在猪嘴的两侧，发现了局长跟老猎手之后，反过身来堵住了野猪踩踏出来的野路，龇牙咧嘴，喉咙里发出挑衅的低吼，大有“一夫当关、万夫莫开”的架势，掩护妻子儿女撤离。

范局长问老猎手：“你先来？”

老猎手当然不能跟局长争先，谦让道:“局长先来，第一枪第一口猪，讨个好彩头。”

局长此时已经技痒难耐，也不再跟老猎手客气，端枪瞄准，轻扣扳机，“嘭”的一声巨响，枪口冒出一缕淡淡的青烟，张牙舞爪的公野猪应声倒地，母猪跟小猪见人跟它们玩真格的了，急忙落荒而逃。局长急于上前收获自己的猎物，老猎手拉了他一把：“局长，还蹬腿呢。”

局长对于自己的枪法极为自信，加上一出手就猎到了野猪这样的大猎物，心情特爽，讪笑着说：“话都不会说，什么叫局长还蹬腿呢！打一头猪用两颗子弹，也不怕人家笑话。”说着便朝垂死挣扎的野猪走了过去。他犯了一个致命的错误，他没有端着枪做随时射击的准备，而是非常潇洒地把枪横担在肩上，他觉得打倒的不过是一头野猪，既不是狼，更不是老虎、豹子那些食肉猛兽，所以心里根本没有紧张、恐惧的感觉。

局长走到野猪跟前，野猪却突然翻身扑了过来，呲着獠牙发疯地朝他发起了攻击。受伤的野猪面对敌人发作起来比豹子还要凶猛，比亡命徒还敢拼命。情急慌乱之中局长顺手抡起猎枪朝野猪的脑袋上砸去，枪托重重地砸在野猪脑壳上，不知道是振动太大，还是局长忙乱中碰到了扳机，枪走火了，双筒猎枪里剩下的那颗子弹从他的下颌射入，炸开了他的脑袋……

公安局局长突然死亡，立刻成了震动银州市的特大新闻。这位范局长是个好人，不贪不色，唯一的嗜好就是打猎，却为此付出了生命。银州市准备追认局长为烈士，报告立马打了上去。上级经过认真审核，认为局长在狩猎的过程中有明显瑕疵，比如说，这次狩猎他作为一个地级市的政法委副书记、公安局局长，不应该为了满足个人嗜好而亲自加入到狩猎队里。在猎杀野猪的过程中，过于轻敌大意，处置危机时举止失当，结果酿成惨祸。因为有这些瑕疵，上级没有批准追认局长为烈士，只同意定性为因公殉职。

好局长为民献身却不能当烈士，让市委市政府遗憾，如果局长当了烈士，银州市就可以大张旗鼓地宣传局长生前的种种感人事迹，说不定还能组织宣讲团进京，让党中央、国务院和全国人民都知道银州市出了这样一位因为民除害而英勇献身的好局长。遗憾归遗憾，不管有多少瑕疵，局长的死确实是为了让山区农民免受野猪的荼毒，确实是因公殉职，所以银州市为范局长举行了隆重的告别大会。

送走了局长，抚恤了局长的亲人，人们才发现事情并没有了结，反而更加复杂、更加麻烦了。首要的麻烦事就是谁来接班！局长死的时候年仅四十八岁，正是他这个级别的干部年富力强、前程远大的好时光，不论是他自己还是组织上都没有考虑接班人的问题，虽然组织部门捏着一大把第二梯队的后备干部，可是第二梯队的后备干部太多，谁来接班就成了可以有多种答案的开放性选择题。

如今官场的总体格局就像计划经济时期的饭馆，每张饭桌跟前都会有一群人等座。前不久省里搞了一次创举，公开选拔二十个副厅局级领导，要求必须是正处级或者在副处级岗位熬到四年以上的干部才有资格报名，结果居然有四千三百多人报名竞争这二十个职位。这也难怪，如今当官的好处太大了：稳定而丰厚的薪水、便宜的和白送差不多的住房、由纳税人埋单的公家配车、吃喝玩乐全报销的豪华待遇等，官员绝对属于先天下之乐而乐的阶层，谁不想进入这个阶层呢？公安局局长这样的职务更是一个握有实权，令人垂涎三千丈的美差。

局长一死，银州市的官场立刻暗潮涌动，上下左右一起围攻，里里外外奇计百出，搅和得市长夏伯虎和书记吴修治上班怕进办公室，下班怕进家门，走在路上怕接手机。最让书记吴修治啼笑皆非的是市文联主席，一个五十八岁高龄的准退休老人居然也觊觎公安局局长的职务，仗着自己的亲家是省委主管干部人事的副书记，追到吴修治家里毛遂自荐。吴修治憋着一肚子气，说着一些似是而非的承诺，好不容易打发了这位唠唠叨叨的文联主席。第二天一上班便赶紧联络市长夏伯虎、人大主任曾聪明和组织部部长关原开会，他采取的是领导遇到难题时通常采用的办法：集体讨论，集体负责，有什么麻烦也好往集体身上推。这也难怪，吴修治已经五十八岁，像他这个级别的干部，除非出现奇迹，被提拔的可能性微乎其微。他已经开始做退休的思想准备，现在最大的追求就是平平安安着陆，历史经验和现实总结都告诉他：到了这个年龄已经没有折腾的本钱了。他自然不愿意为一个公安局局长的职位问题而搅扰自己好容易才回归宁静通达的心境，破坏自己多年营造的平衡和谐的外部环境，于是便自然而然地把破解这道难题的责任交给了“集体”。

这次会晤当然不会有什么具体的结果，很简单，四位领导对公安局局长的突然死亡毫无思想准备，对局长死亡之后的激烈竞争也没有应急预案，所以谁也无法马上提出合适的人选来。即便谁心里有人选这种时候也不敢轻易端出来，这种时候最先端出来的人选不但会让人无端猜忌，往往最终也难以如愿。这种事情靠开会无法解决，会议只能确定方向和原则，会议只不过是对会前桌下协商好了的具体问题履行最后认定的形式，就像签合同，事先谈好了才能签字盖章。经过对银州市干部队伍目前蠢蠢欲动、暗潮涌动的现实进行认真分析，四位对人事任命有决策权的领导总算在一个重要问题上达成了共识：银州市公安局局长的人选就在公安局现有的副局级领导里选拔。这样做有利于缩小竞争范围，有利于公安工作的顺利衔接，也有利于社会安定和干部队伍的稳定。很快市委市政府确定的大原则就被有意无意地从市府大院传播出去，文联主席之类的非公安系统的干部自动出局，官场总算消停了许多。

然而，这个大原则就像浓缩剂，把原来宽泛的竞争矛盾浓缩到了公安局这个小范围内，本来就已经不太平静的公安局这下子更加躁动不安起来。如果从公安局内部选择干部替补，根据职务和资历，有四个选手最具有夺冠实力：公安局政委、副局长，分管政治处、纪检监察、警务监督以及工青妇组织的蒋卫生；分管分局和出入境管理以及户籍、内保、警卫工作的副局长姚开放；分管刑侦、禁毒和治安的副局长、号称局长大人的彭远大；分管后勤装备和培训工作的副局长庄扬。这几个人年龄都在四十六七八岁，分管的工作分量都很重，在那个级别再上一个台阶都还够杠。这四个人各有各的优势，也各有各的弱点，各有各的势力，也各有各的对头。到了这个份儿上，竞争就进入了白热化，几位选手各显神通，明里暗里的开始铆劲儿，好像谁都可能成为局长，又好像谁都有点悬乎。

副手中有一个提升正职，必然会出现一个副职的空缺，这又勾引得那些处长、主任、队长蠢蠢欲动、焦躁不安，公安局就像红油火锅，表面上平静如水，油层下面的温度早已过了沸点。

相比之下，局长竞争者中形势最为不利的就是那位号称局长大人的副局长彭远大，因为在这关键时刻，他却不在市里。半个月前他带着刑警队的大李子和黄小龙千里迢迢远赴福建调查一桩长达二十多年的重大积案，后来又深入到闽南山区追捕重点嫌疑人，那里连手机信号都没有，所以至今他连局长的死讯都不知道。刑警队的内务老牛摇头叹息："唉，局长大人啊局长大人，都怪我，这么叫了你几十年，结果把你的那点福气叫薄了，什么时候出差不好，偏偏这个时候，看样子局长这个位子跟你这位局长大人无缘了。"局里许多人的看法都跟老牛相似，估计局长大人这一回没戏了，这怪不了别人，只能怪他自己运气不好，不该在这个时候出差。

有上级担责任的事情就放手去干

1

局长大人的“人”字应该读儿化、轻声，读出来就是：“局长大人儿”，由此可知，局长大人现在还不是局长，局长大人现在还只是老牛送给彭远大的绰号。

20 世纪七十年代末，刚刚粉碎“四人帮”，百废待兴，原来的公检法系统都被造反派搞乱了，公检法机关整顿，急需补充人员，大批选拔有文化的工人充实公检法司干警队伍。那个时候工人名义上还是领导阶级，工资加上保健、夜班费和各种津贴，收入比警察高得多，不像现在工人都是下岗后备军，所以那个时候当工人最光荣、最幸福，抽工人当警察还真没有几个爱去的。

彭远大刚刚入党，进入了先进分子行列，正好公安局扩编抽人，领导看他身体单薄，虽然各项工作积极，真正的重活也指望不上他，便派他充了个数，到公安局当了一名警察，身份是以工代干。

刚当警察半年多，彭远大就声称，他的理想是当公安局局长。对于一个以工代干身份的小警察来说，这个理想是够远大了，父母给他起的名字名副其实。“肏！”老牛当时就骂了这么一声，过后不屑地评论道：

“也不撒泡尿照照，就他那个德行，高没有一拶，粗没有一把，还当局长呢，就这个代干能当下去就不错了。”从那以后老牛就把彭远大叫“局长大人儿”，明明是小矮个，却称之为“大人儿”，奚落、嘲弄的意味不言而喻。

老牛叫牛一群，人们都把他叫老牛，并不是因为他年龄老，而是因为他长得老。他的长相自来旧，据他自己说，他一出生就满脸皱纹，他爸当时就质问她妈：别人生出来的都是儿子，你怎么生出来个爷爷？随着年龄的增长，他的皱纹也在增长，二十岁的时候就有人喊他老大爷，现在他也才三十岁，就有小孩叫他老爷爷了。

老牛对彭远大的评价比较符合实际，彭远大名字很有气势，人长得却一点儿也没有气势，穿上厚底大皮靴个头也就是一米六五，瘦得满身骨头，说他“高没有一拶”、“粗没有一把”有点夸张，却也非常形象。女人这种体态可以说成“小巧玲珑”、“娇柔轻盈”。男人这种体格就没有正面的形容词可用，而这种体格的男人如果再把自己的远大理想说出来，比如彭远大当众宣称想当局长，就有点像屎壳郎推着粪球上公路，自以为又有轱辘又有壳便算小轿车，显得荒唐又滑稽。

想当公安局局长的野心是彭远大破了公共女澡堂的失窃案之后，精神极度亢奋时不经意暴露出来的。市里最大的公共澡堂叫东方红浴池，有一段时间连续发生女澡堂衣服丢失的案子。那时候的人穷，好看点的衣服就是了不得的财产，丢了衣服的女人们就找警察报案，那时候盗窃案的立案标准是二十五块，也就是说丢失的财物价值二十五块以上就得立案侦破。

女澡堂失窃案本来是由老牛主办的。老牛照例走群众路线，调查研究，分别谈话。谈话时对每个人都详细询问，甚至要追问每个洗澡的人脱去衣服后的体貌特征。调查对象都是女人，听到他问女同志不穿衣服的样子，就觉得这个警察有点流氓，怀疑他动机不纯，冷眉冷脸的不跟他合作，于是老牛的调查工作陷入了僵局。忙了几个月，不但一无所获，公安局局长的小姨子到澡堂洗澡的时候又丢了一块梅花牌进口手表。

案子从丢失几件衣服升级到了丢手表，案子的性质也由一般性的盗窃案升级到了重大盗窃案。丢手表的还是局长的小姨子，这就让老牛非常狼狈。丢了衣服的革命群众见公安局迟迟不能破案骂警察是草包废物，丢了手表的小姨子当面质询姐夫公安局是干什么吃的，搞得公安局很没面子。局长把女澡堂专案组叫去狠狠骂了一通，当即决定改组女澡堂专案组，老牛灰溜溜地从专案组调出来，彭远大精神振奋又有些忐忑不安地进了专案组。

那个时候公安局刚刚整顿重组，机构设置还没有后来处啊、队啊、科啊、股啊那么多名堂，除了有一个局办、党办之外，其他机构不管级别不论规模一律叫组：刑侦组、治安组、技术组、户籍组、政工组、人事组……此外，有什么案子需要侦破还要成立个专案组，所以那个时候“组”特别多。既然要破女澡堂的失窃案，自然也就设了个女澡堂专案组。

女澡堂专案组一共三个人，老牛出来就剩下两个人，一个是组长蒋卫生，一个是副组长姚破旧，彭远大接到命令就去找蒋卫生报到。蒋卫生现任公安局党组办公室的副主任，挂着女澡堂专案组的组长，还兼着另一个杀人案的专案组副组长，工作重心在党办和杀人案上，非常忙碌，对女澡堂这种案子也就是挂个名，其实根本就顾不上过问。彭远大过去跟他不太熟，一直搞不清蒋卫生是他的名字还是他的绰号。

不管是名字还是绰号，都名不副实，蒋卫生其实一点儿也不卫生。下巴颏儿像年代久远的鞋刷子，上面的胡茬子参差不齐，眼角常年积累着一团眼屎，头发从来不接触梳子，整理头发全靠五根手指头，指甲盖的缝隙里黑黝黝的都是污垢。那个时候的上下级关系没有现在这么清晰，“文化大革命”遗留下来的“大民主”、“官大官小都是一个战壕里的战友”等绝对平均主义的思想还没有清除，所以彭远大这样的小兵也敢跟蒋组长开玩笑，见了面彭远大先解惑：“蒋组长，蒋卫生是你的名字还是你的绰号？”

蒋卫生拉长脸说：“当然是名字，我没绰号。”

彭远大忍不住笑了，蒋卫生非常耐心地解释：“没什么可笑的，名字是老师起的，我们那儿农村的小孩生出来都不起带姓氏的名字，一直到上学报名的时候才由老师给起个正式的名字，所以带姓氏的名字就叫学名。我上学的时候正好全国开展爱国卫生运动，老师就给我起了这个名字，跟现在起的那些卫东、东方、文革、立新一回事儿，就是个称呼。姚副组长不是就叫破旧吗？就是“破旧立新”前面那两个字。好了，不说这些了，老牛把案卷交给你了吗？”

说到了正经事彭远大不敢再嬉皮笑脸，连忙一本正经地回答：“给了，我已经看过了。”卷宗彭远大已经熬夜认真看过一遍，依老牛的分析判断，那天在现场的人谁都像小偷，却谁都不太可能是小偷。

“有什么想法？”

彭远大说：“暂时还没有具体的想法，还是得坚持群众路线，广泛发动群众，依靠群众就没有破不了的案子。”

蒋卫生咧咧嘴：“老牛的群众路线走得还少吗？少说空话虚话，破案要是也像喊标语口号那么容易，还要警察干吗？破案要依靠群众没错，更重要的是上下两头。”

彭远大有些懵，却又不愿意显示出自己的浅薄，就自作聪明地说：“这我懂，上靠毛主席革命路线的正确指引，下靠革命群众的支持帮助。”

蒋卫生咧咧嘴：“你怎么什么事都爱说那么大？毛主席的革命路线告诉你谁是小偷了吗？革命群众每天忙着拨乱反正，清查四人帮、三种人，谁顾得上帮你抓小偷？”

彭远大让蒋卫生噎得直眨巴眼睛：“那什么是上下两头？”

蒋卫生指指自己的脑袋：“上头是指这儿，要会动脑子，遇到问题善于分析思考，”又跺跺脚：“下头就是两只脚，调查研究别怕多跑路，毛主席教导我们说，结论产生于调查研究之后。”

彭远大连忙表白：“这两方面我都没问题。”

蒋卫生又问他：“什么文化程度？”

“初中毕业。”

“噢，中国字基本上都能认了。不过，当个会破案的警察光能认字还不够，给你一本书没事看看。”蒋卫生说着拉开了身后的橱柜，掏出一本书扔给了彭远大。彭远大看看，是一本发黄的《刑事侦查学》。彭远大趁他拉开柜门的时候朝柜子里偷觑了一眼，眼睛顿时直了。柜子里摆满了书，有毛泽东选集、马恩列斯全集，还有一些《金光大道》、《艳阳天》之类的时令小说。这些书彭远大都不感兴趣，吸引他眼球的是那几本颜色发黄、边角卷曲的《痕迹鉴定学》、《法医解剖学》、《刑事侦查重大案例选编》……还有一整套《福尔摩斯探案集》。

彭远大馋涎欲滴，恬了脸向蒋卫生伸手：“蒋组长，再给我几本，不多读几本专业书我怎么破案？”

蒋卫生咧咧嘴：“给你几本？说得轻巧，就这几本书你知道是怎么来的？这是局长冒着生命危险保护下来的，不然‘文化大革命’都得让造反派烧了。那本《刑事侦查学》是公安大学‘文革’前编印出版的基础教材，现在已经再版了，这才让你看看，不然连这本书都不借你。”

局长“文化大革命”中被关了牛棚，后来又被送到干校劳动改造，前不久才官复原职，真不知道他是怎么保护下这些书的。彭远大失望极了，那个年月除了红宝书和有限的几本歌颂无产阶级革命路线、颂扬高大全的无产阶级英雄人物的文艺书籍之外，几乎无书可读。图书馆都被砸了，书籍都被烧了，要保存下眼前这些书籍，的确要冒非常大的风险。现在虽然已经粉碎了四人帮，拨乱反正清除极左路线，书却不是一夜之间就能印出来的，所以要想看书仍然是难以满足的奢望。今天彭远大无意中发现局里竟然还保存了这么多当一个好警察就必须认真阅读的书籍，惊喜之余又格外的失落，就像一个饥饿的穷人看到了玻璃橱窗后面的红烧肉。

蒋卫生看彭远大极为失落，有些不忍，给他打开了一扇小小的希望之门：“这样吧，爱看书学习是好事儿，咱们做个交易，如果你能在两个月内破了女澡堂失窃案，我就让你在这柜子里随意挑两本书看，看完了还可以随时来换。”

彭远大一阵欣喜，连连答应，答应过了却又在心里暗暗骂自己答应得太轻率，老牛比他经验多、资历长，忙了三个月连小偷的影子都没摸着，他刚刚进入公安队伍才一个来月，凭什么吹牛两个月内破案？想到这儿就问蒋卫生：“蒋组长，你说说这个案子该怎么办？”

蒋卫生咧咧嘴做了个笑模样："继续深入调查嘛，我太忙了，顾不上帮你做基础工作，你还是找姚副组长谈谈，看看他有什么好主意没有。"说着穿衣戴帽准备外出，彭远大知道谈话结束，只好转身去找专案组副组长姚破旧。

副组长姚破旧是公安局政工组的干事，思想极为进步，这从他的名字就能看出来。他的名字原来并不叫姚破旧，"文化大革命"开始以后，破旧立新，兴起了改名字的热潮，他跟他的对象（现在叫恋人、女朋友、未婚妻）都参加了革命造反组织，为了适应时代潮流，决定选择最时髦的革命口号"破旧立新"作为两人的名字。对象说她是女的，如果叫破旧担心别人误解她还没结婚就又破又旧了，抢了"破旧立新"里的"立新"两个字给自己做了名字，剩下"破旧"两个字给了姚破旧。四人帮粉碎了，姚破旧整天忙着搞拨乱反正，批判四人帮的反革命罪行，清查三种人；还得帮局领导起草各种各样的讲话稿，编辑出版黑板报、墙报，宣传大好革命形势。他忙得屁滚尿流，对女澡堂丢衣服这种案子既没兴趣也没时间参与。彭远大找到他的时候他正在出墙报，两只手上满是五颜六色的水粉颜料，脸上不知道怎么搞的也抹得污七八糟，活像正准备出场的花脸。

"你没见我正忙着呢吗？你先找蒋卫生，他是组长。"

一听到彭远大跟他谈案子的事儿，姚破旧就把他往蒋卫生那儿推。彭远大连忙告诉他，自己已经到蒋组长那儿请示过了，姚破旧就说："那就行了，他说怎么弄你就怎么弄，我没意见，你没见我这儿忙着呢吗？你要是不忙帮我打盆水，让我洗把脸比啥都强。"

彭远大的年龄其实跟蒋卫生、姚破旧他们这些人差不多，甚至比姚破旧还大了半岁，可是人家对他就像长辈对晚辈，更准确地说像师傅对徒弟，这是没办法的事儿，他入行晚，他还在岗位上当工人的时候人家就已经是警察了，警龄比人家晚了四五年，只能听人吆喝服人管，况且人家还是他的领导。彭远大二话不说赶忙给姚破旧弄来一盆水，请他洗脸，姚破旧稀里哗啦洗了个痛快，然后才说："你放手干吧，案子破了是你的功劳，破不了上有组长下有副组长也轮不着你担责任，天塌下来有大个子顶着你担心什么？我没啥可说的，你快去破案吧。"说完又耐心细致地画起了报头，报头是一只巨手揪着四只螃蟹，螃蟹长着四人帮的脑袋。

2

彭远大这时候还不明白，人家为什么挂着专案组组长、副组长的名头却对这个案子一点儿也不感兴趣。偷盗案只要不是现场抓获，破案的难度非常大，抓贼抓赃，贼没赃硬似钢，找不到贼款赃物即便抓住小偷人家死不承认谁也没办法。费了九牛二虎之力把案子破了，让人一说也不过抓了个小偷而已。如果费了九牛二虎之力案子还没破，就像老牛，别人一句：连个小偷都抓不着，不但让人看不起，在警察这个行当里是绝对混不出前途的。侦破盗窃案是出力不讨好的累活、苦活，像这种出力不讨好的累活、苦活，也只有交给彭远大这样的生手，或者老牛那样实在没案子可办的人。

彭远大这时候还不明白其中的奥妙，觉得组长、副组长都很忙，看来这个案子只能靠自己了，心里居然有了几分勇挑重担的自豪感。光有自豪感没用，自豪感破不了案，重要的是从哪里开始。彭远大思前想后，觉得既然是女澡堂盗窃案，就还得从女澡堂着手调查，发动群众，走群众路线，依靠群众办案，这是他在警察培训班的时候就已经背熟了的公安工作的指针。彭远大于是到东方红浴池发动群众搞调查研究。

发生失窃案的东方红浴池是市里最大的公共浴池，一向治安状况良好，连续发生失窃案，大大损害了澡堂子的声誉，人们都骂东方红浴池是贼窝子，到那儿洗澡的人也大大减少。虽然东方红浴池是国有企业，挣多挣少并不影响职工收入，可是老被人骂作贼窝子终究不是好事儿，从领导小组组长到普通群众都觉得窝囊憋火。

彭远大到了东方红浴池之后，先跟浴池的职工们一个个谈话，革命群众对小偷义愤填膺，对盗窃的具体线索却说不出什么有价值的东西。

“咱们到案发现场看看去。”彭远大对协助他工作的浴池保卫组长大李子说。

大李子面露难色：“正在营业，满屋子光屁股女人，谁敢进？”

彭远大这才想到，自己这个提议比老牛打听女同志脱了衣服之后的体貌特征还流氓，赶紧说：“噢，我倒忘了，那就等下班以后吧。”

大李子说：“那就提前下班。”

彭远大怕影响革命群众洗澡革命群众造反，连忙说：“不必了，不必了，我们等。”

大李子说：“没事儿，早下班我也能早点回家做饭。”

这天东方红浴池提前两个小时下班，清空了浴池之后彭远大就跟大李子来到了女浴池。彭远大活了二十多岁头一次进女澡堂，好奇又紧张。女澡堂是个里外大套间，里面是洗浴间，墙壁上装了一溜喷头，彭远大好奇地问："怎么没有大池子？"

大李子说："女人哪有跟别人一起泡大池子的，不卫生，都是光洗淋浴，除非是到小间专门洗盆堂。"

女浴室比男浴室更脏、更乱，地上漫着起沫子的污水，水里浸泡着稀烂的纸团和烂布棉球，墙角还丢着一条花花绿绿的女人裤衩，可能是哪个女人洗过澡之后换上了新裤头，旧的随手扔了。空气中弥漫着雪花膏跟尿臊味再加上水蒸气混杂在一起的怪味道，潮乎乎的冲鼻子。

彭远大问大李子："女澡堂怎么这么脏？"

大李子撇撇嘴："女人嘛，都是属猫的，光知道打扮自己，公共场所谁管？旁边就是厕所，可是没有几个人在洗澡的时候到厕所排泄的，有尿了就地一蹲就放水，你闻闻这味道，快走吧，再待一会我就晕了。"

彭远大问："你怎么知道女人有尿就地一蹲就放？你是不是偷看了？"

大李子吓坏了："这话可不敢胡说，我哪有那个胆？偷看女人洗澡眼睛上要长疔疮变瞎眼的。我是听打扫卫生的王大妈说的。"

彭远大问："王大妈是谁？"

大李子说："专门负责打扫女澡堂卫生的，这几天公休没来，这儿就成了猪圈了。"

再待一会儿彭远大觉得自己也得晕倒，连忙离开浴室，来到了外面的更衣室。更衣室里摆了一排排的木头小柜子，为了节省空间，一排排柜子之间的距离都很狭小，柜子排在一起成了隔墙，中间的过道就像迷宫的通道，走在里面彭远大不由想起前不久才看过的电影《地道战》。

柜子的门上都挂着明锁，洗澡的人买澡票的同时就领到一把带号码的钥匙，然后根据号码把自己的衣服脱到柜子里锁上就可以洗澡了。彭远大随手扭了扭挂锁，镣铞居然应手脱落。原来长期受到潮气的腐蚀，木柜的门已经朽了，镣铞也大都锈蚀不堪，靠这种锁防小偷等于喝口凉水打饱嗝儿，自己糊弄自己。

彭远大说："难怪你们这儿老丢东西，这种明锁根本不行，一撬就开了，最好换成暗锁，就像我们办公室里的抽屉锁一样，就不容易撬了。"

大李子说："换锁的报告已经打上去了，商业局革委会忙着清查三种人，顾不上批换锁。"公共浴池都归商业局管。

一阵臭气从浴室里散发出来，提醒彭远大这几天那个负责打扫卫生的王大妈没上班，就问大李子："你不是说你们澡堂的工作人员都在吗？"

大李子说："对呀，从领导小组常组长到看大门的老魏，你不都轮着谈过了吗？"

彭远大说："负责打扫女澡堂的王大妈这几天不是休息吗？"

大李子不以为然地说："那个王大妈在跟不在没多大区别，她啥也不知道。"

彭远大奇怪地问他："怎么回事儿？"

"王大妈是哑巴。"

彭元大嘿嘿冷笑："王大妈是哑巴，怎么能告诉你女人洗澡的时候不上厕所就地解决呢？"

大李子气恼地嘿了一声："你怎么还没忘这茬儿？王大妈不会说话会比画，比画不清还会写字嘛，你再别提那话茬了，再提我真生气啥也不跟你说了。"

彭远大问："我们这次调查怎么没找王大妈？"

大李子："哑巴找她干吗？"

彭远大说："哑巴又不是瞎子，不会说总会看吧？不会说跟啥也不知道是两回事儿。"

大李子无所谓地耸耸肩膀头："你要是想找她我就帮你找，不过老牛当初可没找她。"

彭远大一听老牛当初没找过这位专门负责打扫女澡堂卫生的王大妈，暗想，说不定就是因为没找这位王大妈才漏掉了关键线索。想到这儿，找王大妈的心情更加急切了："你知不知道王大妈家？"

大李子说："知道，我们单位没有不知道王大妈家的。"

彭远大说那咱们就走。大李子是配合他破案的，他说咋办就咋办，当下也不多说，跟他骑了自行车朝王大妈家奔去。

走在路上彭远大对自己的调查工作做作了简单的总结：第一，这个案子肯定是前来洗澡的女人干的，女浴池没有窗户，只有通气孔，外人根本钻不进来。第二，浴池更衣柜的排列方式给小偷提供了方便，如果小偷作案，隔墙一样的柜子很容易遮挡其他人的视线，而那些柜子上头的挂锁更是聋子的耳朵，即便是女人，只要带个改锥，撬开柜子也非常轻松。第三，小偷是个年轻女贼，因为在这种公共场合偷窃，一要胆大，二要动作利索，而且丢失的衣服根据失主的描述都是款式比较时髦适合年轻人穿的，彭远大由此推断，小偷年龄不会超过三十岁。

"到了。"

大李子在一排砖平房外面下了车，打断了彭远大的思路。这里是工人新村，五十年代的建筑，上百幢砖平房整齐地排列着，每一幢平房的格式完全一样。经过二十多年的变迁，居民们扩张生存空间的欲望已经把整齐划一的建筑格局变得面目全非。家家都自搭自建起了小院墙，院墙外面堆满了煤炭、垃圾、砖块以及一些杂七杂八用得着和用不着的东西，让原本已经狭窄的过道更加崎岖难行。空气中弥漫着劣质煤燃放出来的煤烟和公共厕所的臊臭味。

大李子对这儿很熟，把自行车停在一家院落前面门也不敲就推门而入，彭远大跟在他的身后刚要进门，就见一头黄色的大狗闷头朝大李子背后扑了过去，连忙喊："小心，有狗。"

大李子反应极为灵敏，脚下就像装了弹簧，应声腾身窜进了屋门，屋门跟院门之间的距离足有八米，大李子一步能跳这么远，倒让彭远大大为惊讶。大李子窜进屋子，马上转过身来半掩着门冲狗破口大骂："好你个狗日的，这么记仇，要不是老子腿快，今天腿上一块肉就喂狗了。老子明天就把你这狗日的骟了，看你还搞不搞破鞋。"狗昂着脑袋冲他狂吠，一人一狗隔了门就像是两个泼妇在吵架骂街。

彭远大既好笑，又为难，狗跟大李子较劲儿，他拿不准自己这个时候进去狗会不会迁怒于他，拿他下嘴。这时候大李子背后钻出来一个姑娘，对狗下指示："老黄，别叫了，"又对彭远大说："没事，你进来吧，它只咬大李子，不咬别人。"

彭远大半信半疑，却不敢以身犯险，大李子也说："小彭进来没事，这臭狗跟我有仇，不咬别人专咬我。"

姑娘看到彭远大胆战心惊望门却步，咯咯笑个不停："那么大个男人还怕狗，笑死人了，你看我就不怕。"说着出门抱住了狗，"进来吧，胆小鬼。"

彭远大心说：你们家养的狗你当然不怕，有机会我把警犬队的大狼狗领过来，看你怕不怕。心里这样想着，百倍警惕地贴着院墙的边儿蹭了进去，那条凶恶的大黄狗乜斜了他一眼，鼻子里不屑地哼了两声，果然没朝他发威。彭远大进门好奇地问大李子："你怎么惹着它了，它怎么真的光咬你不咬别人？"

大李子说："这狗那天发骚，趴在一条母狗背上搞破鞋，我刚好来给王大妈送冬菜，看见了就砸了它一石头，母狗吓跑了，坏了这家伙的好事，这家伙从那以后就恨上我了，我每次来它都咬我。"

姑娘进来以后问大李子："他是谁？"

大李子说:"这是公安局专案组的小彭，你就叫他彭哥，找你妈有事，你妈呢？"

姑娘说："我妈买菜去了，这阵可能快回来了，你们等一会儿吧。"

大李子说："天都快黑了买什么菜？"

姑娘说："一看你就是不管家不知柴米贵的人，现在这个时候买菜才便宜啊。"

大李子跟姑娘闲聊着，彭远大这才定下心来端详了姑娘一番，姑娘穿着便衣花棉袄，胳膊肘子补着两块补丁，梳着两条长长的大辫子，一张圆圆的苹果脸红扑扑的，两颗眼珠活像新疆吐鲁番的大葡萄，水灵灵黑油油的，小小的翘鼻子就像刚刚成熟的小蒜头。彭远大看着姑娘脑子里就蹦出来两个字：甜、美。见彭元大盯着自己看，姑娘嫣然一笑，两只眼睛眯成了月牙儿，红唇微张，嘴角微微上翘，小嘴像极了一只菱角。珠贝一样洁白的牙齿有两颗小虎牙，让她天生就有一股俏皮、活泼的神情。

彭元大那一刻尝到了神魂颠倒的滋味，好看的姑娘他不是没有见到过，可是像这样一见面就像一根箭镞一样深深扎进他心里的甜美姑娘长这么大真是头一次感觉。彭远大傻了，以至于大李子问他等不等王大妈他都没听到。大李子看他盯着人家姑娘看，这才想起来给他介绍那个姑娘："这是王大妈的独生女儿董晓兰，拂晓的晓，不是大小的小，你叫她晓兰、兰兰都成。"

晓兰冷不丁问彭远大："你真是警察？"

彭远大这才回过神来，几分慌乱几分得意地连连点头："对呀，我就是警察。"

晓兰又笑了："警察还怕狗，那么胆小，碰上坏人你敢抓吗？"

彭远大尴尬极了，不知道该怎么解释，恨不得大李子变成坏人自己现在马上就抓了他，以实际行动让这位甜美的姑娘看看。转念又想到，大李子身坯比自己整整大了一圈，凭自己这副小身板即便他真是坏人，也抓不了他。想到这儿便有些灰心丧气，在心里叹息了一声，忘了回答姑娘的话。

大李子训斥晓兰："小丫头蛋子怎么说话呢？俗话说人不可貌相，海水不可斗量，怕狗不等于怕坏人。再说了，这狗是你家养的，要不是看在你们的分上，我早就把它变成红烧肉了。"

晓兰不干了："大李子你怎么这么狠，你要是敢把我家老黄变成红烧肉，我就把你变成红烧肉。"

大李子呵呵笑着说："老黄变成红烧肉能吃，我变成红烧肉不能吃，浪费。"

彭远大在一旁看着晓兰跟大李子斗嘴，想插嘴又找不出合适的话来，不声不响就这么待着又怕姑娘看轻了他，心里头就像被谁塞进去一整窝的蚂蚁，乱糟糟、痒酥酥，却又难抓难挠，大冷天急出来一脑袋汗水，多亏这个时候王大妈回来了。

王大妈是一个四十多岁的妇女，花白的头发和满脸的皱纹向这个世界默默诉说着生活的艰辛。晓兰赶出去接过王大妈手中的白菜土豆，告诉王大妈家里来人了，王大妈“咦咦哦哦”地答应着走进门来。

大李子张口就问：“单位不是分冬菜了吗？你怎么还去买。”

王大妈好像能听懂大李子的问话似的，“咦咦哦哦”比画着跟大李子对话，大李子却弄不懂她的意思，晓兰在一旁当翻译：“我妈说现在各单位都分菜，所以市场上的白菜土豆便宜，分的冬菜都放到菜窖里了，等到开春市场上的菜价上去了再吃。”

大李子这才给王大妈介绍彭远大：“这是公安局的彭科长，他来向你了解情况。”

彭远大一听大李子擅自给自己升了官，连忙解释：“我不是科长，就是一般的警察。”

王大妈笑了，又比画了两下，姑娘笑嘻嘻地对彭远大说：“我妈说警察干好了就能当科长。”

彭远大终于鼓起勇气问了姑娘一句话：“你妈能听懂人话吗？”

姑娘白了他一眼：“你只要会说人话我妈就能听懂。”

彭远大听说过十聋九哑，大部分哑巴正因为耳聋无法听到声音才无法学会说话，没想到这个王大妈能听懂话居然也是哑巴，所以才有那么一问。碰了一鼻子灰，彭远大才想到自己刚才那种问法确实不怎么样，便不敢再胡言乱语。大李子对王大妈说了他们的来意，王大妈手舞足蹈叽哩哇啦地说了长长一段话，大李子和彭远大面面相觑，谁也不明白她说的是什么。

姑娘又开始当翻译："我妈说了，这件事情她也非常恼火，她在那里打扫卫生，却出了那样的事，她觉得自己也有责任，希望你们能尽快破案抓住坏人，不然好人也跟着受牵连。"

话说到案子上，彭远大就不再紧张拘谨，摆脱杂念问王大妈："你整天在女浴池工作，根据你的观察，有没有你觉得可疑、不正常的人？"

王大妈没有马上回答，沉思起来，彭远大进一步引导她："有没有年龄在三十岁以下，不合常理，行为举止让你觉得跟别人不太一样的人？"

王大妈想了一阵儿，拍了大腿一巴掌，叽哩哇啦连比画带说，彭远大跟大李子虽然听不明白她在说什么，却看得明白她肯定有重要的事情正在说出来。彭远大就看姑娘，希望她翻译，姑娘说："我妈说她觉得有一个人比较值得怀疑，那个人在丢东西的那几天连着去了几趟澡堂，哪有人天天跑到澡堂子洗澡的？有一次我妈扫地的时候，碰到她正在穿衣服，一看见我妈吓得差点儿从椅子上摔下来。"

那个年代百分之九十九的人没有在家里沐浴的条件，要洗澡就到单位的澡堂子，单位没有澡堂的人只好到公共浴池，好在公共浴池很便宜，一张澡票五分钱，洗单间小盆塘也才两毛五分钱，福利好的单位还发公共浴池的澡票，所以一般人一个礼拜洗上一两次倒也不是承担不起的经济负担，可是天天泡公共浴池那就是一件奢侈到让人怀疑的事儿。听到这儿，彭远大急忙追问那个天天泡澡堂的女人的相貌特征、穿着打扮、职业特征等细节问题。这些问题的答案都很复杂，晓兰的翻译已经很难及时准确地传达王大妈的描述，彭远大问得又很急，晓兰不耐烦了，找出来纸笔给王大妈："还是你给他写吧，有些话我也弄不清楚你说的什么意思。"

王大妈动手写倒比通过晓兰翻译来得更加顺畅、更加准确，彭远大却暗暗觉得遗憾，因为王大妈开始笔谈，晓兰就跑到隔壁厨房做饭去了。看不到董晓兰的倩影，彭远大顿时觉得心里空落落的，又没有理由把人家叫回来，只好专下心来认真看王大妈写话。经过王大妈的描述，彭远大心里对那个令人怀疑的女人有了大概的印象：那是一个年龄二十七八的女人，个头有一米六二，长相比较端正，就是脑门子高了点儿，别的方面倒也挑不出什么毛病。从行为举止判断，可能是哪个工厂的工人。

“王大妈你好好想想，这个女的还有什么特征没有，比如说脸上有没有疤瘌，皮肤有没有什么特点，说话是什么口音，你觉得跟别人不一样的地方都告诉我。”彭远大继续追问。

王大妈咬着钢笔想了想又在纸上写：她的脑门儿上有一个包，有核桃大小，不像是碰的，可能是个瘤子之类的。她从来没跟我说过话，不知道是什么口音，不过看那个样子不像外地来的。

彭远大又问：“你后来再见过她没有？”

王大妈写：记不准了，再后来我休假了，去没去过就不知道了。

这时候大李子捅捅彭远大，又点了点腕子上的手表，提醒彭远大该下班吃饭了。那个时候街上没有现在这么多饭馆，即便有饭馆彭远大这样的小警察也吃不起，除非是不想过了。彭远大是单身汉，顿顿吃食堂，过了开饭时间往往就得饿肚子，耐不住饿就得满大街到处找吃的，那是一件很麻烦的事情，所以彭远大跟大多数单身汉一样，没有非常特殊的事情绝对不敢不按时到食堂报到。

彭远大看看表，已经过了吃饭时间了，再晚回去食堂关门连冷馒头都吃不着，便起身告辞：“王大妈，谢谢你，你提供的情况非常重要，今天先到这儿，明天我再抽空过来接着跟你聊。”

王大妈没有往纸上写，比画着叽哩哇啦地说了一串话，话虽然听不懂，却可以看懂她的意思是不让他们走，这时候晓兰在隔壁厨房替他们翻译了过来：“我妈说这个时候了你们回去也没饭吃了，让你们就在我们家吃，吃过了可以接着谈。”

这是彭远大求之不得的事情，在王大妈家吃饭，可以免除回去晚了挨饿之虞，还可以跟晓兰同桌进餐，饭后还可以继续向王大妈调查情况……总之，在王大妈家混饭吃的种种好处瞬间在彭远大的脑子里翻了几个过儿，他正要愉快地接受邀请，大李子却一边起身往外走一边回绝了王大妈的好意：“算了，人家小彭晚上还要忙案子呢，我也没给老婆请假，小彭，咱们走。”

大李子拒绝得斩钉截铁，王大妈也不好再挽留他们，彭远大只好跟在大李子身后朝外走，心里却对大李子恨得牙根发痒，所以当老黄从背后扑过来偷袭大李子的时候，他就使坏没吱声。大李子出门的时候就已经提防着老黄，感到情形不对，一个蹦子就已经跳到了院门口，蹲下身装作捡石头，老黄不敢再往外追，就隔着门汪汪吼着骂他。已经知道老黄除了大李子不咬别人，又要在晓兰面前逞能，彭远大提心吊胆却又作出大义凛然的样子从老黄身旁走过，老黄只顾了骂大李子，没答理他。

骑上车子，大李子说：“小彭，走吧，到我家吃去，这阵回去食堂都关门了。”

彭远大还在为没能在王大妈家混上饭憋气，赌气道：“不去，我还有事呢。”

大李子沉默片刻说：“小彭啊，在谁家吃饭也不能在王大妈家吃，还是到我家去吧，有什么事也得吃了饭再办。”

听他这么说，彭远大忍不住问：“为什么不能在她们家吃饭？”

大李子闷闷地说：“她们家实在太困难了，晓兰刚刚从农村抽回来，还没找到工作。她爸爸长期有病欠了一屁股账，一死了之，账到现在还没还完。她们家就靠王大妈每个月三十五块钱的工资过日子，你没看晓兰那么大的姑娘了，身上的衣服还打着补丁，她们家除了床和桌子还有啥？我们要是在她们家吃饭，她们肯定要加一两个菜，对我们来说这不算什么，对她们来说又是一笔额外的负担，所以啊，吃谁也不能吃她们。”

彭远大让大李子说得有几分辛酸也有几分羞愧，看到路边有一家商店还开着门，跳下自行车进去买了一个肉罐头，出来后对大李子说：“走，到你家吃去，顺便认认门，今后你就是我的朋友。”

3

接下来的日子里，彭远大几乎天天要往王大妈家跑，有时候有大李子陪着，有时候自己单独前往，以至于一天不去心里就空落落的。他把这解释为为了破案了解情况，这一点也符合事实，经过跟王大妈的多次接触、深入了解，那个可疑的女人在彭远大的脑子里越来越清晰，现在面临的问题就是要找到这个女人，这又离不开王大妈的帮助。

王大妈在澡堂子专门负责照管女浴室，打扫卫生，看守门户，防止男士有意无意地走错门，所以对经常到女澡堂来洗浴的老顾客都非常熟悉。在她的指点下，彭远大一个一个地找那些老顾客调查，再通过那些老顾客找并不常光顾这家澡堂的人，半个月下来发案那段时间曾经去过澡堂子的女顾客基本上找全了，唯独没有找到那个可能是小偷的女人。他询问那个女人的情况时，得到的答复大同小异，见过，有印象，却不知道那个人是哪儿来的，又是干什么的。这反而更让彭远大坚信自己的推断：那个女人就是贼。因为，其他的顾客都有相对的稳定性，即便是偶尔光顾的人经过认真细致的摸排查找也能找到下落，这些人有的年龄不符合作案条件，有的洗澡时间不在发案现场，有的洗澡的时候没有独处的机会，唯独那个神秘女人年龄符合作案条件，几次洗澡都在发案现场，而且多次脱离了其他顾客的视线谁也说不清楚她偷偷摸摸在干什么。

彭远大是个腿勤嘴勤的人，认识了王大妈母女之后又好像时时刻刻有一种说不清道不明的无形力量在推动着他，精神亢奋能量无穷，城里城外跑了个遍，逮着谁向谁打听嫌疑对象的下落。功夫不负有心人，彭远大按照掌握的相貌特征向一个女顾客询问神秘女人的时候终于有了重大收获，听他描述了那个女人的相貌年龄特征之后，女顾客说："你说的不就是我们前楼住着的吉普车吗，我洗澡的时候也碰见过她。"

彭远大让她说得发愣："吉普车？什么吉普车？"

女顾客说："我也不知道她叫什么名字，反正别人都叫她吉普车，可能说她脑门子长得突，活像吉普车。"

彭元大精神一振，就好像在地洞里钻了几天的人突然找到了出口，见到了阳光："你快说说，她是干什么的，具体住址，家庭情况，凡是你知道的关于她的情况都给我说说。"

女顾客告诉他，那个叫吉普车的女人一个人住在她们前面那栋楼的一套一居室里，是东风机械厂的工人，具体干什么工作不太清楚，平常见了面也不太爱跟人说话："那天我在澡堂碰见她之后还挺纳闷儿，她们厂子有浴室，她怎么还跑到公共浴池来洗澡。”

女顾客最后这句话又给彭远大的脑海里增加了一个新的问号：对呀，既然她们单位有浴室，她还有必要到公共浴室花钱洗澡吗？彭远大急忙回去向蒋卫生汇报，蒋卫生说既然这么多疑点集中在她身上，那你就直接接触一下她，我手头没人，让东方红浴池的保卫组跟东风机械厂保卫科配合一下，不要一个人跟她接触，省得惹麻烦。贼没赃硬似钢，她肯定也不会承认，她不承认就到她家突击搜查一下。

那个时候法律还不健全，也没人太在意人权，要搜查谁的家专案组长说了就算。得到蒋卫生的指示，彭远大就叫上东方红浴池的大李子直奔东风机械厂。在东风机械厂保卫科的积极配合下，很快就找到了那个叫“吉普车”的女人。吉普车不但不承认自己偷过东西，甚至连去过东方红浴池都一口否认：“我们厂自己就有浴池，我有必要大老远跑到社会上的浴池去洗澡吗？”

大李子说：“你既然没去过东方红浴池，那就麻烦你一趟，跟我们去让浴池的人认认，看看到底是我们冤枉你还是你撒谎。”

吉普车马上转了口风：“让我想想，对了，我前几个月有几天病了，没上班，好像到社会上的浴池洗过澡，到底是不是东方东浴池我也记不清了，可能是吧。”

彭远大问：“就算你说的是真的，那几天病了，没上班所以要到社会上的澡堂子洗澡，可是你怎么连着几天天天去？”

吉普车说：“我们在厂里天天下班要洗澡，已经习惯了，天天洗有什么不对？我是南方人，南方人讲卫生，习惯天天洗澡，不像你们北方人，洗一回澡挺一两个月。”言下之意是彭远大、大李子这些北方人不讲卫生。

听到吉普车贬低北方人不讲卫生，彭远大突然想起了专案组长蒋卫生，不知道他多长时间洗一回澡，可能真像这位吉普车说的，洗一回澡能挺一两个月。即便北方人真的不讲卫生，让人公开这么贬损也很伤自尊，彭远大马上严肃起来：“我们叫你过来不是让你讲卫生的，表面上讲卫生净干不卫生的事儿，你讲卫生把别人的衣服拿回自己家干吗？”

吉普车听他这么一说立刻大呼冤枉，赌咒发誓如果她干过那些事就枪毙她，如果她没干那些事就得还她一个清白，不然她就要自杀。大李子说：“你就算干了那些事也不至于枪毙，你没干那些事我们也没必要还你什么清白，我们这是正常调查取证……”

彭远大急于得到结论，打断大李子的说教作出了决定：“还你清白简单得很，咱们现在就到你家去。”

吉普车惊问：“到我家干吗？”

“搜查。”

吉普车立刻拒绝：“不行，我不同意，你们没有权力搜查我。”

彭远大不再理她，合上笔录，收起钢笔，对东风机械厂的保卫科长说：“麻烦你们安排一辆车，咱们现在就到她家去，看看她到底是不是清白的。”

到了这个时候，是不是回家看看已经由不得吉普车了，到了吉普车家彭远大就知道自己这一趟来对了，吉普车家简直就是个服装店，各种各样的内衣、外衣、鞋袜堆得到处都是。彭远大吩咐同来的东风机械厂保卫科的保卫干部找来两个大麻袋，把这些衣服鞋袜全都装了进去，跟吉普车一起拉回了公安局。吉普车关进了羁押室，彭远大就开始清理那些衣服鞋袜，忙了一夜，天透亮了，肚子饿得咕咕乱叫，彭远大这才想起来自己昨天连晚饭都没吃。

彭远大的办公室活像一间大教室，里面摆满了办公桌，有的办公桌有人用，有的办公桌没人用，待在这个办公室里的都是这一两年抽调进来的新警察，还有几个老牛那种混不出名堂的老警察。老牛的办公桌就在彭远大对面。老牛有个习惯，每天早上都要跑步锻炼身体，跑完步直接到食堂买早餐，然后端了买好的早餐到办公室享用，享用完早餐就打扫办公室卫生，顺带着消消食，打扫完卫生也就到上班时间了。老牛破案水平不怎么样，人挺勤快，所以人缘倒挺好。今天早上老牛买了两个馒头、一份咸菜，还有一盆苞米面糊糊。一进办公室他就愣了，彭远大蹲在椅子上，身前身后堆满了女人的衣裳鞋袜，两只眼睛红彤彤的像兔子，两只手正忙着整理着那些衣裳鞋袜。只见他非常细心地把衣服一件一件地打开、上下左右仔细端详，然后再跟桌上翻开的笔记本仔细对照着，对照完了再仔细叠好，跟身后那一摞已经叠好的衣服摆在一起。

“小彭，你这是干啥呢？想开服装店啊？”

彭远大一抬头看见了老牛，更准确地说是看见了老牛手里端着的吃食，恶狼一般扑将过来伸手就把老牛的馒头抢了过去，老牛吓了一跳，差点连苞米面糊糊都洒了。

“好老牛，我饿屁了，昨天中午吃过饭到现在啥也没吃，我先吃，你再去买。”

老牛极富同情心，更不忍心看到自己的同志战友饿成这个样儿，干脆把苞米面糊糊跟咸菜一起递给他：“都给你，我再买去。”

彭远大顾不上喝糊糊吃咸菜：“我有俩馒头就够了。”头也不抬继续清理那一堆衣服鞋袜，现在他开始整理袜子了，馒头放在袜子身边，两只手认真地把袜子一双双地展开，抹平，然后咬一口馒头，边嚼馒头边跟桌上的笔记本对照，对照完了放下一双袜子再拿起另一双……

老牛在对面愣愣地看着，看着看着扑哧一声笑了，本来想去再买两个馒头，却不去了，喝着面糊糊吃着咸菜看彭远大的光景。一直到彭远大把两个馒头吃进了肚里，老牛才提醒他："小彭啊，就着女人的臭袜子吃馒头是不是比就咸菜更香？"

彭远大一时还没明白他的意思，老牛呵呵笑着说："你也真不嫌恶心，一边搓弄那些臭袜子，一边就手啃馒头，香还是臭？"

彭远大这才反应过来，心里也有些作呕，更怕老牛拿这事儿当笑话满办公室传播，连忙说："我怎么忘了洗手了，"又自我解嘲："不干不净吃了没病，你别乱说，等我破了案我请你吃牛肉面。"

老牛笑归笑，却弄不明白他这是干什么，问他："你这是干什么？从哪儿弄这么多女人的衣裳鞋袜？你该不是性变态吧？"

彭远大心里暗骂：你才是性变态，笨蛋。又怕他四处传播自己的糗事，只好费口舌给他解释："这是从嫌疑人家里搜来的证据，今天我得叫那些报案的失主认一下，看是不是她们丢失的东西，如果是，案子不就破了吗？"

老牛大惊，看样子这小子真把案子破了，心里酸溜溜的有些不是滋味，却又有些疑惑："那你的笔记本上是什么？老跟你的笔记本对着看啥呢？"

彭远大又在心里骂了一声"笨蛋"，然后不厌其详地给他解释："我这本上记的都是失主提供的失物的款式、颜色、号码、品牌，先对着看看，心里不就有数了嘛。"解释完了，暗暗提醒自己，今后再有什么案子，万一跟老牛分到一起，绝对不能指望他。

老牛心里也在暗暗叹息，当初自己他妈的怎么就没想到这些道道呢？

衣服鞋袜清理完了，彭远大更有信心了，根据他的对照，缴获的衣裳鞋袜中相当一部分可以初步认定就是那些失主的失物，剩下的工作就是请那些失主确认，只要失主确认了，吉普车的盗窃罪就成立了。

这时候老牛问了一个让彭远大心凉的问题：“手表找着没有？”

手表没找着，就算能认定吉普车就是偷衣服的窃贼，这个案子也等于没破，这是谁都明白的道理。而迄今为止，彭远大在吉普车家里并没有找到那块梅花牌手表，这就有了多种可能，手表可能也是吉普车顺手牵羊偷的，被她藏了起来，只要她不交代，手表那么小的东西找到的概率基本上是零，还是那句话，“贼没赃硬似钢”，可以断定她肯定不会主动承认自己偷了手表，偷几件衣服跟偷一块手表的性质大大不同，偷几件衣服大不了给个行政处分，或者劳教几天，还不会判刑，偷了手表那是肯定要判刑的。还有一种可能，手表根本就不是吉普车偷的，她只是偷了衣服，而手表却是另外的贼偷的，如果那样，案子就更麻烦、更复杂，目前做的一切工作都等于零。老牛的提问让彭远大因为案子有了重大突破而产生的满心欢喜瞬间化为乌有，随之而来的是忧虑和郁闷，暗暗祈求老天爷这个案子有一个贼就够了，可千万别再来一个，一个案子两个贼，够让人为难的。

彭远大扛着一麻袋的破衣烂衫离开了办公室，他们的自行车都停在公安局大门口的自行车棚里，彭远大得把装满衣裳的麻袋扛到自行车棚那边，绑到自行车后座上，再去会上大李子一起去找那些失主辨认。扛着大麻袋刚刚来到大院门口，迎面驶来一辆白色伏尔加轿车，彭远大认得那是局长的座驾，连忙退到一旁让路。局长的车在彭远大跟前停了下来，局长从车里钻出来，上上下下打量着彭远大。局长是陕西老革命，一张嘴就是说出的话就跟油泼辣子一样热辣辣的："你这娃是搬家呢还是逃难呢？"

局长抗日战争扛过枪、解放战争渡过江，据说是特务连的老侦查员出身，局里上上下下对其非常敬畏。彭远大到公安局上班以来头一次单独面对局长，想到根据规定见了局长要立正敬礼，赶紧要放下肩头的麻袋，他个子小，麻袋重，往下放的动作就像摔，摔也没摔对地方，一下砸在了局长的脚面上，好在麻袋里装的都是衣服鞋袜，局长没有受伤，不过也吓了一跳："你这娃，我没得罪你你这是做啥呢？"

彭远大这才得空立正给局长敬了个礼："报告局长，我正要出去办案。"敬完礼趁手往下放的时候，顺带着抹了一把汗水，虽然是冬天，麻袋重，加上紧张，彭远大满脸都洇出了黄豆大的汗珠子。

"办案还背个大麻包做啥呢？"

"报告局长，麻袋里装的是从嫌疑人那里搜来的证物，我正要去找失主确认。"

局长看看个头矮小的彭远大，又看看大麻袋，问他："你把那些失主叫过来辨认多省事，你就自己背着这么个大麻包满街跑着寻失主啊？"

彭远大回答："失主们都有工作，把她们叫过来势必要请假、跑路，影响她们的工作，有的单位管得严还不好请假，我的工作就是破案，送去让她们确认是我分内的事，也省得那些失主来回跑路耽误工夫。"

局长上上下下打量了他一阵儿，彭远大让局长盯得局促不安，不知道局长要干什么。局长伸出手帮他擦了擦额头上的汗，彭远大觉得局长的手挺粗糙，却又非常温暖。

局长说:“小彭啊，你这娃做得对着呢，民警民警，就是人民的警察，警察前面去掉了人民两个字，就不配当警察。别学有的人，干屁大点事情就像传圣旨，一外出就要车，局里没车还向发案单位要，好像破个案子就给了人家多大恩惠，让人家领多大人情似的，却完全忘了为人民服务的宗旨，警察怎么为人民服务？就是打击违法犯罪，保护人民群众的生命财产安全嘛，这都是你应尽的职责嘛。你这样好，办案不扰民，尽责不居功，好，要保持下去。我不耽误你的时间了，去办你的事吧。”

彭远大老老实实听着局长的教诲，这番话局长开大会的时候没少讲，也许局长刚才替他擦拭汗水的动作隐含着一股类似于父爱的亲情，今天听着这些话格外入心，彭远大郑重其事地说：“局长，您放心，我一定记住你的话，永远不忘警察前面人民两个字。”说完又背起了麻袋。

局长叫住了他:“小彭，今天我给你派辆车，”没等彭远大明白过来，局长吩咐他的司机：“小张，今天啥也别干，就跟着小彭，听他指挥。”

司机小张提醒他：“局长，你要用车怎么办？”

局长说:“我还能没车用？你别管我，今天就把你派给小彭用一天。”

彭远大连忙谢绝：“局长，我用不着车，这一麻袋看着挺大，实际不怎么重，都是一些衣服鞋袜。”

局长绷了脸说：“我不是心疼你，我是为了工作，找这些失主靠你骑着自行车驮个大麻包满大街跑，啥时候才能搞完？有车一天就差不多了。书上不也说了吗，对了，是孟子说的，工欲善其事，必先利其器嘛。”

局长提到书，彭远大猛然联想到了蒋卫生书柜里的那些宝贝，壮了胆说：“局长，车我就不用了，不能因为我破这么一个小案子耽误了您的工作。您要是能批准我看看蒋组长保管的那些书，比您给我派十辆车还顶用。”

局长笑着问他：“蒋卫生那几本书你咋发现的？”

彭远大就把他发现书的过程和蒋卫生跟他定的借书条件给局长说了。

局长呵呵笑着说：“蒋卫生这个人办事咋这么死性，书嘛，印出来就是给人看的，不让人看要书还有啥用？书跟人是讲缘分的，有的人千方百计找书看，书也绝对不会亏待他，迟早能让他得到读书的好处。有的人见了书就打盹儿，揪着耳朵按着脑袋让他读书就像给他上刑，这种人一辈子也得不到书的好处，这就是跟书没缘分。你爱看书，好学习，这是好事，回头我给蒋卫生说，那里边的书随便你看，只要别损坏，看完及时还了就行。”

彭远大听到局长答应可以让他从蒋卫生那里随便拿书看，就像沙漠旅行看到了水源一样兴奋，连连向局长道谢，然后扛起麻袋准备出发，局长又叫住了他：“你还是坐车去吧，看书跟坐车并不矛盾，俗话说好钢要用在刀刃上，车嘛，破案用比干啥用都更有价值。”

司机小张从车上下来，打开后备箱：“局长这么说了你再客气就显得假了，咱们赶紧走吧，快点把事情办了比什么都重要。”

到了这个份儿上，彭远大也只好顺水推舟，给局长敬了个礼钻进了局长的座车。彭远大长这么大还是头一次坐这么高级的车，坐在上面忍不住东摸摸西看看，有几分激动又有几分拘谨还有几分遗憾，遗憾的是如果能让晓兰一起坐在这高级轿车上满大街的逛一圈，那感觉肯定棒极了。年轻人好冲动，有什么想法往往会立刻付诸实施，彭远大又长了个聪明脑袋，略加思索就来了主意：“张师傅，咱们先到东方红浴池把保卫组的大李子拉上，然后还得接两个重要证人，麻烦你了。”

司机小张说：“麻烦啥，反正局长今天把车派给你了，你说上哪儿就上哪儿。”

于是车先开到了东方红浴池，浴池的职工见来了这么高级的一台轿车，还以为哪位大领导莅临指导或者亲自洗澡，纷纷跑出来观望，见车上下来的是小个子彭远大，都有些失望，“噢”的一声一哄而散。彭远大接上了大李子之后，便驱车朝王大妈家里赶，大李子问他：“这是你们局长的车吗，你怎么给骗出来了？”

彭远大还没顾得上回答，司机小张接过话来：“你这人怎么这么孤陋寡闻，小彭他妈的老公公的二大爷的堂兄弟就是彭德怀彭大将军，领导能不关照关照他吗。”

大李子半信半疑，掰着手指头算这门亲戚到底是什么关系，彭远大说：“你别听张师傅胡咧咧，他逗你玩呢。是我们局长看我扛这么一麻袋衣服到处跑着让人家认，太辛苦，体谅下属，把他自己的车派来给我们跑案子，对了，你也挺行，怎么一下就能认出来这是局长的车？”

大李子说：“全市就那么几辆轿车，除了市长、书记，一般的领导出门都是北京吉普，哪台轿车是谁的全市人民都知道。”

司机小张插嘴：“你们也别说我胡咧咧，全国姓彭的是一家，说不准五百年前小彭和彭元帅还真是一家子呢。”

大李子又问彭远大：“你说去接王大妈，接王大妈干吗？”

彭远大一本正经地说：“王大妈跟这些失主熟悉，有她指引着找人近便，再说了，我们找的都是女的，认衣服试鞋袜，我们几个男的难免有不便之处，有王大妈陪着能方便点。”

大李子由衷地赞同："对对对，还是你想得周到。"

几个人来到王大妈家，大李子怕老黄跟他算账，不敢进去，让彭远大进去。彭远大最近一段时间经常往王大妈家跑，跟老黄已经熟悉，可是终究不通狗性，不知道老黄心里对他是什么看法，弄不好让它偷偷摸摸扑过来咬上一口就太吃亏了，所以还是小心翼翼溜着院墙的边，远远隔开跟老黄的距离往屋子里蹭。老黄懒洋洋地趴在地上，见到他鼻子里哼了一声，有点不屑一顾的意思，彭远大赶紧钻进了屋里。王大妈跟晓兰正在吃早饭，每人手里捧着一个大碗就着咸菜喝苞米面糊糊，吸溜出来的声音呼隆隆活像海水涨潮。彭远大来的次数多了，已经不像刚开始那么拘谨，有时候也敢跟她们开开玩笑，见这母女俩喝苞米面糊糊竟然能弄出如此大的动静既吃惊又好笑，忍不住问："我刚才在外面还以为打雷了呢，进来才知道是你们喝糊糊，糊糊有那么好喝吗？"

王大妈笑着说了些什么，晓兰已经习惯给她妈当翻译，告诉彭远大："我妈让我给你也盛一碗，想听听你喝糊糊的声音有没有我们的响。"

彭远大连忙谢绝："我已经吃过饭了。"说完不由得想起了自己吃的那两个馒头，不知道是心理作用还是真事，现在想起那两个馒头还真有一股臭脚丫味儿。

王大妈又问话了，晓兰翻译："我妈问你一大早过来是不是有什么事？"

彭远大把找王大妈的原因说了一遍，王大妈一口答应，彭远大又说："晓兰如果没什么重要事也跟着一块去吧。"

晓兰说："我去干吗？"

彭远大说："王大妈说话不方便，有你跟着我们随时能知道王大妈说了些啥，再说了，王大妈身体不好，有你跟着照顾不也好一些嘛。”

晓兰就看王大妈，王大妈比画：家里没自行车，我去让大李子捎着还行，晓兰怎么办？

董晓兰原话翻译给了彭远大，彭远大说：“谁都不用骑自行车，我有车。”“我有车”三个字说得格外清晰，就好像他真的有专车似的。

王大妈对晓兰说了些什么，晓兰说：“那好吧，等我把碗洗了咱们就走。”

彭远大说：“还洗什么碗，回来了再洗，车在外面等着呢。”

晓兰说：“回来了还得我洗，你又不洗。”

彭远大抓紧机会承诺：“我洗，回来了我洗还不行吗？”

王大妈哇啦哇啦地说着，起身做出门的准备，晓兰对彭远大说:“那就说定了，我陪你们去，你回来替我洗碗。”

这是彭远大巴不得的事儿，连连答应。三个人出门绕过堆积如山的垃圾、冬菜、煤块，来到停在胡同口的伏尔加轿车跟前，彭远大拉开车门请她们上车的时候，晓兰竟然下意识地朝后退了一步，问：“我们就坐这个车吗？”

看到晓兰惊诧的神情，彭远大得意极了，他知道自己今天的设计收到了预期的效果。

坐在车上，他们就开始一个个到失主的家里或者单位请失主从那一麻袋衣服鞋袜中辨认有没有自己丢失的东西，失主果然从这一堆衣服鞋袜中找到了自己的失物，有的是外套，有的是内衣，还有的是一双时髦的尼龙袜子。证据确凿，吉普车偷衣服的案子已经没有任何疑问了。可是麻袋里还剩下不少衣服不是那些失主的，根据衣服号码来看，这些衣服肯定也不是吉普车自己的，彭远大判断这些衣服也是吉普车从不知什么地方偷来的，只不过失主没有报案，或者虽然报了案却没有立案侦查。对此彭远大并不担心，面对确凿的证据，吉普车不老实交代也不行了，这些剩下的衣服就留给吉普车争取宽大处理吧。这时候司机小张又提起了局长小姨子的手表："那块表是不是这个小偷偷的？"

这个问题彭远大没法回答，因为迄今为止他没有得到一点关于这块手表的线索。小张又提醒他："你是不是也让局长的小姨子看看这些衣服，如果这里头有局长小姨子的衣服，八成手表就是这个小偷偷的。"

局长小姨子报案时并没有说她丢了衣服，所以彭远大就没打算让局长小姨子辨认衣服。不过小张还是提醒了他，他发现自己在调查走访中有一个重大的漏洞：那就是迄今为止还没有跟局长的小姨子这位案值最高的失主接触过，丢失的那块手表的现场描述、实物特征等必须深入掌握的细节都凭老牛的笔录。本来他也想过要抽空找局长小姨子谈谈，可是一脑袋扎进了寻找吉普车的轨道上，有点时间又老想着往王大妈家跑，就把找局长小姨子的事扔在了脑后。发现了漏洞就要尽快堵漏洞，彭远大接着小张的话茬儿作出了指示："张师傅说得对，现在就去。"

作为局长的司机，小张对局长小姨子的家自然也非常熟悉，熟门熟路地把他们领到了局长小姨子的家里。扛着大麻袋贸然闯到人家不像样子，彭远大就把麻袋放到门口，几个人先进去。小姨子的年龄并不小，已经是四十多岁的中年妇女，对人很热情，跟司机小张很熟悉，小张把几个人一一作了介绍，小姨子连忙让座倒茶又拿水果。看到王大妈小姨子怔了一怔，原来她经常到东方红浴池洗澡，认得王大妈，只是因为王大妈是哑巴，所以没有交谈过。彭远大介绍说："我们这次能抓住小偷，主要靠的还是王大妈提供的线索。”

局长的小姨子和大多数她这个年龄的女人一样，有了话题便滔滔不绝，而大部分话又跟话题本身没有多大关系。提到王大妈为破案作出了重大贡献，便把话题转到了王大妈身上，问东问西，关怀备至。王大妈说话不清不楚，晓兰就在一旁当翻译，小姨子这才想起来问晓兰的来历，大李子就又介绍晓兰是王大妈的女儿，小姨子的话题就又转到了晓兰身上，问晓兰多大了，上班还是读书，边问边啧啧有声地称赞晓兰长得漂亮、可爱。大李子告诉她晓兰下乡三年，去年才从农村办回来，现在还没有工作，在家当待业青年。说顺了嘴，大李子叹息了一声说:“可怜啊，晓兰的父亲去世好几年了，身后留下了一屁股饥荒，现在母女俩就靠王大妈一个人几十块钱的工资生活，还得还债，日子过得挺难。”

小姨子身上那股外向型中年妇女的特质这时候发生了作用，叹息同情道：“唉，一个女人带个孩子真不容易，哑巴带个孩子就更难，不过现在姑娘也大了，等着安排个工作，再找个好女婿，王大妈也就算熬出来了。”

彭远大在一旁听他们唠起了家常，自己的正经事一句也插不上嘴，眼看着天渐渐黑了，快到吃晚饭时间了，再不赶紧办正经事，回去食堂就关门了，不禁在心里暗暗埋怨大李子嘴贱话多，正要张口把话朝正经事上往回拉，局长的小姨子突然拍了大腿一巴掌：“对了，我怎么忘了，我们单位原来的打字员调去当文书了，正要招一个打字员，晓兰姑娘人长得好看，又聪明，可以去试试嘛。”

王大妈一听这话就激动起来，连比画带说，叽哩哇啦好像要咬人。晓兰有几分羞涩地给小姨子翻译：“我妈说太好了，就是我们家既没有后门，我的文化程度又不高，再说我也不会打字啊。”

晓兰在这边翻译，王大妈在一旁连连点头，表示晓兰翻译得准确无误。小姨子问晓兰：“你是什么文化程度？”

晓兰说：“高中毕业就下乡了。”

小姨子肯定地说：“高中毕业还说文化程度不高，大学毕业也不会去当打字员啊。打字员哪有先学会了才上班的，都是先上班然后跟师傅学，没问题，我去说，我就说你是我姐夫的外甥女，我们局长跟我姐夫好着呢，这个面子肯定能给。”

那个时候的打字员用的不是现在的电脑，打字的时候用的都是那种老式的铅字滚筒打字机，滚筒上裹着蜡纸，字就打在蜡纸上，然后再用油墨印刷，一般单位都专门配有打字员。而打字员也确实都是师傅带徒弟那么带出来的。打字员属于文秘工作，有点白领阶层的味道，一般单位配的打字员多多少少都是有点背景带点马力的人。像晓兰这样家庭的女孩子，想当打字员，难度就跟彭远大想当局长差不多。小姨子自称能介绍晓兰去当打字员，当然是王家母女想都不敢想的好事儿，顿时兴奋的脸红脖子粗，不知道该说什么才好，只知道一个劲道谢。

彭远大比较冷静，问小姨子：“您在什么单位上班？”

小姨子说：“我在工业局啊，政府单位，晓兰如果能进去，这一辈子就有保障了。”

突兀而至的好事往往更容易让人怀疑它的可靠性，连大李子都有些不放心，怕这位小姨子是那种破车好揽载，揽载又不负载的人，这会说得好听，过后屁事办不成，让王大妈母子空欢喜一场，空欢喜过后那种失落和遗憾更难受。于是半信半疑地问小姨子：“您说的这件事有几分把握？”

小姨子的回答连彭远大都松了一口气：“什么几分把握？我就是局办公室主任，打字员就归我管，要谁不要谁不敢说我说了算，可是我推荐的人只要没有重大的政治问题，局领导一般情况下不会不同意的。”又对晓兰说：“你明天就带着户口和回城证到工业局来找我，记得穿整齐点，这种事情就得抓紧，说不准哪个领导有什么关系要安排，万一定了，我们再想顶就没那么容易了。”

有了这话顿时皆大欢喜，彭远大高兴之余，非常感谢局长的小姨子，暗暗发誓，一定要把小姨子的手表找回来。想到小姨子的手表，彭远大就开始一本正经地对局长小姨子说正事儿：“阿姨，我们今天来是想麻烦你一下，最近我们查获了经常在浴池偷盗衣服的人，想请你看看她偷的衣服里有没有你的东西，如果有你的东西，那手表八成也就是她偷的。另外，我还想再请你给我详细说说您丢手表的情形。”

小姨子说：“我的衣服倒没有丢，就是手表丢得太心疼了。那块表是我老公公去世的时候专门留给我的，很有纪念意义，表蒙子裂了我都没舍得换，怕一换就不是原模样了。那天我洗澡的时候跟往常一样，摘了手表就放到了更衣柜里，然后锁上更衣柜就去洗了，好像跟平常也没什么不同。”

彭远大问：“你怎么不把手表交给贵重物品寄放处呢？”

小姨子说：“我经常到东方红洗澡，刚开始还小心翼翼的专门把表寄放了，后来看看挺安全，从来没出过什么事，洗一回澡老得寄放手表，洗完了还得去取，挺麻烦的，慢慢就大意了。”

彭远大追着问：“你刚才说手表的表蒙子裂了，裂开的大不大？”

小姨子笑了："你这个同志问得还真细致，原来办这个案子的老牛就没你这么细致，表蒙子是裂缝了，裂的不严重，就是在边上有一道缝，裂严重了哪还能带。"说着抓过彭远大的手，彭远大带着一块上海表，是工作以后省吃俭用攒了两年才买的，小姨子在他的表上比画着："就这样斜着一道缝，要不是这块表有那么重要的纪念意义，又怕换不上原装货，我早就把表蒙子换了。"

彭远大不死心："阿姨，东西我们都带过来了，麻烦你看看，如果实在没有你的东西就算了，说不定还能有什么收获呢。"

小姨子只好说："那好吧，我就看看，我记得真没丢什么衣服。"

大李子把麻袋从门外拖了进来，小姨子大吃一惊："这么多？这个小偷也真能。"

彭远大打开麻袋，却不让她看衣服，只管把那些经过他整理过的鞋袜往外掏，然后一双双地把鞋袜摆好让小姨子辨认，小姨子看着看着"咦"了一声，拽出一双橘黄色的尼龙袜说："这双袜子好像是我的，对了，就是我的，这不，后跟里面用伤湿止疼膏粘着，那是我亲手粘的。"

彭远大追问她："您刚才不是说您除了手表没丢是别的东西吗？"

小姨子说："我当时发现袜子没了，那是小东西，还以为是我自己给塞到不知道什么地方去了，光顾着找手表了，哪还顾得上找袜子，过后也就忘了。"

彭远大有了自信，对小姨子说："阿姨，你放心，手表我一定给你追回来，要是追不回来我这块手表就送给你。"

小姨子连忙谢绝："能追回来当然最好了，追不回来阿姨也不能要你的手表啊。"

彭远大就吩咐大李子：“成了，就这样，把东西都收起来吧，等案子最后破了再还给失主们。”

大李子提醒他：“是不是再让阿姨看看衣服。”

彭远大说：“不用了，这里面肯定没有阿姨的衣服。”

小张在一旁问：“为什么？”

彭远大胸有成竹地给他们解释：“衣服是大件东西，阿姨要是丢了不会忘。吉普车不到三十岁，阿姨的衣服她肯定嫌老气不会要，偷回去穿又穿不成，卖也没人要，所以她肯定不会偷阿姨的衣服。”

他一说完，众人一致认可：“对，是这么个道理。”小姨子还补充了一句彭远大听着最为顺耳的话：“这个小彭脑子真好，咱们谁都没想到的道理，他想得清清楚楚，太聪明了。”

4

星期天，彭远大换上了刚刚发下来的新警服，提着买来的罐头、麦乳精去找大李子。大李子一见面就说：“你来就来呗，还买这么多东西干吗？”说着就要伸手接他手里的东西。

彭远大急忙把东西藏到身后：“别开玩笑，谁给你送礼，今天可得请你陪我跑一趟。”

大李子诡谲地笑笑：“怎么，新女婿上门看丈母娘去？”

彭远大脸红得像刚刚从猪肚子里掏出来的下水：“胡说啥呢，你们浴池的案子能破，全靠王大妈的支持帮助，咱总不能鸭子下蛋下过就不管了吧？今天我专门过去感谢王大妈一下，你要是愿意就陪我去一趟，你要是不愿意就算了，我也不是不认识她们家，我自己去。”

大李子呵呵笑着说：“案子破了，你劳苦功高，我能不陪你走这一趟吗？走吧。”于是两个人骑了自行车慢慢朝王大妈家走。

那天找失主们辨认过失物之后，彭远大回去后连夜审讯吉普车，希望趁热打铁，突破手表失窃案。吉普车真应了那句俗话：贼没赃硬似钢，面对那一大麻袋衣服，承认自己偷了衣服，却坚决否认自己偷过手表。彭远大审了半夜，吉普车居然坐在那里仰着脑袋睡着了，还呼噜呼噜打鼾。彭远大两天一夜没有睡觉，自己也困得睁不开眼睛，又受到吉普车鼾声的催化，不知不觉趴在桌子上也睡着了。在一旁担任纪录的大李子看到这种情况又好笑又心疼，他知道彭远大太缺觉了，实在不忍心叫醒彭远大，只好硬挺着在一旁监督呼呼大睡的两个人，彭远大睡了一阵儿忽悠一下子醒过来，吧嗒吧嗒嘴，揉揉眼睛，大李子连忙劝他：“今天就到这儿吧，回去睡觉，明天接着审，人家都睡着了，你也该回去歇歇了。”说着推了推吉普车：“嗨，醒醒，我们走了，你躺下睡吧。”

那个时代还没有现在这么完善的拘押处所，像吉普车这种情况只能在局里临时找个房间暂时安置，哪间房子有临时拘押的嫌犯，哪间房子就叫隔离室。看守一般也都是由抽调来的武装民兵负责。吉普车是女人，那个时候女人犯罪的少，所以她就独自享用了一个单间，看守是两个女民兵。吉普车醒过来，嘴角拖着长长一条垂涎，啥话不说扭身滚到床上埋头大睡起来，倒把大李子跟彭远大逗笑了：“她的心倒挺大，想得开睡得香。”

彭远大说：“明天就不审她了，我就不信她不交代我就找不到那块表。”

第二天大李子到公安局找彭远大想继续帮他搞案子，彭远大却失踪了，连着两天无影无踪，大李子反倒替他着急起来，正准备到公安局领导那里报他失踪，他却骑着那台破旧的飞鸽牌自行车到浴池来找大李子："看看这是啥？"说着打开了手里的手绢包，大李子两眼一亮，彭远大手里拿着的正是一块瑞士梅花牌手表，表蒙子边上斜着裂了一道缝。

"这肯定是你们局长小姨子的那块手表啊，你从哪儿淘弄出来的？你到底有什么绝招说出来听听。"大李子惊诧不已。

彭远大说："上靠脑袋下靠腿，你想想，我们把吉普车家搜了个底朝天，她家屁大点地方，划根火柴就能转三圈，一块表还能藏到哪儿去？总不至于挖个坑埋起来吧？我寻思，局长的小姨子说她的手表表蒙子裂了一道缝，吉普车偷了不管是自己戴还是要转手卖，八成都要到修表店把表蒙子换了，于是我就挨家到各个修表店查问，还真让我查出来了。中华路修表店的师傅说，前几天有个女人到他的修表店来换表蒙子，那个女人的长相特征和吉普车完全一致，送来的也正是瑞士进口的梅花表，修这种手表的人很少，表送过来一直还没配上合适的表蒙子。我让他把手表拿出来一看，这不就是局长小姨子丢的那块表吗？"

大李子说："那还不赶快让小姨子认认，如果真是她的表，这个案子就算彻底完工了。"

于是两个人急匆匆来到局长小姨子家，经过局长小姨子辨认，这块表就是她丢的那块确定无疑，至此东方红浴池盗窃案圆满告破。局长小姨子珍贵手表失而复得，兴奋激动得连连道谢，彭远大趁机再次提醒局长的小姨子别忘了晓兰当打字员的事儿，局长的小姨子把丰厚的胸脯拍得咚咚响："没问题，你让她下礼拜一就到工业局来找我报到。"

这是礼拜六才发生的事儿，今天彭远大便提了礼物来找大李子陪他到王大妈家里报喜，既报案子彻底侦破的喜，也报让晓兰到工业局报到上班的喜。两个人来到王大妈家，老黄不知为什么今天对彭远大格外热情，一个劲围着他摇尾巴献媚，一直把他送进屋里。对大李子却格外仇视，对他狂吠不止，拦住他就是不让进门。大李子骂道："这个破鞋狗，太势利眼了，快出来个人把这狗东西拴起来。"可是光听到屋里的人唧唧喳喳说得热闹，就是没人出来替他拦狗，大李子只好连踢带打、连蹦带跳好不容易才突破大黄狗的封锁进到屋里。

等到大李子摆脱大黄的纠缠，进到屋里，彭远大已经把两件喜事告诉了王大妈娘俩，娘俩乐得合不上嘴，瞬间彭远大的小身板在她们眼中膨胀的无比高大。这个案子虽然仅仅是一个盗窃案，但是连公安局局长小姨子的手表都被偷了，所以造成的社会影响很大，政治影响极坏。跟发案造成的社会影响成正比，侦破此案的社会影响也就相应大大超出了这个案子本身。彭远大一炮打响，局长多次在大会上点名表扬，报纸上也报道了这个案子侦破的消息，"彭远大"三个字在那篇报道中一共出现了三次，彭远大在公安局成了不大不小的知名人士。

既不否定，也不肯定

1

银州市委常委、组织部部长关原这几天一直在忙一件事情：考查公安局的第二梯队后备干部。提拔谁继任公安局局长的这件事情让他感到了实实在在的压力。在外人的眼里，提拔干部他是关键环节，拥有权威话语权。因为，只要组织部门不提名，任谁想提谁也是白搭。但是他却明白，在干部任命选拔问题上，组织部部长虽然有他特殊的作用，但并没有绝对的权威，更没有垄断权。干部管理自有一套完整的程序和体系，比如后备干部的考查、第二梯队的管理，并不是由他一个组织部部长一手包揽，具体承办是干部处、组织处，他也得根据人家的考查结果和管理意见来决策，组织部部长的能量来自对干部考核的实施权、管理权，真正到了该提谁不提谁的关键时刻，拍板的是书记，虽然党章规定书记只是常委班子的班长，常委会实行集体领导，但事实上又有哪个常委能够面对面红下脸来跟书记对着干呢？除非是关系到身家性命或者切身利益的大事，没有这种必要性的情况下，关键的一票还在书记手里。

公安局局长的人选任命过程跟一般的局长还不一样，这是一个非常重要的岗位，公安局局长一般兼任政法委副书记的职务，实际级别比别的局长要高出半截，所以相应地公安局内部的机构设置也比其他局高了半级。公安局局长的任命不但要经过市委常委，还要由市长提名经过人大常委核准、征得省公安厅的同意才行，所以他作为组织部部长，对这个任命发挥的影响是有限的。他对此心知肚明，然而外面的人却并不一定心知肚明，即便明白也还是对他这位市委常委、组织部部长抱有莫大的期望。公安局党组成员、副局长蒋卫生就是一个。

蒋卫生今年已经五十二岁了，他可以当做动物进化、基因突变、从一个极端走向另一个极端的范本。前二十年肮脏得活像西方颓废派和东方叫花子的混血，如今干净得活像随时随地准备相亲的鳏夫，胡子刮得干干净净，老脸洗得干干净净还抹上了增白蜜，早就花白的头发定期焗油，黑得瘆人，衣服板正得像铁板，一年四季脖子上都要扎一根易拉得领带，成了名副其实的“讲卫生”。他到关原家里来拜访的时候，不用张口关原就知道他要干什么，他这是做工作来了，流行的话儿叫跑官。作为组织部部长，跑官他已经司空见惯，因此他也就对这个问题看得比较客观，不会像一般老百姓那样，提到跑官就认为是大逆不道的肮脏行为。从某种程度上讲，他甚至对这些跑官的人非常理解。既然走仕途，谁不想顺顺当当一路向上？现今社会当干部，只要不贪不色，老老实实干工作，就是好人，就有权利渴望提拔升职。有了机会，又有条件，当面向组织说说自己的愿望也不见得就是坏事。见得多了，关原也就有了对付这种事情的娴熟技巧，那就是既不否定也不肯定，热情接待，该干吗干吗。所以，当蒋卫生趁着天黑，神情极不自然地踏进他家门的时候，关原照例是热情欢迎，一路打着哈哈，说着客气话把蒋卫生迎了进来。其实他心里明白，像蒋卫生这种人，肯定在上面没有什么靠山，却又自认为最有资格和条件继承公安局局长的职务，不然他也不会硬着头皮亲自找到他的门上。

蒋卫生坐定之后，接过关原递过来的热茶，两只手捧着，如同捧着一只刚刚孵出的小鸡那么小心翼翼，神情是想笑又不知道该怎么笑的那种尴尬。关原继续跟他打哈哈："蒋局，你可是稀客啊，今天怎么有闲心到我这儿串门来了。"

蒋卫生局促不安地在沙发上扭动着，好像屁股底下硌了一颗石头，又好像身上什么地方痒痒当着人面不好意思挠："没事，没什么事过来看看关部长。关部长最近身体还好吧？"

关原暗暗好笑，给蒋卫生下了定义：这是一个有点小野心的老实人。心里这么想着，嘴上继续打哈哈："好着呢，最近我拒绝电梯，每天上下班爬楼梯，感觉很不错，一步两个台阶爬到七楼，心不跳气不喘，说明重要的零部件运行正常。你呢？我看你的气色也很不错嘛，你有什么养生秘诀可不要独自占有啊。"

蒋卫生不好意思地笑笑，谦虚道："我哪有什么秘诀，经常也想锻炼健身，可是没有关部长的毅力，只好顺其自然了。最近天气快凉了，关部长爬楼梯可要注意保暖，爬楼梯身上容易出汗，身上出了汗，容易着凉感冒，感冒虽然不是什么大病，可是会引起其他病症，听我老婆说，感冒能够引起肾炎、心脏病、肺炎等等等等，也是不能忽视的……"

关原听着蒋卫生唠唠叨叨的就感冒这个话题表达对自己的关怀爱护，实在替他难受。然而，他知道，蒋卫生想说的话题自己绝对不能先提起来，尽管这种有一搭无一搭的对话非常乏味、无聊，可是也得耐心地应付："是啊，我很注意，我们都是过了中年的老年人后备队，你没听人家说吗？到了我们这个年龄，更要坚持一个中心两个基本点。”

蒋卫生马上做出虚心请教、聆听教诲的神态问道：“您说的一个中心两个基本点就是以经济建设为中心，坚持四项基本原则，坚持改革开放吧？不知道我背得对不对？”

关原哈哈大笑：“不是，你说的那是党的基本路线，我说的是我们这个年龄的人应该遵守的生活准则，一个中心就是以健康为中心，两个基本点就是保证有一个稳定的家和稳定的收入，保证遇事不生气不激动。”

蒋卫生说：“关部长你说得太好了，确实是这样，这就叫修养啊。不过我们公安局的工作性质在那儿放着，大多数工作都直接关系到人民群众的生命财产安全和社会稳定平安，不着急不行啊。”蒋卫生不管怎么说也是在官场上混了这么多年的老处级干部了，再老实也会按照自己的目的引导谈话内容，“就拿现在来说吧，局长牺牲以后，局里的工作千头万绪，新的局长一直没有来，很多工作都受影响，干警队伍也出现了不稳定的动向，这件事情市里应该尽快解决啊。”

局长殉职之后，按照惯例市委市政府应该先安排一个副局长代理局长，后来看到竞争实在太激烈，如果马上安排代理局长，其他人肯定会挑剔、不服甚至混搅，难免影响公安局的各项工作，副作用到底会有多大谁也说不清楚，所以就改了主意，不再任命临时代理局长，打算一步到位，直接任命局长，这样可以一锤定音、稳定局面，避免矛盾复杂化。在一次常委会上顺便过了一下，决定暂时由主管政法工作的副书记刘洪波代行局长职责，负责公安局的全面工作。然后由刘洪波直接到公安局打了个招呼，几个副局长仍然按照原来的分工各负其责，全面工作由他暂时代管。

关原见他开始把话题朝那个方面拉扯，也不再跟他兜圈子，直截了当地问他："是啊，这件事情市委也非常着急，整天催促我们抓紧考核领导班子，干部处不是一直在你们局里做这方面的工作吗？刚好你来了，你说说，你有什么看法？"

蒋卫生吭哧了一阵儿才说："公安局比较特殊，不能光看文凭、年龄，还要综合考虑经验、威信、个人品德和资历，一定要能压得住阵才行。"

关原知道，蒋卫生没有正经文凭，上面要求干部知识化以后，不知道通过什么途径，半买半考弄了一张法律专业的大专文凭，年龄跟其他几位副手相比，也没有明显的优势，所以他才把威信、品德、资历这些条件摆了出来。

关原点点头，他这个头点得非常暧昧，既可以理解为对蒋卫生的话同意、赞许，也可以理解为他听到了蒋卫生的话，听懂了蒋卫生的意思。蒋卫生把他的动作理解为赞许、同意，立刻来了精神，说出来的话也顺畅多了："刚才关部长说到我们这个年龄是已经过了中年的老年人后备队，其实，年龄也是财富，年龄代表着经验，我二十岁进入公安队伍，一干就是三十多年啊，虽然水平不高能力不强，可是也一直兢兢业业、任劳任怨，三十多年的实际工作经验那是别人没有的财富啊！"

关原虽然明白他说这话的意思，却不好接茬儿，如果接茬儿，难免要表明自己态度，肯定和否定都不好说，于是继续连连点头，继续给蒋卫生递烟倒茶。蒋卫生也继续把关原的动作当做认可、赞同，接着往下说："唉，人这一辈子，过得真快，不知不觉大半辈子就过去了，我明年就五十岁了，看样子这一辈子就这个样了。如果局长没有出事，我也不想别的，老老实实干工作，踏踏实实替他抬轿子，到站了老老实实下车，回家抱孙子、养鱼、养花、扭秧歌，可是现在有了这个机会，您说我是不是应该争取一下？”

话问到这个份儿上，关原为难了，摇头，意味着否定，好像自己不同意他当局长，那就会得罪他一辈子。肯定，又意味着自己对他的一种承诺，如果他不是组织部部长，肯定和否定都无关紧要，可是他是组织部部长，在这种时候不论否定还是肯定，都有违反组织原则之嫌。看着蒋卫生希冀、恳求、探询种种复杂情绪混交出来的复杂眼神，关原有些不忍，鼓励他“争取”无异于蒙骗，因为他知道他即便争取也没有用处，如果他有争取的本钱，也不至于深更半夜跑到自己家里来做这种事情。如果直截了当告诉他不必再“争取”了，那又有些太残酷，他知道蒋卫生说的是实情，按照市委市政府的规定，五十岁以上的处级干部如果没有特殊需要基本上就没有提拔升职的可能了，这次，对于蒋卫生来说，确实是最后一班车。这些复杂的念头在关原的脑海里闪电般掠过，脑子里活像掀起了一阵旋风，表情却是波澜不惊的平淡微笑：“那是，那是。”他只用四个字就把蒋卫生打发了。

蒋卫生却再一次把他这暧昧的表态当成了肯定，情绪竟然开始激动起来：“关部长，你说说，我在公安队伍里干了这么多年，什么样的苦没有吃过，什么样的罪没有受过，破的案子比公安大学教科书上的都多，抓的罪犯可以编成一个营，眼看着人老了，还是一个处级，想一想连自己都觉得愧得慌。您刚才说的那句话我听了心尖尖都颤啊。”

关原好奇地问：“哪句话？”

蒋卫生深深叹息了一声：“就是说我们都是过了中年的老年人后备

队那句话啊，想一想我都害怕，不知不觉就开始朝老年人的队伍奔了，这一辈子，我光知道老老实实工作，从来不懂得拉关系、走门路，事到临头，连个能帮忙说句公道话的人都没有，我只好硬着头皮来找关部长谈谈心里话，如果这一回我再失去机会，我就只好拿着处级的待遇回家了……”说着说着蒋卫生竟然有些伤感，眼圈也红了，声音也哽咽起来。

关原连忙安慰他："别这么说，也别这么想，老蒋啊，能争取我们尽量争取，即便争取不上，我们也没损失什么嘛，照样是党的好干部、名正言顺的正处级副局长啊，别这样啊，你的心情我理解……”

蒋卫生也觉得这样有点失态，不好意思地勉强笑笑，装作挠头发，顺手把溢到眼角的泪抹去了："不好意思啊关部长，说起这种事情我有点激动，就说那一回吧，老局长退下来了，当时副局长里头我的资格最老，排名第二，排队买肉也应该有个先来后到吧？可是在关键时候老范从人事局跳过来当了局长，真让人莫名其妙。可是这也是组织任命的，我们服从，积极配合人家工作没二话。这一回可是我最后一次机会啊，我再不说话，没人能替我说话，你关部长是个正直公道的人，我想你能帮我说说话，我这才抹下脸皮来找您。”

蒋卫生对当时范局长从人事局副局长位置上一下跳到公安局当局长莫名其妙，关原却不会莫名其妙，作为组织部部长，他当然知道其中的内幕。公安局局长出缺的时候，省上主管干部工作的领导替范局说了话，说他是科班出身，有知识、有文化还专业对口。当然，这也仅仅是个借口而已，范局长确实是六六年公安学校毕业的，那只不过是一所专业技术学校，根本算不上正规文凭，况且他根本就没有干过公安工作。关键还是他跟那位领导有某种至今谁也说不清道不明的特殊关系。省领导打了招呼，而且是非常明确的招呼，市领导谁也不会为了一个公安局局长的位置跟上面主管干部的领导顶牛。

范局就是那位跟野猪同归于尽的局长，姓范，简称范局，听着像饭局，公安局的人整天范局范局的叫，不了解情况的人还以为公安局一天到晚有饭局，也有的人以为公安局办什么事都先要有饭局，所以坊间就有“公安局了不起，接到报案摆饭局”、“公安局大盖帽，吃完原告吃被告”之类的顺口溜流传。此话传到市委书记吴修治耳中，吴修治勃然大怒，指示市纪委严查公安局的吃喝风。市纪委组织了阵容庞大的调查组进驻公安局，很快真相大白：所谓的吃喝风根本就不存在，公安局上上下下整天范局范局的叫唤，老百姓误以为是饭局。调查结果让吴修治哭笑不得，专门在全市干部大会上为公安局广大干警平反昭雪，此事成为银州市的笑谈，其他局的局长、副局长都暗暗庆幸自己命好没姓范。

关原应付蒋卫生：“别这么说，你也别着急，组织上正在考核班子，这还要有一个过程，不会那么快的。”

蒋卫生说：“我也知道现在干部管理正在改革，不像过去那样提谁就是领导一句话，现在还要考核、公示等，我的要求不高，只要求不要把我画到杠外就成，这关键就要看您关部长的了。”

关原应付着：“这没问题，只要符合条件，我们一定会推荐的，我们就是干这个工作的嘛，给组织上推荐符合标准的优秀干部就是我们的职责嘛。”

蒋卫生显然把关原的话理解成了一定会推荐他，顿时激动不已，脸色红堂堂的好像突然灌了一瓶老白干：“谢谢，谢谢关部长，我就说嘛，关部长为人公正，办事公道，一定会为我们这些没有后台靠山只知道老老实实干工作的人说话的。对不起关部长，打扰您了，我也是觉得实在是有些委屈憋在心里难受才来找你谈谈心，你可千万别误解我，觉得我搞不正之风啊！”

关原连忙说：“不会，我怎么会那么想？你放心，我能理解，该做的我一定会认真做的，你还是安心工作，不管将来结果怎么样，公安局的工作都离不开你这样的老同志啊。”

关原说的都是场面上的原则话，可是人是具有主观意识的动物，往往主观地将事物发展的趋向朝有利于自己的方向理解，尤其是在蒋卫生这种情况下，更加难以冷静客观地领会理解关原的意思，所以他把这些话理解为承诺、赞同。该说的话都说了，想得到的答复以蒋卫生的理解也得到了，按说他就应该告辞了，这也是关原期待的结局，没想到蒋卫生却突然做恍然大悟状：“咳，关部长，你说我这个人的脑子，本来找你是有别的事情，结果一提起工作就光顾说工作了，把找你的正事都忘了。”

关原听他这么一说，心里暗暗惊讶，想不出他还能有什么“正事”要说，忍不住偷觑一眼墙上的挂钟，已经十一点钟了，早就过了他自己给自己规定的十点半钟必须睡觉的时间了，心里暗暗烦恼，脸上却还不得不装出感兴趣的样子应付他：“是吗？还有什么事？”

蒋卫生从怀里掏出一个用报纸包裹着的本子，打开来说：“我听人家说关部长是集邮专家，我这儿有一套‘文化大革命’时期的邮票，今天晚上本来是想请关部长鉴定一下，看看是不是真品，结果光顾着说工作上的事差点儿忘了。”

关原确实是集邮爱好者，准确地说应该说是邮迷，列于本市集邮协会的名誉主席，所以经常会有人来请他鉴别邮品的真伪。然而，关原却从来没听说过公安局的蒋卫生副局长也有这个雅兴，今天居然拿出来一整套“文革”邮票请他鉴定，这倒真让他有些惊讶了。

蒋卫生小心翼翼地揭开外面的报纸，露出里面的集邮册，双手恭恭敬敬地捧给了关原。关原狐疑地翻开了集邮册，不由眼睛一亮，哈，万万想不到这个貌不惊人的蒋卫生居然还有这么一套完整的“文革”邮票，从“全国山河一片红”小型张到“炮打司令部”三联张，从“毛主席去安源”到“延安文艺座谈会”等，根据他的集邮知识，这本集邮册里基本上囊括了“文化大革命”期间发行的所有邮票。关原震撼了，这是他所见到的收藏最为完整的“文革”邮票真品。如果按现在的市场行情变卖，仅仅是一套十一张“毛主席语录”就能卖到七八千元，一套十四张“毛主席诗词”更是能卖到上万元，“全国山河一片红”之类的就更加是有价无货的邮品珍宝了。

关原生怕自己判断有误，又拿出放大镜全神贯注地看了起来，没有一张假票，都是真品，据他所知，目前在银州市没有一个人拥有这么完整的“文革”票。他惊讶地问:“这些票你是从哪儿搞来的？真是你的？”

没有听到蒋卫生回答，他抬头一看，蒋卫生居然不知什么时候已经悄然离开了。关原追了出去，只看到了蒋卫生远去的汽车尾灯。回到家里，关原再次审视那套邮票的时候，才发现桌上扔了一张纸条，拿起来一看，上面写着：关部长，这是我父亲留下来的东西，一共两套，我对这些东西根本不感兴趣，本来想把两套都给你，可是终究是父亲留下来的，我自己就留了一套，这一套送给你，由你保管才是这套邮票最合适的归宿。

纸条既没有落款也没有日期，但是可以断定是事先就准备好的。关原收拾起集邮册，躺到床上的时候，他才发现自己看走了眼，蒋卫生的确是一个没后台背景的人，但绝对不是老实人。他想到了最近考核干部的时候看过蒋卫生的档案，蒋卫生是农家子弟，难怪在他那农民式忠厚的面具下面隐藏着农民式的狡狯。

2

公安局副局长姚开放是一个非常能够适应政治形势的人。“文化大革命”中他积极造反，曾经在相当程度上掌控过公安局的人事管理权和政治工作权。粉碎“四人帮”清算极左路线的时候，他又成了清算极左路线的积极分子，不但没有被划成三种人，反而在拨乱反正和公安机关机构恢复“文革”前建制的时候，成了公安局政治部的科级副主任。这一点从他的名字上就能看得出来，“文革”时期，他的名字是姚破旧，改革开放以后，他跟他老婆与时俱进，他老婆把原来的赵立新改成了赵改革，他就也相应地把姚破旧改成了姚开放。头脑灵活，跟得上形势这仅仅是内因，他还有一个非常优良的外因条件——他有一个吃得上劲的老岳父。他老岳父赵银印是前任分管政法的副省长。在省上担任党政领导要职多年，放眼看去到处都是老同事、老部下，所以他老岳父虽然现在已经离休多年，成了鸡皮鹤发的老者，却仍然在一些协会之类的半官方组织担任会长之类的闲差，继续挣扎着发挥余热。

姚开放当然也不会放过继任公安局局长的机会，好在他用不着像蒋卫生那样可怜巴巴地亲自出面找关原之类的人物说小话、送集邮册。他有老岳父替他运筹帷幄、上下周旋。就在关原经受蒋卫生折磨的时候，他的老岳父赵银印也正在折磨市长夏伯虎。

老人家是专门从省城赶到银州来办这件事情的，来之前给银州市打了招呼，省上老领导前来视察，银州市自然要接待。接待姚开放老岳父的任务理所当然地落到了市长夏伯虎的肩上。“文革”前赵老爷子担任省团工委书记的时候，夏伯虎是省团工委干事，正是在赵老爷子的栽培提携之下，夏伯虎由省团工委干事一路熬到了银州市市长的位置上。作为老领导，政治进步的领路人，赵老爷子前来银州，夏伯虎出面接待是义不容辞的义务。

市领导接待客人一般都放在银龙宾馆，银龙宾馆过去是银州市的市委招待所，改革开放以后，为了搞好接待工作，树立银州市的形象，历任历届市委市政府领导都要着手对银龙宾馆进行一番大规模的改造、扩建、装修，似乎这是每一届市委市政府的必修课。人们常说，再苦也不能苦了娃娃，再穷也不能穷了教育，银州市是再苦也不能苦了宾馆，再穷也不能穷了接待。于是，银龙宾馆经过历任历届市委市政府领导持续不断地添砖加瓦，如今已经由政府招待所升格为银龙宾馆，规模档次达到了三星半，号称五星级。赵老爷子驾临之后被安置在豪华套间，吃饭就在接待贵客的独立餐厅。

市长夏伯虎是团干部出身，这种干部有一个相对普遍的特点就是能说、会说，市长夏伯虎又是能说、会说的团干部中的佼佼者，不论是开市委常委会还是市长办公会，他的话一开头就滔滔不绝，能从银州市绕到联合国再到月亮上转两圈最后又回到了银州市，难能可贵的是，绕了那么大一圈还能句句不离改革开放并且最终准确地降落到原来的主题上。

他一开讲，别人要想插话，就跟春运期间排队买火车票想加塞一样艰难。平常聊天或者向上级汇报工作，夏市长更能忽悠，说好他能把银州市吹成一朵花，说成全地球最佳投资胜地；说孬他能把银州市说成豆腐渣，把银州人民说得比非洲难民还可怜。至于说好还是说孬，或者半好半孬，那就要根据说话的对象和说话的目的而定，在这方面夏伯虎先天就有一股灵气，后天又在官场上长期磨炼，运用起来得心应手、出神入化。

有了这样一位能忽悠的市长倒也是银州人民的福气，在他的忽悠下，银州市近些年招商引资颇有斩获，每年引进的外商投资高达一个亿，每年忽悠来的省上、国家的优惠政策和财政补贴换算成人民币也有一两个亿，于是乎银州市的干部群众就根据这位市长的特点和姓名的谐音亲切地称之为：瞎白话。

夏市长一听赵老爷子驾临银州，心里就明白他此行的目的，早早就在啤酒肚里存放了应急预案，准备大大地忽悠老爷子一把。他有意无意地稍微拖延了一阵儿，来到银龙宾馆的时候已经过了七点钟。老年人不经饿，等不住他赵老爷子就先开吃了。夏市长来了之后，一见面先向老领导检讨：“哈哈哈，老领导大驾光临我们银州市，对我们的工作是最大的支持和关心啊，不胜荣幸，不胜荣幸，抱歉抱歉，来晚了，来晚了，太不应该，太不应该了，没办法，事情太多，工作太忙，您老当了一辈子领导应该知道，现在的工作有多么难，如果人的自然生存条件能够适应，整天不吃、不喝、不睡觉也忙不完啊。”

赵老爷子这次来是有求于人，加上主人未到自己先开吃也有些不合礼数，自然不好对夏市长的姗姗来迟表现出不满，只好起身握手连连说："没关系，没关系——"

刚刚说了两个没关系，话头就被夏市长抢了回去："那可不行，怎么能没关系呢？老领导跟我的关系那可非同一般，有关系，大大的有关系，我是老领导一手培养起来的干部，明明知道老领导来了还来晚了，不管有天大的事情也说不过一个理去，我认罚，认罚，服务员，把酒给我倒满，一定要倒满啊，这可是向老领导认罪的罚酒，不倒满可不行，不倒满老领导不原谅我，我就不原谅你们啊……"

后面的话是对着服务员说的，服务员抿嘴一乐，连忙把夏市长的酒杯斟得满满的。夏市长也不等赵老爷子回话，双手捧杯一饮而尽，然后长出一口粗气，抻脖子瞪眼地做了个公鸡打鸣的动作，表示自己被白酒辣着了，然后把酒杯朝赵老爷子亮了一下："老领导，一杯行不行？不行我就再罚一杯。"

赵老爷子嘿嘿一笑："小夏啊，算了，一杯足够了，没事，我知道你们在职干部责任重、工作多，特别是当市长的，处在矛盾的中心，大事小事都得操心，唉，我是过来人，理解啊，理解，快，吃点菜，慢慢喝。"

赵老爷子说话的时候，夏市长抓紧时间吃菜，赵老爷子的话音刚刚一落，夏市长见缝插针马上插了进去："老领导来一次不容易，我一定要把银州市的工作全面详细地向老领导汇报一下，老领导对我们的工作要批评、帮助啊！对了，改革和开放怎么没过来陪您老人家？不像话，我马上打电话找他们……"

话说到这儿马上醒悟，人家来的目的就是要说开放的事儿，人家还没提自己先把话头往这方面引，真是话多有失，连忙把话头往别处拉："算了，不找他们了，我陪老领导，最近啊，我们银州市正在论证一项大的改革措施，准备开征路桥年费，过去车在路上跑，过桥费、过路费杂七杂八的收起来麻烦得很，还影响车辆通行效率，为什么呢？一遇到收费站就得停车交费，如果实行了路桥年费，一年的费用一次交了，省得每次过桥过路都得停车交钱，还能省下不少收费的人头费，收来的年费还可以加快修路投资的回收期……”

从征收路桥通行年费开始，他滔滔不绝地介绍着银州市现在的、将来的、正在做的和准备做的各项建设工程、改革创新方案以及宏伟规划和远大发展前景，仿佛赵老爷子是中央首长和美国巨商的混合体，正在考察银州市的工作和投资环境。

赵老爷子任他忽悠，做出悉心倾听的样儿，专心致志地吃喝，专心致志地听他瞎白话，插空劝他喝一杯酒、吃一点儿菜。

赵老爷子吃饱喝足了，打断了他的话："小夏啊，你是不是应该上一趟厕所了？"

夏市长愣了："上厕所？上厕所干吗？"

赵老爷子哈哈大笑："你喝了那么多矿泉水，硬憋着不上厕所对膀胱不好，该上厕所就去，别硬着头皮陪我受罪。"

夏市长难堪极了，当着客人的面用矿泉水充当白酒是他跟银龙宾馆服务员经过长期磨合练就的绝技，属于银州市的最高机密，在酒场上屡战屡胜，从来没有失手过。全省都传说银州市夏市长喝不倒，银州市近年的经济发展就是靠这位喝不倒市长喝出来的。今天在赵老爷子面前不到一个回合就让人家彻底揭穿了，正应了那句老话：姜还是老的辣。

夏市长憨憨地笑着自我解嘲："嘿嘿，老领导明察秋毫，想在老领导面前作弊那真是找死，服务员，来，拿真家伙，我罚两杯，算是向老领导谢罪。不过老领导你也得谅解我，现在当市长的重要工作内容就是陪客，跟当三陪小姐差不多，说难听点，连三陪小姐都不如，人家三陪小姐陪完了还能挣钱，我是白陪。天天陪天天喝，如果再不自己采取点保护措施，那就真像顺口溜说的了：喝坏了党风喝坏了胃，喝得老婆背靠背。老领导要原谅我，你要是不原谅我，我就再喝两杯，豁出来把胃喝坏算了……”

赵老爷子打断了他的话头：“小夏啊，今天你一口不喝我都没意见，但是你要给我说话的机会啊！别忘了，我跟你共事可不是一天两天了，知己知彼、百战不殆啊，哈哈哈。”

赵老爷子的话外音就是：你那一套把戏我明白得很，少跟我玩这一套。

夏市长再一次尴尬，猛然想到，当年这位赵老爷子当省团工委书记的时候，讲起话来滔滔不绝，革命理论方针政策信手拈来，经常一讲半天连口水都用不着喝，让他们这些下级佩服得五体投地，下意识地就把这位书记当成了自己的榜样。那时候夏伯虎曾经背过人狠练讲演口才，日思夜想的就是有朝一日也成为赵书记那样富有鼓动力、号召力的团干部。

今天夏市长有点忘乎所以，犯了班门弄斧的错误，只好狼狈撤退：“好好好，老领导说，老领导说，老领导的教诲我洗耳恭听，这是买都买不来的机会啊！”厚着脸皮找了个台阶之后，夏市长不敢再忽悠，也不好继续瞎白话，只好边专心致志地对付面前的龙虾，边做出洗耳恭听的样子。

赵老爷子三言两语镇住了瞎白话，夺回了话语权，暗暗好笑，然后开始说自己这事儿："夏市长啊，你们市公安局范局长因公殉职之后，后事处理好了吗？"

夏市长心说来了，老爷子倒是个急性子，三言两语就把事情朝自己希望的道上引。当下也不敢再多说什么，竖起耳朵听他怎么张口替自己的女婿要官。心里这么想着，嘴上哼哼哈哈地应付："处理好了，群众、家属都挺满意的。"

赵老爷子"嗯"了一声，喝了一口茶在嘴里咕噜着漱口，服务员急忙捧着口盂送到赵老爷子嘴边，赵老爷子却"咕嘟"一声咽了下去，端着口盂的服务员怔住了，随即咧了咧嘴。赵老爷子把混着饭渣滓的漱口水咽进肚里让夏市长反胃，面前摆的丰餐美食顿时索然寡味，好像每一道菜都有了赵老爷子漱口水的味道。夏市长放下手中的筷子，赵老爷子却继续催促他："吃啊，吃，别放筷子，吃饱了好好聊聊。"

夏市长彻底缴械投降："差不多了，还是老领导说吧，有什么教诲我洗耳恭听，有什么指示我认真执行。"

赵老爷子嘿嘿一笑："小夏太客气了，我现在是平头一草民，万岁老百姓，哪里还敢指教，更说不上指示了。我这一回来银州啊，也没什么正经事儿，人老了念旧，离开得久了，总想回来看看，当然了，如果有什么新鲜经验，改革发展的创新思路，我还可以义务地替你们宣传宣传，帮你们上下沟通沟通，敲敲边鼓。"言外之意就是，别看我现在退下来了，还是能说上话的，至于吹喇叭还是敲丧钟就得看你们的表现了。

夏伯虎也是官场这口大锅炸出来的老油条，哪里听不出他的弦外之音，心说，我也知道你这回来没什么正经事儿，现在有正经事儿也轮不到您老爷子操心了。真要有什么需要沟通、宣传的事儿，我的渠道比你老人家畅通得多。

心里这么想着，脸上却做出恭敬如斯的样子说："老领导，我们银州市的很多事情还真需要您这样有经验、有影响的老领导关心支持啊，比方说吧，最近我们准备搞的祥和高新技术开发区，规划早就定了，省里也批了，现在就卡在国土资源部，说我们银州市山区多，平地少，不太同意我们的高新技术开发区占用平川农田。您老人家想一想，把高新技术开发区建在山沟沟里，人家谁会来投资入驻？所以现在这件事情还拖着，如果您老在国土资源部有关系，最好能认识国土资源部的领导，出面帮我们说说话，能把这个项目批下来，我给您老树碑立传。"

夏市长这一招挺损，明明知道赵老爷子过去充其量不过是个副省级的地方官，又退下来好几年了，北京过去跟他有过工作关系或者其他关系的人，如今退的退、走的走，即便没退没走的，也不会把他这一个退休老人的话太当回事儿。夏市长三言两语就把一个大铁球送给了老爷子，还骗他说这就是足球让他踢，说完了，心里暗暗好笑。

赵老爷子也不是善茬儿，心说好你个瞎白话，别想用这一套忽悠我，马上表态："小夏啊，对了，你现在是市长了，我再叫你小夏你不会不高兴吧？"

夏市长连连摇头："没关系，你这么叫我更觉得亲。"

赵老爷子并没有管他亲不亲，顺着自己的思路往下说："既然你对我说了这件事，我就表个态，你也了解我说话从来不隐瞒自己的观点，对了错了仅供参考。我认为国土资源部说得有道理，银州市本来就是山区，就那么点平川地，相当一部分还是解放以来我们历任历届市委市政府领导班子带领人民群众战天斗地，移山造田平整出来的，这项工作经历了几代人，‘文化大革命’那么混乱都没有停止过，我们这些人辛辛苦苦经历几代人也就是为银州市人民做了这么一点好事，你一个开发区就把我们和银州市人民辛辛苦苦十几年攒下来的那么点家底给贱卖了，我就不赞成。说实话，国土资源部的一个副部长还真是我的老部下，你不说我还不知道，你这一说啊，我还得专门给他打个电话，让他不但要卡住你们，还得彻底否定。”

这一说夏市长顿时大急，这件事情他们花了很大力气，不断在北京做工作，现在已经有了很大进展，万一赵老爷子真有那么一个老部下在国土资源部当副部长，他一闹一嚷，不说前功尽弃，起码这件事得半夹生了，要想通过国土资源部这一关那就不知道得费多大力气了。

实践再次证明，姜还是老的辣，夏市长一脚踢到了铁板上，恨不得扇自己一个嘴巴子，没事干给他说这件事干吗？连忙缴械投降反攻为守：“别，我的老领导，你可千万别，靠那么点农田一个农民一年到头挣不来个烟酒钱，如果真的建成了高新技术开发区，光是农田补偿金就够每户农民丰衣足食过半辈子，如果再能进厂当工人，生活一下子就能从温饱跨越到小康啊，多好的事情。再说了，现在人多地少，再过几年，即便我们不征用农田农民也没地可种了，推进城镇化，引导农村富余劳动力开辟新的就业途径，这是中央的大政策，也是我们银州市发展富民的唯一途径啊。老领导，你要是心疼那几块地，给上面打招呼，那我这个市长可就有大麻烦了……”

看着夏市长惊慌失措的样儿，赵老爷子也暗暗好笑，其实，他哪有什么老部下在国土资源部当副部长，那是蒙人的，反正谁也没办法证实。

他是把当官从政的人心理摸透彻了，只要一提上面，一亮自己跟上面有关系的底牌，现任官员一般都会犯“两患官能症”，既怕对方利用这种关系损害自己的政治利益，又希冀对方这种关系能为己所用，在这种心理下患得患失，赵老爷子将其归结为“两患官能症”，“两患”就是患得患失，“官能症”就是只有当官才能得上的病。

赵老爷子对夏市长的话不置可否，这又是他的高明之处，达摩克里斯利剑之所以让人心惊胆战，就是因为它悬着，如果直接砍下来，那么它就失去了任何威慑力。他要把刚刚造成的达摩克里斯效应保留下来，这样他就能以一个退休老头的身份在这位现任市长面前保持战略优势。

赵老爷子哈哈一笑，转了话题：“小夏啊，你不会就跟我在这个饭厅讨论你的高新技术开发区吧？既然吃好了，我们就撤退，让人家小孩子赶紧收拾了休息，别让人家跟着我们受罪。”边说边起身：“我们出去散散步，散步是最好的休息也是最好的锻炼。”

夏市长连忙趋前开门，毕恭毕敬地陪着赵老爷子离开了独立餐厅，来到了外面。餐厅外面就是花园，可以嗅到花草幽幽的芬芳。天早已经黑透，远处墨黑的山岚上有斑斑点点的灯光，近处的天空却让都市的霓虹灯、照明灯污染得活像一块压在人脑袋上面的生锈的铁皮。

赵老爷子对着夜色抒情：“小夏啊，银州市可是一块风水宝地啊，山清水秀，人杰地灵，算起来我在这儿工作了整整十年，有感情啊！”

夏市长心里还在忐忑不安，不知道这个老上级会不会那么不消停，真给那个在国土资源部当副部长的老部下打电话破坏他们的好事，随即想到老爷子这一回来银州说透了不就是想替他女婿说说情，让他当那个公安局局长吗？近期以来，关于公安局局长的人选问题已经闹得夏市长对这个话题有些腻歪了，就像天天顿顿吃红烧肉的那种感觉。话说回来，不就是那么一个公安局局长的位置吗？至于这么饿狗抢食似的蜂拥而上、不择手段吗？他却忘了当初自己为了能顺顺当当成为市长，或者转弯抹角，或者直截了当找了多少老领导做工作，其中就包括眼前这位赵老爷子。其间又动用了多少关系和手段，有些事情至今让他回想起来自己都面热脸红。

人们在乎的是结果，忽略的是过程，夏伯虎也一样，成功了就把过程忘掉了。这时候他想，反正那么多人都想当那个公安局局长，谁当也是当，既然老爷子属意自己的女婿，那就让他女婿当好了，自己真没必要跟老爷子这样猫捉老鼠似的打哑谜。不管最终结果怎么样，现在先答应下来，应付过去，肯定能化消极因素为积极因素，赵老爷子即便不会主动跑到国土资源部帮自己的说话，起码不会唱反调做反面工作。想通了这一点夏市长觉得心胸豁然开朗，便主动开始把话题朝那方面引："老领导啊，还有一件事情我正想向您请教呢。"

赵老爷子背了手沿着花径池塘慢慢溜达，没有接夏市长的话头，反而催促他："小夏啊，你现在是一市之长，工作千头万绪，很忙很累，这我都知道，别浪费时间陪我这个老头子了，有事就忙你的事，没事也早点回去休息，我散散步也就回去睡觉了。"

他这玩的是欲擒故纵的手法，他明白刚才那一招已经让夏市长的双患官能症急性发作，现在他如果正式提出姚开放的提升问题，他敢保证夏市长一定会满口答应，只要他答应了，他就一定会尽力去办，对此姚老岳父有充足的信心，他知道夏市长自己心里也明白，只要他当面答应了赵老爷子的要求，如果背过脸再反悔，姚老爷子一定会知道，也一定会饶不了他，他俩半辈子的交情也就彻底结束了，那样做还不如现在就别答应。

夏市长今天晚上真让这赵老爷子折腾得够戗，刚开始还想着忽悠人家，现在让人家忽悠进去了，不由得苦笑，按说这就叫强中更有强中手，到底是师傅，姜还是老的辣，不能不服。夏市长挺尴尬，欲走不能，不走又有点话不投机的味道。

就在夏市长进退为难的时候，赵老爷子却又主动给他解套了，做忽然想起来的样子说："差点儿忘了，我还专门给你带来了正宗的武夷山大红袍，上一次省委宋书记到我家来慰问老干部，我都没舍得拆封给他喝。如果你今天晚上确实没有需要紧急处理的公务，那咱们就到我的房间好好聊聊，顺便把给你带的茶叶拿回去。"

夏市长怀疑他说的是真是假，把现任省委书记驾临他家他都舍不得拿出来的茶叶专门带来送给自己，太让人难以置信了。不过不管怎么说，老爷子还算是能给他留足面子的人，不管是真是假，也只能姑妄听之、姑妄信之了："好好好，老爷子，老领导，今天晚上就是有天大的事情我也不管了，专心陪您聊个够，这么长时间没见，想起当年在您手下当兵的时候，还真的非常怀念那个时光啊！"

赵老爷子说："你还在省团工委当干事的时候我就看出来了，那一帮娃娃里头，将来最有出息的就是你，怎么样？我没看错吧？当时跟你一起当干事的人里，现在你担负的责任不是最重吗？那个时候啊，我才四十岁，你也才二十来岁，刚刚大学毕业，真好啊，那时候我虽然比你们年纪大了一些，可是我们也都是意气风发啊！"

夏市长连忙捧场："我们那一拨团干部后来干得都不错，那都是在您的培养下才有了今天这一点点小进步啊！”

赵老爷子："哪里哪里，不能这么说，你们都是组织上培养选拔出来的，我可不敢把这种功劳往自己的功劳簿上记。对了，你们这里前段时间闹野猪，公安局范局长还为此殉职了，现在猪害情况怎么样了？”

两个人一路聊着，一直到了赵老爷子的门前，赵老爷子才把话头绕回到了公安局局长身上。

这一回夏市长不敢再有意逃避这个话题，连忙说："唉，范局长是个好同志，出了这种事情简直太意外了，谁也没有想到。死者已矣，关键是我们活着的人要好好的工作，好好的生活，我们这些担任领导责任的人更应该尽心尽力为老百姓多做一些好事。"

赵老爷子连连点头："是啊，是啊，活着的人是应该更加珍惜……"边说边把夏市长让进了豪华套间。套间的大床已经铺好了卧具，显然服务员已经进来做过晚床了，"来，坐，现在银州市的招待所条件真比我们那个时候好多了。"

夏市长说："现在可不是招待所了，是银龙宾馆，五星级啊！"

赵老爷子打趣："吹吧，还五星级呢，欺负我老头子土，没见过五星级是吧？不管几星级，对我来说也就是个出差时吃饭睡觉的地方，叫招待所已经习惯了。给，这是我专门给你带的茶叶。"说着从放在柜子上的包里掏出一罐包装精美的茶叶扔给了夏市长。

夏市长连忙道谢："谢谢老领导了，知道我的嗜好。"见赵老爷子一个人住在套间里，连个陪同人员也没有，忍不住又问了一遍："您来改革和开放知道不？怎么也不来陪陪你。"

赵老爷子坐定之后，才对夏市长说："我这个人向来喜欢独往独来，过去这样，现在还是这样，你应该知道嘛。改革和开放都是你们银州市的工作骨干，特别是开放，在公安局担任领导职务，一把手又出了意外，事情多，工作忙，我也就不麻烦他们了。对了，范局长走了，新局长什么时候到位啊？”

夏市长让他磨了这么久，明明知道他的目的是什么，自己不能主动说，他又绕来绕去就是不往这个题目上走，就像阴天不下雨，闷得人几乎透不上气来，又像在人堆里憋了一个屁，提心吊胆不敢放，生怕一旦放了是个响屁让别人发现。这时候好容易才听到他的正题，忍不住就想长出一口透气，反倒恨不得主动把他想要的东西奉送过去，不求他领情，起码也讨个轻松，连忙说：“这件事情正在抓紧做，公安局局长是一个重要岗位，所以在人选的配备上比较慎重，现在组织部门正在对后备干部进行考核。”

赵老爷子接着就问：“开放现在还在公安局担任副职吧？他提副职也有五六年了吧？表现怎么样？还行吧？”

夏市长只能说：“好，表现很不错，有责任感，善于团结同志，能够认真学习革命理论和业务知识，在思想上跟党中央国务院保持高度一致，对个人分管的工作认真负责，较好地完成了组织上交给的各项任务。”

实际上，夏市长对姚开放的印象很一般，公安局的人都说，姚副局长论讲话中央电视台的播音员也比不过他，那是“文化大革命”时念批判稿练出来的；论写文章市委书记的秘书也比不过他，那是“文化大革命”时写大字报练出来的；论实际工作能力，姚副局长也就是跟着治安队到舞厅抓小姐、或者跟着派出所查查户口的水平。当了赵老爷子的面自然不能实话实说，只好像背姚开放的个人鉴定一样说了一些泛泛的表扬话。

赵老爷子来精神了：“嗯，开放那孩子确实不错，其实最主要的还是品质好，别人都说他有点随风倒，其实他心里是非常有数的，‘文化大革命’期间，只有他对我这个被打翻在地还要踏上一万只脚的走资派最好了，改革那个孩子当时有我这样一个走资派的爸爸，划进了黑五类，开放就是坚持跟她好，保护她、关心她，这不仅仅是个感情问题，最重要的是一个人品问题。那个时候，多少亲骨肉都因为政治原因跟自己的老子划清界线、反目为仇，开放能做到这一点，说明他的人品非常好。我们常说，不管做什么，首先要做人，当领导就更要先做人，别的我不敢说，开放在做人上是过关的。做人过关，做官就肯定会是个好官，你可不准说我替他跑官说情啊，不过你们要是征求我的意见啊，我就得说开放确实是担任公安局局长最合适的人选。”

夏市长连连点头：“我哪能那么想老领导呢，老领导也是为了银州市的工作嘛，老领导这是内举不避亲，难能可贵，难能可贵啊！”

赵老爷子接着说：“你能这么理解我就非常欣慰，外举不避仇，内举不避亲，古时候的封建官吏能做到的我们这些党的干部就更应该能做到，而且要比他们做得还好，只要是出于公心，那有什么？该举荐就是要举荐，这也是我们对党和人民负责任嘛。你说呢？”

后面这句“你说呢”既可以理解成对他这段话的看法，也能理解成对让姚开放担任银州市公安局局长的态度。夏市长到了这个份儿上，唯一的渴望就是赶紧回家躺到床上休息，恢复一下被这位老领导折磨得几近崩溃的神经，连忙说：“老领导说得太好了，就是，只要是出于公心，该举荐的就要举荐，我也觉得开放很适合，他在公安局工作也有将近三十年了，论资历也够了，在老领导面前我表个态，我投开放一票。”

赵老爷子得到这个承诺非常高兴，凑过来隔着茶几拍拍夏市长的肩膀头，感慨万分地说：“好，好，还是老下级、老同事理解我啊，别的话我就不多说了，只有一句话，理解万岁，友谊万岁，革命感情万万岁啊！”这原本一句话说出来就变成了三句，越往后越动感情，赵老爷子的眼圈也被自己感动得发红。

夏市长没有注意到赵老爷子的情感活动，他忽然想到，现在干部体制改革了，就算不改革，提谁当公安局局长他一个人说了也不算，如果他的提议到了市委常委或者是人大被否决了，他个人权威受到伤害倒是小事，赵老爷子如果误解他说空话不办实事那就麻烦了，于是连忙打预防针：“老领导，我表态，我支持开放，给开放投一票，可不等于开放就真的能上，选拔干部可不是我一个人说了算啊。关键的一票还在吴书记那里，你跟吴书记熟悉吗？”

赵老爷子连连点头：“没有跟你这么熟，可是也认识，不管怎么说，你的一票就是关键的一票，不管结果怎么样，你小夏的这份情意我一定不会忘记。”

夏市长抬腕看看手表，起身说：“跟老领导一聊起来就忘了时间，不知不觉已经十点多，老领导白天坐了一天车，晚上好好休息一下，明天我还有个会，让秘书长陪你到处走走看看，老领导对我们的工作可得大力支持啊！对的就肯定，有了您老的肯定我们干起工作就更有方向、更有底气了。错的您就批评，我们一定虚心改进，从某种意义上说，批评更是一种爱护。”

赵老爷子目的达到，也不再纠缠，起身送客：“好好好，耽误夏市长的时间了，明天你就不用管我了，到了银州不就是回家了吗？明天我抽空再去看看吴书记他们。”

夏市长明白，他还要找书记、人大主任这些关键人物做工作，也不说破，起身告辞，临出门带了些许可怜巴巴的口气说：“老领导啊，那件事情你可不能踩我的刹车啊，一定要支持我们啊！”

赵老爷子一时有些懵：“什么事情？踩什么刹车？”

夏市长说：“就是高新技术开发区征地的事啊。”

赵老爷子忍不住就想笑出来，于是给他宽心：“小夏啊，我这个人一生就是四个字，光明磊落，你放心，我绝对不会背着你们做任何反面工作，即便我要说我的意见，也一定会事先把我的意见交给你们，这一点你放心。再说了，听你说了你们搞高新技术开发区的意图和前景，我倒觉得你们的思路也有道理，这件事情我回去好好想想，回头我们抽个时间好好交流交流。”

有了这个承诺，夏伯虎大大松了一口气，好赖总算暂时堵住了赵老爷子这张嘴。随即想到自己给赵老爷子的承诺，忍不住摇头苦笑，这阵儿倒真希望吴修治、关原还有市人大的曾聪明他们在这个问题上联起手来跟自己对着干才好，那样他的承诺就不必兑现了，即便他想兑现也兑现不了。

3

庄扬在公安局几个局级领导里排位最后，所以说他继任局长的概率比起其他排在前面的人差了许多。这跟他到公安局的时间短有关系，他原来是检察院审判监督处的副处长，法院判决了一个债务纠纷案，终审维持了一审判决，败诉方不服，告到检察院审判监督处，庄扬认真研究了案情，认为此案确实判决不公，决定抗诉。当时有人劝他不要管这个案子，他少壮气盛，坚持抗诉，迫使法院重新审理此案，并且改判。事情没有到此为止，他还循线查出这个案子背后有徇私枉法行为，移交给了反贪局，这个案子的审判员受到了党纪政纪处分，被从法院清理出去。后来才知道这个案子的审判员是市人大主任曾聪明的小舅子，如果他事先知道这个审判员是市人大主任的小舅子，他也许不会坚持抗诉。然而，人家却认为他不可能不知道对方是市人大主任的小舅子，这就是明知故犯，明明知道人家是领导的亲属，还故意冒犯，这是一种不可原谅的过失。

过了不久，市法院主动提出要调庄扬到法院当民事二庭的庭长，当庭长比在检察院当副处长提了半级，在这半级的诱惑下，他忽略了可能存在的政治风险，匆匆忙忙办了调转手续。结果，人大把他担任市中级人民法院民事二庭庭长的提案一巴掌拍死了。他的人事关系已经到了法院，再回检察院也没他的位置了，原来的副处长职务已经被人占领。这时候他才明白，自己钻了圈套，闹了个鸡飞蛋打，两头没着落。这一招很毒辣，搞得他非常狼狈，把他晾在那里哑巴吃黄连，有苦说不出。

凄惶了多半年，四处申诉了多半年，司法系统根本没人答理他。他没办法，跑到组织部要工作，向组织部原原本本陈述了自己被人家耍弄的经过。组织部煮了个夹生饭也挺恼火，听了他的陈述才明白堂堂组织部也让人家耍了，自然更加恼火，部长关原在组织部内部会议上说出了“不蒸包子蒸口气”的重话，取得了市委书记吴修治和市长夏伯虎的支持，硬性安排他到市公安局当了副局长。

庄扬在官场上经受了一次不大不小的挫折，在检察院、法院、公安局这些司法机关单位转了一圈之后，好容易在公安局找了个安身之处，对公安工作又不熟悉，只能分管后勤、培训这些二线工作，所以就处处保持低调，坚持多种花、少栽刺，由过去意气风发、作风硬朗的少壮派变得谨言慎行，有意无意地磨炼喜怒不形于色的功夫，很多人都说庄扬到了公安局以后成熟了很多。

局长死后，当局长的接班人也曾经是庄扬心中萌起的小小渴望，可是，庄扬是一个理智的人，冷静分析，自己连当个法庭庭长都让人大否了，如果再提任局长，人大更不可能通过，即便挖空心思通过活动得到市长的提名，到人大还得给封杀，再次受辱，所以也就没有痴心妄想去当局长。然而，树欲静风不止，去不去努力当局长已经不仅仅是他个人的问题，因为他手下分管的那一摊还有很多人等着他腾位置呢。其中最为积极、动作频频的就是后勤处的处长司光荣。

公安局局长一般都兼任市政法委的副书记，属于副地级，所以公安局比起其他局稍为高出了半截儿，相应地就有了处的设置，其实处长就是副处级，副处长其实就是正科级而已。司光荣想当副局长，当然，不光司光荣有这个想法，哪个处长不想当副局长甚至局长呢？可是要实现这个理想，必须有一个先决条件，那就是必须有空位才行。这就像打高尔夫，有洞才能进球，没洞球艺再高也没用。

司光荣目前的野心就是想当副局长，实现这个小小野心的现实障碍就是庄扬。庄扬必须走，腾出现在的位置才能使司光荣当副局长的美梦有成真的可能。如果庄扬能继任局长，司光荣作为庄扬的手下也就成了最可能继任副局长的人选。谁都知道这个道理，升上去的官员总喜欢从自己的老部下里提拔几个体己人儿。庄扬当了局长，很难想象他从别的部门提拔一个人来充填自己空出来的位置。

司光荣的外号很不雅：私处。外号的原委跟范局成为饭局事件相似。现在的人太懒，懒得多说一个字，某处长就简称为某处，司处长的简称就是司处，听着就是私处。公安局的工作人员打字大都用简拼输入法，打到“司处”的时候，首先出现的都是“私处”而不是“司处”。私处是阴部的书面语，于是公安局里例如刑警队老牛之类的人物就开始琢磨他，每次叫他“私处”之后都要嘿嘿嬉笑两声，笑得他汗毛直竖，追问人家笑什么，老牛说：“笑你怎么露出来了。”

把他叫“私处”还有另一层意思，说这个人的性子比较阴，话虽不多，只要一说出来都是有目的的。心里比谁都有数，别人的底细他摸得清清楚楚，他自己的底细谁也摸不透彻。看到别人都在心急火燎地抢局长，庄扬这位顶头上司却稳坐钓鱼台，司光荣心内大急，庄扬放弃了这次机会，就等于剥夺了他的机会。皇帝不急太监急，可是太监终究做不了皇帝的主，司光荣只有说动庄扬积极投入到这场激烈的竞争中去，他自己也才有希望。

司光荣拿了几份接待单子，又从接待烟里拿了两条中华来找司光荣签字，司光荣正趴在电脑桌前面上网，司光荣喊了一声“报告”，把庄扬吓了一跳，连忙关掉了正在浏览的窗口，在窗口关闭之前，司光荣偷觑到屏幕上有一些光屁股女人，心里暗笑的同时，又有些微微发冷，庄扬在上班的时候偷偷浏览这种网站，说明他已经非常颓废，一个积极向上，把事业放在第一位的人是不会浪费可贵的工作时间看这种黄色网站的。他顿时感到了自己肩上的责任重大，他要像牧师挽救一个堕落的灵魂那样，激发庄扬的昂扬斗志，把心思转到正事上去。

庄扬放下手里的鼠标，转过身来问道：“老司，有事啊？别站那儿，像受审似的，坐下说。”

司光荣坐到了庄扬办公桌对面的椅子上说：“这是上个礼拜省厅来人吃饭的发票，您签一下，我好去报销。”

庄扬接过单子，看也不看就签上了自己的名字。司光荣把烟放到庄扬的桌上，看着签过名的单子自言自语：“还是要当领导啊，什么叫领导？您签了单子能报销，我签了单子不能报销，这就是领导。”

庄扬看看桌上的中华烟问道：“又来贿赂我了，想干吗？直说。”

司光荣说：“这可不是贿赂啊，这是这个月的接待烟，范局的那一份没人领了，多出来一份，我就给您拿来了，您应酬多。”

庄扬随手拿起一条扔给司光荣：“见一面分一半。”

司光荣嘻嘻一笑：“谢谢庄局，那我就不客气了。”

庄扬又问：“你刚才嘀咕啥呢？什么签单权啊，领导的。”

司光荣就又把自己刚才说的话重复了一遍。庄扬说：“你想要这个签单权我给你不就完了？下次局务会上我就提出来。”

司光荣夸张地摇头摆手拒绝：“可别，名不正言不顺，有了那份权力更难受。”

庄扬取笑他：“你的意思说非得正式当了副局长才名正言顺地用这份签单权？”

司光荣说：“开玩笑呢吧？您不当局长我哪能当什么副局长。”说完了这话偷偷观察庄扬的神态表情，见庄扬没有什么负面反应，这才又往深里说了一句：“庄局啊，别人都在上天入地、争分夺秒地活动，争取当局长的机会，您老人家怎么还能坐得住？”

庄扬问他：“你看我像当局长的样儿吗？我可没那份野心。”

司光荣说：“这怎么能叫野心呢？毛主席都说，不想当元帅的士兵就不是好士兵，这叫事业心、上进心。”

庄扬笑问：“这句话《毛主席语录》上有吗？我怎么没看到过。”

司光荣说：“《毛主席语录》上没有，可能在《毛选第四卷》上，等有时间我去给您找找，不管这句话在哪里，都是说一个人要有进取心，不能‘以己昏昏，使人昭昭’。”

庄扬说：“看样子我就是‘以己昏昏，使你昭昭’了。”

司光荣看看庄扬的脸，庄扬现在喜怒不形于色的功夫已经练到了七成火候，根本看不出他的情绪，司光荣便壮了胆说：“真的，我认为您最有当局长的资格，您虽然到公安局的时间短一些，可是一直在司法战线从事领导工作，学的又是法律专业，年轻有为，如果您当了局长，”说到这儿，司光荣嘿嘿一笑半真半假地说：“您当了局长，我不就也有机会了嘛。”

庄扬：“你就说你自己想升官，别拿我说事儿，你以为我当了局长你就能当副局长吗？天真。另外我给你纠正一个小错误，不想当元帅的士兵就不是好士兵是拿破仑说的，不是毛主席说的。这句话纯粹是胡说八道，如果哪支军队的士兵整天光想着当元帅，这支军队肯定屡战屡败。你知道为什么吗？就是因为死了就不能当元帅了，士兵要想当元帅首先不能死，你说这样的士兵到了战场上还能舍生忘死冲锋陷阵吗？这种话纯粹是拿破仑那种人说的风凉话，别当真。也许拿破仑根本就没说过这句话，是别人胡编出来的。”

司光荣不好意思地笑笑，顺竿往上爬："要不怎么您能当局长，我只能当处长呢？就是因为您比我的水平高嘛。不过我觉得不管这句话是谁说的，还是有道理的。关键看怎么理解，如果理解成一个人应该有远大的志向，有强烈的进取心，那还是有正面意义的。"

庄扬难得地露了一个笑模样："你倒还真有点想法啊！"

司光荣说："现在谁心里没有想法？我就不相信庄局您心里真的一点儿想法都没有。"

庄扬说："老司啊，我们共事也有几年了，你对我也应该有所了解，如果放在几年前，我可能还会争取一下，现在，你别在我身上寄托什么希望了，你难道不知道市人大已经把老庄封杀了吗？"

司光荣说："不就是庭长没当成吗？全市人民都知道。那算什么，您现在不照样是正处级副局长吗？怎么了？人大那帮人有什么办法？再说了，您往深里想想，如果您自己就是人大主任，或者您根本就管着人大主任，还用得着受这个窝囊气吗？还是您的官小分量轻，人家才敢那么刷您。再说了，如果您当上了局长，不就等于扇了人大的曾聪明一个大嘴巴子，他干干挨了还没法还手，这才叫高明。"

庄扬拆开他送来的中华烟抽出一支扔给他说："没看出来，你老司还是个富有想象力的人啊，人大不同意，你说我这个局长怎么才能当上？"

司光荣说："事在人为啊，起码你要努力，不努力没人把馅儿饼往你嘴边送。"

庄扬冷冷地看着司光荣："努力？你给我说说，怎么努力？"

司光荣凑近庄扬神秘兮兮地说："找人啊，您没听现在人家都说，又跑又送，提拔重用，光跑不送，原地不动，不跑不送，留你没用。”

庄扬呵呵冷笑，问他：“你跑过送过？”

司光荣涎皮涎脸地说：“当着庄局这样的真人我不敢说假话，范局那把克虏伯猎枪就是我送的。”

庄扬骂道：“你老司真行，把范局送到天堂去了。”

司光荣做无辜状，捶胸顿足地说：“我的老天爷啊，庄局您可不敢这么说，您这么说我怎么担当得起啊？让别人知道了，还说是我害死了范局。让我说啊，啥都是命，这就叫富贵在天，生死有命啊！”

庄扬说：“既然你说都是命，那我就认命了，何必劳心费神地争什么局长呢？”

司光荣有些着急了：“千万别轻易认命啊，有一首歌您会唱的，我记得上一次陪省厅的刘处长到歌厅您唱过，其中有一句最适用您了：三分命注定，七分靠打拼，这是什么歌来着，对了，爱拼才能赢，现在就是您拼的时候了。”

庄扬故意问他：“拼？我跟谁拼？跟市人大拼？我能拼得过吗？你这是看我死得还不彻底，让我再重新死一回啊！”

司光荣胸有成竹地说：“这话庄局还真就说错了，我可不会给您送猎枪，您也不好那个道道，我送您一张竞争局长的入场券。您听我的，市人大的曾聪明还就聪明不起来。”

他说话的口气和神态让庄扬暗暗吃惊，想起了那句老话：人不可貌相，海水不可斗量，真人不露相，露相不真人，说不准这家伙还真有什么能拿得住曾聪明的绝活，不起眼的私处突然钻出来一棵能够结果的大树呢。

其实，这种活教材就在身边摆着，银州市翟副市长的司机，看上去毫不起眼，按点上班给领导开车，按点下班回家，夏天别的司机在领导下班前早早就把车发动着打开空调生怕领导出汗，他却从来都是等领导上车以后才发动车开空调，就这一点没做到位就让翟副市长夏天多出不少汗。翟副市长嫌他死板，不会来事儿，向办公室提出要换一个司机，办公室还没找到合适的替换人选，翟副市长就让人家给抽调到西北山区扶贫去了。后来才知道，这个司机的叔父竟然是省委组织部的常务副部长，这个司机过去是给省委主管干部人事的副书记开车的，从省城调到他们市开车，就是为了就近照顾副部长的老母亲，他的老奶奶。

翟副市长后悔莫及，专门跑去找这位司机沟通交流思想，人家只说了一句话：我老老实实做人你都不容，我还给你留了一条继续做官的路，比你宽容多了。

这个带有一点传奇色彩的故事在银州的官场上传诵一时，吓得那些领导纷纷开始调查自己司机的来路和社会背景，很长一段时间领导们对司机都格外客气，谁也不敢随随便便对司机颐指气使。

想到这件事情，庄扬不能不对眼前这位给前任局长送过昂贵的克虏伯双筒猎枪、号称“私处”的司光荣另眼相看了。他试探着问：“看样子你老司还挺有门道啊。”

司光荣故作谦虚，实则不无几分炫耀地说：“我有什么门道啊？不过，如今在官场上混，走仕途的人，有几个没有几条路子？”

庄扬说：“你还别那么说，我就没有路子，别说几条路子，一条路子都走不通。”

司光荣说：“那是您庄局不在这方面动心思，您跟我不同，您是正牌大学生，靠的是真本事，用的是真功夫，走的是正路子，像我这种人，要本事没什么本事，用干部考核的几项标准一卡，啥也不是，只好光脚过河，能蹚的水就得蹚啊。实话实说，庄局，如果这一次您真的不努力一下，不但我要替你惋惜，我敢肯定的是，将来您要后悔后半辈子。”

庄扬问他：“你说了半天说得也挺热闹，我看不出我即便想当局长，又有多大的可能性。”

司光荣伸出右手的食指和大拇指：“八成把握。”

庄扬吃惊地问：“凭什么？”

司光荣：“凭我啊。”

庄扬：“你是市委书记还是市长？就算你是市委书记或者市长，人大也能把你的人选卡住。还是那句话，人大曾主任绝对不会让我过关的。”

司光荣看到庄扬已经蠢蠢欲动，便索性给他送上了一颗定心丸：“那不一定，我给您老人家透个底吧，您说省人大主任能不能管得住市人大主任？曾聪明敢不敢不听省委组织部部长的话？”

庄扬大惊：“你跟他们有关系？”

司光荣故作谦虚：“关系倒是有，不过也就是能说上话的关系而已，真正能有多大作用我也没有百分之百的把握。”

庄扬半信半疑地打趣：“吹牛吧？如果你真的有那么野的路子，还用得着给范局送猎枪？反倒是范局应该给你送猎枪差不多。”

司光荣不好意思了：“庄局，求求您别再提送猎枪的事好不？这件事情过去只有我和范局两个人知道，范局死了就只有我一个人知道，也怪我见了您就觉得亲，啥话都留不住，告诉您了您就别再拿这件事情逗我了，传出去人家要说是因为我送了猎枪才把范局害死了，虽然不能把我怎么样，可是猪尿泡打人，伤不着臭味难当啊！”

庄扬来了兴致，起身把司光荣拉到了沙发上，给他沏了杯茶，然后自己也坐到了沙发上，说：“好了，我不提那件事了，你真不经逗，范局的死跟你送猎枪根本就没有关系，你不送猎枪他也有枪，会水的鱼浪打死，常走夜路迟早碰鬼，他出事是迟早的。好了，你还是说吧，到底你跟上面是怎么回事儿？”

司光荣说：“人跟人除了血缘关系是天生的，别的关系全靠自己去建立，现在的时髦话叫经营。其实，人这一辈子就是经营两个字，经营好了，就像做生意赚大钱，不会经营，就只能受穷受苦。老天爷造了蜘蛛，可是网却得蜘蛛自己去织，如果哪只蜘蛛觉得自己既然是蜘蛛，天生就会拥有那么一张网，它就大错特错，剩下的路只有一条——死。庄局您说对不对？”

庄扬若有所思，深深点头：“这话说得很有哲理，过去没看出来，老司还是很有思想的啊。”

司光荣受到鼓励，话说得更顺畅了：“我跟省委组织部刘副部长还有省人大张主任没有任何天生的亲戚关系，关系都是逐步建立起来的。他们那些大领导没有生活在真空里，上下左右有亲朋好友，也都有每个人的喜怒哀乐、七情六欲，要想接近他们，跟他们交朋友，稍微用点心思也没什么困难。别的我就不多说了，就说说我跟省人大张主任的交情，您说像我这样一个基层小警察能跟人家沾什么边？其实我也没想跟他有什么交情，可是缘分到了想躲都躲不掉。张主任有一个从小在一起长大的邻居，把他叫张哥，跟他关系挺好，这个邻居跟我老婆又是同学，我跟我老婆的这个同学又挺好，有一次我们一起到省城玩，晚上唱歌，他那天也是玩得高兴了，跟我吹牛，说是他能一个电话把省人大张主任请出来唱歌。我根本不相信，他就跟我打赌，谁输了谁埋单。结果人家一个电话过去，张主任还真的来了。我一看心想这可是了不得的关系，扔下挨宰的担心，敞开了花销，上了外国酒，叫了小姐陪唱，那天晚上大家玩得高兴，这不就认识了吗？”

庄扬有点不相信：“省人大张主任真的会跟你一起泡小姐？我怀疑。”

司光荣说：“当然人家不会干那种事情，也不能叫泡小姐，不过有了小姐陪着唱歌跳舞，没有什么官场上的应酬味道，完全是朋友之间的私人聚会，放得开，身心松弛，即便搂搂抱抱有点小越轨也都是逢场作戏而已，谁也不会笑话谁。那一次我埋单，连给小姐的小费，一晚上花了五千多。就是这五千多让我跟张主任算是认识了，认识了，就不能放松，要脸皮厚点，经常走动，礼尚往来，感情不断加深才行，其中的具体情节我就不多说了。说来也好笑，现在我跟张主任的关系反而比他跟那个老邻居的关系近了。建立这些关系也不一定就是要求人家办什么事，心里就把他当成单纯的朋友，千万别老想着今天让人家帮忙办这个事，明天让人家帮忙办那个事，太急着利用人家就只能煮出夹生饭来，这就像炖肉熬老汤，炖得越久味道越浓，关系到了那一步，万一有什么事儿，求人家办，人家才会尽力帮忙。”

庄扬问：“你提拔处长难道是张主任帮了忙？”

司光荣正色否认：“不是，那绝对不是，这种小事情用不着他出面，别的人出面打个招呼，我再给范局送一把猎枪就搞定了。”

庄扬问他：“看来你为了能让我当局长，准备动用你的战略储备了。”

司光荣说：“庄局，明人面前不说暗话，只要您有这个需求，我一定全力以赴，这不是关键时候还有什么是关键时候。”

庄扬沉思了片刻，问他：“你这么费心卖力，就是为了当副局长？”

司光荣说：“对您来说不过就是一个副局长而已，对我来说可是一条通天大路啊。庄局，您想想，如果我在公安局能当上副局长，那可就是正县团级，调到别的局，或者干脆下到哪个县区，那就是百分之百的一把手啊！”

司光荣说这话的时候，眼神是那种极端的渴望，表情是那种极端的认真，话语是那种极端的诚恳。庄扬被感动了，更准确地说是被蛊惑了，忍不住跃跃欲试，对司光荣说:“那我们就试试？你说，需要我做什么？”

司光荣说：“唯一需要您做的就是跟我到省城跑一趟，认识几个人。其他的什么也不用您做。”

庄扬又问：“你刚才说又跑又送才能提拔重用，认识人是不是得准备点东西？”

司光荣说：“东西是需要准备，您不用管，我准备，您准备了也对不上口味，人家也不敢收。我知道他们好什么，我给他们送他们也敢收。”

庄扬嘿嘿一笑说：“是啊，这方面你是比我老到，那你就准备吧，需要花钱可别闷着，尽管说话。多了没有，十万八万没问题。”

司光荣说：“庄局您说这话可就太见外了，这不是帮您办事，是帮我自己办事，您只要跟着我去一趟省城就行，别的事情您一概别管。”

庄扬还是有点半信半疑：“你真有那么大的把握？可别偷鸡不成反倒蚀了一把米。”

司光荣说：“这种事情谁也不敢说有百分之百的把握，可是谁也不能不去做，该蚀的米就得蚀，还有一句话您怎么忘了？舍不得孩子套不来狼。就算是最后没弄成，我们的人情不是还在那里放着吗？这一回不成，下一回就有基础了。只要您上去了别把我扔下就行。”

庄扬终于认可了他的道理：“你说这叫什么话？怎么可能？我上去了你跟着上这是顺理成章的事，也用不着我花多大力气，我推荐，你自己又有关系撑着，把握比我更大。”

司光荣开始亢奋，好像已经当上了正县级副局长，拍了庄扬大腿一把说：“好，就这样说定了，明后天庄局跟我跑一趟省城，我也不再耽误您的时间了，我现在就去做些准备工作。”说着起身告辞。

庄扬好奇地问：“你要准备什么？”

司光荣神秘地一笑：“到时候您就知道了，现在嘛，保密。”说完兴冲冲地跑了，出了门想起来庄扬还给他提成了一条中华烟，又跑回来拿走了。

庄扬在沙发上怔怔地坐着，觉得大脑热哄哄的活像刚刚从蒸锅里捞出来，他实在没有想到，不起眼的司光荣居然会有那么足的上进心，那么冲的关系户，如此充足的活动能力，如此精明的经营头脑。他苦笑一声，自言自语地说了一句：“唉，真是时势造英雄，关系出干部啊！”

4

公安局局长的任命问题成了市委书记吴修治最近一段时间最为关注的事情，他希望尽快解决这个问题。公安局局长的人选日益紧迫，如果再拖而不决，很可能会影响到公安局的正常工作。还有一个非常重要的原因也促使他不得不催促组织部尽快完成后备干部考核程序。

前几天省公安厅厅长来电话问他，银州市公安局局长什么时候能任命下来：“吴书记啊，如果你实在没有合适的人，我们从省厅给你们选一个最好的干部输送过去怎么样？现有的人随你挑也行。”

省厅厅长的提议让吴修治心里很不愉快，也很紧张，任何一个地方的首长都希望能从自己的视野出干部，知根知底，用起来得心应手。对空降来的干部都有一种本能的距离感，真的要形成和谐的工作关系，没有一年半载的时间煮不熟、炖不烂。所以吴修治也担心拖得久了省公安厅真的捅咕省委从省公安厅直接给他们派一个公安局局长下来。当然，即便上面要从外面派人下来，也得征求银州市领导班子的意见，可是说到底那也不过就是个征求意见的程序，如果上级定了，银州市还得服从。

此外，来自不同方面、形形色色的影响力和近期对这件事情的过度关注甚至赤裸裸的干预也让他不胜其扰，昨天晚上他就没休息好，今天上班眼睛有些红肿，精神有些委靡。

昨天晚上已经十点多钟了，姚开放的岳父赵银印打电话追到了他家，说要跟他面谈银州市的高新技术开发区问题。他一向对老同志非常尊敬，从来不敢怠慢来自老同志的意见和建议，因为，这些老同志用他们创造的历史获得了批评和影响后来者的权力，如果谁忽视或者否认这种权力，那他很可能成为政治舞台上的谢幕者。

吴修治从政这么多年，当然深谙老同志那不在舞台上的表演艺术，绝对不敢忽视他们，尤其是不敢忽视赵老爷子这种不甘寂寞的老同志，因为谁也说不清这种老人家背后到底隐藏着什么。听到赵老爷子要当面指教高新技术开发区的问题，连忙亲自赶到银龙宾馆当面聆听教诲。他知道，不管对方说的有没有价值，哪怕是放屁，该闻也得闻，不管他的屁臭不臭，你只要连连点头说“好屁好屁”就万事大吉，关键是要有个谦虚谨慎的态度。

吴修治半夜三更来到银龙宾馆安慰赵老爷子那颗老不死的心，赵老爷子需要的却不是虚张声势的尊敬和假模假式的关怀，他需要的是实实在在的承诺，对他女婿担任公安局局长职务的承诺。

赵老爷子没有在高新技术开发区的问题上过多地绕弯子，简单地聊了几句，说了一些如果高新技术开发区搞成了，光是农田补偿金就够每户农民丰衣足食过半辈子，如果再能进厂当工人，生活一下子就能从温饱跨越到小康，现在人多地少，推进城镇化建设，引导农村富余劳动力开辟新的就业途径，高新技术开发区是最好的途径等之类的话。总之对银州市搞高新技术开发区的宏伟规划给予了充分的肯定。

俗话说，千穿万穿马屁不穿，吴修治听了赵老爷子这些话，高兴愉快之余，不由暗暗佩服，心里赞叹这个老爷子观念新、思路新，退下来这么多年了，居然还能与时俱进。他却不知道，其实这些话都是赵老爷子从市长瞎白话那里现买现卖的。赵老爷子就着高新技术开发区的题目，在吴修治的臀部恰到好处地拍了又拍之后，便表面上漫不经心实则颇有心计地告诉吴修治，市长夏伯虎刚刚从他房间离开。

吴修治随口说了一句：“噢，夏市长来看看您老人家也是应该的，他是您的老下级嘛。”

赵老爷子呵呵一笑说：“小夏这人啊真不错，他是来跟我谈姚开放的事儿，听他的意思，这一次想要把姚开放提成正职？”

吴修治一听这话心里就由不得来气，这才明白赵老爷子深更半夜把他勾引来，就是要说这件事儿，这才是他要说的正事儿，前面那些高新技术开发区的话都只不过是个引子。更让他生气的是，市长夏伯虎居然丧失政治原则，随随便便的就承诺提拔姚开放当公安局局长。吴修治心里生气，面上却仍然笑呵呵的，这是每一个身居高位的人起码的功夫，他不置可否，哈哈一笑企图掉转话头："我看老领导的身体还很好嘛，今后多来银州看看，我们这里的工作需要老领导的关怀支持啊！"

赵老爷子却不随着他转换话题，以"拿根狗屎橛给根麻花都不换"的固执精神执著地跟他谈论姚开放的提拔问题："开放这孩子确实不错，人品好，工作积极肯干，思想活跃，能够与时俱进，对公安工作还真有一套他的想法哩。"

吴修治内心十分不耐烦，可是又不能不应付，便哼哼哈哈地说:"噢，是吗？等我有时间找他听听他的想法,时间不早了,老领导也该休息了。"

赵老爷子却说："休息不着急，我反正现在退下来了，天天休息。我听小夏的意思，吴书记也很属意开放，这我就放心了。开放在你跟夏市长的培养下，一定会把银州市的公安工作搞得更好。"

吴修治暗说，你老爷子这是逼宫啊，你的言外之意不就是说，夏市长已经答应提拔姚开放了，如果姚开放这次提不起来，就是我吴修治的问题吗？

吴修治并不了解夏伯虎和赵老爷子谈话的情况，但是他了解夏伯虎和赵老爷子的关系，也了解夏伯虎有那么个爱忽悠、瞎白话的毛病，所以对姚老爷子的说法不能不信。他非常气恼，也非常为难，因为他没办法当面否认姚老岳父的说法，更不可能当面否决对姚开放的提拔要求。当面反驳一个人自认为合理的要求，尤其是像赵老爷子这种远远没有彻底冷却的老同志，是为官的大忌。

吴修治只好尴尬地应付着："好好好，我一定认真考虑老领导和夏市长的意见。今天太晚了，明天我让秘书长陪您老四处走走看看，对银州市的工作，老领导要多多批评帮助啊！"说着抬腕看看手表，"哎呀，不知不觉已经快十二点了，我不能再影响老领导休息了，今天您坐了一天车，好好休息一下，明天中午我陪您吃饭。"说完连忙起身，逃跑似的离开了赵老爷子的房间。

坐到车上，吴修治既生气又窝囊，让人半夜三更调出来进行这种极其无聊又无奈的谈话，没有人会高兴。吴修治在心里暗暗骂夏伯虎，真他妈是个大忽悠，瞎白话，丧失原则，乱封官许愿，这一回我倒要看看你这个愿怎么还。欲速则不达，如果姚老岳父知道吴修治此时此刻内心的感受和想法，他肯定要为自己的迫不及待后悔。

汽车刚刚驶出银龙宾馆大门，路旁猛然窜出来一个人，手里拎着一根棍子挡在了汽车前面。司机吓坏了，本能地紧急刹车，车紧贴着那人停了下来，汽车前脸顶在了那人的裤裆上。吴修治也吓了一跳，慌忙问司机："怎么回事儿？"

司机蒙头转向，第一个反应就是摇下车窗探出头去怒骂："你找死……"骂了半句话就卡在了嗓子眼里，拦车的人大名鼎鼎，司机认识，是老红军、原来的老副市长跟党走。

跟党走反过来骂司机："你他妈的小崽子，把老爷爷的鸡鸡撞废了你赔得起吗？浑蛋玩意儿。"

吴修治也认出了跟老头，连忙从车上下来："老领导，深更半夜您躲在这儿干吗？吓死人了。"

跟党走二话不说，身手利落地钻进车里："搭个便车。"上车的时候手里的棍子磕碰到了车门框子，司机心疼得直咧嘴却不敢吭声。吴修治好奇地问：“老领导什么时候拄上拐杖了？身体还行吧？”

跟党走说：“什么拐杖，这是打狗棍，从小吃饭用的家伙，现在不都讲究怀旧吗？我最怀旧的就是打狗棍，从我记事的时候起，手里就没离开过打狗棍。”

吴修治说：“您老爷子也真是，每个月那么多钱，舍不得打的就问干休所要车嘛，怎么，他们服务不到位吗？等了多久了？”

跟党走呵呵笑着说：“今天晚上没等多久，其实我本来想打车来着，出门的时候看到你的车，我还打什么车？浪费钱。干休所的车不能要，一要别人都知道我深更半夜出来相亲，丢人得很。”

吴修治哈哈大笑：“您相亲？跑到银龙宾馆相亲？女方是谁啊？”

跟党走:“上当了，上当了，哪里是相亲，是介绍搞破鞋的。我儿子、媳妇说在网上看见一家介绍婚配的，非要给我预约一个，定在银龙宾馆咖啡厅见面，我眼巴巴等了半晚上，对方带来一个女人，说来说去是搞什么一夜情，他妈的，我都这么老了还搞什么一夜情？让我骂跑了。”

吴修治哈哈大笑，对跟党走说：“跟老啊，您要找老伴也没这个找法啊，这样吧，您的事情我列入议事日程，我负责给您介绍一个老伴儿怎么样？”

跟党走马上答应：“书记落伍了，这个找法现在最流行。好啊，书记亲自介绍的质量肯定差不了，记住我的条件，年龄一定要比我小二十岁，小得太多了也不行，长得也要漂亮，不漂亮的我不要。”

吴修治听了他的条件忍不住又笑了起来，暗道这个老头儿一辈子就招人喜欢，老了照样招人喜欢。

跟党走是银州市唯一一个还健在的红军级的老干部，今年已经七十多岁了。年仅十岁的跟党走在陕北沿街讨饭的时候，碰到了红军，红军看他可怜，就给他了一袋子炒小米，他看这些当兵的和善，又有吃的，就赖上了，人家走到哪儿他就跟到哪儿，弄来弄去不知不觉就成了红军队伍中的一员。正式参加红军的时候，人家问他叫什么，他说自己叫小叫花子，因为从记事起就流浪讨饭，别人都这么称呼他，他也不知道自己叫什么。连长说，既然你没名字，今后就叫跟党走，永远跟党走，吃穿都不愁。他当时一字不识，连长也是个半文盲，根本不知道中国还有一本百家姓，更不知道百家姓里根本就没有“跟”这个姓，他就稀里糊涂地姓起了“跟”。

刚刚当了一个多月红军，红军就改成了八路军，早了这一个月，他就属于红军时期的老干部，离休待遇也就更高一些。五十年代他到银州市当了副市长，分管市场供应和工业生产。文化程度低，再加上性格倔犟，一直到退休还是副市长。

吴修治曾经给他当过一段时间秘书，写了稿子让他念，他常常要念错，吴修治就躲在他旁边提示他。好在这老头心胸开阔，提示了就当众改，有一次他把狠狠打击念成了狼狼打击，吴修治急得跺脚，提示他狠字上面没有那一点，跟党走回过头来对吴修治说：“这个狠字上面怎么有那一点啊？”惹得会场哄堂大笑，等大家笑够了，老爷子才正式解释：“我再没文化，还能不知道应该念狠狠打击吗？你们大家看看，这狠字上头多出一点是什么意思？”现场把稿子反过来让到会的人看，果然是吴修治在狠字上多写了一个点，闹得吴修治非常狼狈。还有一次他把挑衅念成挑畔，吴修治提示他：“是衅不是畔。”老爷子自言自语地说：“我看着长得一样嘛。”结果又是哄堂大笑。

跟党走老爷子经常在这方面闹笑话，市府秘书们就编了顺口溜来取笑跟党走：挑畔不挑衅，尴尬是监介，上下不忐忑，坐车（驹）不坐车。跟党走知道了之后，骂道：“屁事不懂的娃娃，觉得自己认几个字就了不起了，老子该识字的时候正在为你们扛枪打仗呢，不就是多识了几个字吗？觉得很了不起是不是？老子比你们认得更多。”

从那以后，跟党走随身携带的物件里头就多了一本新华字典，见缝插针地背字典，仅仅用了一年，居然把新华字典背了个滚瓜烂熟，不但讲话不再念错字，动不动还拿出一些生僻字考秘书们，人家回答不出来，他就弹人家脑门子，还要骂一声：“笨蛋，连我都不如。”秘书们彻底服了，见了他就躲着走，怕他考试。

跟党走六十岁那一年主动写了离休报告，申请回家养老。他是吴修治认识的唯一一个自己主动申请回家养老的老干部，他也是吴修治内心里最为敬佩的一个老干部。

跟党走突然想起来，问吴修治：“唉，你一个大书记，深更半夜跑到银龙宾馆干吗？是不是也联系了一夜情什么的？”

吴修治大窘，连忙撇清自己：“我的老领导啊，我哪有那份闲情逸致，我是到这儿看望赵老的，就是原来的副省长赵银印。”

跟党走不屑地哼了一声：“那个老贼跑来干吗来了？没皮没脸的又来要房子、要地还是要东西？”

赵银印在银州市工作过一段时间，升任副省长以后便把自己当成了银州市的太上皇，退休前后时不时地跑回来向银州市要福利，他除了在省城有房子，在银州市还硬赖了一套干休所的好房子，现在姚开放夫妻俩住着，姚开放自己的房子租出去挣钱，这件事情银州市的老干部非常有意见，也弄得市委市政府非常被动。

吴修治正处于对赵老爷子极度的不满之中，对了跟党走这样知心的老领导，忍不住就犯了一次组织原则："人家这一回来既不是要地要房子，也不是要东西，人家是要官来了。"

跟党走惊愕："他要官？快到火葬场当燃料了，还要什么官？你疯了还是他疯了？"

吴修治："他当然不是给自己要官，他是给他女婿要官，就是那个在公安局当副局长的姚开放。"

跟党走："就那个连爹妈起的名字都扔了的小子？那小子我最看不上，文化革命中叫什么姚破旧，现在又叫什么姚开放，这种人臭狗屎一摊，还想当局长？妈妈的，老子现在没权了，老子要是有权，把他的副局长都抹了，让他回家开放去。"

吴修治叹息了一声："唉，老领导啊，您当了那么多年领导，觉得最为难的是什么事情？"

跟党走想都不想就说："最为难的就是在大会上念你给我写的破稿子，你那一手字，真难认。要是现在就好了，有打字机，我也不会念那么多白字，我在银州市的名声都是你给搞坏了。"

吴修治自己也不能不承认，他的字确实太潦草了，而且潦草得不规范，这是银州市当时的秘书们公认的。吴修治嘿嘿哂笑："老领导啊，说到这儿，我真感谢您，您老人家心胸宽广，与人为善，也就是您，如果换个领导，早就把我这个秘书赶走了。"

跟党走呵呵冷笑："你以为我没赶你走啊？提拔你到市委宣传部当

科长，就是为了让你离我远远的，省得再念你的破稿子。”

吴修治感动地说：“那还是您老人家宽容，即便是赶我走，也要用提拔这种方式。说到提拔，我担任领导职务以来啊，觉得最为难的事情就是选拔干部。现在用人问题真是越来越复杂，提拔干部花样越来越多了，公安局范局长一死，在局长的任命问题上，真是一言难尽啊！”

跟党走说：“不就是跑官、买官、要官吗？现在这一套已经是公开的秘密了，怎么，你收的钱太多没办法答对了是吗？给我分啊，人越老越爱钱，我要找对象，结婚，再成个家，费钱着呢。”

吴修治知道跟党走这是在跟他逗乐子，就没搭茬儿，顺着自己思路继续往下说：“跑官、买官现象确实有，但那仅仅是个别现象，更多的并不是钱的问题，而是人情风、关系网给我们造成的压力啊！”

跟党走说：“什么人情风、关系网，你不认就什么风什么网也没有了，还是你爱认。马克思说，无私才能无畏，列宁说，心底无私天地宽，毛主席说，共产党员要先天下之忧而忧，后天下之乐而乐……”

吴修治给他纠正错误的老习惯又犯了，忍不住提醒他：“老领导，这些话倒都是名言，您千万别往革命导师身上套，实在不行就说是您自己说的……”

跟党走打断了他：“不管是谁说的，对的就要按照办，你患得患失说明你有私心，怪不得别人。看你愁眉苦脸的，是不是赵老贼欺负你，给你施加压力了？”

吴修治：“那倒不是，赵书记现在怎么说也不在位了，人家也就是说说情，关键我们领导班子内部，当着您的面我也不怕，老夏那个人真让人生气，他居然答应了赵书记，市长答应了，您让我这个书记怎么办？”

跟党走哈哈笑了："就那个瞎白话？可能是忽悠赵老贼呢吧？你是不是听赵老贼自己说的？"

吴修治："是啊，我刚刚从他那出来。"

跟党走："你让赵老贼忽悠了，八成是他自己拿瞎白话挤对你，反过来他可能又找瞎白话说你吴书记已经答应他提拔姚开放那个小浑蛋了。不管怎么说，赵老贼太不像话了，这个老东西，脸皮真厚。我可把丑话说到头里，别的事情我不管，这一回我管到底了，如果你们真的提拔了姚开放那个小浑蛋，我就把你们告到中组部去。"

吴修治知道，跟党走是个一不做二不休、说到就做到的主儿。他离休已经十多年了，从来没有找组织上提过任何要求，整天不是打门球就是蹲到大街上跟别的退休老头下象棋，老伴去世了，市领导到他家里慰问，他一概不接见，他有他的道理，他说他现在就是老百姓，银州市老百姓千千万，老婆死了市领导都去家里慰问吗？今天说出这么重的话，看样子老人家真的生气了。吴修治反过来劝他："老领导啊，看样子您还是不相信我们啊，难道您认为凭赵老爷子那么几句话，市委市政府就真能提拔姚开放当公安局局长吗？"

跟党走气呼呼地说："我就是看你们不成器，一个个稀屎软蛋的，要是我，知道赵老贼来干吗，我连理都不理他。你们倒好，高级房间让他住着，好吃好喝供着让他给女婿要官，难怪人家半夜三更敢把你市委书记招去，还是你们自己稀屎一摊，撑不起房梁。我睁大眼睛看着，看看你们到底提拔谁，用人不公我这一回告你们告定了。"

吴修治让跟党走训得非常舒服，忍不住拍了拍跟党走瘦骨嶙峋的肩膀头说："老领导啊，有您这样的老领导监督，是我们的福气啊！"

跟党走说："你不会说我退而不休干预你们的工作吧？"

吴修治连忙说："不会，不会，您监督我们的工作是行使公民的正当权利，起码您还是公民嘛。"

这时候车子行驶到了十字路口，往左走是吴修治家，往右走是干休所，司机问道："吴书记，先送你还是先送老首长？"

吴修治说："这还用问，当然是先送老首长了。"

跟党走说："不对，先送你们吴书记，然后把车借我用用，我还有点事呢。"

吴修治不知道这么晚了他还用车干吗，又不好追问，追问怕跟党走误解他不愿意借车，连忙说："好好好，就听老领导的，"然后对司机吩咐："今天晚上你就陪老领导吧，明天早上你不用接我了，我叫车队另派车来接我。"

司机就把车直接开到了吴修治家，吴修治下车之后，跟党走吩咐司机："回银龙宾馆。"

司机疑惑不解地问："我们不是刚刚从那出来吗？"

跟党走用打狗棍敲敲司机的肩膀头："让你去哪儿就去哪儿，问那么多干吗？"

司机不敢再多嘴，老老实实把车开到了银龙宾馆，跟党走又吩咐："去问问服务台，赵老贼住在哪儿。"

司机这才明白他要去看望赵银印，刚才拉着吴修治才从赵银印那里出来，也用不着问服务员，直接就把跟党走拉到了赵银印住的楼前面，告诉跟党走："他就住在310房间，用不用我送您上去？"

跟党走拿了他的打狗棍下了车，吩咐司机："不用你上去，可是也不准你走，等着我。”

司机看着跟党走拎着他的打狗棍雄赳赳气昂昂地走进了宾馆，暗想，这老爷子真逗，到银龙宾馆看望客人还拎一条打狗棍。

赵银印老爷子已经躺下了，刚才他打电话把找夏伯虎和吴修治的情况告诉了女儿赵改革和女婿姚开放，女儿女婿感激万分，要马上过来道谢，他拒绝了：“别过来，你们谁都别过来，就当不知道我来了，成了，啥也别说，万一有什么问题，你们一推六二五，啥也不知道，全都推到我身上，省得影响你们的前途，量他们也不能把我一个老头子怎么样。”

他心里明白，仅仅有了夏伯虎和吴修治的承诺并不能保证如愿以偿，终究共产党的干部管理制度还有着一套严密的操作程序，并不是哪一个人能够垄断得了的。而且，他这种做法显然是违反党纪原则的，万一有人捅了出去，还真不好放到台面上理论，说不定还会影响到他女婿的政治前途，所以他要事先和女婿订好攻守同盟，以防万一。

打过电话，他还想冲个热水澡，可是看看表，已经深夜十二点多了，终究是年过七十的老人家，精力有限，奔波了一天，又劳心费神地跟夏伯虎、吴修治两个官场老油条周旋了一夜，身心疲惫，于是澡也不洗，钻进了被窝，按照他的计划，明天再去找市人大主任曾聪明，拉大旗作虎皮，拿着夏伯虎和吴修治的承诺去要挟曾聪明，还是老办法，别人都答应了，如果他不答应，他赵银印就把账记在他的头上，这就叫借力使力，这一招屡试不爽。

就在这个时候，跟党走用他的打狗棍把他的屋门砸得震天响，赵老爷子不知道发生了什么事情，不耐烦地冲外面发脾气：“干什么？睡了，有事明天再说。”

外面的人喊着说："明天你女婿升官的事就凉菜了，最好今天晚上有啥话就说透彻，明天就来不及了。"

赵银印愣了，从床上爬起来问道："你是谁？"

对方高喉咙大嗓门地回答："老子是跟党走。"

赵银印知道这是一个油盐不进的鬼难缠，不知道深更半夜他来做什么，不开门是不可能的，只好无奈地起身穿上衣服，慢腾腾地过去打开了门。

跟党走拎着一条棍子，雄赳赳气昂昂地走了进来，也不等他招呼就一屁股坐到了客厅的写字台上，赵银印茫然失措地问他："老跟头啊，你来干什么？"

跟党走一张口先问他："赵银印，你是哪一年参加革命的？"

赵银印有点胆怯，一看跟党走那个架势，他就知道来者不善，善者不来，只好回答："我是 1950 年，土改的时候参加革命的。"

跟党走"呸"了一声说："老子鸡鸡还没长毛就参加红军了，那才叫参加革命。五零年都解放了，共产党都掌权了，还用得着你参加革命？你那是蹭共产党的饭来了。你给我说说，今天你到银州市革什么命来了？"

赵银印是副省级退下来的，跟党走混到离休也不过就是个副地级干部，虽然资格比他老，可是在他面前如此嚣张让赵银印也不由得生气，当下拉了脸说："我到银州干什么来了还要给你老跟头报告吗？"

跟党走说："那倒不是，你向我汇报我也不稀罕听，我就是想知道你这次到银州干吗来了，俗话说好事不背人，背人没好事，怎么，不敢跟我老跟头说吗？那就肯定没做好事。"

赵银印气恼，却也无可奈何，看着盘腿坐到套间办公桌上的跟党走和他手里那根乌油油的打狗棍，也有几分胆怯，如果真的跟这老东西计较起来，不论动文的还是动武的，自己眼见都占不了上风。想到这里，语气就放和缓了："唉，年纪大了，怀旧啊，银州也是我工作过的地方，不来看看心里不踏实啊。"

跟党走嘿嘿冷笑："怀旧？你怀个屁旧，你以为老子不知道？你这个老贼是来为你那个不成器的女婿要官来了，就凭你那个一会儿破旧一会儿开放的活宝女婿，能混着当个副手不操心不劳力就不错了，当了公安局局长，银州市老百姓不就倒大霉了吗？这件事你就死心了吧，我已经给市委、市政府、市人大都打招呼了，如果这一回你女婿当了公安局局长，我就到中央组织部上访去。另外，你明天就赶紧滚蛋，别赖在银龙宾馆丢人现眼了，蹭了一辈子共产党的饭，便宜别占个没完没了啊。丑话说到头里，明天一大早我就过来看望你，如果你还赖在这儿享受高级待遇为你女婿要官，可别怪我的打狗棍不认人，到时候我敲断你一根脚骨拐，然后等着你女婿过来抓我。老子向来说一不二，你是了解的，我也不跟你废话，不识相就等着我明天拿着打狗棍来赶你。"

赵银印老爷子让他连损带骂带威胁闹得目瞪口呆，脸气得涨成了猪尿脬，浑身直哆嗦，跟党走却已经跳下办公桌拉开屋门走了，赵银印还半裸着站在地上发呆。

跟党走一出门，就看见两个服务员神色慌张地守在门外，见他出来，胆战心惊地躲到了一旁，显然他刚才在走廊里狂呼乱叫惊动了服务员，服务员刚才一直在门外面偷听。

跟党走冲服务员挤了个笑脸，满脸皱纹织成了一张破渔网，尽量和蔼可亲地对服务员说：“这里边住的不是好东西，是来跑官要官的，你们别给他服务。”说完，扛着他的打狗棍昂然离开了。

赵银印透过宾馆的窗户，眼睁睁地看着跟党走钻进了等在楼下的轿车里，那是一台黑色的奥迪 V6，牌照是多少赵银印没记住，但他却看到了牌照号码前面一连串的“0”，由此便可以认定那一定是市委市政府的公车。他套上裤子，跟出门外，问服务员：“刚才楼下等着接人的那台车的号码是多少？”

服务员说：“那台车是市委吴书记的，经常过来，我们都认识。”

赵银印愣了，他实在想不通跟党走怎么会乘坐吴修治的车来寻衅闹事，难道他受了吴修治的指使？据他对跟党走的了解，这个老东西可不是谁能随便指使得了的。不过现在的事情也难说，过去吴修治就是跟党走的秘书，现在反过来跟党走伺候吴修治也不是不可能，谁在台上谁风光，这是普遍规律。如果他真的是受了吴修治的调唆指使，那吴修治可就太过分了。

回到房间，赵银印已经决定，不管到底是怎么回事儿，明天都得赶紧离开银州，如果跟党走真的一大早过来动手打架，他既不是跟党走的对手，也丢不起那个人，好汉不吃眼前亏，三十六计走为上，等回到省里再跟吴修治和跟党走算账。

1

就在银州市的官场被一群野猪闹腾得纷纷扰扰的时候，彭远大正在福建省公安厅庄文明警官的陪伴下，带着准刑警大李子和小刑警黄小龙，冒雨行走在福建省闽南地区的深山老林里头。

说大李子是“准刑警”，是因为他还不是正式的警察，只是一个编外警察，时髦的称呼是“协警”。大李子当年跟着彭远大破了女澡堂盗窃案，对当警察破案上了瘾，不再安于当那个公共浴池的保卫干事，整天追在彭远大的屁股后面东跑西颠地当帮办。后来发生了让彭远大走麦城的“9·11”黄金盗窃大案，彭远大担任专案组副组长，就把他借到专案组帮忙，一借就是二十年，案子至今没有破，成了彭远大心头“永远的痛”。

前不久东方红浴池进行体制改革，大李子由于长期外借，自然而然成了第一批下岗人员，好在这时候彭远大当了副局长，多多少少也有了一些权力，便给他办了协警手续，好赖算是有了干活的地方，每个月能拿四百块钱的基本生活费。

大李子领头走在前面，闽南山区山高林密，淅淅沥沥的雨水在空中织成了半透明的帘子，把地面变成了泥泞难行的池沼，红色黏土层被雨水和成了胶泥，活像地底下有一只只小手拼命扒他们的鞋子，稍不小心，脚上的鞋子就会跟脚丫子分离留在泥水里头。

大李子一步一滑地艰难往前蹭，嘴里嘟嘟囔囔骂老天爷："老天爷他妈的也得上前列腺增生了，尿不干净，沥沥拉拉没完没了真他妈的烦死人。"

黄小龙逗趣："你给老天爷垫一块尿不湿雨就停了，不然这雨一时半会儿停不了。"

大李子趁机发牢骚："尿不湿得花钱买，老李挣的那三钱半银子哪够买尿不湿的……"

省厅警官庄文明操一口生硬的普通话解释："这个时间天气就是这个样子，多亏你们听了我的意见，没有带车进山，如果把车带进来，啥也别想干，集中全力推车吧。"

彭远大夹在几个人中间默默前行，他的脑子里还在想着此行涉及的案情。他们这次千里迢迢要追寻的是一个姓名不确定、身份不确定的犯罪嫌疑人。这个人并没有在银州市现行犯案，但是他最近办的一件事却挑动了银州市公安局的神经，让银州市公安局上上下下都变得躁动不安起来。尤其是彭远大，更像是有一只无形的手从他的脚底板往外抽他的筋，又痛又痒，难抓难挠，让他寝食不安。

根据公安部内部通报，福建省泉州市城市银行受理了一项黄金兑换业务。一个人拿了一大把做工粗糙的金条、金戒指、金项链来银行兑换。银行鉴定黄金成色的时候，大惊失色，这人兑换的黄金纯度竟然达到了四个九，二十四开金也不过才三个九，能达到四个九的绝对不会是天然黄金，而是工业精炼黄金。国家对工业精炼黄金的控制是极为严格的，银行也不敢随便收购这种黄金。于是银行的工作人员没敢兑换，按规定要求对方拿出黄金来源的合法证明，对方说他有合法证明，要回家去取。结果那个人离开之后就再没有露面，银行职员这时候才察觉其中肯定有问题，便很负责任地放了一个马后屁：向公安机关通报了这件事情。

公安机关也非常重视，派员到银行进行了一般性调查，这种事情既没有人报失窃，也没有近期的发案记录，根本没有立案条件。当地公安局的公安信息上稿率低，就在公安业务通讯中把此事作了一般性通报，好赖也算多报了一条信息。公安部也就在内部通讯中报道了此事。银州市公安局在内部通讯中看到了这一并没有引起多大重视的消息，却像多年疮疤又让人揭开了，尤其是彭远大，真有那种鲜血淋漓、疼痛难忍的感觉。

银州市有一家国有贵金属冶炼厂，代号“886”，是专门从各种矿物原料和废旧金属合金里回收提纯金、银、铂、钯、铑、铱、锇、钌等贵金属的。这个厂的工艺很先进，精炼提纯的贵金属纯度高达四个九以上，为国家提供军工、航天等高科技产业和科研试验方面所需要的高纯度贵金属材料。他们厂有一个二十四公斤重、圆柱状的金锭，纯度高达四个九，平时存放在保险柜里，每到有高级首长或者贵重客人来厂里参观、访问、视察的时候就拿出来展览一番。这是他们从建厂后电解出第一块高纯度黄金以来，用积攒了十多年的电解金边角料，在中华人民共和国成立二十周年的时候铸造成的镇厂之宝。

1980 年 9 月 11 日，这是彭远大永远忘不了的日子。那天有一位老将军到厂里视察，这位老将军当年能征善战，全国闻名。老将军多年主管国防科工委，这次路过银州得知这么多年他们用的很多高纯度贵金属原料都是这个厂提供的，专程跑来表达谢意。得到这位老将军的感谢和赞扬，厂里激动不已，派两个人专门把镇厂之宝大金锭抬了出来给老将军过眼。

老将军对这块大金锭并不感兴趣，可是人家抬来了，也只好端详了一番，说了一些赞叹鼓励的好话。老将军公务繁忙，代表军工战线向厂里的职工们表达了衷心的感谢和敬意之后，就告别离开。这位老将军实在是名气太大了，威望太高了，如今见到了真人，所有人都非常珍惜这次难得的机会，纷纷扔下手头的工作追到外面围观、送行。

送走了老将军，人们仍然兴奋不已，围着厂领导在院子里谈论这件盛事。负责保管大金锭的保管员突然想起来，首长已经走了，应该把金锭归位收回保险柜了，就叫了两个人进会议室帮他抬金锭，进到会议室，这位保管员腿一软就蹲到了地上，那块金光闪闪的大金锭刚刚还放在会议桌上，此时却已经没了踪影……

二十四公斤高纯度黄金瞬间失踪，接到报案公安局上上下下大惊失色，一边马上组织专案组勘察现场开展侦破，一边向省厅、公安部作了汇报。省厅派来了刑侦专家指导专案组的工作，公安部也震惊了，连下三道金牌，督办催促尽快破案。专案组组长由银州市公安局局长亲自担任。

彭远大这几年已经破了许多案子，其中还有诸如“11·7”凶杀案、“2·21”连环强奸案、“6·15”入室抢劫案等一些大案、要案，成了公安局的绝对骨干，代理刑侦组副组长也已经两年了，所以这一回也被抽进了“9·11”黄金失窃专案组，并且由局长亲自提名任命为专案组副组长。

这家工厂安全防范非常严格，工厂四周被三米以上高、两砖厚、上头布满玻璃碴子的围墙箍得像个铁桶。唯一的出口一天二十四小时有民兵值班，出来进去都得验看工作证件，外人根本进不来。经过现场勘验，没有发现外人进入的蛛丝马迹。所以专案组的一致意见就是：这是一桩监守自盗性质的内部人作的案。

案情分析会上，彭远大大脑中灵光一现："不管是谁偷了，当时那种情况下都不可能把金锭运出去，极大的可能性就是，现在金锭还在厂里。"

他的推测立刻得到了专案组的一致赞同，厂领导立刻紧急动员，所有干部工人立刻在公安人员的监督指导下对全厂每一个角落展开地毯式的搜查。厂领导下达的指示是：挖地三尺也一定要把这块镇厂之宝找回来。

于是，一场寻找金锭的人民战争在"886"厂开打。人们既紧张又愤怒，谁也不愿意眼看着厂里辛辛苦苦几十年用电解金板的边角料积攒下来的财富就这么不明不白地化为乌有。谁也知道，如果能找回这块大金锭大家都能少一些麻烦，如果找不回来，起码从理论上说人人都有作案嫌疑。全厂职工在公安人员的监督指导下，开始在全厂范围翻箱倒柜，许多工人还拿了铁棍、撬杠在地面、墙壁各个角落敲击、挖掘，其情其状活像日本鬼子进庄找地道、探地雷。然而，经过全厂职工两天两夜的大搜查，厂里每一个角落都检查到了，却没有找到那块大金锭，甚至连可以为破案提供线索的蛛丝马迹都没有找到。

接下来就苦了这个厂的职工，每个职工都得进行排查，接受询问，说明发案时间的活动情况。经过三天三夜不休不眠的连续调查，在场的职工每个人都能说清楚自己当时的位置和正在做的事情，而且都有证明人可以证明。事实也确实如此，当天在场的职工都有出入厂区登记记录，大家也都是集体活动，一窝蜂地出来看老将军，大白天明晃晃的，谁在谁不在，如同草场上的羊群，数量虽多，少一只牧人也能即刻发现。摸排结果让人沮丧：没有确定任何重点嫌疑人。

连续不断的紧张工作让专案组疲惫不堪，案情一点儿线索也没有。专案组和职工群众都非常郁闷，金锭丢了是真的，谁也不相信金锭会自己长腿跑了，可是到底是谁能够在那么短的时间里，把那么重的一个金锭偷跑，而且一点儿痕迹也不留下呢？

彭远大有个不好也不坏的习惯——爱热剩饭。这是刑警的行话，就是别人勘察过、调查过的现场、人员，他有耐心再按照自己的套路重新来一遍。大家一筹莫展的时候，彭远大就又开始热剩饭，在厂里角角落落的地方转悠着找线索，碰见谁就跟谁聊，在他的心里隐隐约约觉得什么地方不对劲，一时半会儿却想不出什么地方不对劲。

他再次找到了金锭保管员，调查询问情况。金锭保管员是福建泉州人，叫吴水道，彭远大一听他的名字就想笑，心说你要是姓夏就更好了，夏水道保险比吴水道叫起来更顺口。吴水道说一口硌牙的地瓜普通话，金锭丢失，他的思想压力特别大，再加上专案组连续不断地调查询问，已经精疲力竭，神情委靡，几天下来人也瘦了许多，颧骨支棱得活像东北人爱啃的酱鸡骨，棉鞋口子一样翻开的厚嘴唇干裂得活像大旱年景的黄土地。彭远大心里有些怜悯他，虽然这个人是金锭丢失的直接责任人，可是迄今为止专案组并没有把他列为重大嫌疑人，因为他并没有疑点让专案组抓住。

彭远大先给他倒了一杯水，让他润润嘴唇喉咙，吴水道局促不安地在凳子上扭来扭去，仿佛屁股下面坐的不是凳子而是锥子：“谢谢啦，我不渴。”

彭远大问他：“你今年多大了？”

吴水道回答：“四十岁啦。”

彭远大又问：“到厂里多少年了？”

吴水道回答：“从建厂就在这里，已经有二十多年啦。”

彭远大忽然想起，迄今为止自己还没有到存放金锭的库房看过，就说：“咱们一起到你的库房谈吧，这里人来人往的说话不方便。”

吴水道迟疑片刻，答应了彭远大的要求，领着他来到了库房。库房是一个里外套间，保险柜放在里间屋，可能是为了安全，里间屋没有一扇窗户。外间屋有一个操作台，还有几张操作椅以及其他一些杂七杂八的物件。彭远大里里外外转了一圈，没有发现什么可疑之处，就跟吴水道聊了起来。他先问吴水道家是不是也在银州市，吴水道说他在银州是单身职工，家在原籍福建，每年有一个月的探亲假。彭远大又问他在银州市有没有来往比较多的亲朋好友，吴水道摇摇头：“我这个人普通话说不好，所以也冇多少朋友，更冇亲戚。”

彭远大又问他：“在你们单位里，有没有跟你关系比较好，经常喜欢到库房来找你的人？最近有没有遇到什么你觉得不正常的人或者事情？”

吴水道想了想说：“冇啦，到库房来找我的人都是工作关系，有时候也有同事冇事干了到我这坐坐，冇有不正常的。”

彭远大说："你再把从库房取金锭一直到金锭丢失的整个过程完完整整地说一遍，仔细想着说，一点儿细节也不要漏掉。"

吴水道就又把他接到通知之后把金锭从库房搬出来，然后到了会议室，再后来跟着到外面送老将军，回来就发现金锭没了的过程讲述了一遍。

彭远大问："你出去送老将军的时候，难道就没想到金锭还放在会议室吗？"

吴水道说："过去这种情况多啦，凡是到我们厂里来参观视察的领导看过金锭之后，一般我们都出去送一下，从来也有发生过金锭丢失的问题。"

彭远大听他这么说，心里暗骂：他妈的废话，要是发生过丢失也就不会有这一次了。

吴水道继续往下说："就连我们提炼金子的电解室，电解金从电极上扒下来，也就是扔在脸盆里，一盆一盆的黄金扔在那儿，从来有发生过丢失，所以这一回也就大意啦。"

彭远大又跟他聊了一阵儿，问了一些无关紧要的问题，没有发现任何可疑之处，只好告辞出来，又来到了电解室。室内果然有一些搪瓷盆，不过这会儿这些搪瓷盆都是空的。现场值班的工人老刘告诉彭远大，这些瓷盆就是盛电解下来的金板的。电解下来的金板一般有巴掌大小，电解完一批就入库，进行各种检验之后交给吴水道，然后由厂里上交给国库。

老刘愁眉苦脸地对彭远大说："彭组长，这个案子你们一定得抓紧破啊，不然我们大家都是嫌疑犯，再这样折腾下去，我们可都受不了了。吴水道这家伙，真坑人啊，他稍微小心一点儿，现在不就天下太平啥事没有了吗。”

彭远大说：“我刚从吴水道那儿过来，我看吴水道那人挺老实的。”

老刘哼了一声：“老实不老实得看心，人没尾巴难认。”

彭远大听出来他对吴水道的为人似乎很不以为然，便追问道：“你对他了解不？”

老刘说：“那个人，谁也没法了解。”

彭远大又问：“他平时跟谁来往多一些？最近一段时间你们发现没发现他有什么反常的情况？”

老刘说：“我在电解室工作，他管库房，每一批产品出来都要跟他办交接，也没见他跟谁更接近一些，噢，对了，前几天他有两个老乡到厂里找他，钻在库房里叽里咕噜聊了一上午，说的都是南蛮鸟语，我一句也听不懂。后来我问他那俩人是干吗的，他说是他的老乡，刚刚从福建过来，到我们这儿做生意，推销进口电器的。”

彭远大一听到这个信息，脑海里活像突然开了天窗，一直困扰他的那种总觉得不对劲却又说不清什么地方不对劲的感觉找到了答案：吴水道作为主要责任人，他的正常表现应该是紧张、话多，千方百计帮助警方寻找证据，既是为了抓住盗贼，也是为了洗清自己。吴水道在调查过程中过于冷静、过于消极，即便是警方提出一些非常日常化的问题，例如跟谁关系好，来往比较多等，他的回答都非常谨慎，正是这种冷静和谨慎，为他筑起了一道看不见却又能有效保护他的防线。

听到老刘说吴水道近期有福建来的老乡，彭远大急忙问：“你们厂管理这么严，他的老乡怎么能进来？”

老刘说：“有什么可严的？只要有本厂职工登记，就可以进来啊。

再说了，他那两个老乡手里有便宜电器，电视机、录音机都是日本原装货，比市场上便宜得多，据说都是走私的，大家都想买，对他们也就不太防范了。”

彭远大惊讶了，据他所知，这座工厂根本不允许外人进入，怎么吴水道的老乡居然可以随便进入呢？更让他疑惑的是，自己刚才找吴水道询问的时候，话题几乎都围绕着有谁来过库房，他跟谁关系比较好、来往比较多，在银州市有没有亲朋好友等，吴水道却一字也没提他的老乡来过库房的事情。

彭远大起身告辞，来到门卫，要求查阅近期进厂人员的登记记录。门卫把登记本给了他，彭远大坐在门卫室翻看着那本破破烂烂的来访人员登记本，可能因为进入厂区的登记手续非常烦琐，所以来访人员登记本上记录的来访人员并不多，这本登记本记录的是一季度的来访人员，总共也不过一百来人。然而，彭远大把登记本翻了七八个来回，却没有看到有福建人来找吴水道的记录。

彭远大板下脸严肃地问门卫：“你们这个记录本上登记的资料全不全？”

彭远大做出来的严肃样子并不能吓唬人，他的体积属于男人中的小号作品，又长了一张白净的文化脸，像他这种男人板起脸来充其量给人的感觉就是自己跟自己生闷气，加之国营保密工厂的堂堂武装民兵也不会把一个小警察放在眼里，所以门卫并没有把他的严肃询问当回事儿。

门卫瞥了他一眼说：“全不全你自己看嘛，如果你觉得不全，你说说有谁进来了没登记？”

彭远大知道靠自己的脸威吓不了这个门卫，便拿出随身携带的调查笔录纸哗哗啦啦地在上面画了一阵儿，然后递给门卫："我是'9·11'大案专案组的副组长彭远大，现在是正式向你调查案情，刚才的谈话请你看看有没有出入，如果没有就签字画押，我提醒你，你要对你今天说的一切负完全的法律责任。"

门卫看看那张纸，彭远大居然把他们刚才的谈话内容制成了谈话笔录，上面有门卫的明确表态：进厂登记记录本上没有遗漏未登记的入厂人员。门卫连忙解释："我刚才说的不是这个意思……"

彭远大做出认真记录的样子说："什么意思？你可以重新解释一遍。"

门卫支支吾吾地说："我的意思是说，正规从厂门进来的我们当然要记录，可是如果不是从厂门进来的我们就没办法登记了，还有，一般第一次来的时候我们都要登记，如果常来常往的已经都认识了，也就不登记了。"

彭远大说："看来你们的门卫确实存在着漏洞，这次丢失金锭你们也有不可推卸的责任。我再问你一个具体事，最近一段时间有没有福建做生意的人到厂里找什么人？"

门卫想也不想地说："有啊，是吴水道的亲戚。"

这又比生产车间的大刘说得近了一步，大刘说那是吴水道的老乡，门卫又说是他的亲戚，不管怎么说，这两个人跟吴水道的关系都很不一般。彭远大也顾不上追究那两个人到底是吴水道的老乡还是亲戚，接着追问："这登记本上为什么没有这两个福建人进厂的登记记录？"

门卫解释："他们是吴水道亲自领进来的，只要有本厂职工带着，我们一般就不登记了。"

彭远大又问："你知不知道吴水道的亲戚还是老乡到你们厂干吗

来了？”

门卫说：“知道，他们是来推销走私电视机的，黑白电视十二寸的日本原装货一台四五百块钱，厂里很多人都买了。”

彭远大又问：“除了吴水道的老乡以外，你们厂还有什么人的亲戚朋友经常到厂里来的？”

门卫说：“来得多了，不过一般都是老婆孩子，到厂里浴池来洗澡的，冬天分冬菜也有来帮着拉冬菜的，那都是职工自己的家里人，都在本地，说实话，那两个人是他的老乡还是亲戚我们也说不清，到厂里来联系业务的还真就是吴水道老乡这一份。”

彭远大起身告辞：“好了，刚才我问的这些事情你不许对任何人说，如果泄露了消息，影响了破案，可别怪我们请你去吃窝头。”

门卫让彭远大制伏了，连连点头，彭远大正要出门，门卫提醒他：“这份笔录还签不签字了？”

彭远大说：“先不签，等到需要签的时候我再来找你。”

彭远大从门房出来就急急忙忙去找局长，局长亲自担任专案组长在公安局是极为少见的，足以证明这个案子案情重大、影响重大。这次开展群众摸排，局长对发动群众检举揭发采取了否定态度，结果专案组摸排情况找群众谈话的时候，都远远避开有可能涉及他人的话题，只要求每个人说明自己当时在干什么，有谁能够证明他在干什么，然后再分头对每一个人的情况进行核实，这样群众就失去了对可疑的人和可疑的事进行检举揭发的机会。

群众的眼睛是雪亮的，依靠群众检举揭发是公安机关侦破案件的基本功。局长这位老公安却对发动群众、依靠群众的老传统产生了逆反，这跟他在“文化大革命”中的遭遇有关。

局长在“文化大革命”中受够了群众检举揭发的折磨，那些大字报、大标语、批判稿揭发出来的事实八成都是别有用心的虚构和捕风捉影的想象，结果都成了局长反对毛主席革命路线、顽固坚持资产阶级反动路线、在公安局推行修正主义的罪证。所以一提起群众运动就像谁踩了他的脚鸡眼，一脑门子的反感。还有一点也让他对发动群众检举揭发持否定态度：如果再搞群众大检举大揭发那一套，说不准群众之间会有多少私人恩怨、爱恨情仇趁机浮上水面，借题发挥，最终转化成群众斗群众的混乱局面，到那个时候各种真真假假、半真半假的线索足以把专案组绕进是非旋涡，搞个晕头转向。所以彭远大来找他要求发动群众开展检举揭发活动的时候，他再次一口拒绝：“搞啥名堂嘛，‘文化大革命’早就结束了，还搞‘文化大革命’那一套，再挑动起群众斗群众咋办呢？”

彭远大向他汇报了吴水道隐瞒重大线索的问题，局长迟疑半会儿，好赖给他留了一道门缝：“那这样吧，跟厂领导商量一下，对吴水道采取隔离审查措施，突击调查他那两个老乡的情况，也可以在群众中集中调查一下吴水道的个人情况，但是绝对不允许任意扩大调查范围，搞群众运动，知道了吗？”

彭远大得到了局长的首肯，连忙去找厂领导落实对吴水道隔离审查的事情。那个年代法制不健全，国有企业就有对职工实行隔离审查的权力，反过来公安机关如果要对哪个职工采取强制司法措施，还必须征得单位领导的同意才行。彭远大向厂领导转达了局长的意见，厂领导正为丢了那么大一块金子而坐卧不宁，哪里会不同意公安局的意见，好赖也算是有了一个嫌疑对象，有了嫌疑对象就有了突破案子的希望，厂领导几乎是迫不及待地把吴水道送进了隔离室，并且派了十二个身强体壮的武装民兵轮班看守。

彭远大没有想到的是，从这个时候开始，他正在迈进一个让他半辈子都摆脱不了的阴影，也让他心里承担了半辈子难以排解的沉重负担。

2

初步确定了犯罪嫌疑人，也及时采取了组织措施，专案组精神振奋，马上兵分两路，一路由彭远大率领，开始重新找所有职工谈话，重点了解吴水道以及他那两个福建老乡的详细情况。另一路由局长亲自坐镇，展开对吴水道的突击审讯。

彭远大这一路很快有了重大突破，经过深入谈话摸排调查，有人反映，吴水道的老乡因为给厂里职工推销走私电视机，所以跟厂里很多人都认识，进入厂区也就非常随便，对厂里的情况也就非常了解。更让他们振奋的是，一个中年女职工言之凿凿地说，有一次她给吴水道送报表，到了库房之后碰上吴水道给他的老乡看那块大金子。当时吴水道还得意扬扬地说：凭这一块金子，就能把他们全县的房子都买下来。

彭远大及时把得到的这些情况汇报给局长，然后由局长领导的审讯组对吴水道进行审讯。吴水道却什么也不承认，一口咬定过去根本不认识那两个老乡，现在也只是为了找他们买走私电视机才认识的。这跟彭远大他们摸到的情况差距太大了，明摆着说假话，不老实交代问题。审讯组连续突击，连番审讯，吴水道口风非常紧，追问他那两个福建人的住处、姓名，他一问三不知，啥也不说。警察到了这个时候也开始发火，采用了一些轮番轰炸的疲劳战术、灯光眩晕的迷糊战术、戴上手铐半蹲半站的惩罚战术、连蒙带诈的诱敌战术，这些战术用到吴水道身上居然完全失效，他不但拒不交代问题，反过来还动不动提醒专案组注意党的方针政策，不能搞逼供。

局长这时候才明白，自己以为捞了一根脆麻花，咬到嘴里才知道是一根咬不断嚼不烂的牛皮绳，这个吴水道表面上看着老实巴交，其实比油锅里的鹅卵石还圆滑，比脚后跟上的老趼还顽固。审讯陷入了僵局，老局长也有些一筹莫展了。所幸的是，彭远大他们在广大群众的积极支持下，终于找到了吴水道那两个卖走私货的老乡的住处，便立刻对这两个家伙实施抓捕。

那些到银州市来做买卖的福建人都喜欢租住当地居民自己搭盖的储藏间，俗称小土房，既省钱，也方便，警察一般不会到居民自己搭盖的储藏间查户口。这些卖走私货的也知道自己干的是违法勾当，万一有什么事情跑起来顺当。果不其然，当彭远大他们来到吴水道那两个老乡的住处时，他们早已经像闻到猫味道的老鼠，溜之大吉了。彭远大他们对这些人的住处进行了极为认真细致的搜查，结果除了捡到几个装电视机的破空箱子和一些人家扔掉不要的破鞋、烂袜子、空牙膏皮，连金子的影儿都没有。公安局立刻发布了紧急搜捕令，对银州市展开了大规模、地毯式的清查行动，整整搞了三天三夜，没有任何收获，吴水道的老乡就像沙滩上的水珠，蒸发得无影无踪。

经过不断地揭发检举，线索越来越集中到了吴水道和他的这两个老乡身上，最重要的一条线索就是，就在大金锭丢失的那一天早上，有人还在厂区的后围墙附近看到了吴水道的老乡之一，那一天因为要接待老将军，全厂戒严，不允许任何外人进入。门卫也信誓旦旦地保证那一天绝对没有任何外人进厂，如果门卫没有说谎，那么这些人肯定就不是从大门进来的。围墙虽然有三米多高，上面还有玻璃碴子组成的防爬网，但是如果事先做好准备，要想越墙而入也不是没有可能。

彭远大再次热剩饭，带了几个警察沿着厂区围墙内外一寸一寸地检查，又调来了警犬，先到吴水道那两个老乡的住处嗅过了他们遗留下来的破衣烂袜子，又沿着围墙一寸一寸地嗅了一遍。来到一处拐角的地方，警犬狂吠起来，驯犬员向彭远大翻译了警犬的意思：在这里嗅到了嫌疑人的气味，嫌疑人肯定到这里来过。彭远大他们连忙对这一处围墙里里外外、上上下下进行了仔细的勘察，这处围墙的外面不知道什么时候堆上了垃圾，垃圾堆有一人多高，从这里爬上围墙是小孩子都能做到的事情。看来那些职工揭发检举的是实情，嫌疑人就是从这里翻墙进入厂区的。明白了这一点一点儿用也没有，关键的问题还是要抓住吴水道的那两个老乡。

那个时候破案手段还非常落后，没有现在这么发达的通信手段和侦破技术，所以那两个嫌疑人跑了之后，只能把希望寄托在吴水道身上，指望能从他身上得到那两个人的身份资料。可是任凭怎么样软硬兼施，吴水道一口咬定跟那两个人虽然能算是老乡，但是过去根本不认识，即便现在也仅仅是一般来往，从他们手里买过一台便宜点的黑白电视机而已。这又应了那句话，贼没赃，硬似钢。

公安局只好把所有力量集中到了吴水道身上，也许连续不断的审问确实让吴水道吃不住劲了，他松口了，说只要让他睡一觉，他就把自己知道的全都告诉公安局。专案组也被他折腾得精疲力竭，吴水道提出的这个要求也还算合理，退一万步说，不管合理不合理，你不让他睡觉他就不交代，让他睡一会儿，说不定还真能交代问题。其实到现在为止，吴水道还不能算是犯罪嫌疑人，因为他的那两个老乡到现在也没抓住，更没有拿住他们盗窃金锭的确凿证据。于是专案组同意了吴水道的要求，让他好好睡一觉，然后老老实实把问题交代清楚。

“就算是你自己偷了金锭，也不至于是死罪，如果是你的老乡偷了，你揭发检举他们还能立功受奖，好好睡一觉，起来原原本本的把他们的身份、住处等交代清楚，你也就没事了。”临入睡之前，彭远大还这样对吴水道做了做工作。

吴水道连连答应着，倒头便睡。彭远大出来吩咐看守他的民兵，一定要提高警惕，防止吴水道逃跑或者自杀。民兵拍着胸脯保证：“彭组长，你放心，没问题，裤腰带、鞋带我们都给他解了，身上任何利器没有，门窗都有铁栏杆，他插上翅膀也飞不了，撞破脑袋也死不了。”

彭远大又对现场和吴水道检查了一遍，防范工作非常严密，就像民兵说的，插上翅膀也飞不了，撞破脑袋也死不了。老局长也心疼专案组的工作人员，指示大家抓紧时间休息，再接再厉争取尽快拿下吴水道，抓住那两个逃跑的犯罪嫌疑人。警察和吴水道都休息了，过了风平浪静的一夜。

第二天一大早，彭远大精神抖擞早早起床，带了专案组的人来到隔离室要继续审讯吴水道。民兵在门外恪尽职守地看守着吴水道，彭远大问：“怎么样？有什么情况没有？”

民兵说：“没问题，一切正常，睡得跟头死猪一样，到现在还没起来呢。”这个时候谁也没有想到，吴水道确实已经成了一头永远也不会醒来的死猪。

彭远大让民兵把门打开，室内昏暗，吴水道蒙头盖脸仍然熟睡着，彭远大过去正想拍醒他，却感觉这人睡眠的姿势太怪异，他上下两截睡在床上，中间一截身子却吊在床外面，彭远大心里咯噔一下，觉得有点不对，揭开蒙住吴水道全身的被子一看，在场的人都惊呆了，吴水道的脚用自己的裤子绑在了脚下面的床头上，脖子用两只袜子联结成的绳索套住，身子耷拉在床边，就像穿起来悬挂在绳索上晾晒的鱼干，脸色蜡黄，嘴唇含着舌尖，眼珠鼓了出来，活像严重的甲状腺机能亢进病人。大家顿时慌了手脚，七手八脚地把他解开，探探鼻息，吴水道就像倒闭了的饭馆，冰锅冷灶一点儿热乎气都没有了。

“快叫救护车吧。”旁边一个警察提议，“赶紧通知技术组来做勘察吧。”另一个警察提议。

谁都知道此刻叫救护车已经没有意义，吴水道已经走远，神仙都叫不回来了，可是谁也知道不叫救护车不行，这是一道程序，如同坐火车到达了终点站也必须检票，不检票就不能出站。

救护车来了，拉着法医和刑侦技术员的警车也来了，局长听到消息坐着他那台伏尔加也来了，厂长书记包括其他厂领导也都赶了过来。吴水道死了倒比活着的时候更加引人关注，有这么多重要领导前来送行。

急救医生翻开吴水道的眼皮用电筒照了照，摇摇脑袋退了回来:“人都凉了，已经开始发生尸僵，没救了。”

轮下来就到了法医和现场勘察技术人员显身手的时间，忙乎了半晌，得出了结论:自杀身亡，死亡时间大概在凌晨三点钟左右。自杀方式是:吴水道先用自己的裤子固定住自己的双脚，然后再把用袜子结成的绳索绑在床头套在自己的脖子上，剩下的事情就很简单，他朝床铺下面一滚就万事大吉了。

唯一的线索断了，从吴水道身上找出大金锭的希望破灭了，公安局和工厂上上下下极为沮丧，案子陷入了僵局。

专案组没有马上撤，继续做着一些没有什么意义却又不能不做的事情。吴水道的家属从老家前来处理后事的时候，抬着吴水道的尸体到公安局门前闹着要赔偿，搞得公安局非常狼狈。市委书记出面严令“886”厂出面收拾局面，厂领导吓唬吴水道的家属，说吴水道是畏罪自杀，如果再继续闹就按照法律严惩不贷，私下里又比照工伤待遇给吴水道的家属作了补偿，软硬兼施才算把吴水道的家属安抚下去，好赖把吴水道埋了。说吴水道畏罪自杀一点儿都没道理，因为根本就没有证明人家有罪，按照现在无罪推定的法律原则，在法院判决认定有罪之前，任何人都是无罪的。多亏那个时候的人还比较老实，法制观念也比较差，法律也不完备，让单位领导一吓唬，再多给一点儿丧葬补助也就不了了之了。

案子闹了个没名堂，还又死了人，大金锭就像快乐的天使在人间转了一圈忽悠一下子就飞没了，公安局上上下下灰头土脸，对谁都没法交代，只能继续调查这个没有任何线索可供调查的案子，派出大批人员拿着那两个福建人的模拟画像，到全国各地去找那两个福建人。中国人多地广，那个年代通信条件技术手段又非常落后，要在茫茫人海里找到那两个福建人，难度比大海捞针差不了多少。其实谁心里也明白，这种找法根本就没什么希望，充其量仅仅是一种自我安慰的徒劳而已。

正在这个时候，公安局开始恢复“文革”前“股科处队”的建制，这样一来也就面临着人事安排和干部任命的现实问题。在提拔干部的问题上永远都是狼多肉少，不管是过去、现在还是未来，这都是一个无法破解的难题。除非所有官员都成为真正意义上的人民公仆，那时候爱当官、想当官的肯定会大大减少，因为，谁都愿意当主人，谁也不愿意当仆人，真正要去做仆人了，很多人肯定就不爱干了。公安局的组织机构经过“文化大革命”十年动乱，干部界限已经很不清晰，干部级别也搞得不清不楚，一说大家都是组长或者副组长，可是到底是什么级别的组长有时候连局长都说不清。这一回经过拨乱反正，今后大家各就各位，行政级别清清楚楚，这也为今后每一个人的进步奠定了基础。所以大家眼睛都瞪得跟汤圆一样，谁都不愿意失去这次机会，谁都不愿意让这一趟开始正点运行的列车落下。

彭远大根据他的现任职务刑侦组副组长、“9•11”大案专案组组长，当个副科长甚至科长一点儿问题都没有。但是，任何一次大规模的机构调整和干部任命人事变动都是一场场人咬人、人捧人、又咬人、又捧人的悲喜剧。

彭远大也属于这场大戏的重要角色，自然也就有人朝他张开了大嘴。咬他的原因很简单：有限的果子被无限的欲望抢夺时，场上少一个人，别的人就多一分机会。咬他的理由也很充分：他深陷在“9•11”金锭案子里，耗费了大量的人力物力，不但案子毫无进展，还在他的眼皮子底下死了重要嫌疑人，死者的家属抬着死尸到公安局大门口示威闹事，造成了极坏的政治影响。此外，他不是科班出身，根底不过就是个以工代干，这也是反对他担任公安局科级领导职务的重要理由。

俗话说，秦桧还有三个好朋友，何况彭远大在公安局干了这么多年，好朋友远远不止三个人，那些咬他的话也能及时传到他的耳朵里。彭远大既生气又着急，生气的是别人这么说他显然是不公平的，显然是别有用心的，着急的是，如果组织上听信了这些谗言，他显然就会失去这一次正规化带来的提升机会。如果这一次彭远大能够如愿以偿成为科级干部，那么他的远大理想迟早就有实现的希望，如果失去了这一次机会，他的远大理想不仅变得缥缈，就是现在的警察能不能继续干下去也会成为未知数。

彭远大为了维护自己的利益，为了争取尽早实现自己的远大理想，硬着头皮去找了局长，他没有直接说自己想当科长，那个时候的人脸皮还没有现在的人厚，即便跑官也是躲躲闪闪、迂回出击，不像现在的人，把跑官看得就像在商场上做生意，就像在房地产市场作投资。彭远大那会儿还不懂得跑官，因为那会儿我们国家的政治生活里还没有这种名堂。他只知道这是向领导反映自己的意见和看法，而且要尽量把这个意见和看法伪装成和个人利益无关，那个时代为自己谋利益是一件可耻的事情，所以彭远大尽量要装得自己找领导是为了工作，而不是个人利益。

局长头发已经花白，有人传说这一次机构调整结束之后，他就要离休回家了。彭远大很喜欢这个老革命，这个老革命也很喜欢彭远大，彭远大能在进入公安队伍短短几年里就由一个以工代干的警察成为刑侦组的副组长，一方面因为他确实能干，像模像样地破了几个案子；另一方面也跟局长喜欢他不无关系。如果局长不喜欢他，他破的案子再多也没用，那个年代讲究的就是资历，论资排辈，他的资历还太浅。排队买票也得耐心等上十年八年。

老局长也在为“9·11”大案挠头，这个案子拖了下来，上级也觉得凭他们的本事一时半会儿破不了这个案子，催的也不像刚发案的时候那么紧了，尽管上面不再催命似的追案子，但是局长是一个有着高度责任心和荣誉感的老革命，这个案子毫无进展，让他如同芒刺在背，日夜不得安宁。

其实彭远大何尝不是这样，他是专案组的副组长，老局长虽然担任着组长，但是日理万机，要应付各种各样的会议，要传达贯彻上级各种各样的精神，要协调局里各种各样的关系和部门，真正的日常工作由彭远大主持，案子办得像一块夹生大饼，吃又不能吃，扔又扔不得，而且还不明不白地死了一个吴水道，尽管吴水道的家属让单位连蒙带哄的暂时糊弄住了，但是彭远大心里并不好受，吴水道死得太不明不白了，如果真是畏罪自杀倒也罢了，如果确实是因为承受不了遭受嫌疑的压力而自杀，别的不说，起码彭远大要承担相应的道义责任，那终究是一条人命啊。案子不破，吴水道自杀就永远是一个谜，吴水道自杀之谜破解不了，彭远大心灵就像一张白纸洇上了污渍，那是一片永远也难以抹去的阴影。

彭远大来到局长的办公室，怯生生地敲了敲门，怯生生地喊了一声“报告”。局长在里面喊了一声：“进来。”

彭远大磨磨蹭蹭地踅进局长办公室，局促不安地站在局长办公桌前，局长问他：“怎么？有啥新情况没有？”

彭远大连忙申明：“没什么新情况。”

局长“唔”了一声接着又说出了一句让彭远大非常难堪的话：“没啥新情况你来做啥？”

这句话的含意似乎是说：案子没有新线索你就别来见我。彭远大惶惑了，惶恐了，真想马上掉头一走了之。可是啥话不说掉头就走他也不敢，那么做很容易让老局长误认为他在使气，八成会把他叫回来骂个鼻青脸肿。

彭远大嗫嚅道：“局长，我今天来找您是想谈谈别的事情。”

局长这才让他坐：“别的事情？有啥别的事情？你坐下说。”

彭远大坐下来之后，看看局长的脸色，局长的脸板着，像一张烙煳了的葱油饼。彭远大知道，案子破不了，局长肚子里窝的火如果遇到火星子发作出来，足可以让他焦头烂额出不了这个屋子。他暗暗后悔不该在这个时候来找局长，由此想起了老牛曾经说过的“三不”原则：不在领导刚刚上班的时候找领导，不在领导准备下班的时候找领导，不在领导一个人躲在办公室里头的时候找领导。老牛解释说：领导在家里万一刚刚被老婆骂过，一上班去找领导明摆着是送上门的撒气筒；领导忙了一天，饿了累了，急着下班回家，你却拖着他不能按时回家，能办的事情也不会给你办；领导如果一个人待在办公室肯定就有不愿意见人的事情要办，你这个时候闯进去，领导肯定烦恼，勉强接待你也不会给你什么好果子。看来自己违反了老牛总结的第三条原则，不应该在局长一个人躲在办公室里的时候来打扰他。

局长果然很不耐烦：“说话啊，眼珠子骨碌碌转着想啥呢？”

彭远大连忙收摄心神，摆脱私心杂念，按照事先打好的腹稿开始向局长念苦经：“局长，我本来不想麻烦您，可是有些事情不向您说说，憋在心里我又难受得不行，所以就想耽误您几分钟，如果您没时间，我改日再向您汇报也行。”

局长嘿嘿冷笑：“来都来了，有话就说，但愿你别把你的难受转变成我的难受就好。”

彭远大连忙给局长宽心：“那不会，绝对不会。”

局长：“不会就好，你说，啥事。”

彭远大说：“最近局里不是搞机构改革，干部不是要重新任命吗？”

局长马上睁圆了双眼提高警惕追问：“你关心这事做啥？”

彭远大暗想，这件事情所有的人都在关心，不光我在关心，如果我不关心，我就是麻木不仁的傻子，嘴上却说：“当着局长的面我实话实说行不行？”

局长说：“不光当着我的面要实话实说，就是背过我的面也要实话实说。记住，对领导不怕说错话，就怕说假话，任何一个领导都不会容忍他的下级对自己撒谎撂屁。还要记住，在我的面前说话，有啥说啥，绕弯子、打迂回、吞吞吐吐那些东西我最受不了。”

彭远大只好尽量做出老实巴交甚至有几分可怜的样子说：“局长，有的人在群众中制造舆论诬蔑我，说‘9·11’案子让我煮成了夹生饭，还说是我逼死了吴水道……”

局长说：“这有啥吗？谁人背后不说人，谁人背后不被说？嘴是圆的舌头是扁的，你有本事把人家的嘴缝上，把人家的舌头割了？别说你了，我是局长，背后不照样有人骂我吗？皇上背后还有人骂狗鞑子呢。”

彭远大说：“那不是一回事儿，这些人是别有用心，现在不是搞机构改革吗？干部人事安排都要重新进行，他们在这个时候这样造谣诬蔑，制造舆论的目的不是很明显吗？”

局长瞪圆了眼睛问：“啥目的？”

彭远大弄不清楚局长是装糊涂还是真的不明白，不管是装糊涂还是真不明白，他的话都得说明白：“他们就是不想让我提拔，最好把我赶出公安局，有人说我是以工代干，不是国家正式干部，所以这一次机构调整我没有资格参加。”

局长说：“小彭啊，我没想到你这娃的心思还多得很嘛，案子放在那搭没有进展，你还有心思琢磨这些事情？我明告诉你，机构咋调整，干部人事咋安排，那是组织上的事情，你唯一能做的就是两个字：服从。你今后少在这些事情上动脑子，也不要再因为这些事情来找我，找我有啥用？人家不管是啥目的，污蔑也罢，造谣也罢，终究不是反革命谣言，我总不能立案侦查到底都是谁说了你的坏话吧？再说，案子确实没破嘛，人家说就说了，你能把人家咋？啥是好警察？案子没破就过不安生，这才是好警察，整天想着自己能不能提拔，自己能不能当干部，那不是警察，是政客，共产党最反对的就是这一套，越是关心这种事情的人越不能提拔重用，这是党的原则。从今以后，你记住，工作、案子你啥时候来找我谈都可以，这些狗扯羊皮的事情最好不要找我，找我也没用。”

彭远大让局长训斥的不知如何是好，走也走不得，留也留不得，尴尬、委屈、气恼，各种情绪激得他眼泪在眼眶子里一个劲转悠。局长大概也觉得自己说话太严厉了，放缓了语气对他说：“小彭啊，不是我批评你这娃，你应该相信组织相信党，是金子总会闪光，是狗屎放到哪儿都是臭的。”

彭远大的眼皮子几乎阻挡不住泪水，他连忙用袖筒子在脸上抹了两下，把泪水抹掉了："局长，我不是来找您要官当，我也知道我资历浅，不够提拔的条件，我就是担心如果组织上听信谣言，把'9·11'案子的责任算到我的头上，再加上我是以工代干，去掉了我参加这次机构调整的资格，那我连警察都当不成了，回去当工人我不怕，可是我就是想当警察，想破案啊！"

局长盯着彭远大看了半会儿，总算咧咧嘴露了一丝笑模样："你小彭把我当成啥了？我是'9·11'案件的专案组组长，这个案子侦破过程中出现任何问题都由我负责，谁能把责任推到你头上？如果把这个案子侦破过程发生的问题推到了你的头上，那我不但没有资格当这个局长，我连一个普通共产党员的资格都没有。再说了，现在案子还没有破，吴水道自杀的性质谁也没有定性，远远不到追究责任的时候嘛。还有，我再给你一颗定心丸，这一次机构改革，你到底会安排什么工作我没办法提前告诉你，现在根本就没有时间研究那些事情，即便研究了我也不能给你说，那是违反组织原则的。但是，我可以给你说，组织上不是不讲道理的，国家也不是没有政策的，这一次结合机构调整，配备干部，对你这样的以工代干国家有规定，凡是在1999年以前因为工作需要抽调到干部岗位的以工代干人员，有正式手续的，经过组织部门考核，一律转为国家正式干部，这也许是国家最后一次转干了，今后干部制度肯定要有大的改变，不会再直接从工人农民中选拔干部了。所以这一次也有解决历史遗留问题的性质，你是1976年年底调到公安局来的，又是经过组织部门正式办了调转手续的，完全符合转干条件，你瞎猜什么？文件没给你们传达吗？"

彭远大说："我最近一直在福建那边出差调查吴水道的情况，所以没有听到传达文件。”

局长说：“好了，该说的我都说了，该做啥你自己也清楚，最近邓小平同志说，发展才是硬道理，用在我们公安机关，啥是硬道理？破案就是硬道理，保一方太平就是硬道理。去吧，干你的活去。”

彭远大听到他具备转干条件，可以继续当警察，心情顿时好了起来，局长对他的训斥批评此时都成了天籁纶音。他精神振奋，起身给局长敬了一个规规矩矩的礼，转身出了局长办公室却又犯愁起来，话好说，该干什么干什么，可是作为“9·11”案件专案组的副组长，局长虽然说要替他承担责任，可是不会替他破案子，这茫茫人海、浩荡乾坤，到哪里去找那两个既不知道长相又不知道姓名的福建人呢？再冷静地想想，那两个福建人充其量不过是犯罪嫌疑人，目前根本没有任何充分的证据能够证明他们就是偷金子的贼，如果金子根本就不是人家偷的，抓住他们还真不如不抓住他们更好一些。

彭远大想到可能的前景，禁不住发虚腿软，刑警最怕的就是捧到热年糕，所谓的热年糕就是那种案情重大、备受关注、线索极少、极难侦破的案件，这种案子有的一拖几年，谁也不敢提出挂案，提出挂案等于认输，即便厚着脸皮提出挂案也很难获得批准，这样一来，从理论上说这个案子就永远是具体承办人手中的案子，永远是压在承办人头上的巨石，承办人只好硬着头皮死熬，彭远大目前就在死熬，他也做好了死熬的准备，不再奢望能在这次机构改革中提升科级干部了。好在死熬还没有把他熬死，就在和局长谈话不久，又发生了“2·15”盗枪案，才算把彭远大从尴尬的局面中解救了出来。

3

压在彭远大头上的“9·11”金锭盗窃案被“2·15”盗枪案冲击了一下，自然冷却，等到盗枪案侦破之后，这个案子由局长亲自提出挂案，彭远大才算从这个泥沼中解脱出来。尽管如此，“9·11”大案仍然永远压在彭远大的心头，也永远成为公安局未能侦破的重案大案之一，老局长退休时在欢送会上那段话彭远大终生难忘：“作为一名老公安，国家价值数百万元的金锭丢失，至今这个案子还悬着，这是我的耻辱，也是我们公安局的耻辱，此案不破我死不瞑目啊！”

压抑了二十多年之后，这一次从福建泉州市得到了重要线索，彭远大立刻放下手头的一切工作，带了大李子和黄小龙马不停蹄地赶到了福建，福建省公安厅了解案情之后非常重视，指派对外联络处的庄文明警官全程陪同他们来到泉州市公安局，向当地公安局介绍了这桩悬了二十多年的积案之后，受到当地公安机关的高度重视，得到了当地公安机关的大力支持。公安局利用高科技手段，用银行监控录像带留下来的嫌疑人的图像资料跟公安机关掌握的所有身份证照片资料进行了对比，最后确定了十八个重点嫌疑对象提供给彭远大参考。

彭远大半信半疑地问：“这种比对方式可靠吗？”

当地公安局的技术人员告诉他，这是利用高科技，采集录像图像资料嫌疑人的面部骨骼特征的二十八个点，然后再根据皮肤纹理规律输入到专门设计的图像特征比对软件中，利用电脑进行筛选。

技术员说：“这十八个人可是从全市三百多万有身份证的成年人中筛选出来的，这是为了保险起见特意放宽了数据范围，如果更加严格的设定数据范围，完全可以再进一步缩小到三个人。”

彭远大看着附在这十八个人之后的身份资料，一个叫吴水库的人吸引了他的注意。这个人是福建省泉州市下辖南安市梅花乡吴厝村人，年龄四十六岁，彭远大记得很清楚，当时他们审查吴水道档案的时候，知道吴水道就是福建省泉州南安市梅花乡人。想到可能的结果，彭远大心脏颤抖起来，他对技术员说：“刚才您说如果把数据设定的更严格一些，可以把范围缩小到三个人？”

技术员点点头：“正常情况下就是这样的，我们是为了扩大你们的侦查范围，尽可能提供充分的基础资料，专门放宽了比对数据。”

彭远大说：“如果按照你们严格的数据条件再筛选一次麻烦不？”

技术员说：“这有什么麻烦的，一分钟的事。”说着把他面前的电脑键盘敲击得“大珠小珠落玉盘”，敲完了，彭远大他们屏声静气，等待结果，“此时无声胜有声”，彭远大听到了自己心脏的跳动声。

猛然间“银瓶乍破水浆迸，铁骑突出刀枪鸣”，身边的大李子怪叫了起来：“有了，吴水库。”果然，屏幕上出现了三个人名和他们的个人资料，吴水库在这三人中名列榜首。彭远大已是快五十岁的人了，却仍然忍不住跳着脚在技术员肩膀头狠狠擂了一拳头，号叫了一声：“就是他。”

技术员揉揉肩膀头：“谁啊？打我干吗？”

彭远大说：“就是这个吴水库，到银行兑换金饰的肯定是这个吴水库。对不起，不该打你，晚上我请你涮火锅。”

大李子说：“真应了那句话，贼不打三年自招，这家伙硬是隐藏了二十多年，够有耐心的了。”

当天晚上，彭远大在泉州市最高档的海霸王餐厅宴请了当地公安机关的有关人士，天下警察是一家，这是警察爱说的话，尤其是在一起吃饭就更像一家人，你来我往，边吃、边喝、边吹牛，案子有了重大突破，彭远大一行兴奋、激动，心情格外爽，吹捧了一阵当地公安局侦破手段的现代化，话头一转，吹了不大不小的一个牛皮，说虽然你们的技术手段比我们先进，可是你们南方人的酒量根本不是我们北方好汉的对手。当地公安局分管刑侦的副局长顿时不干了，揪住彭远大连碰六杯，彭远大乖乖地躺到了桌子底下，好在他属于北方好汉中的袖珍型，不具备充分的代表性，倒也不算给北方好汉丢脸。剩下大李子和黄小龙对垒当地公安局的十几个人，以“鸟无头照飞、蛇无头照爬”的精神，在彭远大率先献身的情况下，死缠烂打，总算没有全军覆没。

如果能配合彭远大他们侦破这个曾经轰动全国的金锭失窃大案，当地公安局脸上也大有光彩。第二天，分管刑侦的副局长亲自给南安市公安局打了电话，要求他们全力配合彭远大他们的调查工作，还要再派人协助他们。庄文明说：“不用了，有我你们还不相信吗？我老家就是南安的，熟着呢，到了地方有当地的同行配合就成了。”于是就由省厅的庄文明陪同他们深入南安山区开展进一步的调查取证工作。到了南安市公安局，公安局局长又亲自给沿线公安机关下达指示，要求全力配合彭远大他们。

彭远大他们一路驱车，进山之后遇上天降大雨，山道泥泞，汽车根本无法通行，只好弃车步行，匆匆忙忙地向梅花乡派出所挺进。现在彭远大最担心的就是那个吴水库在不在家。如果在家，一切都好办，如果不在家，就比较为难，如果先行对他们家展开搜查，即便搜到了物证，也肯定会惊吓到吴水库，再想捕获他就非常困难。如果不先行搜查，吴水库得知警察到他们家来调查，肯定要立即转移赃物，那就更加麻烦了。彭远大一边走一边在心里暗暗祷告：老天爷啊，你下雨为难我们没关系，可千万别让吴水库跑了。

黄小龙这时候想起了一个问题，问大李子："大李子，你怎么知道彭局第二次筛选要找的就是吴水库？"

大李子带了几分得意地说："我跟你们彭局一起破案的时候，你还在娘肚子里转筋呢，这就叫心灵感应，懂不懂？"

彭远大对黄小龙说："别听他的，公安局老人对这个案子都非常熟悉，大李子当时也被借到专案组协助工作，不然我这一次为啥要带他呢？当年自杀的重点嫌疑对象吴水道就是泉州南安市梅花乡人，这个吴水库跟吴水道名字只差一个字，录像资料又证实到银行兑换黄金的就是这个吴水库，这不会是巧合。还有，我当时看了吴水库的录像就觉得这个人跟吴水道很像，大李子当年也见过吴水道，看到录像资料就知道这个吴水库八成就是当年到银州市倒卖走私电器的那两个人之一，当然也就明白我第二次筛选的对象就是他。"

福建警官庄文明插话说："这个案子当年全国都知道，我在警校读书的时候，我们一个教官还提到过这个案子，他当时介绍的是吴水道自杀的方式，提示我们今后万一遇到相同情况，该怎么处理。"

黄小龙问他："你们那个教官叫你们怎么处理？"

大李子："笨蛋，这还用问，不但要没收嫌疑人的利器、裤腰带、鞋带这些东西，还要避免卧具、灯具以及别的家具可能成为监管人的自杀用具。你没看我们现在的滞留室、看守所关押嫌疑人的地方，除了一张大炕什么家具都没有，连炕都是没有床头的那种吗？这就叫吃一堑长一智。”

黄小龙恍然大悟：“我说嘛，我们局那些地方怎么那么简陋，原来还以为是因为经费紧张，现在才明白是怕关押的犯人自杀啊！”

大李子又纠正了一句：“不是犯人，是犯罪嫌疑人，只有判了刑关押到监狱里服刑的才能叫犯人。”

几次三番受到大李子的教诲，黄小龙很没面子，顶了一句：“我是公安大学毕业的，这些我懂，不是说习惯了嘛，值得你这么认真细致的教诲吗？”

大李子跟在公安局各路警察的屁股后面干了二十多年，参与破获的案子也能写成一本厚厚的案例教材，可是迄今为止却仍然是一个协警，面对黄小龙这种警官学校毕业的正规警察，既有些自卑，又有些逆反，两种心情搅和在一起就成了偏执，对黄小龙这一类学院派的年轻警察很少有好脸色，当时就用话把黄小龙憋了个倒噎气：“彭局也不是公安大学毕业的，野文凭，有本事别听他的，让他听你的。”

彭远大本来就不是科班出身，八十年代中期推行干部四化，其中的知识化就是文凭化，没有文凭那就只好当一辈子普通警察，根本就没了提拔的机会。彭远大此时虽然已经担任了刑侦队的副队长，级别正科，可是终究没有文凭，不但失去了继续提拔的基本条件，随时还有给文凭化的干部让贤的可能。伴随危机到来的往往就是机遇，这个时候中国最大的大学中央广播电视大学开始招生，给所有像彭远大这样的人挣文凭开了一道大门。彭远大就报了汉语言文学专业，也不知是运气好还是他真的有水平，或者是其他考生太烂，入学考试他居然考了第三名，成了不脱产的大学生。经过三年边工作边学习边考试的艰辛努力，他也终于拥有了一张教育部认可的大专文凭。当时在公安局这张文凭还是很值钱的，提拔、升级、进职称、涨工资，有了这张文凭就都可以应付了。

黄小龙抓住了大李子的辫子："你别胡说啊，什么叫野文凭？彭局的文凭是正规的经过国家认可的大专学历，绝对不是野文凭。"说着，还瞟了彭远大一眼，既提示彭远大大李子敢对他文凭大为不敬，又企望获得彭远大的支持。

文凭问题对于现在的彭远大已经无所谓了，只要组织部门承认，别人说什么都没用，所以他对大李子和黄小龙之间的争执根本就不在意。他现在最关心的就是通信问题，头天晚上让人家灌得烂醉，忘了给手机充电，第二天又急急忙忙进山，让黄小龙用他的手机给银州市挂电话，报告案件有了突破性进展的好消息，却又没了信号。此时行走在崇山峻岭中的羊肠小道上，又抱了一线希望地催促黄小龙："小龙，再给家里挂挂电话，看看能不能通。"

黄小龙明知没信号，也不敢违了彭远大的指示，拿出手机摆弄了半天，无奈地对彭远大报告："还是没信号。"

庄文明说："没关系，等到了乡上就能有信号了，如果还是没信号就用乡派出所的电话打。"

一行人跋涉整整一天，滚了一身红泥浆，一个个活像刚从窑里烧出来的兵马俑，终于在天黑时分赶到了南安市梅花乡公安派出所。所长是一个黑黝黝的瘦高条汉子，姓林，见到彭远大四个人惊讶地半张了嘴："我们早就接到了市局的通知，一直在等你们，还以为你们出了车祸，正准备向市局汇报呢。你们这是干什么？有车为什么不坐？"

庄文明跟所长非常熟悉，说：“我们又不是傻子，能坐车还用得着浪费两条腿？快找个地方让我们洗洗，有什么吃的没有？”

林所长执拗地追问：“怎么不能坐车了？”

庄文明学了大李子的口气说：“老天爷得了前列腺增生，整整一天尿个不停，就你们这里的破土路，早都成了烂泥塘了，多亏我们没坐车，坐车到现在还不知道在什么地方推车呢。”

林所长嘿嘿好笑：“我们福建省堂堂知名庄大侦探怎么会犯这样的低级错误？对了，也正常，长年累月在省厅大机关坐着，难得有机会到我们这深山沟里来一趟，什么叫官僚主义？这就叫官僚主义。现在是什么年代？是改革开放、经济社会高速发展的年代，你还要走老路，那谁也没办法。告诉你吧，我们梅花乡的公路早就改道了，四车道水泥路面的国家二级公路，别说下这么点小雨，就是刮台风现在也照常通车。”

庄文明大为狼狈，后悔不迭，连连对彭远大他们道歉：“实在对不起，低级错误，低级错误。”

彭远大连忙说：“没关系，难得有这么个机会欣赏闽南山区的风光景色，这一路的景致确实太美了。”然后抓紧时间问所长：“林所长，这里对外通信方便吗？”

林所长得意地夸耀：“方便得很呐，长途电话、手机、网络、都没问题。”

彭远大说：“我们出来很久了，得赶快跟家里联络一下，我的手机没充电，小黄，试试你的手机有没有信号。”

黄小龙沮丧地说：“一路上我不断地拨号，电早就没了。”

彭远大又问大李子，大李子说：“我挣那几个钱哪用得起手机，在银州我用小灵通，出了门就不灵通了，我也没带。”

林所长便说："不着急，先洗澡换衣服，山里的风硬，别感冒发烧影响工作。洗完澡换上衣服，用我们所里的电话打，跟美国都能联系上。"

彭远大一听也是这么个道理，水里泥里奔波了一天，尽管沿途风光秀丽，景色宜人，可是也把他们累得够戗。再看看各人形象，出了门说是警察没人会相信，说是逃难的、讨饭的肯定会有人慷慨地给他们一口剩饭。彭远大于是同意了所长的提议，先沐浴更衣，再吃饭喝酒，然后再打长途电话跟家里联络。

洗干净了，换上了林所长临时从自己手下那里搜刮来的内衣外衣，彭远大几个人有一种重获新生的感觉。梅花乡的经济状况从饭桌上可以看出非常富庶，饭桌上是鱼鳖虾蟹，还有两瓶金门高粱酒。

彭远大连连客气："实在不好意思，随便吃点就好了，太丰富了。"

林所长说："你们是从千里之外来的客人，如果没有案子肯定这一辈子都不会到我们的深山老林来，来了就是缘分，现在经济条件也好了，这根本算不得什么，到任何一家村民家里，都能摆得出这么一桌。"

庄文明说："吃饭就成了，酒就不喝了吧？"

公安部有通知，公安干警十不准，严格禁止履行公务的时候饮酒。林所长给大家的杯子里斟满酒说："一来我们现在不是履行公务，是业余时间；二来我们这里是山区，晚上风硬，气温低寒，喝点酒御御寒总是应该的嘛。"

庄文明看着林所长斟酒，扑哧一声笑了。林所长问他笑什么，庄文明说："你还行，干啥都跟乡镇干部的身份配套。"

林所长又问："这话什么意思？乡镇干部怎么了？"

庄文明说："有一次我到北京部里办事，请几个过去读书时候的老师吃饭，问人家喝什么酒，老师说，随你要，从你要的酒上我就能看得出来你现在是什么级别。我要的酒上来了，老师哈哈一笑说，科级，乡镇长待遇。我又问他凭什么这么说，老师说，乡镇长，喝白酒，吃白食，打白条。县处长，喝红酒，亲红嘴，收红包。厅局长，喝洋酒，泡洋妞，逛洋景。”

黄小龙傻乎乎地问：“你要的什么酒？”

大李子不屑地替庄文明回答：“笨蛋，这还用问，肯定是白酒。”

庄文明哈哈一笑说：“我要的是五粮液，所以人家说我是科长乡镇级。”说罢大家哄堂大笑，笑过了就开吃。

席间林所长介绍：“过去我们这里非常贫困，山区人多地少，老百姓都是靠瓜菜过日子。改革开放以后，很多人都到外面闯荡，也有一些人做走私、贩卖假冒伪劣产品那些不正当生意的，不管做什么，凡是到外面闯荡的人基本上都挣了钱回来盖新房，明天我领你们四处走走看看，我们这边农民的房子用你们城里人的眼光看，每一家住的都是高级别墅。”

彭远大趁机开始调查研究：“林所长，你在这里工作多久了？”

林所长说：“我是本地人，原来一直在市局搞治安工作，我说的市局是南安市，可不是泉州市。四年前干部交流，我就到梅花乡来了，反正是土生土长的本地人，在这边工作风土人情都熟悉，也就比较安心，所以局领导一直没有再调我回去。”

彭远大问：“你们这边有一个吴厝村，林所长了解吗？”

林所长说：“太了解了，我老婆娘家嘛。”

彭远大又问：“吴水库你知道不？”

林所长说："怎么会不知道，论起来还是我老婆的远房亲戚呢，可能算得上一个什么表哥、表弟之类的关系吧。你问他干吗？犯案了？"

听到这位林所长跟吴水库那么熟悉，又有转弯抹角的亲戚关系，彭远大有点迟疑，把握不准该不该如实把情况告诉他。

庄文明是个精明人，马上接过话头介绍："我还没有详细介绍呢，这位林所长可是我们全省公安系统鼎鼎大名的人物，省级劳动模范，全国公安系统的百佳派出所所长。"

他说的时候，林所长连连谦虚："没有啦，没有啦，不会啦，不会啦。"这是闽南人说普通话时候惯用的自谦语，虽然彭远大他们不太明白什么没有，什么不会，可是配合林所长扭捏赧然的神态，他们倒也明白，这是自谦的表示。

彭远大明白，庄警官这是暗示他，对林所长尽可以信任，再想一想，深入到这山沟沟里搞案子，离开了林所长的配合那就会一事无成，特别是如果下一步直接深入到吴水库家里搜查、抓人的时候，如果没有当地公安机关的全力支持和有效配合，这种山区村落里浓厚的宗法家族关系很可能会对他们的侦破工作形成极大的阻碍。俗话说，要喝山中水，先问地里鬼，在这种时候想瞒着林所长办案子，那是不可能的事情。权衡利弊之下，彭远大决定对林所长来个竹筒倒豆子，毫无保留。于是便将整个案情详详细细地给林所长介绍了一遍。

林所长听了之后，蹙眉沉思片刻，又喝了一口"用来御寒"的高粱酒，这才说："根据彭局长你说的这些情况，我可以断定，这桩案子八成就是他们干的。我们过去对当地的民风民情作过相当程度的调查了解，你说的吴水库在吴厝村也算是大户人家，堂兄弟一共有四人，老大叫吴水池，老三叫吴水渠，吴水库最小，你说的那个吴水道是老二。老大吴水池 60 年饿死了。吴水道原来当过几年兵，复员的时候就留在北方工作了，就是你们银州市那个生产金子的工厂。改革开放以后，老三吴水渠和老四吴水库结伙到北方找吴水道贩卖走私过来的电器，主要是电视机、录音机、录像机。吴水库和吴水渠多少年没有回来过，谁也说不清他们在外面做什么。后来听说老三吴水渠在外面出车祸死了，前几年吴水库回来了，回来以后就再没有出去做生意，对外讲说是年纪大了，身体不好，准备回家养老。”

说到这儿大李子扑哧一声笑了，林所长说：“我知道你笑什么，你是笑他们的名字怎么那么怪，我要是说了我的名字你肯定更要笑。”

大李子问：“林所长叫什么？”

林所长一本正经地回答：“我叫林猪食，肥猪的猪，吃食的食。”

不但大李子笑了，彭远大、黄小龙还有庄文明都笑了起来。林所长说：“你们别笑，我是 60 年出生的，我妈生我的时候正闹饥荒，我在我妈肚子里折腾了两天硬是出不来。接生婆说女人饿成这个样子哪能生出娃娃来，我爸那时候是生产队的饲养员，就把猪食偷了一大碗给我妈吃了，我妈吃饱了，也有劲了，这才把我生下来。生下来又没奶吃，我爸就又偷猪食给我妈下奶，我是靠了猪食才生下来养活大的，所以我爸就给我起了这么个名字。再说了，我们闽南人起名字是根据闽南语发音，讲究也比较多，邀请老人家推算八字，根据命中五行、家族排行等各种说法来定，所以有时候用普通话读出来就觉得很好笑，如果用闽南语读就比较正常了。”林所长又把矛头对准了庄文明：“你别笑我，你那个名字如果用普通话读也不怎么样，庄文明，假装文明。”

庄文明说："是，我们闽南话跟普通话的差距比较大，如果用闽南话读人民日报社论，根本读不下来。不过话说回来，放在一千年以前，我们闽南话可是名正言顺的中国官话呢。"

彭远大是学汉语言文学专业的，这方面的知识具备，马上开始接茬儿："庄警官说的完全正确，闽南人除了正宗的古闽越人之外，绝大多数都是中原一带的居民在历史上几次战乱中躲避战乱迁徙过来的，闽南地区在古时候交通不便，相对闭塞，古汉语中的许多语音语素都在闽南语中保留了下来，所以说闽南语是古汉语的活化石，研究古音韵学的专家学者都到闽南来搜集语音素材呢。比方说古汉语中声调是平上去入，现代汉语是阴平、阳平、上声和去声四种，就没有入声了，就是因为在语言的发展过程中，古汉语的语言出现了平分阴阳、入派三声的变化。还有，古汉语发音有浊音，现代汉语发音没有了浊音，这一切都是语言变化过程中发生的。"

林所长佩服地赞叹："彭局长知识真渊博啊！"

黄小龙追问："彭局长，你刚才说的入声到底是什么动静？还有什么是浊音？"

彭远大说："我这也就是书本上的一些知识，浊音可能就是说话的时候喉头发出的一种声音，上课的时候老师还模仿过，入声到底是什么动静我可就真的不知道了。"

庄文明说："对，我们闽南人说闽南话有很多声音就是从喉头发出来的，现代普通话就没有。还有，我们不会说儿化音，普通话却有大量的儿化音。"

大李子提醒他们："咱们不是音韵学专家，也不是到闽南来采风来了，还是听林所长说情况吧。”

黄小龙说：“这个话题还不是你引起来的，人家叫个名字有什么好笑的。”

林所长说：“我已经惯了，别说你们了，就是我们局里的同事，现在还有人以为我的名字是外号呢，追着问我的真实姓名叫什么。”

彭远大接着问他：“你知不知道吴水库现在在不在家里？”

林所长说：“那个人在家里也待不住，今天走了，过几天又回来了，谁也说不清楚他在干什么。”

彭远大说：“那就拜托林所长了解一下他最近的情况，如果他在家，能不能采取措施立刻把他控制起来。”

林所长说：“别说拜托，这是我们应该做的，今天晚上你们好好休息一下，明天我就开展工作，有什么要求，你们随时说。”

说话间大家酒足饭饱，吃饱喝足了就开始犯困，林所长看他们一个个蔫头耷脑，知道他们奔波一天都疲劳了，就安排他们到客房休息，临走又说：“差点儿忘了，你们把衣服兜里的东西清点一下，都清理干净，我把你们的衣服洗一洗，明天好换上。”

彭远大几个人还要客气，林所长说：“别客气了，用不着我洗，有洗衣机，洗好了就地烘干，保证误不了你们明天穿。”

说着抱了他们换下来的一大堆衣服走了。大李子感慨地说：“难怪人家是模范警察，就是不一样，办事是光屁股坐板凳有板有眼，待人是煤炉上面架热锅从外到里的热，你看人家那个细心劲儿，真比我老婆还体贴。”

一提到老婆，彭远大就想起了家，想起了家这才猛然想起光顾了吃喝聊天，忘了给局里打电话了。便连忙起身就着房间的电源插座把自己的手机充上电，然后追出去找林所长给局里打电话。他把电话直接打给了范局长，奇怪的是，范局长的手机通了，里面的应答却说是已经消号。他以为局长又换了新手机，又给范局长办公室打，办公室没人接，再给范局长家里打，也没有人接。彭远大只好把电话打到了局值班室，让值班人员找范局长，值班人员恶狠狠地问他："你是谁？干什么的？什么意思？"

彭远大非常恼火，过去再三强调值班民警在接听电话的时候一定要做到热情、热心、不厌其烦，绝对不允许耍态度、不耐烦，要彻底根除脸难看、话难听、事难办的三难问题，这才出来几天，好容易培养起来的好作风就又像三伏天的盐巴，回潮了。彭远大也恶狠狠地追问方："你是谁？浑蛋，就是这样接听群众电话的吗？今天晚上谁是总值班？让总值班接电话。"

值班员听出来者不善，也听出来话音挺熟，试探着问："您是哪一位？"

彭远大气哼哼地说："我是彭远大。你是谁？"

对方一听彭远大的名字，没敢报上自己的名字，高喊了起来："队长，队长，快来接电话，是彭局的。"

彭远大实在搞不清楚，那边到底在搞什么鬼，好在刑侦队队长王远志及时接过了电话："彭局吗？你真是彭局啊？"

彭远大问："刚才怎么回事儿？谁值班？接电话怎么那个态度？"

王远志反问："彭局，你现在在什么地方？急死我了，你也不来个电话，再联系不上我就买飞机票到福建找你去了。"

彭远大说："我现在在福建南安市梅花乡的派出所，刚才是谁接的电话？范局呢？我怎么到处打电话都找不着他。”

王远志说：“好我的彭局啊，你也别追查刚才那个愣小子了，就是因为你找范局，他以为是什么人在故意捣乱，这才追问人家是谁，什么意思的。告诉你吧，范局已经不在了。”

彭远大问：“不在了什么意思？工作调动了还是犯错误撤职了？我怎么一点儿都没听说。”

王远志说：“哪里是调动了，是死了，牺牲了。”

听到范局死了，彭远大有些懵，太意外了，范局人还是很不错的，作为一把手，对彭远大的工作向来只有两个字：支持。彭远大感觉跟这位范局合作基本愉快，而且范局体格结实，怎么就会突然死了呢？“你说清楚点，到底怎么回事儿？”

王远志说：“前些天，就是你出差大概第三天，范局带队去打野猪，结果枪支走火，牺牲了。”

彭远大追问：“范局怎么也去了？打野猪他去干吗？”要打野猪的事情他也知道，出差之前市里就下达了任务，要对祸害山区农民的野猪宣战，可是这也用不着范局亲自出马啊。随即想到，这倒也正常，范局喜好打猎，这是全局都知道的事情，难怪他会带队亲自出马。

彭远大在这边有些走神，那边王远志一个劲催促：“彭局，你那边的事情什么时候能完？你尽快回来吧。如果一时半会儿完不了，干脆你先回来，把这边的事情闹踏实了再过去。”

彭远大回过神来，一时半会儿没弄明白王远志的意思，问道：“我这边的事情刚刚开始，正在关键时候，怎么能回去？你刚才说让我回去把那边的事情闹踏实了，什么事情不踏实？”

王远志说："范局死了，现在谁当局长一直没有定论，你赶紧回来吧，你不回来不等于弃权了吗？"

彭远大这才省悟到，现在大家共同关心的问题就是：谁当局长。在领导岗位上工作了这么多年，现实的官场生态彭远大也不是不知道。科长提拔靠干，处长提拔靠转，局长提拔靠站。科长要当处长，就靠勤快老实再加一点眼力见儿，处长想当局长，就得经常到领导家"转转"，局长再想进步，关键要看站在谁的身边了，站对了一帆风顺，站错了万劫不复。他现在虽然是副局长，行政级别其实还是处级，还处于要靠"转"的层次，他不回去，就没办法"转"，不"转"的人跟"转"的人相比，肯定就处于明显的劣势。想到因为自己出差在外很可能丧失这次提升机会，彭远大心里难免也有些失落。他深呼吸了两口，尽量稳定着自己的情绪，尽量把声音放得平静，对王远志说："你抽时间到范局家里去一趟，代我慰问一下范局的家属……"

王远志打断了他的话说："我已经代表你去过了，范局家属现在都回老家去了，说是要换换环境，什么时候回来还说不清。现在的关键是你得赶紧回来啊，电话里我不好多说，可是我可以给你彭局透一个底，别人都没闲着。"

"别人都没闲着"一句话透出了所有的信息，彭远大不用细问也知道，现在留在家里有资格继任局长职务的那几个人，肯定正在非常忙碌、非常急迫地使用各种手段通过各种方式"活动"。这在现如今也没有什么不正常，如果在这个时候不"活动"反而不正常。他想，如果自己在家里，可能也会"活动活动"。这怨不得谁，也不能说明谁的品质不好，因为现实就是这个样儿，现实生活中，老实就是傻子的代名词，本分就是无能的同义语，在竞争中败北，没有谁会去给你的人格道德打分，只能证明你是弱者。

彭远大没有回应王远志的话，官场上的升迁进退，跟王远志这样的下级讨论没有任何价值，于是他把话题转到了案子上面："我这边进展顺利，案情有了重大突破，现在已经查明，那个到银行兑换高纯度金饰的人是吴水库，吴水库就是当年那个自杀的重点嫌疑人吴水道的堂弟，我们已经赶到了他们的老窝福建省泉州市南安市梅花乡，你把这个地址记清楚，那个吴水库，就是吴水道的堂弟，家就在梅花乡的吴厝村，我们已经跟当地派出所的同志联系好了，明天就开始采取行动，你在家里也要做一些准备，如果我这边需要，你马上带人乘飞机赶过来。"

王远志"是、是、是"地应着，彭远大又说:"案子进展到这个地步，你说我能回去吗？"

王远志说："我马上飞过去换你。"

彭远大立刻拒绝："胡说八道，这个案子你根本就没接触过，你换我能干吗？再煮一次夹生饭，你我就只剩下谢罪辞职这一条路了。老老实实在家里替我看堆吧你，我不在期间，绝对不能出什么大漏子，对了，现在谁在局里主持工作？"

王远志说："谁也没有负全责，局里的全面工作由刘副书记兼管，其他人都按原来的分工各负其责呢。可能上面还没有确定局长人选，所以不好安排代理局长吧。"

不用解释，彭远大一听就明白了，市里现在在谁来当局长这个问题上也正处于胶着相持阶段，所以任命谁当代理局长也不好，只好让分管政法工作的副书记刘洪波来代理，竞争局长位置的激烈程度由此可见一斑。放下电话，彭远大坐在那儿发愣，如果听了王远志的主意现在马上回去，他就还有机会，虽然不敢保证百分之百的把握，起码他不会丧失争取的权力。但是那样的话，眼前这桩压了他和公安局二十多年的积案就有可能失去彻底侦破的机会。深夜山区的风果然生冷，一阵阵寒风哼唱着呼啦啦的小曲儿钻进门缝，扑到彭远大身上，彭远大打了个寒战，心想，今天晚上可能要失眠了。

4

第二天早上起来，彭远大跟大李子他们几个人洗漱完毕，吃早饭的时候才知道林所长已经到吴厝村去了。派出所负责照顾他们的民警告诉他们，林所长临走的时候留了话，之所以没有带他们去吴厝村，是担心他们这些外地警察一去动静太大，惊了嫌疑人，他自己先去摸摸情况，让他们就在乡派出所等他的消息。

彭远大头天晚上失算了，他并没有失眠，也许是白天走了一天山路，尽管心里有事，脑袋一沾枕头却立刻进入了梦乡。他的手机电量已经充足，一打开手机就开始热闹起来。

第一个接到的就是老婆董晓兰的电话，董晓兰先是问他在什么地方，然后又问他什么时候回家，彭远大对后一个问题支支吾吾，因为他确实不知道什么时候才能回家，这取决于吴水库让他们什么时候回家。接着董晓兰就开始向他报告范局长死亡的消息，他说他已经知道了。董晓兰就又问了一遍他什么时候回来，他就又支支吾吾了一阵儿。董晓兰这才告诉了他一件事情：最近几天，老牛天天到他家里去，去了也不说啥，就是问他什么时候回来，董晓兰说不知道，老牛就唉声叹气。董晓兰吓坏了，以为彭远大在外面发生了什么事情，追着问他，他才说彭远大没什么事情，就是这一辈子他天天叫彭远大局长大人儿，把彭远大的福气叫薄了，这一回他要是再不赶紧回来活动活动，那就真的没戏可唱了。彭远大想起了老牛那张千层饼一样布满皱褶的脸，再想想他坐在自己家里唉声叹气的样儿，觉得滑稽，忍不住笑了起来。

董晓兰听到他笑，便问他："老牛说的是不是真的？如果你回来就有希望当局长，不回来就没希望了？"

彭远大问她："你说呢？"

董晓兰说："现在这些事情谁都明白，人在和人不在当然不一样了，如果你能回来就赶紧回来，如果实在回不来那也没办法。"想了想董晓兰又追问了一句："你估计还得多久？"

彭远大连这个问题也无法明确回答，因为现在他自己也没法做自己的主，能做主的是案子。他只好撇开这个话题，问了问"孩子怎么样"、"妈身体怎么样"之类夫妻间没有什么特别意义却又非常有意义的话，便挂了电话。

隔了几千公里，听着董晓兰在电话里脆生生的声音，想起跟董晓兰从追求、恋爱到结婚、生子这二十年平静如水的日子，放下电话彭远大心里头由不得就热辣辣、软绵绵的。

那一年他刚刚破了有生以来头一个案子，也正是那个女澡堂子失窃案让他认识了董晓兰，也让他有生以来第一次深深地迷恋上了一位姑娘。彭远大不是一个没有自知之明的人，他反反复复地衡量了自己的自然条件和社会条件，凭他当时拥有的一切想要追求到董晓兰那样的漂亮姑娘，成功率几乎为零，如果董晓兰仍然处于待业状态，家庭仍然处于贫困之中，他也许还有几分希望，结果人家又有了工业局打字员的良好工作条件，他的希望就更加渺茫了。曾经有一段时间他非常后悔帮助董晓兰找到了到工业局当打字员的工作。尽管希望渺茫，理智上让他觉得自己跟董晓兰那样的漂亮姑娘没戏可唱，两条腿却不听他理智的指挥，一趟一趟地往人家跑，一天见不到董晓兰就觉得没抓没落活像胸膛里只剩下了空洞没了心肝肺似的。

董晓兰母女还有老黄狗对他都非常好，从来都非常热情客气，大黄每次见到他还知道给他摇尾巴。但是，他不敢奢望这是人家对他的认可、接纳，老觉得这仅仅是一种友情，如同一般人家对常来常往的朋友、邻居。直到有一天，大李子有意无意地告诉他，可能有人给董晓兰介绍对象了。那个时候对有可能成为夫妻的异性朋友的标准称呼是对象，不像现在称之为男朋友、女朋友这么暧昧、委婉。彭远大听到这个消息立刻呆若木鸡，他不敢想象，如果董晓兰真的嫁给了别人，他今后的生活将会多么的了无生趣。大李子早就知道他的心思，看到他茫然若失的呆相挺可怜，就自告奋勇要去替他提亲。彭远大却谢绝了。

大李子替他着急："你这是干什么？自己不好意思说，别人去说你又不愿意，到时候人家真的长翅膀忽悠一下飞了，你后悔莫及。"看到彭远大仍然愁眉不展地在那里苦恼，大李子愤愤然了："什么气质嘛，虽然个头矮了点，好赖也是个男爷们，这算什么？不就是一句话个事吗？你就问她，我喜欢你，想娶你，行不行？行，一切万事大吉，不行也不过就是万事大吉，咱彻底死了这份心，也不耽误重打锣鼓另开张，再继续找嘛。你现在这个样儿，真连个娘们都不如。"

劝将不如激将，彭远大当然不愿意自己连个娘们都不如，细细一想，大李子说得有道理，不就是一句话个事吗？行就行，不行今后也省得老这么牵肠挂肚、难舍难分的。当下也不知道怎么突然就有了那么一股子硬楞楞的勇气，正是上班时间，直接就跑到了董晓兰上班的打字室。董晓兰正在打一份晚婚晚育的工作安排，见到彭远大非常奇怪，问他有什么事找到这儿来了。彭远大支支吾吾地说到工业局办事顺便来看看她。彭远大到底没有大李子那么皮厚，当了董晓兰的面还是无法直截了当地按照大李子的套路来，转了一个小小的弯子问："我听说你有对象了？"

董晓兰的表现让彭远大深感欣慰："胡说什么，谁有对象了？"

彭远大趁机抓住了关于这方面的话题，红了脸问："我给你介绍一个好不好？"

董晓兰死死地盯了他一眼："你给我介绍一个对象？"

彭远大眼睛看着董晓兰正在打的文件点点头："是，我给你介绍一个。"

董晓兰呵呵一笑："好啊，那你就介绍吧。"

彭远大视死如归地说出了那句最为关键的话："我介绍我自己行不行？"

董晓兰微微一愣，然后哂笑着问他："你打算把你自己介绍给我啊？"

话一说出口，彭远大顿时如释重负，董晓兰没有断然拒绝也让他有了勇气，坚定地点点头，这一回没有看着打字机点头，而是直视着董晓兰的眼睛："是啊，你看我行不行？"

董晓兰显然有些不知所措，怔了一阵儿才说出一句让彭远大失望之中又有希望，希望之中又有失望的话来："我考虑一下行吗？再说我还得征求我妈的意见。”

彭远大追问：“你得考虑多长时间？”

董晓兰说：“就这一两天嘛。”

随后彭远大度过了丧魂落魄的“一两天”，然后董晓兰把电话打到了他们单位，电话里只说了一句话：“我妈叫你上我家来一趟。”

彭远大穿戴得整整齐齐，像犯罪嫌疑人接受判决一样忐忑不安地来到了董晓兰家，一眼见到王大妈那笑眯眯、和蔼可亲的脸，彭远大的心就乐飞了，他的脑子里蹦出来两个字：成了。

董晓兰跟他结婚以后，一直在工业局当打字员，后来流行电脑打字机，她学的那一手用不上了，就又报考了成人教育文秘专业，在职学习了三年。好在彭远大那个不是聋子的哑巴老丈母娘一直跟他们过，做饭、洗衣、打扫卫生、带孩子，家里的事情一手全包，整个是一位自带工资、饭票还又尽心尽力的老保姆，所以董晓兰倒也能既不影响上班又不影响挣文凭，顺顺当当地毕业以后调到市政府办公室当了文书，有人说那是彭远大给她跑的，也有人说是因为董晓兰长得好看，领导专门调她去当花瓶。董晓兰知道了气得回家哭，彭远大劝慰她：你是穷人家的孩子，没有养成那些勤吃懒睡的坏毛病，也没有那些是是非非的好奇心，不管干什么都是兢兢业业、勤勤恳恳，如果我当领导，肯定也愿意用你这样的人。花瓶有什么不好？话说回来，再怎么着你现在也是奔四十岁的半老徐娘了，领导即便是要摆花瓶，也不会摆你这样的老花瓶。董晓兰让他说得破涕为笑，骂道：“你才是老花瓶呢。”彭远大涎皮涎脸地说：“我啥花瓶也当不了，充其量能算一根木桩子，还是那种半截木桩子。”

“彭局，范局死了？”黄小龙冲进来，把彭远大从昔日的甜蜜回味中拉回到了现实，彭远大说：“是的，死了。”

黄小龙又问：“那我们怎么办？”

彭远大知道他问的是同一个问题：回去参与局长位置的竞争，还是继续坚守在这里把事情办利索再回去。

彭远大反问他：“你说呢？”

黄小龙说：“我没啥说的，听领导的。”

大李子这时候也进来问：“彭局，我听小黄说范局死了？是真的吗？”

彭远大说：“是真的，昨天晚上我就知道了，看你们都睡了我就没说。”

大李子说：“那我们赶紧回去，起码你得赶紧回去，如果你信得着，这里剩下的事情就由我跟小黄处理。”

彭远大说：“不行，马上就要揭锅了，现在撤火那不肯定得夹生？这不是信得着信不着的问题。”

大李子瞪圆了眼睛说：“你的意思是你不回去了？”

彭远大说：“你说我现在回去算什么？不但案子可能半途而废，别人也清清楚楚地明白我这个时候扔下案子回去想干什么、要干什么，这件事别研究了，就这样了。”

大李子叹息了一声：“唉，满指望你回去把局长的位置拿下来好赖给老李办个正式手续，别的不说，起码工钱能增加不少，现在完了，你没戏我也就没戏了。”

彭远大非常理解大李子这位跟在自己后面混了几十年的老伙计，按年龄，大李子是老大哥，可是他一路顺风干到今天当了公安局主管刑侦的副局长，大李子却混了个下岗职工，在公安局也不过是个协警，工资更不用说，还没有自己的零头多，本质上说那不能算工资，只能算生活费而已。想到这些，彭远大也愧愧的，对大李子说：“大李子，我们认识几十年了，从我破第一个案子就在一起，今天我就说一句没原则的话，如果这个案子没戏，回去以后你我就都没戏，你愿意就继续老老实实干协警，不愿意就另谋出路，算我彭远大没本事，不讲交情。如果这个案子破了，立功受奖你算头一份，不管我有戏没戏，我向你承诺，即便不能给你转成正式编制的公务员，我也拼了命要把你转成工勤人员。”

工勤人员不是公务员，但是却属于行政编制内的工作人员，有了正式的编制，就有了正式的工资收入，也有正式的劳保待遇，对于大李子来说，那也是可望而不可即的好事儿。如今有了彭远大的承诺，大李子激动起来，郑重其事地对彭远大说：“彭局，我知道你是绝对不说空话的人，这一回你可能说了空话，不管将来我能不能进工勤编制，就冲你这句话，我都感谢你。”

黄小龙在一边给大李子打气：“你这人说话就是不中听，彭局是什么人？能给你开空头支票吗？保证能成，再怎么说咱们彭局也是堂堂银州市公安局的副局长啊。再说了，这个案子一破，你就是功臣之一，我也是功臣之二，功臣之二是警察，功臣之一更应该是警察了，实在当不上警察，当个工勤人员如果都办不成，我就跟你一起搬个板凳到市政府大门前面擦皮鞋去。”

大李子让他说得高兴，拍打着黄小龙的肩膀头说：“好主意，到时候就在擦皮鞋的摊位前面摆上一块大招牌：破获金锭盗窃案第一功臣和第二功臣擦鞋摊。”

几个人正说得高兴，庄文明过来通报说，林所长刚刚来过电话，他已经到了吴厝村，跟吴厝村党支部书记取得了联系，支部书记亲自到吴水库家里去侦查了一番，家里人说吴水库前几天到南安市参加亲戚孩子的婚礼，原本说好昨天回来，可能让大雨阻了一阻，今明两天肯定回来。”

彭远大担心地说：“会不会走漏消息？让他跑了就麻烦了。”

庄文明说：“林所长办事非常稳妥，他对支部书记都没说案情，只说是想找吴水库弄一辆走私的摩托车。林所长说，根据这个情况，如果吴水库回来了我们再赶过去怕耽误事，让我们换上便衣，装作他做生意的朋友，就说是想买走私摩托车的，今天就赶到吴厝村去。”

彭远大几个人一听顿时来了精神，什么范局死亡、谁当局长之类的事情一概扔到了脑勺后面，匆匆忙忙地更衣准备上路。

彭远大把谁当局长的事情扔到了脑后，组织上却并没有忘记他这个候选人，刚刚来到乡政府外面的街道上，他就接到了电话:“喂，哪一位？”电话号码生疏，说话的人声音也生疏。

对方先作自我介绍：“对不起，彭局长，我是市委组织部干部处的王承山啊。”

彭远大想起来了，这个叫王承山的处长跟自己还有过一面之交，不知道在什么场合也忘了因为什么，在一个饭桌上吃过饭，反正现在政府官员在一起吃喝的机会太多了，大多数吃喝的场合和理由过后不久就忘却了，不过对王处长他还是很有印象的，人家是关键部门关键岗位上的关键人物，所以彭远大对他记得挺清楚。

王处长是一个白胖子，特征就是一个“大”字：大个头，大脸盘，大鼻子，大嘴，连眼镜也是那种大大的黑框眼镜，如果他是一只面口袋，能装进一个半彭远大。

彭远大连忙应答：“噢，王处长，您好，我现在在外面出差，您有什么事吗？”

王处长说：“我给你打了好几天电话了，一直找不到你，范局长去世的事你知道了吧？”

彭远大连忙解释：“我们这一段时间在山区工作，信号不好，时有时无，有时候又忘了及时给手机充电，对不起了，昨天晚上我跟家里联系才知道消息。”

王处长说：“情况是这样的，现在组织部正在考核公安局的领导班子，你也知道，程序要求要跟每一个领导谈话，你什么时候能赶回来？”

彭远大知道，所谓考核领导班子，就是要确定局长的继任人选。考核班子的程序他也很清楚，一是分别找干部职工谈话，征求干部群众对考核对象的意见和看法；二是召开职工大会在设计好的考评表上打分，用量化的指标考核考评对象的表现；三是找考核对象本人谈话，既要谈个人的工作、学习、思想作风等方面的情况，也要征求他们对拟任职务人选的意见和看法；四是由考核对象在全体职工大会上作述职述廉报告。这些考核程序得出的总体结论将由组织部门上报给有权决定干部人事任命的领导机关作为决定任命事宜的参考。所以，讨好组织部门，起码不能得罪组织部门也是每一个官员特别小心的关节点。

彭远大身在官场自然也不敢对王处长这样的人物有任何的轻忽，尽量用客气的口吻回答王处长的问话：“实在对不起，王处长，谢谢您对我的关心，这边的事情我一时半会儿还处理不完，您也知道，办案子往往不能由主观意志决定什么时候结案，现在我们这边的进展比较顺利，但是也可能遇到意外情况，所以我不敢确定什么时候能回去。”

王处长在那个位置上得到的顺从和恭维太多了，特别是像现在这种情况，任何一个考核对象都千方百计的迎合、讨好他，彭远大自认为很客气的答复却引起了王处长挺大的不快，觉得彭远大对他有些冷漠和轻视。王处长自己也有苦衷，市委对这件事情催得很紧，王处长的压力也很大，如果不能按时完成考核干部的程序，那就无法及时报请市委常委讨论公安局局长的任命问题，彭远大作为重要的考核对象之一，如果缺失了跟他的个别谈话，程序就不很圆满，汇报的时候如果万一有哪个领导问起这方面的情况，他们就很难应付。说严重了，没有完全按照程序履行考核项目，那就是一种失职。这几天他们一直在找彭远大，知道他去出差了，却联系不上，为此部长关原还批评了他们，因为关原难以置信，在现代条件下，像彭远大那样的干部出差了，居然连手机都联系不上。当时关原那个脸色让王处长现在想起来都有点委屈、憋气，关原虽然没说出口，但是满脸都写着两个字：笨蛋。这一切因素导致王处长这时候因为心急火燎犯了一个不大不小的错误，他对彭远大说："彭局长，你应该知道干部考核的重要性，你们公安局有那么多人，为什么非得你亲自带队去破一个几十年的积案呢？死了的范局就是这样，狩猎队打野猪他非得亲自带队，结果把命都搭上了。我奉劝你还是尽早回来，最好马上返回，不然一切后果你自己负责，到时候可别埋怨我们组织部没有通知到你。"

王处长的话语气生硬，内容刺耳，彭远大听他这么说话，怒火一股股地直朝颅顶上冒，暗想哪有你这么说话的？谁不知道在家里守着老婆孩子热炕头舒服？老子辛辛苦苦、千里迢迢、东奔西走地侦破案件，你还用范局打野猪说事儿，有这么对比的吗？真是浑蛋玩意儿。心里暗暗地骂着，嘴上却还不敢怠慢人家，继续给人家解释："王处长，您可能不了解情况，这个案子当年是震动全国的大案，我就是具体的办案人，这个案子至今未破，别的都不说，就说那一块大金锭，按照现在的市场价格，值五百多万啊，五百多万的国有资产就那么白白让人偷了，我们干公安的拖了二十几年破不了案，我们每天都背负着多么沉重的十字架您可能不会有体会，可是我可以告诉您的一件事就是，原来的老局长弥留的时候，我们到医院看望他，他谁也不看，包括他的老婆、儿子他都没有看，当时他已经不能说话了，却一直眼睁睁地盯着我，这个案子发生的时候他是专案组长，我是副组长，只有我明白他的意思，此案不破，他死不瞑目，他这是把破案的责任交给了我啊。”

王处长可能是让市委和部长关原逼得太紧了，本来彭远大这段话足以让任何一个有感情的人动容，王处长却根本没有听进去，他认为彭远大是在对他讲大道理，所以挺仁至义尽地说："彭局长，我实话告诉你，这次干部考核就是决定局长的继任问题，我专门给你打电话催你回来，既是为了工作，也是为了你好，说难听点，你是觉得破案重要，还是决定公安局局长的事情重要？”

彭远大看看站在不远处等他的大李子、庄文明几个人，再想想马上就可能彻底侦破的那个压在他头上二十多年的悬案，郑重其事的对王处长说："王处长，我再次谢谢你对我的关心，如果这个案子破了，谁当局长我都没意见，现在我们离最后的胜利只有一步之遥了，这个时候无论如何我不能回去。”

王处长无奈地说："你硬不回来我也没办法，我只好如实向上级汇报你的意见，我能做到的就是一条，尽量将你的原话向上级报告，到时候你别埋怨我就行。”说完，既不对彭远大说声再见，也不等彭远大说声再见就挂断了电话。

王处长挂断电话是非常不礼貌的行为，隐含着不满和恐吓。彭远大的心尖子忽悠了一下，心里顿时空荡荡的，他估计，这一回自己八成是被组织部从候选名单上删除了。他垂头丧气地跟上了在前面的大李子一行人，大李子关切地不停看他的脸色，他不耐烦地训了大李子一声:“看什么看，我又不是大姑娘。”

大李子嘟囔了一声：“你要是大姑娘我还不稀罕看呢，我这不是关心你的前途命运吗？”

彭远大说：“我的前途命运就是能不能抓住吴水库这小子，你要真的关心我的前途命运，就好好地卖力气，干一把漂亮的。”

庄文明提醒他们：“你们跟家里还有什么事情现在就打电话安排，过了前面那个山头手机就没信号了。”彭远大说没信号更清静，省得老受干扰，索性把手机给关掉了。

1

市委书记吴修治第二天一大早就派秘书长到银龙宾馆陪赵老爷子考察参观银州市的建设发展成果，秘书长从宾馆打来电话说赵老爷子一大早就回省城了。吴修治非常奇怪，怎么也想不通自己明明跟赵老爷子说得好好的，今天要派秘书长陪他到处走走看看，怎么他一大早连招呼都不打就跑了？便让秘书长了解一下到底是怎么回事儿，会不会是到他女儿女婿家去了。过了一阵儿秘书长来到了吴修治办公室，吴修治愕然问他："你怎么跑回来了？赵老怎么回事儿？"

秘书长苦笑着对吴修治说："吴书记，这世界上真是啥怪事都有。我了解了一下情况，你可能万万想不到，你猜赵老为什么一大早就回省城了？"

吴修治急于知道结果，催促这位就像小孩子一样说话总爱让别人猜的秘书长："你这个人啊，什么时候才能不让我猜你的下半截话？怎么回事儿直接说嘛。"

秘书长这才说："昨天半夜跟党走老爷子追到了银龙宾馆，听说还拎了一条棍子，跑到赵老的房间，闹腾了一阵儿，不但把人家骂了个狗血喷头，还威胁说如果人家今天早上不滚出银州市，就敲断人家的骨拐。你说这是什么事嘛，说来也怪，赵老还真怕了跟党走，一大早匆匆忙忙就走了。”

吴修治心里暗想：这就叫恶人自有恶人磨。

秘书长接着说：“那个跟党走还真讲信用，今天一大早我到银龙宾馆看望赵老的时候，还真碰上他了，拎了一条棍子，我当时不知道他昨天晚上干的事，以为他有别的事也就没有在意，打了个招呼就过去了，我是后来听服务员说，才知道他昨天晚上威胁恐吓赵副省长的事情。看样子他今天一大早真的是去找赵老了，多亏赵老走了，如果赵老没走，让他碰上了还真不知道会闹出多大的热闹来。吴书记，这两个老头子过去是不是有什么积怨？怎么都退下来这么多年了还这么火暴？”

吴修治没办法向秘书长详细解释这里面的过程，也不好明说这里面的缘由，只能苦笑，暗暗祷告老天爷保佑，跟党走老爷子不管怎么闹，别把银州市委给扯进去就好。秘书长接下来的一句话让他大惊失色：“吴书记，我看见跟党走到银龙宾馆坐的是你的车，你今天上班没用车吗？”

吴修治暗暗叫苦，昨天深更半夜跟党走向他借车，他以为这老爷子闲着没事可能要到什么文化娱乐场所或者到哪个老同事家里消磨时间，专门安排司机送他，还让司机一陪到底，今天早上司机没有到家里来接他，他估计司机昨天晚上回去的晚，就向车队重新要了一台车，没想到昨天晚上跟党走要他的车是去闯银龙宾馆了。但愿赵老爷子没有看到他的车就好，如果看到跟党走是坐他的车去的，他就跳到黄河也洗不清了。

秘书长请示：“吴书记，这件事情怎么办？”

吴修治苦笑道：“还能怎么办，等会儿我给赵老打个电话问候一下吧。

对了，你帮我找一下赵老的手机号码。”

秘书长说；“我也没他的手机。”

吴修治提醒他：“你找他的女婿姚开放嘛，快点，我得赶紧跟赵老沟通一下，不然老爷子可能会生气。”

他却没有想到赵银印已经生气了，而且生了大气。秘书长很快要来了赵银印的电话，吴修治连忙给他挂电话，电话接通了，吴修治问道:“赵老啊，来一趟不容易，说好了今天让秘书长陪您走走看看，您怎么说走就走了？”

赵银印气哼哼地说:“哼，不走不行啊，招人讨厌，何必赖在那里呢？”

吴修治故作不知，打着哈哈说:“赵老啊，您这么说我可担当不起啊，您老请都请不来，谁敢讨厌您啊？”

赵银印冷笑着说：“现在有些人到底是人还是鬼你真看不透啊，当着人面说人话，当着鬼面说鬼话，还是那句老话说得地道，人没尾巴难认啊！”

赵银印这种含沙射影、指桑骂槐的说法让吴修治心里很不愉快，可是也不能不应付：“赵老对我们有意见啊，您现在到哪儿了？我去接您，把您接回来，当着面好好聆听老领导的批评，还要请老领导对我们银州的工作多多指导啊。”

赵银印说：“指导我不敢，批评就更谈不上了，我现在落伍了，既不会买凶杀人，也不会雇用打手，我今年七十岁了，这一次到银州是大开眼界，领教了啊，你们现在的领导干部确实厉害啊，有一套，有一套。”

吴修治让他说得心里发颤，不知道到底跟党走把事情做到了什么地步，忍不住问道：“老领导，您这么说我可真的担当不起了啊，我有错误有问题您老领导批评、骂我一顿都行，可是您得让我知道到底发生什么事情了啊！”

赵银印沉默了片刻，显然是在琢磨该不该对他揭锅，大概那件事情不说出来他自己也实在憋气，就说：“昨天晚上我打扰了你，你走了以后，跟党走那个老东西就提了一根一握粗的棍子追到我的房间闹事，谩骂、恐吓，一个劲地赶我离开银州。哼，现在这个世道谁怕谁啊？可是我不能跟他一般见识，我是副省级干部，他说到头也不过就是一个大老粗，现在中央一再号召要保持稳定，强调安定团结，我还得从大局出发啊，避免跟他那样一个大字识不了几个的没文化的人一般见识，真的跟他闹起来，你们到时候也很难下台，他老了不要脸，我还不能不顾这张脸，虽然我也是一张老脸，可是那也终究还是一张脸对不对？所以啊，我就忍让一步，人家既然赶咱们走，咱们就走吧，可是我告诉你，这件事情绝对没有完。”

吴修治连忙说：“噢，您老说的是昨天晚上跟党走到您房间的事情啊？我也是刚刚才知道，我安排秘书长去接您，陪您到市里各处走走，他到宾馆才知道了这件事情，我代表市委市政府向您老赔情道歉，你可千万别往心里去，跟党走那个人您老也不是不了解，就是那么个脾气，认死理，无所顾忌，直来直去，火暴性子，您千万别跟他一般见识……”

赵银印哼了一声打算了他的话说：“我当然不会跟他一般见识，如果我跟他一般见识我今天就不会离开，不过我这个人一向光明正大，我就说一件事，昨天晚上跟党走是坐着你市委书记的车闯到银龙宾馆找我闹事的，这背后到底是怎么回事儿只要不是小孩子谁都心知肚明，谢谢你了，吴书记，昨天我给你说的那件事情，你有心，公正，就办，不办我也不会抱怨你，何必用这种手段呢？好了，你也别解释，我的电话是漫游，现在没人给我报销电话费，我就不跟你聊了。”说完，赵老爷子就压了电话，吴修治还想再向他解释解释，拨了几次，对方已经关机了。

吴修治无奈地放下电话，心想，跟党走啊跟党走，你这一回可是把我给推到沟里了。

当天下午，吴修治就接连接到了省委主管干部的副书记和省长亲自打来的电话，两个电话口气不同，省委副书记客气一些，省长严厉一些，态度不同，说的话内容却都一样：一是查问跟党走到银龙宾馆恐吓赵银印是不是吴修治在背后主使；二是催他们尽快决定市公安局局长的人选。

省长通电话的时候最后一句话说得挺有力度，让吴修治很难下咽：“吴修治同志啊，我们可都是党培养多年、担任重要职务的领导干部，一是要讲党性，二是要讲原则，千万不敢干那种挑动群众斗群众的事情，历史经验告诉我们，挑动群众斗群众的人最终都不会有好下场啊。还有，如果你们银州市真的一时半会儿挑选不出来一个合适的公安局局长，好办，我从省公安厅给你们派一个。”

接过这两个电话，吴修治开始紧张，他知道赵老爷子已经开始从省上发难了，更让他忐忑不安的是，赵老爷子到底会把这件事情闹到什么程度，他心里没底，这件事情最终会演化出什么结果，他心里也是一点儿底都没有。但愿赵银印能够适可而止，此事不要持续发酵到不可收拾的地步。这些麻烦都是跟党走招惹出来的，如果吴修治事先知道跟党走要干什么，一定会制止他的，想到跟党走那个可爱的老头做出这种可气的事情，吴修治就挂他司机的电话，电话通了，他马上部署任务：“你尽快找到跟党走老爷子，就说我请他吃饭喝酒，求他办事儿。”

司机说："他老人家现在就在我的车上，你跟他说话不？"

吴修治惊讶地说："他怎么还在抓你的差？你今天跟着他跑了一整天啊？"

司机还没回答，电话里传来了跟党走的声音："书记啊，怎么了，我坐坐你的车就有意见了啊？说实话，我没什么事情，就是觉得坐你的车好玩、威风，过去我坐老干局的车，走在路上没有交警给我敬礼，嘿，坐你的车到底不一样，走到哪儿交警见了都敬礼。你们现在这帮干部真他妈的会享受，会撑架子使派头，我们那阵儿没享受过这个待遇，借你的车补一补不为过吧？"

吴修治哭笑不得，对了话筒说："好我的老领导哪，您爱坐我的车我没意见，派给您都成，反正银州市也不缺我的车坐，关键是您不能坐着我的车去杀人放火啊。"

跟党走马上知道他说的是什么，问道："怎么了？赵银印找你麻烦了？"

吴修治说："不是赵银印找我麻烦，是您老领导找我麻烦，您现在好了，跳出三界外，不在五行中，想干什么干什么，只要自己痛快就成，我不行啊，我还是磨道里的驴，还得听吆喝啊，您把人家赶跑了，您威风、您厉害，可是我怎么交代？"

跟党走说："你交代什么？又不是你赶他走的，你既没那个本事，也没那个胆量，老子明人不做暗事，跟他正面交锋，老子怕个毬，电视剧上那个歌唱得最好，路见不平一声吼，该出手时就出手。"

吴修治说："您老人家出手就出手，别坐着我的车出手啊，现在可好，人家说您是我的打手，唉，您老人家这一次给我惹的麻烦大了。"

跟党走吼了起来："小吴啊，谁他妈敢这么侮辱我？这一辈子我老跟谁的打手也没当过，你小吴更没那个资格雇我当打手，我是共产党的杀手，战场上杀过多少人我自己也不知道，说我是你的打手，这明明是侮辱我、贬低我嘛，你说说，是谁这么说的？肯定是赵老贼，我到省上找他去。"

吴修治赶紧哀求他："老领导啊，我求求您了，省省吧，别再给我惹是生非了，我知道您是路见不平一声吼，该出手时就出手，您吼完了，爽快了，人家找我的麻烦啊。实话对您说了吧，今天省委省政府领导都找我了，人家不敢惹您，可是敢惹我啊，我求您了，再别吼了，也别出手了，再怎么说也都是人民内部矛盾，您那么做让我说也确实有点过分了。"

跟党走："看看，我就估计到了，肯定是赵老贼恶人先告状，他怎么不说他到银州市为他女婿跑官要官呢？毛主席教导我们说，矫枉就要过正，邓小平同志教导我们说，对不正之风就要出重拳，'狼狼'打击，都像你那个样子，见了不正之风还顺着人情说好话，难怪不正之风越刮越大，老子明天就到省上去，让省上那帮人看看什么叫无产阶级的正气。"

吴修治听他这么一说更急了，恨不得马上跑过去拉住他，对他说："老领导，别再拿自己的话往革命领袖头上套了，您已经够分量了，用不着再拿革命领袖当大旗了。求求您了，把电话给司机，让我跟他说。"

跟党走说："你不就是怕我坐你的车杀人放火吗？放心，我不坐你的破车了，我坐豪华公交车去。"说完，把电话压了。过了一阵儿，司机把电话拨了回来，吴修治连忙说："你把跟老爷子给我拉回来，我请他吃饭，千万别让他跑了。"

司机为难地说："那个老爷子腿脚灵便得很，让我停车，我刚刚停下来，他就跑了。”

吴修治茫然若失地放了电话，他知道，跟党走肯定得跑到省上去折腾一番，想到赵银印和跟党走两个老头子同时在省委省政府唱起了对台戏，吴修治既担忧又发愁，不知道这场戏将会以什么方式收场。

吴修治正在发愁，市长夏伯虎前来拜访。市主要领导之间比较少直接往对方办公室闯，即便有什么事情要面谈，也会事先约一下，所以夏伯虎突如其来到访，就让吴修治心里暗暗发紧，断定又出什么大问题了，没有夏伯虎认为严重的问题，他不会这样急惶惶地直接闯到书记办公室来。

吴修治也顾不上跟他客套寒暄，先是紧张地问他：“怎么了？出什么事了吗？”

夏伯虎也不坐，开始在吴修治办公桌前面转圈子，活像动物园关在笼子里处于发情期的哺乳动物：“唉，大事不好了，赵老爷子不辞而别了。”

吴修治一听是这事，紧绷的神经松弛下来：“噢，我也听说了，本来我今天上午还安排秘书长陪他到市里到处走走看看，结果秘书长一大早赶到宾馆，人家已经溜之大吉了。”

夏伯虎问：“你知道赵老爷子为什么不辞而别吗？”

吴修治说：“详细情况不清楚，据说好像昨天晚上跟党走老爷子到宾馆看望他，可能跟他发生了冲突，赵老爷子生气了吧？嗨，俗话说老人孩子，老人孩子，人老了有时候真像孩子，动不动还赌气撒娇，没什么，抽时间做做工作就过去了。”

吴修治对事情的来龙去脉非常清楚，但是他却没有对夏伯虎全盘说出来，这倒不是他有意隐瞒什么，而是长期从政养成的习惯，什么话都不说透彻、说绝对，一定要留有充分的余地，就像现在，你说他对这件事情不知道吧，他又知道，你说他知道吧，他又好像并不了解详细情况，这样他就有了转圜和随机应变的充足空间，避免被堵在死角里没办法转身。这是在政治舞台上长期充当演员磨炼出来的功夫，跟本人的性格也有密切关系，有的人一辈子也学不会，有的人稍加点拨即可心领神会，吴修治属于后者，夏伯虎属于前者。

果然夏伯虎对吴修治似是而非的说法信以为真，心急火燎地说："书记啊，事情可不像你说的那么简单。赵老爷子这一回过来是专门替他女婿，就是公安局那个姚开放做做工作，想当公安局局长。不知道怎么就让跟党走老爷子知道了，半夜三更跑到宾馆把赵老爷子痛骂一顿不说了，还拎着打狗棍要敲断人家的骨拐，赵老爷子硬是让跟党走赶跑的，如果赵老爷子不走，今天会闹出什么事情来谁也说不清，真闹出事来了，谁能把跟党走怎么样？赵老爷子就难下台了，所以赵老爷子来了个识时务者为俊杰，干脆一走了之。"

吴修治装傻："唉，他们老干部之间的恩恩怨怨我们也说不清楚，走就走了吧，过后我找机会当面给赵老爷子说说。"

夏伯虎说："嗨，跟党走要了个威风，把人家赶走了，他痛快了，可是我们高新技术开发区的事情就会有大麻烦了。"

赶走赵老爷子银州市的高新技术开发区会有麻烦，这倒是吴修治始料未及的，他愣住了："这跟高新技术开发区有什么关系？"

夏伯虎只好把昨天晚上跟赵银印吹高新技术开发区的事情，结果赵银印威胁要到国土资源部找他那个当副部长的老部下搞破坏的事情给吴修治说了一遍。吴修治一听也有些着急，谁也说不清赵老爷子是不是真的有那么个老部下在国土资源部当副部长，这种事情宁可信其有，不敢信其无，万一这是真的，跟党走擅自代表银州市把赵老爷子得罪了，他如果真的一鼓作气闹到国土资源部，把银州市辛辛苦苦搞的高新技术开发区给搅黄了，那可就成了影响银州市发展大计的重大问题了。

吴修治在心里暗骂夏伯虎：你这个市长真是个瞎白话，赵老爷子一个离退休老头，你跟他掰唬这些事情干吗？你不说他不知道，哪来这些麻烦？吴修治心里憋气，脸上当然不会表现出来，反过来请教夏伯虎："那你看怎么办？"

夏伯虎无奈，知道这是吴修治将军，心里也暗暗后悔当时不该一时兴起瞎忽悠，把高新技术开发区的事情当做政绩在赵老头面前吹牛，结果让人家拿住了，不但违反原则承诺要提拔他女婿当公安局局长，现在更让这项工程处于随时可能夭折的地步，如果那样，自己这个市长可就真的在银州再也抬不起头了。想到这里，顾不上再在吴修治面前端架子，虚心求教："吴书记，你和赵老爷子关系不错，你得想办法帮我解这个套。"

吴修治抱怨道："老夏啊，你和赵老的关系整个银州市谁能比？对了，你刚才说赵老说他不同意我们搞高新技术开发区，要到国土资源部告我们，你当时怎么不劝住他？现在人都跑了你才说这事，这不是马后炮嘛。"

夏伯虎就怕吴修治抱怨他，更怕到时候吴修治把这件事情的责任全都推到他身上，一着急就把底漏了："我当时怎么没做工作？他想让他女婿当公安局局长，我为了保高新技术开发区，连让他女婿当局长都答应他了，我做的还不够到位啊？本来老爷子已经让我哄好了，不但不反对这件事了，还主动说要跑到国土资源部替我们活动，尽快把批件跑下来，结果让跟党走这个老家伙一闹，前功尽弃，现在怎么办？"

这一下可让吴修治抓住了把柄，吴修治严肃地说："老夏啊，你怎么能这么做？公安局局长的任命问题那么敏感复杂，虽然需要你市长提名，可是也要经过常委会讨论、市人大批准啊，你怎么能随随便便封官许愿呢？到时候你的愿还不了，问题不是更复杂吗？"

夏伯虎狼狈到家了，老脸红的活像刚刚从猪肚子里扒出来的尿脬，气急败坏地替自己辩解："我这还不是为了我们银州市的高新技术开发区吗？不就是一个公安局局长吗，为了高新技术开发区就让他那个女婿当又有什么了不得？"

吴修治仍然揪住他不放："老夏啊，我们都是受党教育培养多年的领导干部，难道为了高新技术开发区就可以不要党性原则吗？再说了，你真的相信就凭赵老一句话国土资源部就能把我们的计划给否定了吗？这个项目审批时遇到了一定的困难，我们还可以继续做工作嘛，我相信只要真的是利国利民的好项目，我们把道理说透，把工作做到家，国家部委是会批的，即便不批，我们也不能因此就拿党性原则去做交易吧？我现在就问你一句，你向赵老爷子许了愿，你能保证常委们都按照你的意愿同意让那个姚开放担任公安局局长吗？"

这话说得很重，基本上有了上级批评下级的味道，虽然从行政级别上来说，两个人是同级干部，但是吴修治终究是书记，一把手，如果他在这个问题上不高抬贵手，夏伯虎向赵银印许的愿肯定等于放了一个连点臭味都没有的大水屁。夏伯虎理屈词穷，没办法，谁让自己做事情太不着调，犯了大忌，所以在吴修治的凌厉攻势面前夏伯虎只好举手投降，好在他本身就是那种能说大话脸皮厚的人，当下举了手做出投降的动作连连告退："好好好，你书记批评的正确，我不该轻易向赵老爷子封官许愿，可是我当时也是被逼到那个份上了，要是你你怎么办？”

其实吴修治当时也让赵银印给蒙的不得不答应了赵银印的无理要求，只不过他没有像夏伯虎这么明确，相对含糊、委婉一些而已。他也不是真的想拿夏伯虎这么点事做什么大文章，求稳怕乱、平安降落现在是他的最大愿望，可是夏伯虎这件事情做得太出格，确实让他也跟着在赵银印面前尴尬了一把，所以借机出了一口气。看到夏伯虎服软投降了，便也放缓了口气说：“我当然理解你的心情，那么大个项目，先期投入已经三千多万，如果现在就黄了，谁也没办法向银州市人民交代，更没办法向上级交代。这个工程不是你夏市长个人的，是我们银州市的，是经过市委常委讨论的，我作为书记、班长当然要承担主要责任。你以为我不着急啊？我比你更着急。你还有机会再干很多事情，我再过两年，也许两年都不到就到站了，多想在我到站之前把这件事情做完啊。不是我埋怨你，你当时根本别对赵老爷子提这个项目，也就不会有这么多麻烦了。你这个人啊，什么都好，就是嘴巴这儿缺个门卫。”

夏伯虎赧然一笑：“没办法，天生的，就是这么一副直肠子。”

吴修治态度缓和，话说得贴心，夏伯虎这么一笑，两个人之间紧绷的空气松弛下来，吴修治接着说：“我看先这样，我们这边稳住神，让驻京办事处抓紧做工作，如果实在有困难，你或者我亲自跑一趟，当面向上级说说我们的意见，我想还是很有希望的。再说了，你真的相信国土资源部的哪个副部长是赵老爷子的老部下？”

夏伯虎摸摸脑袋：“这是赵老爷子亲口说的啊。”

吴修治：“你想想，赵老爷子从参加工作就在我们省，现任的国土资源部领导里有没有从我们省出去的干部？”

夏伯虎说："这我哪能知道？"

吴修治说："据我所知，国土资源部现任领导，从司局长以上没有一个是在我们省工作过的，所以，我觉得赵老爷子可能是蒙你呢。"

夏伯虎说："你怎么知道国土资源部司局长以上的领导没有在我们省工作过的？"

吴修治说："还不是为了我们这个高新技术开发区的事情，我专门找人了解了国土资源部各位领导的工作经历，当时是希望能找到一个在我们省工作过的领导同志，帮助我们做做工作，结果一个都没有。"

夏伯虎大大地放心了："是吗？还是书记做工作细致，让你这么一说八成是赵老爷子蒙我呢，如果这样就不用怕他到国土资源部做反面工作搞破坏了。"

吴修治淡淡一笑："但愿如此。"

夏伯虎说："那我就放心了，好了，不打扰你了，我屁股后面还有一大摊子事，我得忙你也得忙，我走了。"

吴修治说："你来一趟坐也不坐，连水都没顾得上喝一口，来来，我这儿有正宗的西湖龙井，泡一杯你尝尝。"

夏伯虎说："改日吧，喝茶的机会多着呢，跟党走这么一闹真把我吓坏了，赵老爷子真行，蒙我，嘿嘿，真行，竟然蒙到我头上来了……"边说边急匆匆地走了。

吴修治心里暗笑，近年来他早已经失去了显示一把手权威的乐趣，他更感兴趣的是建立一种和谐、团体的决策模式，他认为这是一个领导者权威和智慧更高层次的展示。今天夏伯虎还是逼着他又展示了一回权威，其结果是夏伯虎不得不甘拜下风。人们普遍把权威简单地理解为权力和威望的组合，吴修治认为，权谋和权力结合产生的威望才是真正意义上的权威。权力可以通过任命获得，一旦失去权力，权威也就失去了载体，那样的权威一钱不值。权力和权谋交合产生的威望才更加接近权威应该具备的本质意义。权力通过任命可以得到，权谋是无法任命的，它是知识和智慧再加上实践锻炼才能形成的高层次智能活动。相比之下，夏市长跟他的差距就在于，夏市长拥有的是因权力而获得的威望，他拥有的是权力和权谋结合而产生的威望，所以，夏伯虎市长在他面前永远像一个低年级学弟。

转念又想到了赵银印在省上掀起的风浪，吴修治忍不住满肚子都是气。这个姚开放绝对不能当公安局局长，公安局局长要保一方百姓的安宁、太平，靠老岳父给自己跑官的人怎么可能为老百姓尽心尽力打拼？就是冲着夏伯虎丧失原则封官许愿这一点，也不能让这个姚开放如愿以偿。这是吴修治经过这一场事情得到的最为明确的答案。

2

庄扬跟着“私处”司光荣开了车朝省城进发。他俩没带司机，司光荣说带司机办事不方便，自己亲自驾车。庄扬见他赤手空拳就上路，坐在他的旁边疑惑不解地问：“我们俩就这样攥着两个空拳头去啊？”

司光荣说：“那您还要带什么？总不能拉一车猪肉或者拉几箱子高级烟、高级酒，就跟暴发户跑工程一样吧？”

庄扬说：“那倒不至于，可是我总觉得就这样去心里头虚虚的。”

司光荣说：“好我的庄局啊，您过去确实是一个敢于坚持原则的人，可是您还真以为能靠工作成绩和政治表现在仕途上发展啊？您的亲身遭遇证实了什么？证明那一套早就不行了，没人看您的工作，更没人看您的原则，什么是原则？谁见过？都凭人的一张嘴说，还是那句话说得好，说你行你就行，不行也行；说不行就不行，行也不行，横批是什么来着？对了，不服不行。行不行拿什么说？不就一张嘴嘛。我现在倒相信了，庄局真是一个正人君子，身为领导，官场的事情竟然一窍不通啊。”

庄扬让他说得很是惭愧，心想，我现在办的事情可一点儿都不是正人君子办的事儿。想到这些，脸上烧乎乎热辣辣的，估计脸色不会太正常，便转了脸朝外面看。

车子行驶在山道上，脚下绿水如茵，对面远山如黛，还有几只花色斑斓的山鸟在小河边扑腾腾地忙碌。景色让人神清气爽，可是庄扬却觉得心情非常紧张，精神也非常压抑，正在做的事情让庄扬无论如何也高兴不起来。司光荣却好像非常兴奋，喋喋不休地说着：“庄局，我这个人吧，没什么大本事，就是一条，坚信只要有百分之一的机会就要作出百分之百的努力，况且您现在的机会可远远不是百分之一，起码是百分之三十三点三三。”

庄扬回过头纠正他：“你说的百分比太高了，充其量不过百分之二十吧，局里现任副手一共是四个人，我又排在最后一位，能有百分之二十的可能性就不错了。”

司光荣说：“这个算法不对，是有四个副手，那个局长大人彭远大还能算吗？这个时候还被拴在福建的深山老林子里头，干部考核都不能参加，肯定已经出局了。这不就剩下你们三个人了？三个人平均一下不就是百分之三十三点三三吗？不是吹牛，我们跑这一趟回来，概率可能就会涨到百分之六七十以上。”

庄扬半信半疑：“你那么有把握？”

司光荣说：“到时候看吧。”

他们开着警车，收费站不收费，别的车见了面就让道，一路顺畅，一百多公里路程两个小时就到了。到了之后两个人到宾馆住了下来，洗漱一下，司光荣就开始打电话，先给省委组织部那位副部长打：“刘哥吗？我是光荣啊，您好，您好，刚到。我陪我们庄局到省里来办点事儿，今天晚上想跟您见个面，您有时间没有？”对方回答有时间，司光荣接着问：“省城我们不熟，不知道什么地方好，您帮着联系个地方好不好？好啊好啊，那就好，没问题，不见不散啊。”

放下电话，司光荣说：“联系好了，今天晚上老重庆川菜馆，召见省委组织部刘副部长。”

庄扬有几分惶惑地问：“你就这样把人家约出来了？老重庆川菜馆我去吃过，档次不够吧？”

司光荣说：“不管档次够不够，他点的地方我们就听他的。”

庄扬说：“不行不行，头一次见面让人家吃川菜，换个地方，到金龙海鲜大酒楼怎么样？或者就到华侨大厦西餐厅，怎么也得像模像样的才行啊。”

司光荣愣愣地盯着他看了一阵儿，忽然大笑起来：“庄局啊庄局，我真的服您了，您是真不懂还是装傻？”

庄扬有点不高兴：“你看你说的，我装什么傻？装傻也用不着在你面前装啊。”

司光荣说：“好好好，我给您说明白算了，您知道我为什么让刘哥自己点地方吗？您以为我真的那么土，连省城哪家饭店酒楼高档都不知道吗？让他点地方，一来表示个尊敬，二来也给人家留个活动余地。现在哪儿还有傻乎乎上门给人家送钱送物的？到处都在反腐败，谁愿意搞腐败让人家抓典型？现在流行的是曲线收礼、迂回投资。详细的我也不多说了，今天您跟着看就明白了。”

晚上六点钟，两个人如约来到了老重庆川菜馆。一进门就有小姐问道：“是银州来的司处长吗？”

司光荣说：“是啊。”

小姐嫣然一笑：“谢谢光临，包厢已经订好了，请跟我来。”

两个人跟着小姐来到包厢，坐定之后就有服务员端茶倒水，司光荣朝庄扬挤挤眼睛：“没问题了。”

庄扬也有些好奇，想不通堂堂省委组织部副部长怎么就会这么买一个地方小吏的账，不但答应赴他们的约，还替他们预订了餐馆包厢。司光荣对庄扬说：“庄局，一会儿您别说什么实质性的问题，实质性的话我来说，您光陪着喝酒、说客气话就行了。”

庄扬说：“实质性的话我还真说不出口，有你说当然比我自己说好得多了。”

片刻司光荣称作“刘哥”的刘副部长也来了，司光荣连忙起身介绍：“这是我们庄局，这是刘哥，省委组织部副部长。”

刘副部长先跟庄扬握手：“别提什么副部长不副部长的，刘海山，过去就听说过您，很高兴认识您。”然后转过头对司光荣说：“今天在这儿说好了不准叫副部长啊，就叫刘哥。”说着掏出名片双手捧着递给了庄扬，庄扬也连忙掏出自己的名片和刘副部长交换了一张。

庄扬见到刘副部长平易近人，待人热情客气，紧绷着的神经也松弛了下来，接茬儿说客气话："刘副部长公务繁忙，我们一来就打搅您，实在不好意思，常听司处长说起您，老想跟您认识一下，今天总算如愿了。"

刘副部长说："光荣跟我很熟，他的朋友就是我的朋友，认识了就别客气，今后到省城有什么事需要帮忙尽管说，别的不说，起码比你们熟一些，领个路啊、认个门啊总比你们方便一些。"

司光荣在一旁凑趣："刘哥，您刚刚还说让我们别客气，您自己倒客气起来了，您是什么人？您是贵人，我们再不懂事也不敢让您这位大贵人给我们带路认门啊。"

庄扬见他们光是寒暄却不点菜，就提醒司光荣："光荣，是不是先点菜上酒，我们边吃边聊？"

司光荣说："不用点了，我们常来，这儿的老板都知道我们的口味，随便他们上就好了。"说着对小姐招呼："好了，上菜吧。"

庄扬让他说得直发怔，暗想这不是送上脑袋让人家狠狠地宰吗？万一人家把熊掌燕窝都上来了，再拿出两瓶谁也说不明白真假的洋酒，那不就让人家连皮都剥了吗？想到这些，庄扬就有些坐卧不宁。司光荣却毫不在乎，跟刘副部长聊得正欢，庄扬在一边看着，司光荣的镇定自若让他感到司光荣确实老到，由不得就对司光荣这个人有了新一层的认识。转个弯想想，今天请人家来要办的事情，那可是关系到自己前途命运的大事，即便让商家宰一刀，只要人家高兴，那又算得了什么？想明白了这一点，庄扬也就豁然了许多，觉得自己跟司光荣相比，确实有点小家子气。

片刻，菜肴流水般上来，庄扬留心看了看，四品热菜：一道火爆龙虾，一道干锅鱿鱼，一道东坡肘子，还有一道耗油生菜。另外配了四碟精致小菜：酸菜干豆、灯影牛肉、清凉对虾、五香花生。看到菜肴如此平常简单，庄扬暗暗松了一口气的同时，又有些不安，就凭这几道菜宴请刘副部长，还要请人家帮忙办大事，确实太寒酸了，对司光荣说："再加两样吧？这样不是太简单了吗？"

司光荣对庄扬说："就咱们三个人，分量够了，再说了，这几道菜都是刘哥平常爱吃的，就这样吧，不够了再加。"

他这么说了，庄扬也不好再说什么，倒是刘副部长说："庄局长，您别客气了，说实话，现在谁还在乎吃啊？到这儿目的不就是在一起坐坐，说说话，聊聊天吗？吃着可口就成了，千万不宜讲究，那样就见外了。"

这时候服务员小姐请教："几位先生要什么酒水？"

庄扬想，吃的上面不够档次，喝的总不能再差了，就问："你们这边有什么好酒？"

刘副部长连忙阻拦："白酒不能喝，我的胃不好，洋酒不爱喝，味道像中药，我看咱们就来几瓶啤酒，边喝边聊天。再说了，吃川菜喝白酒辣上加辣，咱们也受不了。"

庄扬不了解他的习惯，不敢贸然表态，就看司光荣，司光荣对服务员说："那就这样，来几瓶啤酒吧，啤酒可要好一些的。"

服务员说："我们这里最好的就是蓝带。"

刘副部长说："行啊，就蓝带吧。"

于是主随客便，大家也不再提别的建议，片刻服务员就搬过来一箱子蓝带啤酒，说是随便喝，喝多少最后再结账。菜上齐了，酒也上来了，几个人便开始吃喝。吃喝中司光荣一个劲跟刘副部长聊一些淡汤寡水的闲嗑：某国有企业的老板养了十五个小老婆，两天换一个轮着睡，一个月刚好轮一圈；某单位的领导一个人就配了三台车，一台奥迪 V6 轿车、一台丰田霸道越野车、一台标致商务车，上下班坐轿车，礼拜六开了商务车带着小蜜度周末，礼拜天开了越野车带着老婆下乡吃羊羔子，家里家外照顾周到，家花野花都浇灌得枝繁叶茂；某家私营企业的老板是亿万富翁，整天吃方便面，穿几十块钱一身的瘪三西服，一天上班的时候突然晕倒，到医院检查是营养不良；一个政府公务员不满意领导编了顺口溜用手机到处乱发，结果领导报警，查到是他编的顺口溜，要追究他的法律责任，吓得从办公楼上跳楼自杀，刚好领导从楼下过，砸到领导脑袋上，他自己没死，倒把领导给砸死了，现在被刑拘，到底算误伤，还是算谋杀，没办法定案。由此说到了怎么处理跟领导的关系。司光荣说："什么人都能得罪，就是不能得罪小人；什么关系都不搞好，领导关系必须搞好；什么地方都能进，就是监狱不能进；什么东西都能少，就是人民币不能少。"

刘副部长沉吟片刻，哈哈大笑："谁编的？还真是那么回事儿，真带点人生哲理的味道啊！"然后也开始调侃司光荣和庄扬："我也听到过关于你们警察的顺口溜，说一等警察刑警队，接到报案先喝醉；二等警察交警队，守着马路乱收费；三等警察治安队，抓住小姐陪他睡；四等警察巡警队，碰上坏人先撤退。你们银州市公安局是不是这样的？"

司光荣说："别的地方的警察怎么样我不敢说，我们银州市的警察在庄局的领导下，还真是平平安安干工作，老老实实混饭吃。"

刘副部长哈哈大笑，庄扬听他们这么说警察，心里挺不受用，却又不好反驳，憋得挺难受。刘副部长在场面上到底没有白混，马上察觉到了庄扬的不愉，哈哈一笑说："这些话都是个别人对警察不满意瞎编出来败坏警察的，如果警察真的那样，社会治安不早就乱套了？那种人就是拿起筷子吃肉，放下筷子骂娘，我们真的不必当真。也有的是老百姓瞎胡编着玩玩，图个口舌痛快，谁把那当回事儿？"

司光荣也就就坡下驴，对刘副部长说："不过话说回来，有些顺口溜编得还真挺有水平，我听到过这样一段，对我们这些在场面上混的人还真有借鉴作用，你们听啊，说这是十种最让领导讨厌的行为：领导讲话他唠嗑、领导夹菜他转桌、领导打牌他自摸、领导敬酒他不喝、领导潇洒他乱说、领导桑拿他先脱、领导点歌他唱歌、领导电话他乱拨、领导小蜜他也摸、领导内急他抢厕所。"

刚好庄扬正在夹一片东坡肘子，司光荣边说边转桌子想给几个人斟酒，刘副部长就说："你看看你这个人，边说边犯，庄局长正在夹菜，你就转桌。"

刘副部长这一说，庄扬和司光荣醒悟过来，两个人正好现场上演了一幕领导讨厌的行为，几个人便哈哈大笑起来。庄扬脸上笑着，心里却暗暗犯嘀咕，几乎快酒足饭饱了，这个司光荣也不知道葫芦里装的什么药，光跟他这位刘哥胡说八道，正经事儿一句也不提，正在暗自着急，司光荣漫不经心地说了一句："今天是我们范局去世的三七忌日啊。"说着端起桌上的酒杯装模作样地把酒朝地上泼洒了一番说："唉，不好意思，差点儿把范局的忌日忘了，借酒祭奠一下，也算我们没忘范局活着的时候对我们的好处。"

提到范局，刘副部长问："听说你们范局长就是打猎的时候枪走火把自己打死的？不会有别的什么原因吧？"

庄扬回答:“不会，现场目击证人的证词和技术勘察结论完全一致。”

司光荣及时插话：“范局的死是没有什么问题的，后事处理的家属也没有什么可挑剔的，问题是死了以后麻烦事更多。”

刘副部长问：“有什么麻烦？”

司光荣说：“谁来当局长啊！这件事情拖了这么长时间，迟迟定不下来不就说明麻烦吗？”

刘副部长说：“现在各地都是这种情况，干部提拔、人事任命是最复杂、最麻烦的事情，正常，正常。”

司光荣说：“可是工作受影响啊，蛇无头不飞，鸟无头不爬……”

庄扬连忙提醒他：“错了，是蛇无头不爬，鸟无头不飞。”

司光荣说：“口误口误，反正就是那么个意思。你想想，这么大一个公安局，工作千头万绪，哪件工作不是关系到社会稳定、百姓平安？就这样拖下去，局里局外人心惶惶，局面很不稳定啊！”

刘副部长问庄扬：“庄局长在局里排在第几位？”

司光荣抢先回答：“我们庄局为人正直，原来是检察院告申处处长，坚持原则，惩办了法院违法乱纪、徇私枉法的民庭审判员，那个审判员是市人大主任的侄子，结果就做了个套把我们庄局装进去晾了起来，后来多亏还是组织部秉公仗义，把庄局调到我们公安局工作，唉，现在这世道，好人难做啊，像庄局这样的好干部，吃不开啊。”

刘副部长恍然大悟：“噢，您就是那个让人家调到法院当民事二庭庭长，结果又让市人大给封杀了的检察院副处长啊？听说过，听说过，今天是幸会啊！”说着站起来还又和庄扬重新握了握手。庄扬听到自己的事迹居然连省委组织部的领导都知道，再加上刘副部长把自己对上号之后表现出来的热情和亲热，顿时有了在外面受到欺负的孩子见到家长的那种感觉，几年来一直压在心头的委屈和苦恼瞬间化成了滚滚的热流一个劲朝上涌，嘴里连连说道：“谢谢领导的理解，谢谢领导的关怀。”

刘副部长安慰他：“没关系，我们组织部门是干什么的？不就是考核、管理干部的吗？谁好谁坏组织部心里能没底吗？您应该相信组织，邪不压正，真金不怕火炼，您现在不是挺好吗？照样是正处级副局长。”

司光荣及时插了进来：“像我们庄局这样敢于坚持原则，又长期在政法部门工作的干部，银州市公安局找不出第二个，让我说啊，最合适的公安局局长就是我们庄局，唉，我说的可不是我一个人的意思，这可是公安局广大干警的共同心声啊。现在不时兴联名举荐了，如果时兴，我们公安局广大干警早就联名举荐庄局了。”

庄扬暗暗佩服司光荣，这家伙话说的真是时候，也说的到位。刘副部长哈哈一笑说：“光荣啊，你这是替你们庄局叫屈来了啊。”

司光荣开始一本正经起来：“刘哥，我跟您说老实话，今天我来不但是替庄局叫屈，还是替庄局说一句公道话，这话庄局自己没法说，我替他说，现在公安局的几个领导，哪一个能跟庄局比？刘哥是一个正直公正的好领导，这一次您一定要帮我们庄局一把，如果庄局在您的帮助下能够担任银州市公安局局长，我敢保证，全银州市人民都会感谢组织部替他们选了一位好局长。”

刘副部长哈哈笑着说：“忙当然是要帮了，可是最终决定权还是在你们市里，在市委常委。”

司光荣马上说：“这我知道，可是市委常委哪个不得看刘哥的面子？您要是真的替我们庄局说说话，打打招呼，那作用可就太大了。”

刘副部长认真了：“你们市委常委我可不敢乱打招呼，弄不好反而适得其反，这里面的道理不说你们也应该明白，不过，跟你们组织部的关部长打个招呼，说一说倒是没问题。话说回来，我也只能把事情做到这一步，成与不成因素太多，我也不敢打包票，打包票也是蒙你们。”

庄扬连忙致谢：“谢谢刘部长，我真的非常感谢，这种事情我们也明白，不是哪一个人说了算的事儿，不管怎么说，今天能跟刘部长认识，说说心里话，我就心满意足了。”

刘副部长说：“该努力的还是要努力，现在社会就这个样儿，你不努力别人也会努力，对正直、老实的人而言，这就是一种不公平。你们放心，该我做的我一定会做。但是，你们如果还有别的关系可以用上，那也要尽量地去做做工作，现在是什么时候？正是非常时期，有关系这个时候不用什么时候用？”

司光荣说：“不管怎么样，我跟庄局会记住刘哥的好处，不管将来结果怎么样，我们庄局都会好好工作，起码让人家觉得刘哥关照过的人不是窝囊废。”

刘副部长说：“我还要叮嘱你们一句，即便这一次不行，也千万不要灰心，庄局长今年我看也不过才四十来岁嘛，今后机会有的是，我们认识了，以后可以经常交流交流。”说完，抬腕看看手表：“时间差不多了，我吃也吃饱了，喝也喝饱了，你们怎么样？”

司光荣和庄扬连忙也说：“我们也好了。”司光荣还加了一句：“刘哥晚上要是没什么事情，我们一起去消遣消遣，唱歌、桑拿还是泡脚，刘哥定。”

刘副部长说：“谢谢了，今天晚上不行，我还得赶回部里，有几个材料要得紧，改日吧。”说着就叫小姐：“服务员，埋单。”

司光荣连忙往外推他：“刘哥您这是干什么？您忙您先走，这里的事交给我了，别见外啊。”

刘副部长也不跟他客气，说了声：“那好，我先走一步，有什么事随时联系。”

庄扬把他送到门口，刘副部长拦住他，坚决不让他再往外送，庄扬估计他也许不愿意让别人看见他跟自己拉拉扯扯，就说了声：“刘部长，下一回我来省城可以去看望您吗？”

刘副部长说：“可以啊，认识了就是朋友，名片上有我的电话，今后来省城一定找我，不找我我知道了可会不高兴的啊。”

送走了刘副部长，庄扬回到包厢看见司光荣正在结账，掏出厚厚一叠子钞票给服务员数。庄扬拽过结算单看了一眼顿时大吃一惊，这顿饭放在银州最多不过二百多块，即便省城物价高一点，也不会超过三百块钱，可是结算单上却是六千多。庄扬以为自己看错了，再看了一遍，还专门数了数小数点，确信自己没有算错，禁不住叫了起来：“怎么会这么贵？有没有搞错啊？”

结算的小姐愕然看了庄扬一眼，又看了看司光荣，似乎庄扬说了什么大逆不道的话或者污言秽语一样。庄扬生气地对小姐说：“把你们经理叫过来，我让他当面给我算算，这六千块钱到底是怎么堆出来的。”

司光荣拦住庄扬，把厚厚一叠钞票递给小姐说：“数数，别在意，我们这位先生喝多了。”

庄扬说：“你才喝多了呢，就那么几样菜，那么几瓶啤酒，能值六千多块？光服务费就六百块，这比歌厅出台小姐还贵啊。”

这话一说，结账的小姐不高兴了，冷冷地说：“你们到这儿请客，不就是想求人家办事吗？要想办事就是这个价，嫌贵别来啊。”

庄扬听了这话很不受用，正要发火，司光荣用肘子狠狠撞了他一下：“庄局，别说了，人家没多算，就是这个价。”然后对小姐赔了笑脸说：“快把钱拿走吧，我们这位哥们不了解情况。”

庄扬还想找到物价局、“3·15”去投诉人家，对小姐说：“把发票给我们。”

小姐冷然说：“我们这儿没发票。”说完便飘然离去，根本就没答理庄扬。

庄扬真的生气了，好赖他也是堂堂银州市的公安局副局长，什么时候挨过这种宰，受过这种气？蹦起来就要跟出去大闹一场，司光荣把他死死拉住，在他耳朵边上说：“庄局，您忘了，这可是刘哥的定点餐馆，不然人家也不会收这么多钱，小姐把话都跟你说白了，您怎么还不明白？走吧，赶紧走，还有下一个节目呢。”

听到司光荣说出了“定点餐馆”四个字，庄扬蓦然醒悟，再也不说什么了。两个人出了门，司光荣才说：“庄局，看来您真不了解现在的行情，您就说像刘哥这种人，求他办事的人能少得了吗？您求人家办事，给人家送什么好？再说了，就算您送人家也不会要啊。这样多好，送的也送了，拿的也拿了，两下不照面，谁都不尴尬，安全又保险。您就放心吧，您的事我敢断定，这两天刘哥就会出面找关原说话，这边的事情就算搞定了。赶紧走，还有下一个节目呢。”

庄扬暗想，这帮人也真他妈有本事，不知道这种道道是谁发明的，既高明又卑鄙。不管怎么说，事情算是办妥了，既然走到这一步了，也就用不着管那么多了，想到这儿，又问："你说还有下一个节目，什么节目？"

司光荣说："张主任我已经约好了，九点钟到梦巴黎歌舞厅，现在已经八点多了，赶紧走吧。"

两个人便开了车朝梦巴黎歌舞厅赶去。路上庄扬忍不住问："你估计这笔账你刘哥能得多少？"

司光荣说："您估计那一桌酒菜能值多少钱？"

庄扬说："在我们银州市也就是二三百块钱了不得了，在省城费用高一些也超不过四百块。"

司光荣说："剩下的估计就是他的提成。"

庄扬失望了："才那么五千来块钱，人家能给你办什么事？这不是瞎胡闹吗。"

司光荣说："您对这里面的情况太不了解了，第一，这件事情他并不是说了算的绝对角色，他也只能递递话，靠人家给他的面子才能办。如果他一句话就能办这么大的事，别说五千，五万、十五万也值，这一点他自己也明白，您给他多了他也不敢要，怕到时候办不成找后账。第二，这种事情还有个人情在里面，您也别觉得人家就是见钱眼开，换个人把钱堆到他面前他还得装廉政呢，我们一请他就到，还是有一份交情在里面。说实话，即便不给他钱，这种说话不用弯腰的事情，该说他也会说，这么点钱只不过是一点小意思而已。第三，像他那种人，求他办事的多了，俗话说积沙成塔，沙粒单独看多小，多了不也能堆成一座山吗？即便万一出了什么漏子，放到一个人身上也不过就是三五千块钱的事儿，不可能大家同时都去揭发检举他，这也等于多了一层保险。反正着里面的道道多了，跟您一下也说不透彻，实践出真知，这都是我多年摸索出来的。”

庄扬说：“真难为你了，有这么大的本事，这么丰富的官场知识，这么高明的经营手段，到现在还仅仅混了个处长，还是副职级处长。”

司光荣说：“话也不能这么说，我算什么？要文凭没文凭，要专业没专业，能混到这个份儿上也不错了。前面的路还长，慢慢奋斗吧。再说了，每个人都有每个人的命，该努力的就努力，成了算是命中注定，不成就是命中没有，您说是不是？”

庄扬点点头：“你说的还真是这么回事儿，对你我还真得刮目相看啊！”

司光荣没说话，呵呵一笑。庄扬如果知道了刘副部长回家之后的情形，肯定会更加佩服司光荣。刘副部长回家后老婆问他干吗去了，刘副部长说到老重庆川菜馆吃饭去了，老婆马上问：“又有人求你办事了？”

刘副部长说：“你明天过去清清账，大概应该有个四五千块钱吧。记住，不能超过五千块钱，就按四千五百块清。”

老婆问：“让你办什么事？”

刘副部长说：“银州市一个公安局副局长想当局长。”

老婆说：“办这么大的事情，怎么才那么几个钱？你也太便宜了。”

刘副部长说：“求我的是一个朋友，跟省上很多领导都有关系，纯粹是面子。再说了，这种事情也不是我说了能定的，充其量碰上机会了帮他说说话，没机会话都用不着说，这种事情你到底帮没帮忙他根本不会知道，人家二话不说掏了五六千块钱，够意思了。”

老婆说：“你就这样收礼，算不算受贿啊？”

刘副部长说：“受贿的立案标准是五千块钱以上，你说够不够？再说了，这都是朋友来找我帮忙的一点小意思，你如果不收他就下不来台，即便你帮了他也不相信。我们中国人就这个样儿，你不收他的东西他不会说你好，反而会说你这个人没人情味儿，不通情理，这样就把他得罪了。我们有什么事求别人帮忙不照样也得这样？你哥住院动手术，我们给医生包了几千块钱的红包，人家不要，你妈硬说人家医生肯定不会尽心尽力给你哥开刀，晚上连觉都睡不着。我也觉得心里不踏实，硬逼着医生把钱收了你妈才放心了，我的心里也才踏实了。我们中国人就这个德行，谁也没办法。你放心拿着，过后我再找机会给他们意思一下，想办法还个人情算了。”

老婆说：“既然这样那你就真帮人家办一办。”

刘副部长说：“你以为共产党的事情就那么好办？那得看情况，得便了才能帮忙说说话，不方便就不能说，硬说反而引起人家猜疑。你别管了，我能掌握。”说完，三下五除二扒了衣裳一头拱进被窝，很快就拉响了火车进站一样震耳欲聋的鼾声。

3

吴修治越来越感到公安局局长的任命已经远远不是一个单纯的领导干部选拔任命问题，也越来越感到了这个问题的紧迫性，上下左右、方方面面、明明暗暗，各种方式的干预、影响、说服、压力让他不胜其扰，再拖延下去他真有些抵挡不住了。从政多年，过去选拔任命干部的时候多多少少也遇到过走后门、托人情、拉关系的，但是像现如今这样明目张胆、不择手段、公然把选拔干部当做一场交易的现象让他不寒而栗。

多年的政治历练加上本人性格中的正直因素让他还不至于像某些干部那样，把干部选拔任命权搭上自己的党性人格一起出卖给买家，但是他不敢保证别人也能做到这一点，甚至相信很可能已经有人在利用这件事情大牟其利了。这件事情再拖下去还会上演什么丑剧他不敢想象，也无法想象，于是紧急召见市委常委、组织部部长关原，催促他抓紧结束公安局领导班子的考核工作，尽快向市委常委汇报资格审查结果。因为，即便是组织部提出推荐人选，还要征求省公安厅的意见，跟人大那边也要做一些事先的沟通，征求市人大对于推荐人选的意见，如果市委常委通过了的人选，经由市长提名了之后，市人大不通过，那就煮成了夹生饭，成了大笑话。这种情况是任何一级组织都要极力避免的。还是那句话，正式会议往往是履行程序的形式，会前的沟通工作才是大量的、复杂的、实质性的。考虑到复杂的任命过程，吴修治不能不催促组织部抓紧。

关原其实对这项工作抓得很紧，群众评议，个别谈话征求意见，找市委、市政府有关部门查询候选对象有无违法违纪，比如有没有违反计划生育超生超育、有没有违章驾驶车辆、有没有群众举报虽然没有正式立案却已经开始着手调查等问题，这些都是必须履行的考核内容和程序性工作。忙乎了半个多月，基本项目都已经完成，唯一没有进行的就是和副局长彭远大的个人谈话，这种谈话非常重要，基本内容就是对公安局整体工作的看法，对其他领导成员的评价，对担任局长职务人选的推荐意见等。

关原把情况给吴修治汇报了之后，吴修治说：“如果彭远大出差一时半会儿回不来，就不等他了，不能因为一个人耽误整个工作的进程，你们提出一个意见到常委会上议议，反正还有很多沟通工作需要做，这也得有一个过程，这期间彭远大如果有什么关键性的意见供我们参考也来得及。”

关原说：“这也可以，吴书记您看是由我们直接提出具体人选还是把整个考核情况向常委会汇报一下？”

组织部给常委会汇报干部推荐人选的时候有两种情况，一种是直接提出具体人来，这一般都是不太重要的职务，或者级别不高但是又需要常委会讨论的岗位。另一种就是直接汇报考核情况，而不直接提出具体人选，具体人员由常委会根据组织部考核情况在会上集体讨论决定。现在第一种方式越来越少了，基本上是由组织部向常委会汇报考核情况，由常委会集体讨论具体人选，这样做的好处就是能够让常委们比较全面地了解拟任职单位干部的总体情况，发挥常委们的集体智慧，也能尽可能地避免组织部门可能出现的偏袒或者选人用人上的职权扩大化倾向。

这个时候关原提出这样的问题，也是有他的道理的。公安局局长的人选是一个非常重要的干部任命事项，按照现今的社会风气，很可能候选人各显神通，纷纷找各种关系做自己的后台靠山，这样一来常委会上就难以形成统一意见，势必要拖延这项工作的进展。如果由组织部门直接提出具体人选，只要没有特别明显的瑕疵，常委们一般不愿意再提出自己心目中的人选，避免别人猜忌他和心目中的人员有什么不正常的关系。另外，关原也有一点私心，不管怎么说，蒋卫生终究给他送了一本极为珍贵的邮票，如果能对他有个圆满的交代，何乐而不为呢？通过考查，关原也更加了解蒋卫生其人，这个人没什么大本事，但是也没有什么能让别人抓住当把柄的问题，按照资历和现在在几个副局长中的排名，提出他作为重点人选，话比较好说，常委们也不会过于敏感，不过就是一个论资排队，按排名递进的正常过程而已。

吴修治和关原谈工作的时候，没有坐在自己的位置上，而是坐在关原对面的沙发上，这样更显得平等，能营造出一种平等讨论问题的气氛。吴修治听了关原的意见之后，沉吟片刻，以商量的口气否定了关原的建议：“现在中央一再强调在选人用人方面要尽可能的公正、公平、公开，并且鼓励各级组织在干部任命、人事管理方面进行一些有益于充分体现集体决策、落实民主集中制原则的探索和尝试，我们过去已经改变了只给常委提供单项选择的干部任命方式，常委们对此非常支持，反应很好，没有特殊情况最好还是不要走回头路，还是要坚持让常委们有多项选择的机会，坚持让常委们有更加充分了解整体情况的机会，你看是不是还是把你们的考核情况拿到会上提供给常委们讨论，不要直接提出具体人选更好一些？”

关原马上推翻了自己的建议：“那好，吴书记站得高，考虑问题全面，我们就按吴书记的意见办，坚持走干部人事制度改革的路子，把考核情况原原本本、详详细细地提供给常委，由常委们经过充分讨论来决定人选，这样更好一些。”

吴修治微微一笑说：“这件事情还得拜托关部长抓紧一些，公安局工作的重要性就用不着我说了，范局长去世已经快一个月了，新局长还迟迟不能到位，外界难免要产生各种各样的猜测和疑虑，上级领导也一再催促我们要抓紧，不然就要给我们派人进来了。压力大啊，所以你要跟下面的工作同志说一下，做做思想动员，辛苦一些，尽快给常委会提交一份详尽的公安局干部考核情况的整体资料，供常委会研究。”

关原起身表态：“吴书记您放心，我们会抓紧的，一定做到紧张有序，详尽严密，争取三天以内上会，没有别的事我就走了。”

关原刚走，吴修治那部红色电话就急促地响了起来，这部电话是不对外公开的，直接跟手机连线，可以把对方呼叫转移到手机上，即便吴修治在外面，如果把电话打到这部红色分机上，也能正常接听。这是一部直接跟省委、省政府领导连通的防窃听保密电话。吴修治拿起话筒，对方非常客气地询问：“你好，请问您是吴书记吗？”

吴修治一听就知道是省委宋书记秘书的声音，连忙回答：“您好，我是吴修治。”

对方说：“宋书记找您，您现在说话方便吗？”

吴修治连忙说：“方便，方便。”

那边省委宋书记便开始跟吴修治通话:“老吴啊,最近在忙什么啊？”

吴修治连忙说:“没什么大事,就是正常的工作而已,宋书记有事吗？”

宋书记说：“没事就不能跟你通通电话了？”

吴修治凑趣：“能啊，我是怕耽误宋书记宝贵的时间，只要宋书记有时间，天天来电话我还求之不得呢。”

宋书记说：“听声音你的情绪不错啊，心情很好吗？”

吴修治说：“我们国家政通人和，社会经济高速发展，我们省也是一样，在省委的正确领导下，经济建设日新月异，社会安定，最近又战胜了台风的袭击，全省没有伤亡一个人，虽然有一点经济损失，但是全省人民在省委的正确领导下，很快就战胜了灾情，维护了社会稳定，保持了经济建设持续发展的好势头，不但我的心情不错，全省人民的心情都不错啊！”对上级说好听的，这是每一个长期从政的官员都会具备的本能，如同商人对待客户，什么好听说什么，吴修治长期从政，自然也不能免俗。

果然，省委宋书记哈哈大笑起来:“老吴啊，你也学会说好听的了？是啊,你的心情很好,我替你高兴,可是我的心情就未必会有你那么好了。”

吴修治连忙关怀慰问 :“宋书记有什么事吗？需要我做什么我一定全力以赴。”嘴上这么说着，心里却一下就想到了赵银印和跟党走两个老人家在省上斗法的事儿，想到这件事情，心不由就悬了起来。

宋书记说 :“需要你做的事情很简单，希望你也能让我有一份好心情啊。”

吴修治说 :“这没问题，只要能让宋书记有一份好心情，我能做什么就做什么，用江湖上的话说，就是上刀山下火海也在所不辞，哈哈哈哈。”

宋书记说 :“那好啊，你如果想让我的心情也跟你的一样好起来，那就马上到省里来一趟好不好？”

吴修治愣住了 :“是吗？那好，我马上动身。”

宋书记说 :“算了吧，我也就是说说，最近你们那里可不太平啊。”

吴修治 :“不会吧？宋书记您听说什么了？”

宋书记口气严肃起来 :“不是我听说什么了，而是我直接接触到什么了，你吴修治还要继续跟我绕弯子、打哈哈吗？”

吴修治有几分紧张，脑子飞快地转动着，瞬间把银州市最近一段时间有可能传到省城的事情捋了一遍，最终还是认定不外乎赵银印、跟党走两位老爷子在省城闹出事来了，便试探着问 :“宋书记，是不是赵银印和跟党走找您了？”

宋书记说 :“赵银印倒没有直接找我，估计他也不好直接找我，可是他在银州市的遭遇我也听说了，我还正在纳闷儿，你吴修治不是那么不知道轻重、不懂得进退的人，怎么能对赵银印同志那么做呢？正想抽时间找你谈谈，问问情况，跟党走来找我了。”

吴修治连忙说：“宋书记，跟党走老爷子是我们银州市唯一还活着的红军时期的老革命，我们都非常敬重他，他找您如果有什么过分的举动，您千万不要太在意，他现在回来了没有？如果没回来我马上派人去接他，或者我亲自去接他。”

过去有的老同志因为对离退休待遇不满，尤其是一些过去在国有企业工作的老同志离退休以后，企业效益不好，离退休工资得不到保障，就到省上上访，对省领导纠缠不休，省上就打电话下来，市领导就要跑到省城去做工作、接人。后来国家逐步提高了离退休老干部的生活待遇，在国有企业工作的老同志离休以后，如果企业效益不好，离休工资发放有困难，就由财政补贴，这种事情才逐渐少了。如果跟党走真的在省上把省领导缠住了，吴修治还想用老办法，亲自去做工作把他接回来。

宋书记说：“那倒用不着，跟党走这样的红军时期的老同志全省也没有几个人了，我们应该很好地珍惜他们、照顾好他们。再说了，跟党走也不是那种会为个人的事情上访的人，这你应该了解。”

吴修治差点直接问出来：跟党走是不是告赵银印的状去了？话到嘴边，醒悟到如果这么问，弄不好宋书记会误以为跟党走到省上找省委领导是他指使的，起码他事先知道，就没敢说，装糊涂问道：“那他到省上找您干吗？如果对我们的工作有什么意见，可以直接找我们嘛，他老人家批评我们，我们敢不虚心接受吗？”

宋书记果然追问：“你真的不知道跟党走到省委找我干吗？”

吴修治硬着头皮回答："真的不知道，如果知道，我怎么会让他独自一个人跑到省上去呢？即便拦不住，我也会派个人陪他去，一路上也好有个人照顾啊。万一他在路上发生个什么事情，我可承担不起这个责任。"

宋书记说："嗯，我想你可能也不知道，如果知道了也不会不阻拦他，更不会就让他一个人跑到省委大院外面跟人家武警战士干架。"

吴修治惊问："他怎么跑到省委大院和武警战士闹上了？这个老爷子，真不省事。"

宋书记说："算了，闹就闹了，不说这些了。跟党走老爷子来了之后，跟我说了一些你们那儿的情况，赵银印同志是不是到你们银州市让你们提拔他女婿当公安局局长？"

吴修治吞吞吐吐地说："赵老爷子倒是来过我们银州市，可能是因为过去在银州市工作过，现在年龄大了有点念旧，回来看看，至于您说的那件事情我还不太清楚。"吴修治的从政经验告诉他，谁也说不准赵银印在省上担任领导职务那么多年，经营的关系有多深，这种人得罪他也没必要。加之吴修治本身就有些中庸，更加不愿意搅到赵银印和跟党走的是非当中，所以吭吭哧哧地不否定也不肯定，只是说他不清楚。

宋书记说："如果你确实不清楚这件事情，那就是跟党走同志反映问题有出入，如果那样，我就得找跟党走同志说说清楚，一个老同志，怎么能对组织上说假话呢？"

吴修治知道这是宋书记在将他的军，不由暗暗埋怨跟党走老爷子，把赵银印如何在吴修治面前替自己的女婿要官也告诉宋书记了。他继续否认，宋书记不会真的去找跟党走老爷子的麻烦，但是却等于他把跟党走的声誉给败坏了，做这种事情对于吴修治而言，那是太不道德了，也太对不起跟党走老爷子了。吴修治只好说："确实有这回事儿，不过赵银印书记年纪大了，做事情有些把握不住也是难免的，我们市委市政府绝对不会因为他说说话就违反党的干部政策，在用人问题上我们一定会严格按照《党政领导干部选拔任用条例》办事，请宋书记放心。"

宋书记说："我没有什么不放心的，我也相信你们不会因为赵银印同志的几句话就对他那个女婿格外关照。我想的是，在提拔公安局局长的问题上，不会仅仅有一个赵银印老爷子出面说情做工作吧？现在在干部任命、人事管理上确实有不正之风啊，这是我们无法回避的问题，也是我们应该着力解决的问题，如果我们公仆们的政治舞台真的成了封建官僚体制下的官场，那就是危及我们党执政地位的腐败啊！"

吴修治说："是的，宋书记说的问题我们已经有所警觉，我们尽快解决公安局局长的人选问题，请省委领导相信我们有能力处理好这些问题。"

宋书记沉吟片刻说："我看你们没必要那么急着任命一个公安局局长，任命一个公安局局长很容易，关键是我们对干部选拔任用中存在的腐败问题应该有一个清醒的认识。你们银州市这一次公安局局长的任命过程再一次警示我们，在选人用人问题上，我们目前的干部管理体制确实存在着一些问题。我希望你们不要过多地把目光集中在任命谁这个具体的、微观的问题上，能不能把眼光放得更远一些、更开阔一些，尝试在干部管理的体制创新上进行一些有益的尝试。比如说，能不能在干部管理、选人用人的方式方法上、程序上，立足公开、透明、公正、公平，探索一种更加开放、更加具有活力、更加富有广泛的群众基础和民主精神的机制。如果你们能在这方面有所突破，那可比任命一个公安局局长更加重要、更加具有开拓性意义。所以啊，我不要求你们勉勉强强、匆匆忙忙地任命一个公安局局长，宁缺毋滥，不要操之过急。何尝不能就把这次公安局局长的任命当做一次试验，不要老是按照组织部考核、常委会讨论、市长提名、人大举手这个老套子走，能不能考虑加大公示力度和范围，扩展任命考核干部的民主范围和层次，形成对干部任命过程更加有效、民主的监督机制，逐步打破干部管理上的神秘主义和一把手效应。当然，具体怎么做，你们可以放手试验，改革嘛，本身就是一个试验的过程，既然是试验，就有可能成功也有可能失败，成功了更好，失败了也不可怕。这算是我给你们出的一道题目，既然是我出的题目，失败了就由我承担责任。省委也正在认真研究这个问题，如果你们能先行一步，在这方面写出一篇好文章，能给省委正在推进的干部管理和人事任命体制改革提供一些新鲜材料，那可比你们选出一个公安局局长更有价值啊！”

吴修治让宋书记说得心头怦怦直跳，他对此根本就没有任何心理的、思想的准备。过去长期受干部管理、人事任命传统模式思维的惯性引导，很少认真思考干部管理方面体制上的问题，对干部任命、人事管理神秘化已经习以为常，加之长期以来习惯了上级发文件，自己照着办的工作方式，即便是改革，也要等上级下了文件然后再加以推行，几乎失去了独立创新的意识。特别是近两年经常想着自己很快就要退下来，把明哲保身、平安降落当成了画好人生句号的起笔，所以尽管这一次公安局局长的任命遇到了各种各样的问题，却从来就没有从体制、革新方面去思考研究过。今天宋书记话说得客气，其实是下达了政治任务，吴修治连忙说："我们一定认真落实宋书记的指示精神，大胆改革，大胆试验，做到积极稳妥，我们不敢保证取得多么大的成果，但是可以保证不出现严重的失误，请省委放心。"

宋书记说："好，那我就等你们的好消息了，一句话，积极稳妥，小步快跑，解放思想，着眼于提高我们党执政能力这个大课题，我相信你们会有收获的。"

吴修治想半开玩笑地提醒宋书记他这可不是一句话，让谈话的气氛轻松一下，却没敢说，也没心情说，他感到了压力，甚至觉得有些手足无措，因为，他根本就不知道该怎么办才好。

4

跟党走来找吴修治比找省委宋书记轻松得多，因为市委的门卫认识他，知道他是市里唯一一个还活着的老红军，所以二话不说，也不敢说二话就让他直接冲到了吴修治的办公室。省委看大门的武警却不认识他，所以让他差点儿当场动手教训那个"小兵崽子。"他那天到省委并没有打算找省委书记，只是想找一个负责任的省上的领导揭发检举赵银印跑到银州市替自己的女婿要官的事儿，同时也替吴修治开脱一下，证明他去威吓赵银印并没有吴修治的指使，"一人做事一人当，我跟党走这一辈子还没有让别人替我背过黑锅，别说吴修治没有指使我，就是他想指使我，能指使得动吗？"这是他事先想好了的说辞。

到了省委大院外面，站岗的武警把他拦住了，让他出示证件，然后再去登记。他摸摸口袋，才想起来，儿子儿媳前两天给他介绍老伴，要去相亲，把他原来经常穿的涤卡中山装扒下来，给他换了一件老鼠皮颜色的西装，红军证、国务院颁发的老干部离休证还有身份证都在中山装里头，今天走得匆忙，啥证也没带。

没有证件武警就不让他进大门，他说我是银州市的离休老干部，要找主管干部的省上领导反映重大问题。武警战士根本就不听他这一套，上上下下地打量他，满脸都是诧异和警惕。也难怪，在正常人看起来，他的打扮确实太怪异了。儿媳妇给他穿了一身西装，脚上却又是一双布鞋，领带也没打，西装扣子扣得严严实实一个都不能少。特别让武警战士提高警惕的是，他还提了一根可以用来当武器的棍子。这样一来，无论他怎么解释，武警都只有两个字：不行。

跟党走解释来解释去火就蹿升到了脑门子上，再加上路人经过纷纷驻足观望，更让他心里焦躁，忍不住就骂起人来："他妈的小兵崽子，老子当红军的时候鸡鸡上还没长毛呢，扛那么一根烧火棍在老子面前装什么洋蒜？你再敢拦我，我就敲断你的狗腿，你信不信？"说着就挥舞着那根用来怀旧的打狗棍作势要敲人家的脚骨拐。

武警战士专门训练来就是对付暴徒的，哪里会把他这样一个不土不洋、不工不农、不仕不商，有点像叫花子，又有点不像叫花子的疯癫老头放在话下？嘻嘻哈哈、边劝说边就想动手解除他的武装。也怪武警战士太大意，没把眼前这个老头子跟久经沙场的老战士联系起来，更怪跟党走习惯了缴别人的械从来不让别人缴自己的械，看到武警战士要动手抢自己的打狗棍，本能地就虚晃一枪，把打狗棍在武警战士面前晃了两晃，做了个左突刺的刺杀动作，武警战士刚一闪躲，跟党走扭身转到了人家身后，把打狗棍当成了枪，一下子捅在了武警战士的腰眼上："缴枪不杀！"随着喊声，伸出一只手就把人家的枪从肩膀上摘了下来。

腰眼是人类的神经敏感部位，棍子捅上去又痒又酸，武警战士让跟党走一棍子捅得半边身子都发麻，随即觉得肩膀头一轻，那支挎在肩膀上的半自动步枪就到了跟党走的手里。武警战士大惊，即羞又恼，作为一名战士，让人家缴了械就是奇耻大辱，小战士几乎要气哭了，忘了战斗要领，扑上来有如顽童争抢食品、玩具一样要抢回自己的佩枪，跟党走却拿着他的枪就要往大院里冲，站在大门另一边的武警战士看到眼前发生的事情也急了，冲过来帮着失去武装的战友拦截跟党走。

跟党走知道这帮武警战士站岗拿的都是空枪，也就是做做样子给政府机关装威风用的，所以根本不怕武警战士真的动武，把刚刚缴获的半自动步枪挎到自己肩膀上，两只手把自己的打狗棍当成了三八大杆，做出刺杀动作："突刺刺……防左右突刺……防右左突刺……"自己给自己喊着刺杀口令，就像在练兵场上一样跟人家武警战士对峙起来。

武警战士和旁观的人们都认为，这是一个从神经病院里流窜出来的疯老头在瞎胡闹，既不能跟他动真格的，又不能眼看着他把自己的枪抢走，又急又气又无奈，两个战士围着他转圈子，却没办法下手。省委大院外面就是通衢大道，过往行人如过江之鲫，见到省委大院门口正在上演这么一出武打戏，纷纷围拢过来看热闹，还有好事的人跟着他喊："突刺刺，防左右突刺……"

省委大院的门房看到外面出了事，武警的枪都让人家缴了，连忙打电话通知武警省委警卫班，警卫班的战士全副武装紧急出动，来到门口看见一个六七十岁的老大爷正在跟自己的两个战友相持不下，也以为这是一个从精神病院流窜出来的疯子，便一起围拢上来众人打狼一样要把跟党走控制住。

跟党走见到这种阵势，也知道自己把事情闹大了，人家人多势众，又都是身强力壮经过强化训练的士兵，如果跟自己玩真的，自己一个老头子当然不是对手。就这样让他们抓住又不甘心，于是就运用毛泽东游击战术十六字方针中的第一条：敌进我退，开始准备撤退。他却忘了，他肩膀上还扛着缴获人家的步枪，人家怎么可能让他逃跑呢？他用尽了几十年战场上积累的各种战斗经验，左冲右突，累得呼呼直喘，大汗淋漓，动作也没有刚开始那么灵便了。

这时候，武警战士开始运用我军的政治攻势，班长喊停，大家都不再冲锋，班长便开始做工作："老同志，你到底是干什么的？我奉劝你马上缴械投降，不然你就会走上犯罪道路。悬崖勒马，立刻把枪还给我们。"

跟党走当然不是不讲道理的神经病，刚才也是一股火蹿上来，话赶话、手赶手，结果把事情闹成了这个样子，听到武警战士这么说，就把枪扔还给武警说："破枪我要它也没用，我来省委反映问题他不让我进去，你们这些小兵崽子怎么这么不明事理？这里是什么地方？是共产党的省委机关，不是国民党的衙门，更不是封建社会的大堂，凭什么不让老百姓进去？现在不是讲三个代表，讲立党为公、执政为民吗？连门都不让进，你们代表谁？能代表老百姓吗？像什么样子，当个官就怕了老百姓，我来反映那么重要的问题你们硬是不让我进，什么意思吗？”

他在这里跟人家讲道理，人家却已经做好了战斗准备，终究他把武警战士的枪给缴了，虽然最终退还给了武警战士，但问题的性质已经变得非常严重，起码人家要搞清楚到底是怎么回事儿。于是趁他正在慷慨激昂的时候，警卫班长一声口令，十几个战士蜂拥而上，想把跟党走老爷子一举擒获。

跟党走久经沙场，什么样的险恶场面没有经历过？他心里明白人家不可能丢这么个大脸让他轻易走脱，再说了，他要办的事情还没办成，如果就这样让人家抓了，耽误事儿。于是趁这十几个战士一窝蜂扑上来的混乱时机，给冲在最前面的战士使了个绊子，人家一个趔趄，他就从漏出的人缝里窜了出去。说实话，这些武警战士根本不会对他这么一个老人动真格的，不然对付他这一个老头子，一个人足够了，根本用不着这么多战士，人家还是想用那种大网捕鱼不伤鱼的方式来解除他的武装而已。

跟党走冲出包围圈就朝省委办公大楼跑，武警战士跟在后面追，年轻人腿快，很快就又把他包围了起来。就在这个时候，省委办公厅主任出现在大家面前，喝止住了武警战士，对跟党走说：“跟老爷子，你这是闹的哪一出？”

武警战士自然都认识省委办公厅主任，见到他认识跟党走，就停了下来不再抓他，但是也不愿意轻易放过他，他随随便便缴获人家的枪支，让武警战士耿耿于怀，武警战士仍然保持着对他的包围态势。跟党走说：“我来找省委领导反映重要问题，他们不让我进。”

办公厅主任说："你要反映问题，打个电话我下来接你不就成了？跟人家小战士过不去，好意思嘛！你可是老红军战士，这些战士都是你的后辈，老前辈欺负后辈人，传出去不怕人家笑话。"

跟党走不服气："你说得轻松，我打电话找你，你下来接我，我知道你的电话是多少号？"

办公厅主任说："你就告诉门房值班室的人，说是找我，他不就把电话拨过来了？我知道是你，敢不下来迎接吗？你朝上看看，四楼，左手第五扇窗户，你们在这儿吵吵闹闹的，把宋书记都惊动了，他让我下来请你老爷子。"

跟党走朝上看看，果然宋书记在窗口笑眯眯地朝他招手。跟党走有些不好意思，觉得自己刚才像要猴，让省委领导看笑话了。办公室主任看到武警还围在四周虎视眈眈，就说："还围着干吗？这是老红军跟党走，听说过没有？人家十岁就当红军了，你们今天败在人家手下，是光荣，不是耻辱，还不向老红军道歉。"

武警战士一听这位老爷子竟然是老红军，按照辈分算，怎么也能算自己的祖师爷了，让这样的人缴了械也真没什么丢人的，班长连忙喊了一声口令："敬礼！"战士们齐刷刷地给跟党走敬了军礼，反倒闹得跟党走大为尴尬，想一想，自己刚才跟这些重孙子辈的小战士那么闹腾，也真的没面子，连忙挥挥手："不敬礼了，不敬礼了……"边说边逃跑似的跟在办公厅主任后面拜会省委宋书记去了。

此刻，跟党走昂然走进吴修治的办公室，大咧咧地坐到沙发上问道："市委书记满世界找我，今天我送上门了，书记有什么指教？"吴修治端茶倒水招待他，嘴里不停地埋怨："老领导，什么事情在市里不能解决，非得跑到省里去，弄得我很被动啊，让宋书记亲自打电话批评我。"

跟党走说："不会吧？该批评的是赵老贼啊，他怎么反倒批评起你来了？"

吴修治怕了他了，这老头年岁大了，脾气反而越来越火暴，一句话说不好真怕他再跑到省里去找领导。这一次如果再去找，肯定更有经验了，不会再跟武警战士干架了。想到宋书记提到跟党走和武警战士干架的事儿，吴修治就好奇地问他："老领导，我听说您跟省委大院的武警战士干架了？怎么回事儿？"

跟党走扭捏一笑："没什么，我去的时候没带证件，他们不让我进门，就呛呛了几句，也没怎么着。"

吴修治长期跟他当秘书，对他的秉性太了解了，一看他的表情就知道他做了理亏的事情，故意追问："到底怎么回事儿？您怎么一下就闹到省委宋书记那里去了？"

跟党走说："没什么事情，武警不让我进去，我就把他的枪缴了，后来事情闹大了，惊动了省委宋书记。"

吴修治夸张地感叹："老领导真厉害啊，居然把人家武警的枪都缴了，厉害，厉害。"

跟党走老脸微红："缴一个小兵崽子的枪，也没什么值得夸耀的，别说这事了，我有正经事儿跟你说。"

吴修治说："不就是赵银印的事吗？您就那么不相信我们市委市政府，真的以为凭他一句话他女婿就能当上银州市公安局局长？"

跟党走说："不是我不相信你们，如果我根本不知道那也就罢了，既然我知道了这种坏人坏事，就不能不说话，他不是省级干部吗？你们管不了，我找能管得了他的人去。我就要治治这种坏毛病，老子把脑袋掖到裤腰带上打江山，他们现在一句话托个人情就能升官发财，不可以，绝对不可以。对了，省委宋书记说了，这是体制问题，是长期的干部体制造成的，要从根本上解决问题，还是要从体制上下手，人家到底是省委书记，比你这个市委书记就是高明，说的道理我听懂了。"

吴修治说："那当然了，不然人家怎么能当省委书记，我只能当一个市委书记呢？不过话好说，事情不好做啊，改革选人用人办法，哪有那么容易？这么多年了，都是这么办的，突然要改革，还真得好好研究一下，可别违反了党的组织原则。"

跟党走说："什么是组织原则？党章就是组织原则，只要符合党章就不会错。党章规定各级党组织的最高权力机构是党的代表大会，党的委员会是代表大会的常设机构。党代会一开完，党代表就彻底解散了。你们什么时候又真正尊重过党委会？动不动就是常委讨论，其他那些党委委员都是选出来摆着看的？常委会就能取代一切？为什么全委会就不能决定干部选拔问题？全委会的级别和权力应该高于你们那个常委会嘛。你是真不懂还是装傻？回去好好学学党章就啥都明白了。"

吴修治让跟党走说的直眨巴眼睛，说来惭愧，作为市委书记，他自认为对于党的章程已经非常熟悉，今天让跟党走一说，才感到自己对于党的章程的理解还停留在会上念一遍、不求甚解的阶段，并没有认真地研读、深刻领会精神实质。

吴修治在那里若有所思，跟党走又说："现在是和平年代，共产党早就成了执政党，过去战争年代对敌斗争形势复杂，干部使用任命保密是客观形势的需要，现在还有必要搞得那么神神秘秘吗？老说党的干部是公仆，人民当家做主，既然人民当家做主，主人总应该有权利知道自己应该雇哪个公仆来替自己办事，总应该有权利知道这个公仆是怎么冒出来的吧？我们不能搞西方大民主、多党制那一套，在中国搞那一套就会天下大乱，但是老百姓既然是主人，雇什么样的仆人总应该有个知情权和否决权吧？你们就知道常委会、常委会，常委会才几个人？这就是少数人政治，用常委会剥夺了党委和人民群众的民主权利。好了，我不跟你啰唆了，你书记当久了，又快退下来了，满身暮气比我都老，想必也没有什么改革进取的精神头了，爱谁谁，只要不是赵老贼的女婿就行了。"

说完这话，跟党走起身欲走，却又忽然想起来是吴修治到处找他他才来的，便问："对了，你满世界抓我，有啥事？不是要挡住我，不让我今后再到省上找领导吧？"

吴修治说："那怎么会，找上级领导反映问题是您老人家的民主权利，谁敢阻拦您？我找您是想听听您对我们选拔任用干部有什么意见和建议，意见建议您都说了，我受益匪浅，也就没什么可说的了。不过，我还是希望您对我这个老部下多多少少有点信心，有什么问题尽量先跟我沟通沟通，我不顶事您再找上级领导，我派专车送您行不行？"

跟党走说："说来说去你还是想剥夺我的民主权利啊？算了，看在你这个人还算正直、本分的份上，看在你过去劳心费力给我写了那么多难认难念的讲话稿的分上，今后有什么事我先给你汇报，这总该行了吧？”说着起身欲走。

吴修治连忙说：“您别走，快到饭点了，今天我请您老吃饭，多少年我没跟您老在一起吃过一顿饭了，吃饭的时候您老人家再好好谈谈您的意见建议，越具体越好……”

跟党走说：“我不跟你吃饭，现如今你们吃饭都是公家花钱，看过那本《接待处处长》没有？那本书上说，公款吃喝是亚腐败，亚腐败导致亚健康，胃溃疡、脂肪肝现在都成了你们这些领导的职业病，我才不想得那种病呢。”说完，拂袖而去，出了门又跑回来，捡起他的怀旧打狗棍咚咚咚地在走廊里留下一串脚步声走了。

跟党走走了之后，吴修治叫来了秘书吩咐道：“给我找一本十六大通过的《党章》来。”

阴错阳差也是一种不可多得的机遇

1

彭远大一行在吴厝村已经等候了三天，吴水库仍然杳无音信。林猪食所长派人到吴水库家里探听消息，得到的信息是：就这几天会回来，因为他并没有远行的打算。这样一来，彭远大他们只剩下了唯一的选择：等待、守候。好在等待、守候、蹲坑这一套属于刑警的基本功，彭远大经过这么多年的磨炼，已经有了相当的耐性和经验，所以也并不着急，急也没有用，只好以走私摩托车贩子的身份，在林猪食所长一个亲戚家里安安分分地驻扎下来。

吴厝村是闽南深山里的一座小村落，依山傍水，风景秀丽，村里只有三十来户人家，村子的中央有一棵三人合抱不过来的大榕树，树身上缠着红布，树梢上挂着黄色的画着符的黄纸。据说这是一棵神树，可以保佑全村百姓平安健康、丰衣足食。这里只有一条通往外界的山道，没有移动电话信号，村委会倒有一部电话，但是由于怕泄露他们一行的目的，也不敢轻易使用。然而，看看这里农家修的房子就可以得出结论：这里绝对不是贫困山区。这座小山村家家都是石柱砖墙红墙绿瓦的大宅子，按照当地的审美观，每一座大宅子建得都像一座庙宇，似乎全村人家家都住在庙里。

林所长是这个村子的女婿，彭远大问他这个深山小村落的人家为什么看上去都挺富有，林所长说，这座山村原来非常贫穷，山区地少、地薄，一年四季都要靠红薯叶子填补食物人们才能勉强活下来，全村过去没有一幢完整的房屋，都是土墙茅草房。过去常说，穷山恶水出刁民，也不是没有道理，穷则思变嘛。这里的老百姓传统上就有出外赚钱寄回老家的做法，过去长期受极左思潮的限制，这里的老百姓被死死地捆绑在穷山恶水中，尽管这里风景秀丽，但是风景秀丽当不得饭吃，老百姓只好硬挨着受穷。

改革开放以后，这里的老百姓只要能跑的都跑出去赚钱了，干啥的都有，既有老老实实打工做生意赚钱的，也有走私贩毒牟利的，不管在外面干啥，寄回老家的人民币是真的，于是这座小山村就成了富裕的世外桃源。前些年，村子里除了老弱妇孺根本见不到青壮男人，只有过春节那几天在外面赚钱的男人们才会回到村里。近几年很多人家富了，有一些人在外面事业也有了相当的基础，于是在家里待的时间就比较多了一些。不过吴水库的情况比较特殊，刚刚改革开放的时候他一直在外面搞走私，应该说也赚了不少钱，家里房子修得也很体面，几乎从来不着家，可是最近几年却很少出去了，也没有听说他在外面有什么业务，就那么在家里待着，好像自己把自己退休了，开始养老了。

彭远大说："养老也太早了吧？我看他的资料，他才四十六岁啊。"

林所长说："我是打个比方，山里人勤快，别说四十六岁了，就是六七十岁，只要能动弹的，也没有坐在家里吃闲饭的。"

彭远大暗想，吴水库这家伙如果没有歪财，断然不可能正当壮年就这么消消停停地在家里养老，想到这些，更加坚信这个吴水库就是当年偷窃大金锭的罪犯，抓住了他，吴水道当年在这起盗窃案中是什么角色，他的自杀到底是怎么回事儿也就真相大白了。

彭远大在这儿守候，没事可做的时候由不得就开始想起了家，由家由不得又想起了局里正在热烈进行的局长继承人争夺战。他并不是不想当公安局局长，而是特别想当公安局局长，这是他刚刚从一个工人成为以工代干的警察的时候就当众宣布了的远大理想，现在机会就在眼前，他却没有机会抓住机会。根据自己的年龄，参照局里其他几个竞争对手的年龄，不论谁这一次当上局长，其他人都会成为那首情歌里的人物：让我陪着你慢慢变老。想到失去这次机会，自己今后八成将会永远作为副手一直到退休，这让他沮丧，也让他后悔，他后悔当初不应该亲自带队来调查这个案子，而且带了大李子这个没资格独立办案和刚刚走出校门没本事独立办案的小刑警黄小龙这两个人。现在如果让王远志来接替自己，时间来不及，功利目的也太明显，会让人笑话，将来肯定每个人都会说彭远大为了争局长的位置，把那么重要眼看就可彻底破获的案子扔了。最可怕的是王远志对这个案子不熟悉，现在换将，万一出点纰漏，就可能前功尽弃，那一块二十四公斤重的大金子就有可能永远埋没在这个广袤世界的某一个角落里，而老局长也就会永远睁着渴望的眼睛在冥冥之中叹息。

想到这些烦心事儿，彭远大就觉得脑袋痒痒，他是油脂性皮肤，几天不洗头头发就变成了油毡，一着急出汗头皮痒得好像有几千只蚊虫在叮咬。于是他喊来了黄小龙："小黄，弄一壶热水给我冲冲脑袋。"

黄小龙正在看电视，舍不得动窝，敷衍道："彭局，干脆洗个澡不就啥都有了？"

彭远大骂他："懒货，谁不知道洗澡舒服？这么冷的天你让我洗冷水澡，想冻死我啊？"已是深秋季节，山里一早一晚冷风飕飕，这里条件差，虽然家家都有热水器，供电却跟不上，农用电又贵得吓人，农民自己都舍不得烧热水洗澡，一年四季用冷水洗澡，彭远大他们也更不好意思用人家的热水器烧热水。

大李子说："黄小龙，赶紧去，你不去我可就去了，别说我跟你抢着巴结彭局。"

黄小龙一听此话，连忙跑到灶间用人家暖瓶里的水兑了一大壶热水热情洋溢地说："彭局，水来了，热腾腾的，保证你满意。"

彭远大把脑袋抵在脸盆口，吩咐道："给我先冲一冲，节省点。"

黄小龙便开始给他冲脑袋，冲着冲着黄小龙发现彭远大脑袋正中间有一道沟，不长头发，让人联想起某种哺乳动物们的臀部，两边毛茸茸，中间一道沟，跟彭远大的脑袋多多少少有些相似。黄小龙忍不住笑了，问彭远大："彭局，你脑袋中间怎么有一道沟啊？"

彭远大还没顾得上回答，大李子在一旁说："笑什么笑？这可是彭局的光荣历史，没有这一道沟，那一年抓捕盗枪犯我们局不知道要牺牲多少警察呢。"

这道沟既是值得彭远大骄傲的记录，也是常常让他羞惭的创伤。金锭失窃案让彭远大陷入了泥沼，破案遥遥无期，挂案上面又不同意，他只好在这个案子上吊着，那段时间彭远大饱尝了狗啃乌龟无处下嘴的痛苦滋味。困境之中彭远大找到了一个极好的副业，那就是看书。打着破案需求的名义，从蒋卫生那儿弄来了一本又一本的刑侦教科书和一整套《福尔摩斯探案集》过瘾。最让他着迷的还是《刑事侦查学》，他看得格外精细，格外认真，还专门买了一本笔记本摘抄其中的重要章节，说是摘抄，其实是恨不得把整本书抄下来。

这天，彭远大正在第n次阅读那本已经被他翻烂了的《刑事侦查学》，老牛闯了进来，冲着彭远大喊："局长大人儿，快快快，新华印刷厂的枪丢了，局长亲自召见你。"

彭远大惶惑地抬头看看老牛，丢失枪械可是名副其实的大案，想来老牛也不敢拿这个题目开玩笑，老牛的表情难得的严肃认真，也不像是在开玩笑。然而，他手头的"9·11"大案还没有任何进展，按照常规是不会交给他办新案子的。再说了，就算是让他参加破案，也不至于局长亲自召见他这个以工代干的小警察，由蒋卫生、姚破旧之类的二级领导召见他就已经够面子了。见他迟疑不决，老牛说："局办公室刚刚打过来电话，让你马上到局长办公室报到，我可是通知你了，去不去由你，到时候你别说我没通知你就行，这可能是好运来临也可能是厄运临头，你自己琢磨去还是……"

老牛的话没说完，彭远大已经把那本《刑事侦查学》揣进怀里冲了出去。彭远大跑到局长办公室，值班人员告诉他局长正在会议室开会，彭远大来到会议室，推开门探头探脑地朝里头窥视，刑侦组长蒋卫生面对着门坐，看到他招招手让他进去，他这才放了心，确定老牛没有拿他开心。

局领导都到齐了，局长、政委和两个副局长都在皱着眉头拼命抽烟，其他与会的警察也都在陪着局领导抽，把会议室弄得活像火灾现场。

任何一个单位抽烟的人数都跟这个单位的领导是不是好这一口成正比关系，老局长简直就是个肉做的烟灰缸，又是一个有生命的茶罐子，抽起烟来一根接着一根，喝起茶来一杯接着一杯，还净是泡得黑黑的中药一样苦的浓茶，他的理论是抽烟多就得多喝茶，茶能解烟毒。每当他这么说的时候，彭远大就常常想问他一句：何必抽了烟再喝茶解毒，既不抽烟又不喝茶不更省事、省钱吗？可是他从来也不敢真的这么问。

老局长不但自己能抽烟能喝茶，还特别鼓励别人抽烟喝茶，经常说男人不抽烟，对不起老祖先，男人不喝茶，对不起亲爸爸。在他的大力倡导下，银州市公安局的男性公安干警除了极个别人以外，绝大多数都成了烟枪，还比着谁抽得凶、抽得多、抽得勤快，没办法，楚王好细腰，宫人多饿死，古往今来这已经成了规律。

有一年冬天，公安局开中层以上干部大会，天寒地冻，门窗紧闭，极少数不抽烟的人让极多数抽烟的人熏得受不了，就把会议室的窗户打开了。会议室在二楼，窗户一打开，浓烟滚滚冲出窗外，大院的门岗大吃一惊，以为办公楼失火了，连忙报告消防队，消防队归公安局管，就驻扎在公安局隔壁，一听领导机关着火了，队长亲自带了三辆消防车瞬间就冲进了公安局大院，见二楼两个窗口朝外冒烟，便果断下令立刻灭火。消防队员们端着六条高压喷水枪一起朝开着的窗户喷射过去，只听见一阵阵鬼哭狼嚎一样的怪叫从窗户里传了出来，消防队员正要架设云梯进入室内救人，却见一群落汤鸡冻得瑟瑟发抖丧魂落魄地冲出了大楼，仔细一看，前面带队的落汤鸡正是老局长。队长连忙上去报告："报告局长，发生火灾，我们正在……" 老局长冻得鼻青脸肿，身上的水已经结成了冰碴子，哆哆嗦嗦怒不可遏地詈骂："妈个匹，胡日鬼啥呢吗……"

随即看到消防战士目瞪口呆的样子和身后那一群狼狈不堪的落汤鸡警察，老局长压下了怒火，哭笑不得地下达命令：“演习继续！”过后老局长患重感冒引发扁桃体发炎，高烧不退，连打了一个星期的青霉素。

彭远大屏住呼吸小心翼翼地踅进烟雾弥漫的会议室，在角落里找了把椅子坐了下来。老局长一眼看到他，朝他招手：“小彭过来，坐到前边来。”

老局长让他就座的是刑侦组长蒋卫生身旁的座位，彭远大哪里敢贸然就座，连忙摆手谢绝。

局长说：“研究案子你藏到后面干啥呢？咋记录呢？”

蒋卫生也招呼他坐过来，彭远大才忐忑不安地挪到了会议桌前蒋卫生身旁的椅子上坐了下来。

案情是这样的，2月15号深夜，新华印刷厂武装民兵连的武器库失盗，丢失一支五六式冲锋枪，三百发子弹。那个年代，在全民皆兵战略思想指导下，全国人民都是民兵，民兵分三种：普通民兵，基干民兵，武装民兵。武装民兵是按人头配发武器的，平常武器统一保管在武器库里，训练的时候武器就发到每个人的手中，训练过后再收回。新华印刷厂是国有大厂，武装民兵连有二百多人，配备有五六式班用机枪三挺，半自动步枪一百二十支，五六式冲锋枪七十支。五六式冲锋枪其实就是苏制AK47步枪的改进版，杀伤力极大，枪托可以折叠，携带方便，如果罪犯利用盗取的枪支从事犯罪活动，后果将不堪设想。

介绍完案情，局长讲话：“这个案子的严重性我就不多说了，在座的都是明白人，我不说大家心里也有数。我们现在只有一项任务，集中精兵强将，尽快侦破案子，追回丢失的武器弹药，把罪犯绳之以法。为此局里决定，机构调整和干部考核暂停，全局上下紧急动员，拖在手上的案件没有新的重要线索就先放一放，集中所有力量全力攻破“2·15”大案。现在我宣布，马上成立“2·15”专案指挥部，由我担任专案总指挥，政委和老邢担任副总指挥。下面设两个侦破工作组，刑侦组组长蒋卫生同志和副组长彭远大同志担任第一组正副组长。政工组组长姚破旧担任第二组组长，重点负责后勤保障跟政治动员工作。”

老局长说的“老邢”是公安局负责刑侦和治安工作的副局长。老局长宣布完组织机构，接着部署侦破工作：“由刑侦组、治安组以及新华印刷厂保卫科和辖区派出所抽调得力人员，统一接受专案组的指挥，参加案件的侦破工作，其他部门和工作人员，在保证正常工作的同时，随时做好准备，全力以赴配合，一定要尽快把罪犯绳之以法……”

那个时候还没有实行“无罪推定”的法律准则，所以也就没有“犯罪嫌疑人”这个说法，警察们提到犯罪嫌疑人时都叫“罪犯”、“案犯”，老百姓甚至把劳改释放以后的人也统称为“劳改释放犯”。盗枪案比起偷金子的案子自然要严重得多，丢一块金子，尽管这块金子很值钱，充其量也就是经济上受一些损失而已，而枪丢了，很可能紧跟着后面的就是凶杀人命案，而且会有多少人死在这支枪的枪口下谁也没法预测，可以毫不夸张地说，如果这支枪的下落找不到，整个银州市人民都将处于这支枪的威胁之下，因为谁也说不清楚偷这支枪的人将把枪口对准谁。再往严重里想想，如果盗枪的是一个穷凶极恶的反革命分子，拿着这支现代化的杀伤力极强的枪支到省城、到首都北京作案，那后果简直让人头皮发炸，不寒而栗，想都不敢想。所以，局长当机立断，发出了紧急动员令，所有警力都集中到这桩案子上来，于是彭远大也总算有了从那块沉重的大金子的阴影下解脱出来的机会。

那天晚上刚好姚破旧值班，接到报案后，马上叫了刑侦组长蒋卫生一起到现场进行现场勘察，根据蒋卫生的汇报，可以初步得出这样几个结论：第一，有可能是内部作案，理由是如果罪犯不掌握武器库的内部情况和管理漏洞，就不可能贸然闯入盗窃枪支。第二，也可能是外部人员作案，理由是案犯破门而入，一路上撬开了铁门的铁锁、木门的暗锁、枪柜的铁锁，盗取枪支以后从大门离开。第三，案犯可能头脑聪明，有备而来，熟悉情况，有恃无恐，理由是从现场来看，案犯作案手段大胆、熟练。第四，案犯也有可能是头脑简单、手段粗糙的低档次作案，理由是案犯方式笨拙，一路对枪库实施了强行突破，到处都留下了明显的作案痕迹，足迹、手纹采集到很多。第五，案犯有可能是出于反革命政治动机，企图偷盗武器制造反革命暴力事件。理由是四人帮被粉碎之后，很可能还有一些四人帮的残渣余孽对现实不满进行反革命报复。第六，也不排除仅仅是一般性的刑事案件，案犯就是刑事犯罪分子，偷盗武器准备进行抢劫、偷盗、杀人等犯罪活动，理由是目前还没有充分的证据证明犯罪分子是四人帮的残渣余孽，而且案犯在现场也没有留下任何足以证明这起盗枪案具有政治动机的线索……

彭远大在案情分析会上聚精会神地听着人家汇集现场勘察结果、分析案情、探讨作案动机等，越听越糊涂，好像什么样的可能都有，什么样的可能也都可以排除。果然，局长印证了他这种感觉的正确性，很不耐烦地打断了正在作案情分析的蒋卫生："你们勘察现场的结果就是这也可能那也可能吗？别说那些可能了，就说现场情况，可能的事情谁都会自己想。"

蒋卫生尴尬地干咳着，面红耳赤。局长又问了一句："现场你去过了吗？"

蒋卫生连忙表白："接到报案的第一时间我就去了。"

"你就给我说说你的印象、感觉，勘察报告别念了，我识字会自己看。"

蒋卫生开始按局长的要求汇报："我们到现场的时候，新华印刷厂保卫科的工作人员已经把现场保护起来了，所以现场没有遭到破坏。从现场看，武器库的治安防范工作有明显的漏洞。第一，铁门仅仅用普通大铁锁，虽然锁头很大，可是如果用适当的工具还是能够撬开的。第二，铁门里面是普通的木门，仅仅安装了一个普通暗锁，熟练的小偷用一张扑克牌就能打开，偷枪的罪犯不是熟练的小偷，他是用刀子一类的东西硬将木门撬开的。第三，枪支弹药都存放在铁柜子里，但是铁柜子的锁却又是普通的明锁，所以也根本不起什么作用，只能防君子不能防小人……"

就在蒋卫生唠唠叨叨向局长汇报自己对案发现场的看法、感觉时，彭远大偷偷拿过桌上的现场勘察报告看了起来。现场勘察记录做的还是比较专业的，有草图、照片、痕迹模式等。他刚刚正在第三遍熟读《刑事侦查学》，对现场勘察的知识还是热乎的，看到现场勘察报告上有现场遗留的足迹、指纹照片，足迹、指纹的旁边还有格尺标明长度宽度深度等，就开始根据足迹、指纹的基本情况测算起罪犯的身高、体重、胖瘦等数据，越算越有兴趣，蒋卫生的汇报声离他越来越远，后来干脆充耳不闻了。

"小彭，小彭，你在干啥呢？说说，你有啥看法。"

局长把他惊醒了，他抬头茫然看看局长，又看看蒋卫生，局长说;"看我做啥呢？叫你来不是让你充数的，你说一下，对这个案子有啥看法？”

彭远大连这个案子的现场都没去，刚才让现场汇报搞得晕头转向，什么也说不出来。可是局长当着这么多人点名让他发言，实际上不是点名而是点将，如果什么都不说，那就显得白痴弱智，也捎带着让局长没面子，这点基本的道理彭远大还是明白的，于是急中生智就手头刚刚做过的测算说事儿：“局长，我刚刚接到通知，没有到现场去过，所以我一下子还说不出什么具体的看法来。不过我刚才看了一下现场勘察纪录，觉得现场勘察还是非常认真细致的，很专业，很好……”说到这儿，彭远大有些不自在，不自在是蒋卫生引起的，他的余光扫射到，当他说这些的时候，蒋卫生不屑地撇了撇嘴，那意思很明白：你懂个屁。蒋卫生的不屑可以理解，对于彭远大这样一个以工代干进入人民警察队伍，手头还有一个案子破了个稀里糊涂没结果的人来说，在局长、刑侦组长和众多经验丰富的老警察面前评价人家现场勘探水平，给人的印象就是夸夸其谈、班门弄斧。彭远大心里明白，组长蒋卫生的表情只不过是在场很多警察的共同心声，如果这个时候他说出一句外行话来，还不如什么也别说。

彭远大咳嗽了一声，字斟句酌地说：“如果现场的足迹和掌印指纹是案犯的，那么，可以断定案犯只有一个人，男性，身高一米八十，正负一厘米，体重大概有七十五公斤，正负一公斤，长期从事体力劳动，体格壮健，年龄在三十岁左右。”

会场静默，因为彭远大说的这些内容应该是技术鉴定组经过对现场采集的痕迹进行认真的鉴定之后出具的技术鉴定报告的内容，刚刚发案，技术鉴定报告还没出来，彭远大就说了这么一套，确实让那些经验丰富而理论知识欠缺的警察们觉得诧异。那个时候的警察主要成分是军队转业干部和以工代干，真正经过公安院校培训、科班出身的警察极少，警察掌握的侦破知识也大都是短期培训班或者老警察带徒弟的方式传授的。所以，警察侦破主要靠的是经验，现场勘验、痕迹鉴定等由专门的技术鉴定组负责。彭远大这个刚刚入门，用老牛的话说就是当警察刚刚屁大个工夫的以工代干，居然在这种重要的案情分析会上夸夸其谈需要专门技术分析人员提出的现场痕迹诊断，既让人惊讶，也让人反感。

"你看见了？"一直在一旁闷头抽烟，用拼命抽烟这种方式表现自己和老局长同是香烟爱好者的姚破旧终于忍耐不住，讥讽地问道。

彭远大反问姚破旧："这个世界上发生的事情多还是我们看见的事情多？"

姚破旧回答："当然是发生的事情比我们见的事情多了。"说完还咧着嘴微微一笑，用表情告诉大家，提出这个问题的人真是笨蛋。

彭远大接着质问："对啊，难道我们没有看见的事情就不存在吗？警察非得亲眼看到罪犯才能抓到罪犯吗？"

局长不满地训斥姚破旧："自己说不出二五六，让别人说好不好？小彭你接着说。"

彭远大的话很噎人，也很有道理，姚破旧张嘴结舌面红耳赤，不再吭声了。彭远大看看姚破旧，姚破旧也斜了他一眼，他知道这一回把姚破旧得罪的不轻，但这也是没办法的事情，暗想只好以后找机会向这位破旧领导赔罪了，眼下最要紧的就是别说错话，也别说废话，便按照自己的想法接着往下说："我判断，这个罪犯应该还是内部人，我说的内部人不仅仅指管武器库的人，还包括印刷厂所有的工作人员。虽然罪犯作案的手段粗野、简单，但是他肯定对这个库房里装的什么很清楚，对库房管理人员的行踪也比较清楚。我们都知道，这个库房是有人昼夜二十四小时值班的，那天晚上管库房的人刚刚上厕所拉了一泡屎，前后不过半个小时的时间，就发生了盗窃案，不了解情况的人不会把握得那么准。”

老局长点头，认可了他这大胆的判断，彭远大受到鼓励，心情振奋，却再也说不出什么道道来了。局长问他：“还有啥吗？都说出来。”彭远大摇摇头：“没有了，暂时就这么些。”

老局长点任刑侦组组长的蒋卫生发言，蒋卫生说：“小彭刚才说的还是很有道理的，我也倾向于从新华印刷厂内部着手摸排，但是不知道小彭刚才说的案犯的体貌特征有几分把握，如果没有把握还是等技术鉴定组的技术鉴定出来再确定摸排目标更稳妥一些。”

技术组的王技术员插嘴说：“小彭刚才说的数据跟我们鉴定的差不多，根据我的测算，如果现场留下的痕迹真是案犯的，那么，案犯的体貌特征、职业特征小彭没有说错，当然，最后还是要以正式的现场勘验报告为准。”

局长拍板定案：“那就这么定了，两步走，专案组按照刚才分析的罪犯体貌特征重点排查新华印刷厂内部的人，另一路组织各派出所、刑侦组、治安组的所有人员拉网调查，从近期我市的社情民情着手，广泛发动群众，进行全面的调查，不放过任何蛛丝马迹。彭远大放下手里一切工作，立即参加这个案子的专案组。”然后又问蒋卫生：“你们还有什么意见要补充？”

蒋卫生明白已经到了该散会的时候，连忙说：“没有了，按照局长的指示办。”

彭远大试探着问：“我想到现场看看行不行？”

姚破旧扑哧一声笑了，彭远大问他：“笑什么？怎么了？”

姚破旧说:“没啥，我想起了过去听过的一个笑话，一条瘸腿狗……”

局长狠狠瞪着姚破旧：“你再往下说可别怪我不客气。”

姚破旧吐吐舌头不敢再说话了。

局长说：“小彭可以到现场看看去，有的人也许觉得现在去已经太晚了，可是对于一个好侦察员来说，犯罪现场就像一部好书，每看一遍都会有新收获，像你，”局长指点着姚破旧：“你也到现场去了，看出啥名堂了？这也可能那也可能，我看就有一个可能，可能靠你破不了案。好了，没时间跟你们说闲话，散会，都去干活。”这话明着是骂姚破旧，其实谁都听得出来，是对刚才蒋卫生的汇报非常不满意，蒋卫生板了脸不说话，半晌才对老牛说：“老牛辛苦一趟，陪小彭到现场去看看。”

出了会议室，彭远大向姚破旧请教:“你刚才说了一半局长不让说了，后半段没说出来的是什么？”

姚破旧嘿嘿一笑，说：“我是说，瘸腿的狗跑得慢，赶到地方吃屎都没热乎的了。”

彭远大这才明白人家是变着法儿骂他呢，嘿嘿冷笑着说：“局长真没说错。”

姚破旧问他：“局长说的话多了，哪一句话没错？”

彭远大反问：“你说局长哪句话说错了？我听你的意思是局长每一句话都是错的？”

姚破旧张口结舌，急得脸红脖子粗：“你别胡说八道啊，我可没那个意思。”如果把他刚才说的那句话连起来看，含义确实就是局长刚才说了那么多话，没有一句是对的，这句话如果传到局长耳朵里，恐怕局长不会对他有什么好感觉。

彭远大嘿嘿一笑，扬长而去，把姚破旧扔在后面发愣。走到楼梯拐角，彭远大才说：“嘿，我去现场，你去不去？”

姚破旧急着回家，再说他也不是刑侦组的人，没答理彭远大，直接下楼骑上车子跑了。彭远大刚一下楼，楼梯口黑糊糊地蹲了一个人，见他过来猛然起身，把彭远大吓了一跳，差点儿把配给他的五四手枪掏出来。再仔细一看，原来是东方红浴池的大李子，彭远大问他：“你待在这儿干吗？”

大李子一把把他拉到旁边悄声问：“是不是又发生大案子了？”

彭远大说：“是啊，关你什么事儿？”

大李子说：“我跟你一块破案。”

彭远大说：“你又不是警察，破什么案？没你的事，你早点回家睡觉去吧。”

大李子说：“警察破案依靠什么？不就是依靠群众吗？没有我你能破得了那个女澡堂被盗案？我是福将，你离了我不成，大金锭的案子你们没让我去，怎么样？搁浅了吧？不服气不行，每个人都有自己的福星，我就是你的福星，不信你带着我，肯定这一回你能立大功。”

彭远大为难了，说实话，现在公安局这帮警察以他的资历还真的用不动谁，如果有大李子跟着他跑前跑后那就方便多了，再说了，大李子配合他顺顺当当把那桩局里普遍认为非常难弄的女澡堂子失盗案破了，大金锭失窃案当时大李子想掺和进来，彭远大没答应，结果闹了个夹生，不但案子没破，还不明不白地死了个人，说不准这家伙还真是自己命中的福星呢。可是让他掺和到这种大案要案里来，彭远大又没有那份权力，也不敢轻易答应他。于是彭远大说："我倒想跟你一起干活，可是我说了不算啊。"

大李子说："这你就别管了，我去找局长。"

大李子是保卫干部，虽然仅仅是一个洗澡堂的保卫干部，可是那个年月讲究的就是群众路线，各个单位的保卫科实际上就是不拿公安局工资的外围工作人员，这些保卫干部干得长久的，比方说大李子，多多少少和局里的人都有一些关系，那个时候干部讲究密切联系群众，像大李子这样的资深保卫干部能直接跟局长说上话一点儿也不奇怪，彭远大说："那你就找局长说说，局长同意了，我一点儿意见都没有。"

大李子拽住老局长纠缠了一阵儿，老局长也就答应了，把彭远大叫过去，让他关照大李子，大李子不屑地说："就他，还不知道我们谁关照谁呢。"彭远大也不跟他计较，当时他追求董晓兰刚刚成功，大李子居中斡旋、串联也发挥了重要作用，有这一层关系碍着面子，当然不好跟大李子计较，便带了大李子朝新华印刷厂奔去。

新华印刷厂是国有企业，那时候的国有企业，都有保卫部门，级别高的叫保卫处，级别低的就叫保卫科、保卫组等。新华印刷厂属于处级单位，他们的保卫部门就叫保卫科。彭远大他们来到厂里照例要跟保卫科取得联系。发生了这么大的案子，一进厂门就能感受到紧张气氛。也难怪，人活在世上谁能不得罪人，谁又能不被人得罪？得罪了人谁也不知道什么时候会遭到报复，俗话说，害人之心不可有，防人之心不可无，突然间知道有人非法拥有了枪支，而且不知道这人获取枪支以后将会把枪口瞄准谁，难免人心惶惶。

彭远大来到厂保卫科，科长是个三十多岁的河南人，长得瘦瘦小小，和彭远大的身材很相似，如果光看身材会以为他们是哥俩，看脸差别就大了，保卫科长长了两根八点二十的倒挂眉毛，两只平行四边形的睡不醒眼睛，天生一副倒霉相。而彭远大虽然个头瘦小，却长了一副白白净净的书生脸，眼睛更是炯炯有神，眼珠子活像两颗沾了油的琉璃球，在眼眶子里滴溜溜转个不停，他和董晓兰的亲事定了以后，大李子帮他分析成功的原因说，董晓兰那么漂亮的姑娘之所以能看上他那么个二等男人，就是让他那两颗滴溜溜乱转的眼珠子给迷惑住了。

新华印刷厂的保卫科长惊愕地问："你们不是调查完了刚走吗，怎么又来了？"

彭远大向来是个爱热剩饭的人，他信奉局长的那句话：犯罪现场就像一部好书，每看一遍都会有新收获。彭远大一照面一搭话就知道这个科长属于先天不足的人物，难怪会丢失枪支，也不跟他废话解释，直接就到了现场，里里外外从头到尾自己又查看了一遍。不能不承认，这一次的现场勘验非常认真彻底，现场勘验记录也非常完整细致，彭远大没有发现任何新的足以引起重视的线索，于是便去找枪械管理员。

枪械管理员已经被单位隔离审查了，可怜巴巴地坐在木板床上反省。见到彭远大、大李子和老牛进来，立刻蹦下床铺站得端端正正地等待他们询问。彭远大看看他的个头，身体虽然很壮实，也不过才一米七，根据现场痕迹测算，他不可能是作案人。一看到他那个战战兢兢的样儿，彭远大就联想起了在隔离室自杀的吴水道，心里由不得就颤悠悠地发紧，先给他作了自我介绍之后又做安慰工作："我是公安局刑侦组的，姓彭叫彭远大。事情出了，你千万不要有太大的思想包袱，起码可以断定这个案子不是你干的。组织上让你单独在这里就是想给你创造一个清净的环境，让你冷静地想一想，发案前后到底有没有什么不正常的情况，比方说有什么人到你那里去过，或者有什么人平常跟你关系好，对你保管的枪支感兴趣，还有没有在案子发生以后表现不正常的等，这些事情你都可以敞开来谈一谈。根据法律，你充其量也就是承担一个失职责任，不会追究你的法律责任，充其量组织上给你一个小小的处分而已，如果你积极协助组织上破案，有立功受奖的机会，可能连行政处分都不会给。反正我相信你是好人。”

枪械管理员感动了，眼圈发红地问:“彭同志，你真的相信我是好人？”

彭远大肯定地点点头：“我们根据犯罪现场提取的痕迹断定，罪犯的身高、体重跟你差别都很大，所以你肯定不会是罪犯。你坐下来，慢慢跟我说，先说说你接触的人里，有没有对你保管的枪支表现出特别感兴趣的人。”

枪械管理员沉思默想了一阵儿说：“厂里的年轻人对枪当然都挺感兴趣了，这也没什么不正常啊。”

彭远大进一步引导他：“有没有特别感兴趣的，比方说向你张口借枪……”

枪械管理员打断了彭远大的话说：“你这一说我倒想起来了，排字车间的杨德彪向我借过枪，枪支管理制度那么严格，我怎么可能借给他呢，我不但没借给他，还把他损了一顿。”

彭远大追问：“你说的杨德彪多大年龄？身高体重多少？原来是干什么的？他问你借枪干什么？”

枪械管理员让他这一连串的追问弄得有些手忙脚乱，直截了当地说："不会是杨德彪，他是党员，还是武装民兵排的排长，转业兵，怎么会干这种事情呢，不可能。"

彭远大严肃地说："可能不可能要用事实和证据说话，你先别下结论，回答我的问题。"

枪械管理员这才按照他的问题回答："杨德彪有三十来岁吧，个头壮实，足足有一米八，过去在部队里听说当过侦察兵，退伍回到地方以后工作各方面表现都挺好，今年还评上先进生产者了呢。"

彭远大让他说得心里直颤悠，这一切特征跟现场遗留的痕迹都能对上号，他马上追问道："最近一段时间他跟你有没有接触？"

枪械管理员想了想说："有啊，前天下午他还告诉我，他的一个好朋友在市武装部当了枪械科长，随时都能过枪瘾，他说如果他也能像那个朋友一样就好了。"

彭远大问："你们是在什么情况下谈这些事情的？"

枪械管理员说："就在我的枪库里啊，他是武装民兵排长，经常到我那儿去，我们在一起喝酒来着。"

彭远大吃惊地问："枪库你怎么可以让别人随便进去呢？"

枪械管理员辩解说："我不是说了吗，人家是武装民兵排长，不是闲杂人员，我平常就住在枪库里，除了吃饭方便，二十四小时不离位啊。"

彭远大问他："你说的这个杨德彪最近一次跟你见面是什么时间？发案之后你见过他没有？"

枪械管理员又想了想说："我刚才说的就是最后一次，对了，丢枪的那天晚上，我厕所出来，看到一个人在外边转悠，天黑看不清楚，身影上看好像是杨德彪，我喊了他一声，那个人没答理我，我以为自己看错了，也就没再喊他，过了不久就发现枪支失盗了……”说到这儿，枪械管理员自己也感觉到了什么，迟迟疑疑地问彭远大:“彭同志，你、你、你不会怀疑真的是杨、杨……”

彭远大根据他说的种种情况和现场勘验笔录，心里已经把这个杨德彪纳入了重点怀疑对象之中，但是，这种怀疑一旦植入心中，如果怀疑是错的，很容易发生误导，就像那个寓言故事，一旦认定谁偷了斧子，很难改变这种思维定势，那样会给案件的侦破造成非常大的困扰。所以，确定犯罪嫌疑人的时候，有经验的刑警都非常慎重，千方百计地排除主观因素，千方百计地搜取尽可能多的证据，不管这个证据是对犯罪嫌疑人肯定的还是否定的。这些彭远大在那本《刑事侦查学》里已经学到了，在《福尔摩斯探案集》里也已经有了感性的熏陶，所以他仍然没敢正面确定这位转业军人、武装民兵排长就是偷窃枪支的重大嫌疑人，他还想进一步跟枪械管理员谈谈。

大李子和老牛两个家伙却已经稳不住神了，大李子说：“小彭，赶紧向局长汇报吧。”老牛更是直截了当地追问枪械管理员：“你说的这个杨德彪住在什么地方？”

枪械管理员回答老牛:“他就住在厂部单身宿舍，不会真的是他吧？他当兵出身……”

老牛和大李子替彭远大下了决心，拽着彭远大就走，彭远大起身对枪械管理员说：“你提供的情况很重要，当然我们还不能马上就说人家就是罪犯，还需要作进一步的调查了解工作，你千万要正确对待，不能有别的想法，你提供的情况如果经过调查证实那个杨德彪就是罪犯的话，我向你们单位给你请功，保证你不会怎么样……”他是安抚这位枪械管理员，怕他和那位吴水道一样使用别人想象不到的方式自杀。

枪械管理员倒也是个明白人，听懂了他说这些的目的，直截了当地回答：“彭同志你是好警察，谢谢你，我不会轻生的，我又没有犯罪，就像你说的仅仅是失职而已，我还要等着看罪犯让你们抓住绳之以法呢。”

彭远大还要啰唆：“这就好，这就好，就是要这样正确认识问题……”

大李子和老牛却已经按捺不住，拉了他就走：“有话案子破了以后慢慢说，赶紧汇报去吧。”

从隔离室出来，三个人骑着自行车朝公安局奔，路上彭远大心里有些忐忑不安，那个大金锭案件，就是他向局长推荐的犯罪嫌疑人，结果闹了个不清不楚，蒸了一屉夹生的热年糕，捧在他手里差点儿把他烫死，这一次可千万别再上演那出烂戏了。

2

指挥部设在公安局二楼曾经被消防队用高压水龙头冲洗过的会议室里，老局长和主管刑侦的副局长坐镇指挥。这个案子让老局长心惊胆战，案情重大，已经上报了省公安厅，又由省公安厅上报了公安部，正式的意见还没有反馈回来，但是省公安厅的领导亲自打电话过来，口气相当严肃，责令他们放下手头一切案子集中全部精力尽快侦破此案，谁都知道这桩案子背后隐藏着的各种可怕后果。从案子发现到现在已经过去了二十多个小时，迄今为止除了现场勘验报告以外，任何有价值的线索都没有找到，局长心焦如焚，时间拖得越久，破案的难度就会越大。现场不可能长期保留，其他犯罪痕迹也会因为时间的流逝而减弱甚至完全消失，被盗的枪支更加容易转移藏匿，案犯逃逸的时间更加从容，即便找到线索追捕，难度也比现在确定目标实施抓捕要大得多。“时间就是生命”这句话现在对于老局长来说就是时刻不停在大脑里震响的警钟，早一秒钟把罪犯抓捕归案，都极有可能是从罪犯手里抢回多少条生命。

老局长强压住心里的焦躁不安，想认真再看看现场勘验报告，现场勘验报告看来看去就成了满纸乱爬的蚂蚁，心里暗叹年龄不饶人，只好放下报告，想闭上眼睛好好想想这个案子，满纸的蚂蚁却又似乎全都钻进了心里，搅和得老局长浑身燥热、心情烦乱。那个时候没有手机之类的现代化通信工具，甚至连对讲机都没有，老局长非常想和正在这座城市各个角落忙碌的警察们通通消息，可是却没有办法联络，撒出去铺开调查的警察们到现在还没有一组反馈消息的，哪怕是失望的消息也比没有消息好。老局长正在遭受无可奈何的煎熬，彭远大三人回来向老局长报告了他们掌握的情况。老局长听彭远大他们汇报之后，并没有因为彭远大在大金锭失窃案向他推荐的犯罪嫌疑人自杀身亡，案子因而陷入僵局而对彭远大这一次推荐的犯罪嫌疑持有任何怀疑，立刻穿上外衣下达命令：“马上通知公安部队，包围印刷厂单身宿舍，我们走。”

他们没有抓到杨德彪，杨德彪住的宿舍没人，局长当即下令对杨德彪的宿舍进行了彻底搜查，提取了杨德彪留在宿舍的所有痕迹，命令技术科连夜对痕迹进行鉴定，同时命令调公安部队、武装民兵对所有进出本市的通道全面进行封锁。很快技术鉴定报告出来了，从杨德彪宿舍提取的指纹、脚印、毛发和盗枪现场提取的物证完全一致。老局长凌晨两点钟把市委书记从床上叫了起来，对案情进展作了汇报，市委书记立刻动员全市所有力量配合公安局围捕盗枪犯罪嫌疑人。那天晚上可以用一首歌名来形容：今夜无人入眠。全城老百姓都被高音喇叭和广播电台唤醒，街上到处贴满了杨德彪的标准照，居民组织的巡逻队、武装民兵、公安部队全部动员起来对全市进行地毯式的搜查。人民战争立刻显示出了强大的威力，很快关于杨德彪的踪迹就不断报到了指挥部。

有人在城西发现杨德彪在小树林里抽烟，后来又有人在城南一家饭馆发现杨德彪在那里买包子，再后来又有人报告杨德彪流窜到了城北的一所学校里，好在全市学校接到紧急通知已经停课，学校基本上是空的。可以判断，杨德彪已经知道了自己正在遭到围捕，也正在千方百计的逃脱。这反而进一步印证了迄今为止所有一切证据指向的侦察方向是完全正确的，因为，如果杨德彪不是盗窃枪支的罪犯，那他不可能这样逃窜，更不可能不出面向警察说明问题。所有武装人员向城北的那家学校包围过去，眼看着杨德彪就要成为瓮中之鳖，大家都是既紧张又兴奋。然而，杨德彪不愧是部队特务连培养出来的侦察兵，具有极强的反侦察和逃逸能力，就在各路人马将学校团团围住的时候，他却神秘地失踪了。经过侦察，原来他找到了“深挖洞、广积粮”时期学校修建的人防工事，从地道里逃逸了。当初设计银州市人防工事的专家立刻被请到了抓捕杨德彪的总指挥部，专家在巨大的人防工事地图上详尽标出了如今仍然可以出入的所有地道口。很快，每一个地道口都由警察和民兵还有公安部队严密看管起来。

时间一分一秒地过去，白天很快溜走，黑夜姗姗来临，人们在焦急不安中等待着，在等待中越来越焦急不安。谁都知道，黑夜是两种人的朋友：一种是情侣，一种是罪犯，罪犯很可能会趁夜潜逃。彭远大和大李子、老牛组成的三人行动小组被局长留在了指挥部，谁也说不明白局长为什么把他们三个人留在了身边。也许当时老局长没有任何特殊的理由和原因，仅仅是随意作出了那么一个决定。当时没人敢问，过后老局长也没作任何解释，所以当时老局长把他们留在身边的理由和原因在老局长去世以后就成了永远的秘密。不管怎么判断老局长当时的决策，事实是别人都在忙忙碌碌、东奔西跑地追逐围捕罪犯，彭远大他们却闲着没事。

彭远大是个闲不住的人，没事总得找点事情来做，大李子跟老牛一夜未眠，此时就像流浪狗一样各自找了个角落睡得鼾声大起，彭远大却对挂在墙壁上的地下工事示意图着了迷，认真仔细地看着图上那曲曲弯弯蜿蜒交错的地下工事。战备的时候，他也曾经被单位抽去挖过三个月地道，那个时候每个单位都有修筑地下工事的任务，每个职工都会轮流脱产去挖三个月地道。彭远大对地道是有非常深刻的感性认识的，用钢筋水泥修建的地道里设施非常完备，有照明、防原子化学的洗消室和厚重的水泥灌铅大门，除了一人高、两人可以错身通过的普通通道，还有一些可以住人、藏兵、贮存食物的大房间、会议室等。但是他却从来没有看过地下城的全貌，也从来没有想到在自己的脚底下还有另外一座城市。根据他对地下人防工事的感性认识和现在展现在他面前的宏伟蓝图，他难以想象，如果杨德彪真的永远隐藏在地道里，用什么办法才能抓捕到他。他开始用手指沿着地道走向想象着各种各样可以抓捕到杨德彪的办法。蓦然他想到了电影《地道战》里日本鬼子朝地道里灌烟，企图用掺了辣椒末的烟把八路军、民兵和老百姓从地道里熏出来的场景。他自己都开始佩服自己聪明了，马上去找局长汇报这个刚刚想象出来的高明招数。设计人防工事的专家给他泼了一瓢冷水：很多人早就已经想到这个办法了，根本行不通，这座城市的地下人防工事岂是碾庄那个小小村落的土地道能够比拟的，面积广阔，四通八达，而且有良好的通风设施，要想从银州市的人防工事里用掺了干辣椒的烟把罪犯熏出来，就是把全省的干辣椒都烧光也不行。

彭远大对人防工事专家微带讥讽的否定并不在意，回过头来继续研究那张整整遮住一面墙的大图纸。图纸上面画着纵横交错的地下长城，布满了密密麻麻的地道出口，还用虚线表示了地表建筑和街道的走向、名称等详细资料。彭远大想象着自己就是杨德彪，如果此时此刻被围困在地道里将会做些什么。根据指挥部的命令，白天切断了地道里的所有电源水源，不让杨德彪有随意转悠的条件，夜间又打开了地道里所有的照明，即便杨德彪突然要从哪个地道口逃跑也无法马上适应外面的黑暗。彭远大想，在黑黢黢的地道里一个人待上一天，如果没有坚强的神经系统肯定会发疯。晚上地道里又灯火通明，想从地道里观察外面的情况也非常困难。在这种情况下，考虑到杨德彪在部队特务连当侦察兵的经历，他即便没有发疯，也会急不可待地从地道里突围出来。他会从哪里突围呢？彭远大想，如果是自己，就一定会选择距离新华印刷厂比较近的地道口出来。因为杨德彪对新华印刷厂附近的地形、地貌、建筑物特征非常熟悉，作为训练有素的军人，他肯定会尽量利用这些自己熟悉的地形地貌来想办法突围。但是，所有地道口都有武装民兵和公安部队荷枪实弹的把守，武装民兵和公安部队接到的命令是，如果对方不束手就擒，可以就地击毙。彭远大见到图上有很多地道口画着半圆形的红色标记，就请教专家：“这种标记是什么意思？”

专家告诉他，这种记号表示这里的地道口已经封闭了，旁边的公安局副局长补充了一句："封闭了的地道口就没有派人把守。"

彭远大又问："是用什么办法封闭的？"

专家说这种地道口一般都是有三防大门的，三防就是防毒、防化、防原子，门都是用厚重的钢筋混凝土门板再在夹层灌上铅制造的，一般人根本启动不了，里面还都用大铁锁锁死了，年代多了，钥匙也都不知道扔到哪去了，要开启必须用撬杠撬才行。彭远大想起枪支失窃现场的铁柜子铁门和门上的大铁锁，暗想，这种铁锁对于一般老百姓来说还能成为障碍，对于杨德彪那种受过特殊训练的人来说，只要手头有一把合用的工具，撬开这种铁锁简直易如反掌，枪械库那么结实的铁柜铁门铁锁都让他在短短的几分钟就撬开，顺利地盗走了枪支弹药，现在罪犯有充裕的时间，撬开任何一道已经封闭的地道口根本不是难事儿。据他对人防工事的了解，在修筑工事的时候，遗留下来的各种工器具实在是太多了，杨德彪如果想在地道里找到一样称手的工具撬门应该很容易。现在问题的关键是，杨德彪对银州市地下人防工事的熟悉程度到底怎么样。想到这一点，彭远大连忙从指挥部的资料袋里找出杨德彪的人事档案看了起来，在杨德彪的履历表一栏明确记载着杨德彪从部队转业以后，曾经在市人防办公室做过很长一段时间的现场施工质量监督员。彭远大心惊肉跳起来，难怪这家伙能够顺利找到那所学校的人防工事入口并且顺利藏匿起来，他对地下人防工事本来就很熟悉。那么，如果他再想从地道里偷偷跑出来也根本没有什么困难。

"局长，不好了，可能杨德彪已经从地道里跑出来了。"彭远大自己都让自己的猜想惊出了一身冷汗，忍不住大声叫了出来。

老局长正在闭目沉思，让他的喊声吓了一跳："说啥呢？不可能，我们布下了天罗地网啊！"

彭远大把自己的想法告诉了局长，局长一屁股坐到了椅子上，这种可能性不但可怕，而且现实存在。如果杨德彪因为熟知人防工事的走向和设施已经逃逸，再布网抓捕困难就很大了，想到那么多干警和民兵团团包围在人防工事的各个出口，结果让罪犯轻易逃脱了，简直就是公安局更是老局长个人的奇耻大辱，他都没脸向市委领导汇报。

"你说该咋办呢？"一向自信的老局长向眼前这个小个子年轻人提出了这个问题。这个问题提出的刹那，彭远大忽然觉得老局长有些可怜，因为他知道，这种问题老局长从来不会向任何一个部下提出来。显然，老局长有些惊慌失措了，惊慌失措的背后隐含着老局长到了承受高强度精神压力的临界点。

彭远大说："我想应该派人进入人防工事进行搜捕，同时对所有出口，不管是不是已经封闭的出口，都严加看守。"

老局长牙疼似的吸了一口冷气说："别忘了，那家伙可是携带着一只五六式冲锋枪，三百发子弹的侦察兵啊。"老局长是战争年代过来的人，经历了太多的牺牲和死亡，进入了和平时期，老局长一向认为再不应该有任何一个好人死在枪口下面。因此，老局长爱护部下是公安系统出了名的。围捕罪犯，尤其是掌握凶器的罪犯，老局长一向的观点就是：先保护好自己，再处置罪犯，如果保护不好自己，宁可不处置罪犯。这种观念和极左路线指导下所谓的牺牲精神格格不入，这也是"文化大革命"中把他关进牛棚的一项罪名。然而，正是老局长这种观念使银州市公安干警因公死伤的比率在全国都是最低的。现在彭远大提出要派人深入地道里搜寻携带枪支的罪犯，太让老局长踌躇难决了。

彭远大说："我去，人防工事里面的构造我熟悉，我会小心的。"

老局长拍拍他："好娃娃，去也轮不到你。"他很喜欢彭远大，从碰到彭远大扛着一大麻袋衣服鞋袜满世界跑着一家一家找失主认领失物那一刻起，他就喜欢上这个二十来岁的小个子年轻人。但是彭远大在他眼睛里终究还是个孩子，他绝对不会让这样一个刚刚进入警察队伍不久的年轻孩子去冒生命危险。他也知道，现在自己面临的局面已经不允许他再犹豫了，如果再不采取断然措施，罪犯逃逸，可能失去生命的就不仅仅是几个公安干警，一支五六式冲锋枪再加三百多发子弹掌握在罪犯手里，可能发生的后果让人毛骨悚然。

"命令所有后备武装民兵立即包围所有已经封闭了的人防工事出口，发现犯罪嫌疑人鸣枪警告后对方如果不投降就就地击毙。命令公安部队立即抽调精锐力量到指挥部集合，立即从警犬队把最好的警犬调过来。"老局长连续下达几项命令，指挥部的人都知道，老局长已经下定决心，要派人进入地道进行搜捕了。

武装民兵为这种紧急行动提供了充足的人力资源，很快在前线指挥的政委就报告所有封闭的地道出口都已经被荷枪实弹的武装民兵包围起来，让老局长松了一口气的是，迄今为止在任何一个地道出口处还没有发现杨德彪的痕迹。公安部队的精锐很快在指挥部楼下集合待命了。老局长利用集合队伍的时间给他的驳壳枪压满了子弹，然后把枪挎上了他的肩膀。时代不同了，连彭远大这样的新警察都背上了五四式手枪，尽管那是一支子弹打出来会翻跟头的旧枪，可终究也是一支五四式。老局长却一直顽固地保留了一支驳壳枪。

驳壳枪的枪套是硬木制的，枪套的顶部有一个销口，枪把上也有一个销口，把枪把插到枪套的顶部，枪套就成了枪托，驳壳枪有了枪托就变成了一支微型冲锋枪。驳壳枪的弹夹也是两种，常用的短弹夹可以压进去二十发子弹，长弹夹可以压进去四十发子弹，老局长就是看好这种老掉牙的驳壳枪，虽然局里给他配了最新式的七九式小手枪，可是局长就是不喜欢，把七九式叫坤枪，说是给女人用的。五四式大一些，但是老局长说不能连发，功能不如驳壳枪，所以他一直在身边保留了一支驳壳枪。

老局长武装好了就吩咐副局长："你坐镇指挥，我带他们到下头看看。"

副局长大惊，起身撞翻了一杯茶水："您要干吗？您怎么能亲自带队呢？这件事情要向政委报告，没有他的批准你不能去，要去也得我去。"

老局长问："你打过仗吗？"

副局长尴尬地回答："没有。"

老局长朝楼下的方向指画了一下："那些战士打过仗吗？"

副局长明白了他的意思，说："虽然那些战士没有打过仗，可是人家受过训练，您不能去，我现在就给市委领导和政委打电话。"

老局长发火了："战士们没过仗，你也没打过仗，政委更没打过仗，这是去打仗。我这个唯一在战场上打过仗的老军人这个时候躲在沟子后头，让一群从来没打过仗的年轻娃娃去冒险，你是不是想让我后半辈子都活不好？让我被老百姓的唾沫星子淹死？你谁也别请示，就这么定了，我是现场总指挥。"

说完，老局长便朝楼下走去，彭远大急忙跟在了他的身后，老局长回过身来："你跟在我沟子后头干啥呢？""沟子"是陕西人对臀部的称呼，比普通话“屁股”和“臀部”更加形象地描绘出了人体那个部位的形状。

彭远大说：“我也去。”

老局长盯着他，幽深的眼球里活像射出了两根尖利的锥子一直刺进了他的心窝。彭远大紧张极了，他一向敬畏老局长，局长这种眼神他从来没有见过，由不得心脏就开始怦怦乱跳。转念想想，这是要求上战场，又不是要求当官涨工资，老局长不会因为这事骂人。同时，电影上革命战士主动请战的种种场面此刻浮现在彭远大脑海里，他甚至为自己的勇气感到自豪了，所以挺直了胸脯坦然地看着老局长。这时候他忽然发现，过去觉得高大、威严的老局长其实身材并不高，自己的眼睛完全可以跟他平视。

老局长微微叹息一声，说了一句：“小心点，注意安全。”然后转身就走。彭远大知道这是批准他参加行动了，急忙跟在老局长的“沟子”后面来到了指挥部楼下的广场上。

公安部队集合起来的精锐力量有三四十人，那时候没有武警，所谓的公安部队也不像现在的武警那样划归正式的军队系列，而是由公安机关领导，主要任务就是负责在那些太平无事的边境地区把守口岸，或者在监狱里看押犯人，还有的负责守卫一些重要部位和单位，例如桥梁、水库、炸药库等。武器装备并不好，战士配备的都是五六式半自动步枪，还不如武装民兵，武装民兵还有五六式冲锋枪、六五式班用机枪。穿的衣物也有些不伦不类，上半身是军装，下半身是警察的蓝裤子，合在一起倒有些像当时的空军，领章帽徽却又跟警察的一样。这支队伍前面还站着一支看上去懒洋洋的狼狗，一个驯犬员牵着拴狗的皮带蹲在狗的旁边，不时抚弄着狗头。

老局长来到集合起来的部队前面，便有一个战士跑步上前报告："公安部队银州市一中队三小队奉命集合完毕，请首长指示，三小队队长张金贵。"

彭远大根据集合起来的人数，猜测公安部队的一个中队大概等于军队的一个连，小队大概等于军队的一个排，这个小队长张金贵级别相当于军队里的排长。老局长站在队伍前面喊了一声"稍息"，然后开始讲话："同志们，我们今天要真枪实弹的和一名训练有素、携带冲锋枪和大量子弹的罪犯干一场，随时都有可能流血牺牲，你们怕不怕？"

战士们齐声回答："一不怕苦，二不怕死。"

老局长说："好，不怕死就好，但是我要说的是，不怕死不等于找死，同志们一定要严格遵守纪律，第一要注意保护好自己，第二才是消灭敌人，如果敌人还没消灭，你们自己倒先牺牲了，在给你们佩戴奖章的时候，我还真得骂你们一声笨蛋。"

此话一出，队伍里的战士便笑了起来，老局长严肃地说："笑啥吗？这话一点儿也不可笑，真正的好战士就是既能保护自己，又能消灭敌人，当然，为了保护人民群众和国家利益，需要我们牺牲的时候我们当然要义无反顾，可是我给你们说，今天还没到那个时候，我们在方方面面都占有绝对优势，我们主要的任务就是搜索罪犯，如果发现罪犯的踪迹，首要的任务就是保护好自己，活着才能消灭敌人，这就是我们的口号。我们口号的先后次序是：保护自己，消灭敌人，保护自己在先，消灭敌人在后。给我大声背诵三遍：保护自己，消灭敌人。"

战士们连着呼喊了三次："保护自己，消灭敌人。"

老局长又说："行动中要时时刻刻记住你们平常训练的要领，把你们平时训练的本事都用上。最重要的就是绝对服从命令听指挥，绝对不允许逞能、争功。地道里空间狭窄，这么多人下去不像搜索像赶集，党员和参军两年以上的同志向前三步走。”

立刻有十几个人朝前走了三步，老局长说：“你们跟在我沟子后头先行进入，”又对小队长张金贵说：“其他的人由你带领跟在我们后头保持五分钟的距离，作预备队，随时准备支援我们，注意拉开距离，注意利用地形地物隐蔽，出发。”

战士们动作迅速地爬上了等在旁边的汽车上。这时候，副局长冲下楼喊道：“局长等一下，政委马上回来。”

政委一直在一线调兵遣将部署围捕杨德彪的行动，想必是接到副局长的电话追了过来。局长说：“政委来了也得我去，他也没打过仗，我命令你立刻回到指挥岗位上去。”然后在战士的帮助下也爬上了解放车的大厢上，跟战士们挤在一起。倒是那只警犬和驯犬员待遇最高，毫不客气地坐进了驾驶楼，汽车立刻向杨德彪钻进地道的那所学校驶去，他们的搜捕行动就从杨德彪进入地道的那个入口开始。

下了车，彭远大亦步亦趋地跟在局长“沟子”后，找到了地道入口，局长命令驯犬员:“搜索。”驯犬员扔了一身从杨德彪住处搜出来的内衣、内裤、臭鞋、烂袜子让警犬嗅了又嗅，然后就跟在军犬后面第一个进入了坑道。进入地道之后，局长又对公安部队的战士下达命令：“往后传，拉大距离，子弹上膛，锁住保险。”战士们立刻按照命令训练有素地抬起枪口，噼里啪啦拉枪栓上膛和噼噼剥剥锁定保险的声音响了一阵儿。

彭远大也掏出自己那支破枪，压上了子弹，然后关上了保险。这是他当警察以来，第一次在行动前掏枪并且把子弹推进枪膛，心情顿时紧张起来，喘息的频率也加快了。

局长轻拍他的肩臂说："行进中一定要保持枪口朝下，防止误伤。战士们用的是长枪，行进中枪口又都朝上，地道上部全是钢筋水泥，万一走火跳弹会伤人。你用手枪，如果遇到突发情况出枪方便，怕就怕一紧张忘了打开保险，所以可以把保险打开，但是一定要枪口朝向地面。"

在这么紧张的情况下，局长还抽出时间谆谆教诲，让彭远大心里热辣辣的，险些哭出来。局长跟在驯犬员后面担心地问："时间过去这么久，气味不会散光了吧？"

驯犬员信心十足："没问题，地道里空气流通慢，再过十天气味都散失不了。"仿佛是在证实他的话，警犬突然兴奋起来，双耳竖起，低声吼着朝前奔去，驯犬员说了一声："有了。"然后跟着警犬向前跑去。局长连忙下令："跟上。"大家便成两路纵队紧贴着地道两边的墙壁鱼贯跟进。

根据指挥部的命令，人防工事里的照明全开，灯火通明，行进中毫无障碍。奔过了几个坑道口，大概跑了十几分钟之后，不知道出了什么事情，突然断电了，地道里顿时陷入一片黑暗之中，突然没了照明，人们一下子什么也看不见了，只好停了下来，好在人防公室设计时考虑得十分周到，每隔十来米就有一盏充电应急照明灯，过了一阵儿大家适应了应急照明灯昏暗的灯光，能够勉强辨识路途了，就又开始跟在警犬后面匆匆行进。彭远大跟在局长后面磕磕绊绊地跑，战士们有意无意地把局长往后挤，他们是好心，想要保护局长的安全，局长又要挤到前面指挥，两下里就有点像较劲竞赛，前进速度越来越快。

彭远大跑得气喘吁吁，脚底下不知道绊到了什么，"扑通"一声摔了个狗吃屎，下巴磕到地上，牙齿咬破了舌头，疼得他眼冒金星，等到他爬起来，别人已经都失去了踪影。地道四通八达，彭远大晕头转向，只好听声辨向，跟在后面急急追赶，追了一阵儿越追越远，有一阵儿根本连人家的声音都听不到了。彭远大只好停下脚步，静静倾听，想捕捉到局长他们的声音然后继续追赶。地道里灯光能照到的地方地面上有黄腊腊的光晕，灯光照不到的地方一片漆黑，墙壁上有渗出的水珠滴滴答答地滴落下来，彭远大开始感到恐惧，似乎到处都有藏身于隐秘处的妖魔鬼怪在偷觑着他。这个时候他甚至希望杨德彪出现在面前，起码杨德彪还是个人，跟彭远大属于同类，比那些看不见摸不着也不知道长相却能钻进人心里的妖魔鬼怪恐怖程度还低一些。

就在这时，彭远大听到前方左手的岔道里传来了脚步声，心里顿时轻松起来，肯定是老局长派人回来找他了，便赶紧起身拍拍身上的尘土，朝声响传过来的坑道走去。刚刚转过拐角，对面黑森森地窜出一个人来，二话不说哗啦啦就是一排子弹扫了过来。坑道里笼声，枪声格外响，震耳欲聋的枪声让彭远大感觉似乎有无数柄大锤狠命敲击着他的耳鼓，同时脑袋顶上就像有一团炙热的烈火燎过，本来就已经非常紧张的彭远大吓晕了，双腿一软就地跪倒，两腿中间一股暖流潺潺而出顺着大腿汩汩流淌下来。瞬间，彭远大对杨德彪产生了切齿的仇恨：好容易搞定了董晓兰，这一下没机会娶她了。强烈的仇恨指挥着他的双手端起了那支子弹打出去会翻跟头的五四式手枪，扣动扳机，砰砰砰连开三枪……彭远大在丧失意识之前，听到前面有人痛苦地叫骂了一声“肏你妈”，然后传来“扑通”一声震响，好像地道塌方了。再过后，彭远大脑海中董晓兰的倩影就像清晨的雾气渐渐消失，彭远大什么也不知道了。

局长带领人马跟在警犬后面追踪，杨德彪反追踪的能力极强，犹如飘忽不定的幽灵，怎么也追不上。不过局长这个时候反而大大地放心了，不管怎么说，杨德彪没有从地道里逃逸出去，事情还没有恶化到不可控制的地步。他便命令和警犬同样激动亢奋急于建功立业的战士们不要急躁，稳扎稳打，只要咬住罪犯就行，彻底搞清情况之后，在适当的时候再采取进一步的措施。

这时候，不知道杨德彪采取了什么反追踪技术，弄得狗鼻子失灵，警犬原地转圈，任凭驯犬员心急火燎地拼命喊："嗅、嗅、嗅……"就是不再前进，就地兜着圈子团团转，不像一只警犬，倒像一条袖珍毛驴在拉一个无形的磨盘。在这紧要关头，最让局长揪心的是彭远大不知道什么时候失踪了。局长想派两个战士回去找，又怕这些毫无实战经验的战士碰上杨德彪来个肉包子打狗有去无回。局长痛悔不及，他当时想，即便碰上杨德彪，有自己保护，彭远大也不会有什么严重的危险，这一次实战对彭远大是一次难得的锻炼机会，甚至可以让他受益终生，没成想他却没影了。局长这时候反倒希望彭远大是个软蛋熊包，下地道以后心里害怕又偷偷跑回去，这阵已经跑回了指挥部。

局长眼睁睁看着做出拉磨动作的警犬一筹莫展，地道里突然传来了爆响的枪声，枪声回音沉重，活像在人耳边上敲大鼓。经验丰富的老局长在密集的五六式冲锋枪射击的间歇声中，听到了五四式手枪单薄的咳嗽。局长的心像被人扔下万丈深渊的石头，一个劲朝下沉却总也落不到底："完了，小彭完了。"老局长在心里默念着，答案显而易见，彭远大那样一个进入公安局不过才两三年的警察，靠一只破旧的五四式手枪，怎么能同经过严格训练而且火力比他强大得多的特务连侦查兵对抗呢？

这就像一只刚刚长出犄角的小山羊，企图对抗强壮的大灰狼，可想而知的结局让老局长心惊肉跳。他知道，这一生自己的灵魂将被一层阴影永远笼罩，那就是对同意彭远大进入地道搜捕罪犯这个错误决定永生永世的追悔。

地道里四通八达，枪声回音缭绕，谁也听不出枪声到底是从什么地方传过来的。战士们很听话地按照训练场上的要求在枪响的同时迅即卧倒，此刻一个个爬在地上扬起脑袋，活像一群刚刚爬上岸的海豹，眼巴巴地等着老局长下达下一步的行动命令。老局长为彭远大可能已经命丧敌手的推测扰乱了心神，呆呆地站在那里，他也不知道该朝哪个方向前进了。此刻那条在地上转了无数圈圈让人看着头晕的警犬却突然亢奋起来，浑身的毛发蓬松耸立，吼叫着猛然朝前方扑过去，差点儿挣脱了驯犬员牵着的皮带。原来，这条警犬曾经受过检查爆炸物品的训练，此刻嗅到了射击散发出来的火药味，便本能地朝散发出火药味的地方冲了过去。

老局长连忙命令大家紧紧跟在警犬后面，朝出事地点突击。奔跑了五分钟，眼前的情景让所有的人都惊呆了：彭远大倒在地上，满头满脸鲜血，手里还紧紧握着手枪，向前做出射击的姿势。在他前方十多米的地方，一个壮汉满身鲜血仰面朝天躺在地上，一支五六式冲锋枪远远抛在脑袋的上方，两只手朝上伸得笔直，既像是投降，又像拼命想把那支枪捡回来……

“局长，人还都活着。”一个战士向老局长报告了喜讯，老局长趋前用手背在彭远大鼻孔下面探了一探，鼻息悠长，呼吸稳定，果然还是个活的。老局长腿一软一屁股坐到了地上，疲倦地挥挥手吩咐道：“快，把人都抬上去再说。”

3

彭远大没有死，甚至连重伤都算不上，他的昏迷主要是过于紧张和恐惧造成的。医生检查过后，发现他的创伤就是脑袋上面那道被子弹犁出来的沟，满脸鲜血就是那道沟流出来的。又发现他裤裆湿乎乎的，以为下体受伤，经检查湿乎乎的液体是尿液，下体完整无损。

原来，杨德彪是特务连训练出来的士兵，打冲枪是侦察兵训练的基本科目。所谓打冲枪就是边冲锋边打枪，根本用不着瞄准，甩手出枪就要射击。平时训练打冲枪要根据人体身高的概率，以一米七五为基准，因为人类男性的身高以一米七五最为普遍。冲枪射击的部位集中在胸部以上，最好是头部，头部可以一枪毙命。打冲枪的要领就是以射击基准为主，以目视射击为辅，因为在紧急情况下，或者在夜间，更多的情况下是你根本没有看清对手就得开枪。杨德彪是一个训练有素的优秀士兵，他打冲枪根本不屑于以胸部为基准，都是以头部为目标。那天他处在被围捕的境地，精神高度紧张，地道里光线暗淡，与彭远大突然遭遇，首先看到的是彭远大印在墙壁上高大歪斜的阴影，他便本能地按照长期训练养成的习惯出枪就打，也是他倒霉，碰到了彭远大这个小个子，他射击的部位是头部，彭远大恰恰比正常男人的身高低了半个脑袋，再加上他在地道里行进，本能地就弯腰弓背，这样一来身高比正常男人又低了半个脑袋。结果杨德彪射出去的子弹就像一扇耙犁，在彭远大的脑袋顶上犁了一遍，几乎把他的头发全部剃掉，其中最低的一颗子弹在彭远大的脑袋顶部犁出了一道五毫米深的沟渠，而彭远大本身却并没有受到致命伤害。反而是彭远大倒下之后射出的三枪全部击中了杨德彪的腹部，距离很近，枪弹强大的冲击力把他掀翻在地，昏晕过去。结果，彭远大以自己被吓得跪倒在地尿了裤子却成功放翻强大敌手的生动战例，彻底颠覆了两军相逢勇者胜的兵家名言。

杨德彪也没有死，彭远大的三枪都没有射中他的要害，但是创口比正常的枪伤大了许多。正常的子弹出膛之后都是旋转着前进，彭远大的枪太老膛线已经磨损，子弹射出之后是翻着跟头前进，这种枪准头受影响，射程也不远，被打中了创口却很大，结果给杨德彪多放了两三百毫升血。审判的时候，经过法医鉴定，专家复审，确认杨德彪患了一种心因性偏执狂精神病，老是幻觉自己仍然在部队上服役，却又没有枪，便千方百计从武装民兵的枪库里偷了一支枪，结果引发了这样一场惊天大案。法院根据这个事实，依据法律没有追究杨德彪的刑事责任，杨德彪被送进了精神病院。

彭远大在医院里住了一个星期就出院了，但是从此以后他的脑袋顶部就留下了一道沟痕，永远不能再长出头发了，彭远大只好把小平头改成了分头，倒显得比过去成熟、文气了许多。

如此重大的盗枪案被银州警方在短短三十个小时之内侦破，人枪并获，警察、武装民兵没有一人牺牲，因而受到了公安部的通令嘉奖，银州市公安局荣立集体三等功，彭远大荣获一等功胸章，奖金一千块。那个年代一千块钱可不是个小数，彭远大得了便宜偷着乐，拿着奖金领着董晓兰旅行结婚，回老家看望父母，剩下的钱还买了一个金戒指套在董晓兰手上。

公安局皆大欢喜，那个缠手的大金锭案就此再没有人提及了，开始紧锣密鼓地进行人事机构改革，过去的各种组一概撤销，成立了各种各样的科室、队办。确定刑警队副队长人选的时候，局领导发生了意见分歧，有人写了匿名信，揭发彭远大胆小如鼠，面对杨德彪的时候吓得尿了裤子，并且质问：这样的人怎么能立功受奖，怎么能担任刑警队的领导工作。

那个年代极左思潮还没有彻底清除干净，彭远大临阵尿裤子的问题被提到阶级立场、政治立场、革命意志的高度受到某些人的攻讦。老局长极力主张提拔彭远大担任刑警队副队长，行政级别副科级，其他副局长包括政委受到这种攻讦的影响，对此提议持保留态度，谁也不敢明确表态支持老局长的意见。老局长发怒了，在全局大会上开始骂人："现在有些人就是占着茅坑不拉屎，还胡说八道，写匿名信臭别人，啥东西嘛。我看这种人就是裤裆里的虱子，不但咬人而且低级加缺德。说我们冒着生命危险抓获盗枪罪犯的功臣尿裤子了，是胆小鬼，你倒是没尿裤子，可是你连罪犯的影子都没见着。尿裤子咋了？胆小鬼咋了？老子第一回上战场枪一响就尿裤子了，现在照样给你们当局长。除了死人不知道害怕，谁没有害怕胆小的时候？就连精神病见了医生手里的电击棍还吓得直哆嗦呢。人家胆小，可是人家把罪犯抓住了，你胆大，抓个罪犯让我看看啊！还写匿名信，有本事当面站出来跟我辩论，看看你能不能用你那套歪理邪说说服我……"

老局长在全局大会上一顿臭骂，骂得公安局人人自危，老牛第一个跑过来问彭远大："局长骂的是我吧？那天晚上我他妈怎么就睡着了。"那天晚上老牛和大李子在指挥部睡得香甜，彭远大走得匆忙，也没想到叫他们，等他们一觉醒来，彭远大和杨德彪都已经被送进了医院。

彭远大说："好啊，匿名信是你老牛写的啊。"

老牛连忙赌咒："要是我写的让我生个儿子没屁眼。"

彭远大说："你没写匿名信局长怎么会骂你？局长骂的是写匿名信的人，有人抢吃抢喝还没听说过抢骂的。"

老牛说："看来真的不是骂我，那我就放心了。"

局长发了一通怒火，彻底平息了公安局机构改革和干部提拔的暗潮，镇压了不同意见，彭远大在第二次局务会议上顺利通过，被任命为银州市公安局刑警队副队长，成为公安局科级干部里资历最浅、年龄最小、个头最小的科级干部。

大李子坐在凳子上给黄小龙讲彭远大的光辉历史，却没讲彭远大尿裤子的情节，彭远大主动交代，自己把尿裤子的情节补充了进去。讲的过程中不知道什么时候庄文明也进来了，庄文明插话说："彭局，如果说刚才我听大李子讲你抓捕那个叫杨德彪的家伙时候佩服你，听你自己讲了尿裤子的事就更佩服你了。"

彭远大说："有什么可值得佩服的？佩服我尿裤子？"

庄文明说："你们老局长说得对，除了死人不知道害怕，没有人不知道害怕的。只要是高级动物，就都会有恐惧、胆怯的时候，这是进化过程中形成的自我保护机制，根本没什么可丢人的，你能吓得尿裤子，说明你生理机能健全，有的人吓得尿不出来，结果得了尿潴留、尿毒症，那才是生理上有问题呢。"

几个人正说着，林所长走了进来，见彭远大用一块大毛巾裹着脑袋，嘿嘿笑了："我老婆每次洗完澡就这个样儿，没想到彭局也有这个习惯。"

彭远大说："我脑袋受过伤，见了水之后如果不赶快用毛巾裹起来，容易头疼。"

林所长问："什么时候受的伤？严重不严重？"

庄文明说："你来晚了，我们刚刚听了彭局长勇擒盗枪犯的故事，过瘾，好听，那个时候彭局长才刚刚二十来岁啊，当警察才刚刚两年多一点啊，抓捕一个部队特务连转业下来又偷了一只五六式冲锋枪和三百发子弹的罪犯的时候……"

眼见着他又要把大李子刚刚讲过的事情再重复一遍，彭远大急忙打断了他："林所长这个时候来，肯定有重要事，你暂停吧。"

林所长果然带来了好消息："可靠情报，今天傍晚吴水库回家了。"

一听这话，彭远大、大李子、黄小龙还有庄文明立刻像屁股底下装了弹簧而这个时候弹簧又同时弹开一样齐刷刷蹦了起来："真的？"

林所长说："当然是真的，我已经亲自过去核实过了，那家伙正在家里喝面线糊呢。"喝面线糊是闽南人的习惯，哪怕是百万富翁，回到了家里，第一碗也要喝面线糊。

大李子和黄小龙立刻收拾枪械："现在动手吧？"

彭远大征求林所长的意见："你说呢？"

林所长却没有像他们那么激动，不慌不忙地点着一支烟坐到凳子上吸着，愁眉苦脸做沉思状，如果给雕塑家做模特，完全可以雕出一具中国的思想者。

彭远大问他："怎么了林所长，有问题吗？"

林所长说："是有一点儿问题啦。"

其余人异口同声地追问："什么问题？"

林所长说："你们可能不懂得，在我们这边的这种村厝里，家族宗亲势力很强，法制观念淡薄，很多人家过去都搞过走私生意，又形成了一种相互包庇、联合抗法的传统，曾经有过海关和公安联合办案，到村里来抓捕走私犯罪嫌疑人，结果嫌疑人被抢了回去不说，还有两个海关人员受伤。俗话说法不治众，那些当时动手打伤执法人员的村民拘留了几天也就又放了，结果那个走私犯罪嫌疑人却跑了，到现在还没抓住。"

这种事情彭远大他们也听说过，但是由于有当地公安机关配合，所以也就没有把这个问题看得太重，听了林所长的介绍，他们才开始觉得棘手。他们三个人再算上庄文明，一共才四个人，即使林所长能出于公心全力维护，那也不过才五个人，这个村子有二三十户人家，每家人又大都保留了数代同堂的传统风俗，因此每家人口少则数人多则数十人，如果真的发生冲突，面对这些群众他们不能动用武器，人数又少，很可能会发生林所长说的那种情况，不但没抓着人家，自己反而让人家给抓了。

"那怎么办？我们不能就这样空手回去啊。"大李子急了，在这里像傻老婆等蔫汉子，死熬了三四天，好容易把人等回来了，却又不能动手抓，难怪大李子着急。

林所长说："人是肯定要抓的，不然我们到这干吗来了？关键是怎么个抓法。"

彭远大说："要喝地里水，先问本地鬼，林所长你说。"

林所长苦笑："彭局把我当鬼了。"

彭远大嘿嘿一笑："我是打个比方，你是当地人，情况熟，又是公安英模，肯定有办法。"

林所长说："彭局，你就别拿我打哈哈了，你以为我不知道你的底细啊，二十多年前，对了，就是80年年初吧？你们银州市发生的那桩震惊全国的盗枪案，不就是你抓获的犯罪嫌疑人吗？那个时候你就荣立一等功了，我哪里敢跟你比。”

大李子说：“好啊，刚才我给他们讲故事，你躲在外面偷听是不是？”

林所长说：“我不用偷听，当时我刚刚参加工作，在派出所当民警，就学习过你们彭局的事迹。”

大李子转身对彭远大说：“彭局，看不出来你的名声很大啊！”

彭远大叹息一声：“好汉不提当年勇，再说了，哪个人不是既有过五关、斩六将的辉煌，也有走麦城、马失前蹄的狼狈？现在我们干吗来了？不就是当年走麦城的结果吗？算了，别讨论这些事了，还是说说眼前怎么办吧。”

庄文明仍然忍不住问了大李子一声：“听你刚才讲的意思，破那个案子的时候你也在场，你当时怎么没立个功？”

大李子嘿嘿傻笑，脸红得像一张超级大柿饼：“我睡着了，一觉醒来彭局他们把罪犯都抓回来了。”

彭远大盯着林所长不放：“林所长，你说说该怎么办？”

林所长说：“我说两个方案，一个是想办法把吴水库调出来，就说你们想跟他谈走私摩托车的事，把他引到南安城里再动手抓捕。”

彭远大沉吟片刻摇摇头说：“这个方案恐怕不行，贼没赃硬似钢，我们光抓了他的人，没拿到他的赃物，他一口咬定死不承认，我们又没有确凿的证据，怎么办？我估计像他这种人，必然会继承农民式的储藏习惯，财物肯定会隐藏在家里，放在外面任何地方他都不会踏实，也只有放在家里心理上才会有那种实实在在的占有感，我的想法是，在对他实施抓捕的同时，对他的家展开搜查。”

林所长说：“彭局说的很有道理，但是这样做的难度很大。马上通知市局派人过来支援，与此同时我们进入他们家里，先把他们家的所有人严格控制起来，不准他们出门，切断他们一切对外联系手段，同时就开始搜查、突审，这一切都在他家里关上门秘密进行，等到市局的支援力量到达以后，立刻带着吴水库撤离。不过这么做多多少少有些违反政策，人家家里人终究不是犯罪嫌疑人，到时候万一人家反咬一口到纪检部门告我们，多多少少也是一场麻烦。”

彭远大说：“这倒不是什么大问题，到时候我们带着人一走了之，你们把所有责任一概推到我们身上，我们银州市离这儿上千公里，打官司、上访我们都不怕他。”

庄文明说：“我们等市局支援警力到达以后再动手行不行？”

林所长说：“不行，没有不透风的墙，现在跑风漏气更是常规，市委常委会在那边开，这边就知道会议内容了，那么多警察朝这里进发，怎么可能不透风声？夜长梦多，这种事情绝对不能等，万一吴水库听到风声一跑了之，再想找到他就难了。”

庄文明嘿嘿笑着问林所长：“林所长，市委常委在那边开会你这边就能知道会议内容？快给我说说，最近讨论我的提拔问题没有？”

林所长瞪了他一眼说：“讨论了，要提拔你当市公安局局长，就是现在的局长没地方安排，你帮市委找个地方把局长处置了，马上就提拔你。”

两个人在那里拿提拔局长开玩笑，却勾起了彭远大的心事，这几天缩在这个小山沟里，没办法跟外界联系，也不知道银州市公安局局长最终由谁当了，反正自己是没戏了。想到这里，由不得就有些失落，脸上也僵僵的。林所长年纪大，观察力强，彭远大神态的变化马上引起了他的注意，关心地问：“彭局，有什么不妥吗？”

大李子跟了彭远大半辈子，对他最为了解，插话说：“我们彭局这次抓了吴水库丢了正局长。”

庄文明和林所长一起问：“怎么回事儿？”

大李子说：“我们出来以后，局长不幸殉职，现在家里正在为谁当局长闹腾呢，如果我们彭局在家，凭破案率、资历、口碑还都有一争，现在可好，人家在那边热热闹闹地竞争局长，彭局带着我们两个在这小山沟里啃地瓜。”

林所长说：“怎么可能啃地瓜？天天有鱼有肉啊。”

大李子说：“我也就是那么形容一下，意思跟你说那边开常委会你这边就能知道内容是一回事儿。”

庄文明说：“我这个人信命，命里该有的，不想要都不行，命里没有的，即便抢到手了，也得付出代价。让我说啊，如果你们银州市人民群众真的想要一个好局长，彭局就是最合适的人选。”

黄小龙年轻，人家说这种事情他一般不插嘴，这时候也忍不住说了一句：“人民喜欢谁没用，得领导喜欢才行。”

大李子说：“那是，可是怎么样才能让领导喜欢就是一门学问了，如果哪个大学开一门专业，专门讲如何让领导喜欢，肯定热门。”

黄小龙说：“孤陋寡闻，这门课已经有了，官场关系学，不过不在大学上，得到官场上亲自实践才行。”

彭远大见他们认真研究起提拔干部这个迄今为止谁也没搞明白的理

论问题，即好笑又心烦，极力排除心里的杂念说：“谁不想升官？关键是升官为什么，不就为的是更好地发挥自己的作用，体现自己的价值吗？现在需要我们干好的最现实的事情就是顺利抓捕吴水库，搜到他的赃证，别的再研究也没用。我同意林所长的第二方案，我们五个人进入吴水库家里，把他们家控制起来，然后关上门办案，等到支援警力到达以后，我们再押解他离开。林所长，拜托你给市局通个电话，马上请求支援。通电话的时候一定小心，别让别人听到。”彭远大也知道，在这里跟外界通电话要到村委会去打，如果打电话的时候让别人听到了，通知吴水库那就前功尽弃了。

林所长微微一笑胸有成竹地说：“我已经通知局里了，最晚明天傍晚支援警力就会到达，现在就看我们的了。”

庄文明拍了他一巴掌：“你个老林，原来早就谋划好了，还假谦虚，让我们彭局选择什么第一方案第二方案的。”

林所长说：“这就叫英雄所见略同，我就知道彭局肯定选择第二个方案，懂了没有？这就是让领导喜欢的诀窍之一，明明知道领导怎么想，也别让领导觉得你比他高明，明明替领导把一切都安排好了，还要让领导觉得是自己拍板作出的决策。”

大李子逗他：“你这么内行，怎么才混到派出所所长的位置上，而且还是个乡镇派出所的所长。”

林所长说：“正因为我内行，才能在这儿当派出所所长，不然早就让人家连根拔走了。”

庄文明说：“大李子你这就外行了，我们林猪食同志如果想到市里坐机关或者当哪个分局局长，十年前就去了。猪食嘛，离不开农村，城里又不让养猪，他去了就没作用了，所以他根本就不去。这才是真正的高人。”

彭远大说：“这个高人就是品德高尚的人的简称。好了，闲话就此打住，我们开始行动，林所长，庄警官，你们两位还有什么要提醒的？”

林所长和庄文明都没什么可说的了，彭远大就彻底甩开脑子里当局长的贪念，振作起精神说：“好，行动。”

4

天已经黑透，这里不是城市，没有路灯，村民又有早睡的习惯，所以到处都黑黢黢的。几个人在林所长的带领下，大模大样地朝吴水库家里走，一路上村民养的狗一家接一家地吠了起来，活像军队里的传令兵在传递口令。林所长悄声对彭远大说：“这里的村民养狗非常普遍，其中一个重要原因就是提防外人特别是政府机关的人偷偷潜入进来。我敢说现在每一家大门后面都有人看我们。”

彭远大担心地说：“那我们不是没办法采取秘密行动了。”

林所长说：“我们不要紧，我就是本地人，你们这几天在村里出来进去大家都知道是要搞走私摩托车的，所以看到是我们就没人管了，还有一个好处，别人知道你们是做那种生意的，你们进吴水库家了，别人也不会过来察看，避免吴水库家里人反感，这种生意不管怎么说总是要背人的，做的人不愿意让别人知道，怕别人撬行，别的人也不愿意掺和，怕惹上麻烦。”

大李子说：“我的妈啊，这个村子那不成了黑窝子了吗？”

林所长说："也不能这么说，山区农民太苦了，改革开放了，各显神通自找财路。其间免不了有人做一些违法生意，大多数还是靠出卖苦力挣钱。村里人真正要防的不是你们这样的人，而是乡镇干部。乡镇干部到村里来收款催费有些做法过于粗暴，老百姓恨得要死。可是乡镇干部也满肚子苦水，收费催款都是上级下的任务，他们不收也不行，收，老百姓骂娘，不收，上级那一关又过不了，完成不了任务不但工资奖金不保，甚至连工作都有可能丢掉，唉，这就是国情，怪圈。"

几个人说说叨叨的就来到了吴水库家门前，林所长说："我从正面叫门，把他们家人和狗的注意力都吸引过来，你们几个翻墙进去，把他们家所有人控制起来，就按我们定的方案办。"

事到临头庄文明有些迟疑了："老林，真这么干？这可是违反纪律的。"

林所长说："为了找到国家丢的那块大金锭，小小不然地违反点政策纪律也顾不得了，就像彭局说的，有人追究大不了把责任推到他们这些外地同志身上，谁还能跑上几千里找他们打官司去？在他们的地盘上打官司也赢不了。如果最后确定真是吴水库作的案，想必他们也不敢找我们的麻烦。快点，别啰唆了。"说着就开始敲门，看门狗立刻狂吠起来。

彭远大几个人就绕到院墙后面，七手八脚地爬到了墙上，然后踢哩扑通地跳到了院子里。这时候就听到前门传来了林所长跟主人的对话声："干你老，回来了也不说一声，那几个生意朋友等了这么些天，再不回来老子就不管了，就那么几个回扣真不值得。"

开门的正是吴水库，听到林所长这么说，显然有些发懵，磕磕巴巴地问："什么生意？"

林说长大声说："什么生意进去了再说，干你老，在大门口谈什么生意？你就让我在大门口跟你说话啊？”

吴水库便客气地把他往里面让：“那就进来泡茶吧。”

林所长故意这么大声说话，就是要让邻居们都听到，如果邻居们真的在偷窥他们，便会以为这些人就是来找吴水库谈生意的，也就不会关注他们的行动了。林所长边说边进了院子，然后回身把大门关严实，又掏出一根摩托车链条锁把大门反锁了，吴水库惊异地问：“林家的，你这是干什么？做什么生意？你不是派出所所长吗，跟我谈什么生意？”

林所长说：“派出所所长就不挣钱了？我要跟你谈谈收购金子的生意呢。”

吴水库一听到这话才知道情况不妙，转身就往后院跑，刚好碰上彭远大几个人从里院跳墙进来堵了个正着，林所长介绍说：“这就是吴水库。”

大李子和黄小龙二话不说，扑过去扭住吴水库就把他给铐上了。吴水库挣扎着喊叫起来：“你们要干什么？你们要干什么？快来人啊，警察抓人了……”

彭远大随手从地上捡起一块石头，塞进了他的嘴，吴水库喊不出声，拼命扭动着身子，嘴里呜噜着，喉头还发出嘶嘶啦啦的声音，活像一头拼命想从屠夫手中逃脱的大肥猪。吴水库一喊，应声从另几间屋里冲出男女老少一帮人，呼喊吆喝着冲了过来，有几个男性手里还挥舞着棍棒。庄文明用闽南话对他们喊：“干你老，老实点，我们可不是警察，我们是海上来的，吴水库前些年从我们手里拿了货，到现在不给钱，今天再不把账清明白，我们就他妈的把你们家的房子给卖了。”

这里的人民不怕警察，因为警察是人民的，要讲政策、讲法律，不敢胡来。但是他们怕“海上来的”，海上来的就是走私团伙，无法无天胡作非为，这就叫鬼也怕恶人，鬼都怕恶人刁民就更怕了。那一伙男女老少听了庄文明的话便踯躅不前，却也不撤退，跟彭远大他们对峙起来。他们之中自然有人认得林所长，看到林所长便疑惑不解地问：“林家的，你是警察啊，怎么跟这些人在一起？”

林所长说：“领工资的时候是警察，赚钱的时候就是海上的。”

他这么说的目的就是要让吴水库的家属们认为这些人真的是海上的，他虽然是警察，暗地里却也跟这些人勾结在一起做走私生意。这种情况在警察队伍里也不是没有发生过，当地人做走私生意如果跟警察、海关一点儿关系都没有，根本就不可能做得下来。林所长这么一说，吴水库的家属们也知道确实有警察海关和走私犯勾结的事，再加上山里人终究老实单纯，也就相信了。他们说的都是闽南语，彭远大三个内地警察一句话也听不懂，满耳朵听到的都是“干你老”。庄文明听懂了，心里暗暗叹息：他妈的，老林又把我们警察的名声败坏了一次。不过这也是没办法的事情，如果这家人真的把他们认作海上来的走私犯，就不敢胡来，怕这些人伤害他们，甚至烧他们的房子，如果确定这些人就是警察，那可就会不怕死地混闹一场，不把吴水库抢回去不会罢休，他们也知道，跟警察闹事警察不敢把他们怎么样，大不了过后拉到派出所的隔离室关几天，没有生命危险。跟海上来的人闹起来，存在家破人亡的风险。

镇住了吴水库的家属，彭远大几个人就连推带拉地把吴水库朝堂屋里弄，那些人原本堵在前面，听说吴水库欠人家的钱，人家这是来要钱的，既怕闹起来让村里人笑话，说他们家欠钱不还，又怕这伙人凶性大发把家里人祸害了，迟疑不决间就把路让了开来。彭远大几个人把吴水库半拖半抬地弄进堂屋，随即关紧了屋门。家属们也跟了过来围在房门外窗跟前窥视。林所长叫上庄文明、大李子，连骂带吓唬地把吴水库的家里人都赶进了厢房，从外面锁上了房门。

彭远大安排黄小龙在门外看守，自己开始抓紧时间突审吴水库。他把石头从吴水库嘴里掏了出来，吴水库立刻张嘴要大声喊叫，彭远大马上作势要把石头再塞进他的嘴里，吴水库连忙把嘴闭得紧紧的，牙关咬得紧紧的。

彭远大问："知道我们为什么找你吗？"

吴水库茫然地说："我什么时候欠你们钱了？这几年我根本就冇做那个生意，你们到底是干什么的？刚才林家的说要跟我做金子生意，你们又说要让我还账，到底要干什么？"原来他刚才听林所长说他们是海上来的，真信了，这阵又想起来刚刚碰到林所长的时候林所长说找他做收购金子的生意，一时间头晕脑涨，真的弄不清他们到底是干什么的了。

彭远大说："明白告诉你，我们是银州市公安局的，还用我告诉你我们要干什么吗？"

吴水库眨巴着眼睛说："银州市公安局的？这么远你们跑到这儿干吗？我从来冇去过银州啊。"

彭远大说："你去没去过我现在先不说，吴水道你认识不？"

吴水库说："认识啊，他是我二哥。"

彭远大说："是他让我们来找你。"

吴水库惊愣了，两只眼睛瞪得活像咸鸭蛋："你说什么？我二哥让你们来的？他不是早就死了吗？"

彭远大觉得这个家伙并不是个精明人，有点傻乎乎的，再往深里想想，也就恍然了，如果他不傻，也就不会拿着偷来的高纯度金子到银行去兑换了。既然这家伙傻，彭远大就开始连蒙带哄:“你以为他真死了？那是我们公安机关的计策，故意说他死了，就是等着你们露头呢，我们要的是金子，要你没用，还得浪费粮食，说，金子呢？”

吴水库反问他：“什么金子？我冇金子。”

彭远大说：“就是你拿到银行兑换的金子，别装了，银行的监控录像早就把你拍下来了。你二哥早就交代了，当初就是你们把金锭给偷跑了，我们找了你们二十多年了，你想想，没有确凿的证据我们会跑几千里路来抓你吗？快说，金子放哪儿了？”

彭远大迄今为止还弄不清楚吴水道到底是跟他们同谋作案，还是他们作案吴水道并不清楚，所以说到他们偷金子的时候就含糊其辞，只说吴水道当初就交代了，是他们把金子给偷跑了，至于他们到底包括谁，那就靠吴水库自己琢磨了。

傻人往往认死理儿，吴水库一口咬定他不知道什么金子，还是那条规律，贼没赃硬似钢，认死理的贼没有赃嘴就更是特种钢。这一点警察都懂得，所以彭远大审问吴水库的时候，林所长就已经带着庄文明、大李子、黄小龙挨房间地搜查起来。

吴厝村已经通了电，林所长把所有的灯全部打开，屋里院外灯火通明，他们四个人搜查起来倒也视线良好。这是一个挺大的院落，房子都是红墙碧瓦、高脊飞檐，形状是闽南特有的风格，房子的门楣窗框都是花岗岩的，旧社会真正的大户人家，这种石头门框、门楣、窗框上都会雕刻上龙凤、花鸟、乌龟、王八种种表示吉祥富贵的图案，新近富裕起来的农民没有那种雅趣，可能也没有那笔开销，石头门框、门楣、窗框上什么图案也没有，光秃秃的好像还没有完工。红色的墙壁并不是红砖或者刷的红漆，而是贴满了红色的瓷砖。这种房子放在北方内地，农村人看了会以为是新装修的关帝庙，城里人看了会以为是民族风格的高级公共厕所。院子两旁是房间，一边四间，可能是取个四喜皆到的吉利，房间里没有住人，堆放着一些农家日常用的农具、家具、化肥、粮食、菜蔬等物品。

黄小龙到各个房间翻箱倒柜，把他在公安学校学到的搜查专业知识和电影上看到的日本鬼子、国民党搜查地下党的镜头结合起来，发挥得淋漓尽致。庄文明和大李子拿了铁锹、镐头在院子里从前往后敲敲打打的寻找地下藏宝洞。唯有林所长一头钻到后院的鸡窝、鸭棚、猪圈等处搜查。黄小龙折腾半天，每间房子的房梁都爬上去看了一遍，啥也没找到，看到没有一个人跟着他进到屋子里搜查，就又跑了出来喊大李子:“这里面有几个箱柜我搬不动，你过来帮一把。”

庄文明看黄小龙灰头土脑活像刚刚从洞里钻出来的鼹鼠，惊问:“你怎么搞的？弄成这样。”

黄小龙说:“你们净找轻活，院子平展展、光堂堂，能藏什么东西？我连房梁都上去找过了。”

大李子笑了：“梁上君子可不是你这种人干的。”

黄小龙说：“没心思跟你斗，快过来帮我一把。”

大李子刚要说什么，就听林所长在后院喊了起来:“过来，这边有了。”

几个人便一股脑儿地朝后院跑，只见林所长站在臭气熏天的猪圈里，裤腿挽得高高的，猪圈里的污泥浊水加粪便没到了他的小腿以上膝盖以下。黄小龙惊问：“林所长你这是干吗？”

林所长说："重下地，轻上房，贵重东西脏处藏，这是农村人藏东西的习惯，重的东西绝对不会往房梁上藏，轻的东西也绝对不会挖个坑藏，我们不是找金锭吗？还有什么比金子更重？更贵？我就到鸡窝、鸭棚、猪圈这些脏地方找，如果再找不到就准备到茅坑里摸了，还好，在这儿就摸到东西了，也不知道是不是，挖出来看看就知道了，你们快去找几把铁锹过来。"

黄小龙让林所长说呆了，站在那里默念："重下地，轻上房，贵重东西脏处藏，想一想还真是这么个道理，我他妈真傻，还爬到房梁上摸了个遍，难怪啥也没找到呢，不符合规律嘛。我这警官学校白念了。"

大李子说："你以为警官学校出来就是福尔摩斯啊？实践出真知，毛主席说的话就是真理。"说着转身就要跑去拿铁锹，庄文明精，来的时候随手就带着刚才用来敲击地面的铁锹，拦住他说："给，这有。"

大李子不接他的铁锹："给我干吗？给林所长"。

林所长说："你们三个能不能下来一个帮忙？我一个人不行，再找一把铁锹过来。"

大李子只好又跑去找铁锹，回来后，看到黄小龙和庄文明两个人站在猪圈外面旁观，林所长一个人在猪圈里奋力铲除猪粪，心中实在不忍，想骂黄小龙，又碍着庄文明，人家不管怎么说也是当地警方派来协助工作的，引起误会就很不好，只好忍下心头的怒气，三爪两把脱掉脚上的鞋和袜子，把裤腿挽到膝盖上，用力按着黄小龙的肩膀头翻身跳进了猪圈，和林所长一起干了起来。林所长还跟他客气："你下来干吗？我一个人就行了，大家一起都弄得臭烘烘的干什么。"

大李子跳进猪圈边学着他的样往外铲猪粪边说："你是协助我们工

作都不怕臭，我们怕臭还有什么脸当警察。”说着瞥了黄小龙一眼，黄小龙脸红红的活像经霜的柿子，没敢吱声。

林所长说：“你们跟我不一样，我从小就在农村跟猪一起滚大的，忘了我叫什么了？林猪食啊，林猪食还怕猪粪臭吗？不像你们，城里人讲卫生。”

大李子说：“你别说，我们局还真有一个副局长就叫蒋卫生，不过不是讲话的讲，是蒋介石的蒋。”

林所长说：“那他肯定也是从农村出来的，这种名字只有农村人会起，城里人不会起这种名字。”

黄小龙对林所长说：“林所长你上来我下去干一会儿。”

林所长说：“不用了，我们已经弄脏……快，就在这儿，你来试试。”说着把大李子往他跟前拉，又用脚拨着他的脚说：“你踩踩，这底下是不是有东西？刚才我插到的就是这儿。”

大李灶用脚在粪水下面蹚了一蹚高兴地喊：“绝对没错，就是它。”一高兴，顾不上用铁锹挖，两只手插进污泥粪便中就抠，抠了几下抠不起来，就喊林所长帮忙，林所长也把两只手插进猪粪里，两个人哼哼唧唧地使劲，发出来的声音活像两个便秘的人同时蹲在便桶上痛苦挣扎。片刻，他们抬出了一个沾满猪粪便的塑料袋。黄小龙和庄文明顾不上脏，连忙接了过来，扒掉塑料袋，里面露出一个黑坨子。黑坨子很重，只有一个人脑袋大，搬动起来却比一袋面还沉重，再加上沾满猪粪便，很滑，庄文明和黄小龙差点儿失手扔到地上。

林所长和大李子从猪圈里跳出来，几个人围了那块黑坨子看，都有些犯傻，掂着重量明明是金子，颜色却又是黑的。黄小龙急着找彭远大报功，用力抱起黑坨子就要走，林所长拦住了他："彭局正在审问那个家伙，你现在把这东西拿过去，万一不是你们要的金锭，就彻底砸锅了，还是先看看再说。"说着蹲下去撩起衣襟用力擦起黑坨子来，擦了几下，金锭就露出了黄灿灿的本色。

黄小龙判断："看样子他们是怕金锭太招眼，用墨汁把金锭染成黑色了。"林所长摇摇头："不会那么简单，墨汁在金子上不着色。不管这些了，还是先把情况给彭局长汇报一下，看彭局长怎么说，彭局长让把东西拿过去我们再拿过去。"

大李子对黄小龙说："看见什么是成熟的警察了吗？林所长就是，好好学着点。你不是急着报功吗？去吧。"

黄小龙却不动弹，看林所长，林所长点头："去吧，说话的时候别让吴水库听到了。"

黄小龙答应着跑去向彭远大报功，彭远大还在跟吴水库僵持，任凭彭远大威逼利诱、连蒙带吓，用尽了在没有确凿证据下企图逼迫犯罪嫌疑人交代问题的所有招数，吴水库一口咬定他根本不知道任何关于金锭的事情。彭远大心里着急，却又不能动用一些在银州市公安局可以采用的非正常审讯手段，明明知道这家伙曾经拿了高纯度的黄金到银行去兑换，他却死不承认，如果在他家里搜不到赃物，那就只好先把他押回市局再想其他办法了。

就在彭远大跟吴水库僵持不下一筹莫展口干舌燥的时候，黄小龙兴冲冲地冲了进来，彭远大一看他的神情就知道有结果了，果然，黄小龙扒到他的耳根子前头悄声说："找到了，有脑袋那么大一块，真沉啊。"

彭远大只觉得血液一下子就涌到了颅顶，太阳穴里头似乎一群小人儿敲鼓："真的？在什么地方？"

黄小龙说："猪圈里，藏在猪粪下面。"

彭远大随口说了一句："这家伙也真能想，怎么藏到那么个地方了。"

黄小龙现买现卖："农村人藏东西的习惯，重下地，轻上房，贵重东西脏处藏。"

彭远大盯了他一眼："嗯，有道理，不愧是警官学校毕业的。把东西拿过来让他看看，听听他还有什么可说的。"

黄小龙跑过去把大李子他们几个叫了过来，吴水库一看见他们搬着那块金锭，立刻就瘫了，原来被铐子铐在床头上，一下瘫坐在地，两只手就被高高吊在了床头上，仿佛正在向谁作揖求饶。他这个姿势让彭远大联想到了吴水道自杀时的情景，直接问吴水库："吴水道说他对这件事情啥也不知道，都是你们干的，是不是这样？"

吴水库马上反驳："他胡说八道，不是他指使，我们哪知道有这么一块大金子？那时候我和我三哥吴水渠到你们银州市卖电器，就是他联系的。去了以后，生意还不错，有一天我们到厂里找他，他就让我们看那块大金子，还对我们说：如果能把这块大金子搞到手，还用得着这么辛辛苦苦担惊受怕的走私电器，一辈子都够吃够喝了。他把我们说得动了心，就商量找机会偷金子。那天他们厂子接待大官，事先他就告诉我们，从厂子围墙外面偷偷进去，厂里肯定要拿那块大金子给大官看，让我们事先藏在会议室旁边的屋子里，到时候他给我们留个机会，由我们把大金子偷了先藏起来，等风声平息了我们三个人平分。那天等大官走的时候，所有人都去送，我们趁机就进到会议室，他果然把大金子扔在会议室的桌子上让我们搬，我们就把大金子偷跑了。偷了大金子我们也不敢回家，怕你们追到老家来，就四处躲藏，后来听说吴水道已经死了，这件事情公安局也放下了，风声过去了之后我们就把金子带回老家藏了起来。然后就躲到外面做生意，在外面混了十几年，五年前我三哥吴水渠出车祸死了，他活着的时候没把这件事情告诉任何人，怕走漏了风声，我一看他也死了，知道这件事情的就我一个人了，就想着把东西换成钱。这么大一块金子我也知道拿出去就得让人家抓，就想把金子化了变成小块找人卖，自己盖了一个小炉灶，刚开始用稻草烧，后来又用煤炭烧，金子结实得很，怎么也化不了，反而把金子都熏黑了。我怕再烧不但金子化不了，还得给烧成黑炭，就到外面找了一个师傅学着做金银首饰，学了两三年，才开始一点点地从大金子上割肉自己动手加工首饰，然后到处去卖，人家都不相信我的首饰是真金的，生意很难做，怎么也卖不了，我又急着用钱，就到银行去兑换，没想到让你们知道了。”

吴水库叽哩哇啦说的都是闽南话，彭远大他们三个银州警察根本一句也听不明白，期间只听到林所长骂了几声“干你老”，他们已经知道这是闽南人的口头语，原意是“干你老母”，“干你老”是省略、委婉用法。这句口头语并不是专门骂人的，闽南人好朋友见面了也会干你老干你老的打招呼。

据说某外国首脑到闽南某市访问，下了飞机时不时听到“干你老”三个字，外国首脑请教随行翻译“干你老”是什么意思。随行翻译糊弄他说：“这是闽南语，问你好的意思。”外国首脑反复念叨几遍，为自己刚下飞机就学会了一句闽南语而高兴。外国首脑到了宾馆大厅，市委、市政府的领导都等在那里迎候，外国首脑先跟市委书记握手问候：“干你老！”再跟市长握手问候：“干你老！”书记跟市长大懵大窘。外国首脑回到本国，向议会报告访华见闻和取得的成果，在庄严的议会大厦里，首脑开始卖弄自己学到的闽南话，面对全体议员第一句话就是："尊敬的各位议员先生、女士，干你老！" 这是题外话，讲出来供读者一哂。

林所长和庄文明给彭远大他们三个人当翻译，彭远大终于知道当年吴水道确实是畏罪自杀，并不是他们采取的隔离措施和审讯压力造成的，更不是以死来表明自己的清白，压在心头几十年的沉重负担突然卸了下来，蒙在心里几十年的阴影突然散去，由此想到了老局长也因此是背负了多年精神负担，心里波澜起伏，竟然有些想哭。

吴水库这家伙倒也有意思，没有拿到金锭的时候，死不交代，金锭拿到了，用不着审讯就主动全都交代了。这时候就听到院子里有动静，大李子警觉，一个箭步蹿了出去，只见两个男子已经把关押他们的房门从门框上卸下来，正在爬墙想逃跑。这里的房门门框都是石头的，门框上下两头有凿出来的凹孔，门扇上下两头也有预留的楔铆，楔铆上边的长，下边的短，装门的时候先把上面的插入门框的凹孔，然后再把下面的楔铆安放到门框下部的凹孔里，所以，如果把门扇朝上一抬，就可以把门板卸下来。大李子扑了过去，一把将一个男子从墙上拽了下来，而另一个人等到黄小龙、庄文明跑过来的时候，已经翻过墙头跑掉了。

大李子把那个抓回来的男人押回到屋里，装出凶神恶煞的样子吓唬吴家人："你们谁再敢跑，跑一个，老子就从没跑的人里选一个杀了。" 他说的是普通话，吴家人谁也想不到内地警察会到这么偏远的小山村里来抓人，更加相信他们真的是"海上的"，一个个顿时噤若寒蝉，哆哆嗦嗦的挤成了一团。

林所长看到跑了一个吴家人，脸色顿时严峻起来，对彭远大说："彭局长，可能会发生问题，如果刚才那个人把村里的人招来了，村里人冲进来抢人，我们的麻烦就大了。如果真的发生那种情况，我们守住院子，绝对不能暴露我们警察的身份，一口咬定我们是海上走私的，是到吴水库家来讨账的，跟他们拖延时间。”

彭远大说：“就这么办，现在我们几个轮流抓紧时间休息一下，等明天支援警力到了就好办了。”

于是几个人又把分别关押着吴水库和他家里人的房间重新检查了一遍，吴水库逃跑的可能性不大，他被用铐子牢牢地铐在铁床头上。他家里人不能用手铐，散装在房间里，只好又给房门加了一道锁，值班的人重点放在看守吴水库家属这边。然后五个人就分成两班轮流看守着吴水库和他的家人，等待市局派来的增援人员。

彭远大刚刚躺下，又想起一件事儿，马上爬起来叫林所长：“我刚才看那块金锭上有挺大的豁口，快问问吴水库，他把割下来做首饰的金子藏到哪儿了。”

吴水库在地上缩成一团已经入睡，林所长用脚把他踢醒：“干你老，割下来做成首饰的金子你藏到哪了？”

吴水道嘟囔了一句：“在厕所里。”又睡着了。

彭远大吩咐黄小龙和大李子：“你们俩到厕所看看，别打扰庄文明和林所长了，他们明天任务重着呢。”

林所长已经爬起来说：“没问题，走，一块去看看。”

俗话说吃得香，拉得臭，在所有哺乳动物里，人吃得最好，拉的屎也最臭，屎尿结合在一起的味道就更难让人接受。跟吴水库家的厕所相比，论味道，猪圈就是天堂。粪坑下面是化粪池，化粪池里屎尿沤成了团团串串的汤汁，冲鼻的臭臊味熏得人头昏，苍蝇飞舞着狂欢，蛆虫里出外进蠕动着肥胖的身躯，刚刚待了片刻黄小龙和大李子就忍不住干呕起来。这种地方林所长也不再勇于跳进去打捞了，跟黄小龙、大李子每人找了一根竹竿在粪坑里插来插去搅动着找金首饰。

黄小龙不耐烦了，骂道："他妈的，这得找到什么时候去？吴水库藏的，让他来找。"

林所长笑了："别说，这倒真是个好主意，我们怎么就没想到。"

大李子埋怨彭远大："彭局也真是的，一股劲儿地让我们来找，他怎么就没想到让吴水库自己来找呢。"

几个人便回身去叫吴水库来取他藏的金首饰。彭远大没敢睡觉，眼睁睁地盯着吴水库，深怕一个不小心他和吴水道一样来个畏罪自杀。林所长、大李子、黄小龙三个人一进屋，随身就带进来一股臭气，熏得彭远大憋气。

彭远大问："找着了？"

大李子说："粪坑那么深、那么臭，没法找，让吴水库自己去找。"说着几个人把吴水库弄醒，把他从床头上解下来，带着他去找了。吴水库迷迷糊糊地来到厕所，让臭气一熏马上就清醒了，先是解开裤腰带不慌不忙地尿了一泡，然后攀到厕所的墙头，探手到房梁上摸索片刻，拿下来一个塑料袋，交给了林所长。林所长和大李子、黄小龙面面相觑，林所长骂了一声："干你老，经验主义害死人。"原来他们都忘了，金首饰虽然也是金子，分量却轻得多，人家不可能扔到那么深的粪坑里藏起来，按照找金锭的思维惯性，一听说在厕所里，理所当然地就以为跟金锭一样藏在粪便的下面，结果守着粪坑忙乎了半天，如果不是叫来吴水库自己取，让臭大粪熏死他们也想不到到房梁上找金首饰。

至此，赃物全部找到，几个人欢天喜地地把吴水库仍然铐在床头上，大李子跟庄文明值班，彭远大和林所长、黄小龙就睡了。

下半夜，彭远大和林所长黄小龙换下了大李子和庄文明，继续值班，一夜平安，再没有发生什么问题，天一亮就出现了严重情况，外面开始有人用力砸门，气势汹汹，林所长爬到墙上朝外面一看，对彭远大说："来了。"

彭远大也爬上墙头朝外面偷觑，几十个男女老少村民围拢在大门前面，吵吵嚷嚷的要进来。林所长叫来庄文明让他跟村民对话，庄文明爬到墙头上对村民喊话："各位乡亲，你们别管这件事情，大家都是做生意的，吴水库前年从我们手里拿了一批货，值三十多万，货他卖了，到现在不给我们钱，我们是找他要货款的。杀人偿命，欠债还钱，天经地义，如果你们非要管这件事情，也可以，谁管谁替他还钱。"

一个年长者说："你们要钱没错，可是有话好好商量，你们不能把人家一家人都关起来，按照法律这是不允许的，是非法拘禁啊。"

庄文明嘿嘿冷笑："他们欠债不还就是合法的了？你们吴厝村要是这样办事，那也好，我们把你们村里人欠债不还，依仗人多赖账的事情拿到场面上说，看看今后还有谁敢跟你们吴厝村的人做生意。"

他这么一说，外面的男女老少就开始犹豫不决，不再急着往院子里冲。一个成年男子开始煽动："别听他说，他们是公安局的，林家的带来的，昨天夜里审了吴老四一夜，还要搜查什么东西，我都听到了，乡亲们，我们冲进去，不能让他们把我们村里的人带走。"这人估计便是昨天晚上从墙上翻过去跑掉的那个吴家人。

庄文明说："你们有本事就进来，谁见过光脚的怕穿鞋的？你们在这都是有家有业的人，只要你们敢冲，我们就敢扯烂裤裆鸟出来，把你们吴家的人一个个脱了衣裳挂在墙上展览给大伙看。"

这么一说那些人又开始犹豫，昨晚上跑出去的吴家人也不敢再煽动，深怕这伙人真的把他们家的男女老少一个个扒光了衣服晾到墙上让村里人大饱眼福，如果那样，今后他们一家在村里就没脸再住了。庄文明一看这一招有效，马上开始加码："干你老，都赶紧回家该干吗干吗去，不然我现在就先选一个女人脱光了让乡亲们看一看。"说着故意对墙里面喊："你们去抓一个女的出来，挑年轻的，我们让他们看看吴家的女人白不白。"

彭远大几个人听不懂他跟外面的老乡谈什么，还以为庄文明在对老乡们做政治思想工作，林所长听了忍不住就嘿嘿地笑，边笑边捏着鼻子用当地话大声回应："好，干你老，我这就去挑一个，你等着。"

外面有老成的年长者便开始说软话："不要这样，你们这样闹今后还让人家咋活人呢？"又对吴家跑出去报信的人说："你看咋办呢？不行就赶紧报警，我看这些人肯定不是警察，如果是警察他们怎么能祸害你们的老婆孩子呢？"

也有几个年轻后生想借机慰劳慰劳色眼，便哄闹着说："那你们就脱光一个让我们看一看，不脱我们就进去抢人啊。"

吴家逃出去的人就急了，大骂那几个年轻小伙，那几个小伙子就反过来骂他不是东西，求人帮他过来抢人，人家来了他又要退火撤灶。庄文明看见他们吵起来了，乐得坐山观虎斗，向彭远大汇报说："他们自己狗咬狗呢。"

彭远大和林所长商量："这么僵持下去不是个办法，实在不行就明告诉他们我们是警察，前来逮捕犯罪嫌疑人，谁要是阻拦抢人，我们就按妨害公务处理。或者找他们的村支书、村长出面帮我们做工作。"

林所长连连摇头："不行不行，你是不了解这里的民风，剽悍得很，认死理，不懂法，给他们讲大道理简直是对牛弹琴。支书和村长在这种情况下根本不敢出面替外人说话，如果说了，今后就永远别想再当选了。万一他们之间协调好了，真的往院里硬冲，我们既不敢动用武器，也不可能真的把人家的女人脱光了示众，那时候情况就危险了，弄不好不但我们前功尽弃，我们自己还得有损伤。我们再坚持一下，实在不行就往后山上撤。你们别闲待着，去做准备工作。"

彭远大问："做什么准备工作？"

林所长说："先到后面看看，院墙后面有没有人，如果没人，就找工具先把后墙刨开，不行我们就押着吴水库往后山上跑，等到支援警力到了再出来。"

彭远大一听就让大李子和黄小龙去做准备工作。大李子和黄小龙很快就转回来说后面也有村民盯着，如果他们现在挖墙，那些村民马上就会发现。林所长听他们这么一说，也只好放弃了从后面逃跑的计划。那些村民也挺有经验，吵了一阵儿也不知道谁从中说和了一下就不再吵了，但是既不往里冲，也不散伙，就那么不松不紧地在院墙外面围着，摆明了就是不放他们走。

时间慢慢过去，外面的人换班吃饭去了，里面林所长叫了一个吴家的妇女出来做饭，那个妇女焖了一大锅地瓜稀饭，几个人和吴家人一起唏哩呼噜地喝了一通。当地人习惯喝稀饭，彭远大这几个北方人却不习惯拿粥当饭，喝过以后，撒了几泡尿肚子觉得更空。也许外面的村民在吃饭的时候协商好了，也许有人别有用心的做了工作，刚刚吃过饭，外面的人便开始抬了一根不知谁家修房子用的大梁，嘿咻嘿咻地开始撞门了。庄文明急了，用各种方式吓唬人家，人家却不再听他的了，任凭他说什么人家也不答理，就是一个劲儿撞门。彭远大他们只好在院子里找来各种可以起到支撑作用的东西顶门，两下里相持不下，院门已经被撞击得东倒西歪，眼看着就坚持不住了，如果外面的村民一窝蜂冲进来，那种情况下什么事情都可能发生。

庄文明也从墙上撤了下来，协助他们跟外面的村民隔着门扇较劲。人家人多，使用的工具又得手，又粗又长的房梁每撞击一下大门，都把院墙震动得活像患了疟疾的病人一个劲儿发抖。

“不行就开枪警告！”彭远大征求林所长的意见。

林所长抬头看看天，太阳还在西山头挂着，离天黑还有一段时间，根据原来的估计，支援警力得到傍晚才能到达，如果现在开枪说不定还真能把这帮村民镇住一会儿，便点点头说：“只好先这样了。”

于是庄文明再次爬上墙对正在起劲撞击院门的村民喊道：“你们再不退后我们就不客气了。”说着掏出枪朝天放了两枪，然后偷偷关上保险，把枪口对准了村民。村民们让他的举动搞懵了，万万想不到海上来的走私犯居然带了枪，谁也怕死，尤其怕替别人去死，于是村民们扔下房梁，潮水般地退了下去。这时候不知道谁在后面喊了一声：“他们真的是警察，海上来的不敢带枪上岸。”

有人反驳道：“警察的枪照样能打死人，我们可不想白白送死。”

又有人争辩：“警察不敢真的开枪打人，我们都是老百姓，他们不敢对我们开枪。”

这话说动了村民，他们过去就有经验，知道警察不敢真的对老百姓开枪，犹豫了一阵，就有几个莽撞的试探着过来又抬起了房梁，庄文明只好又打开枪机保险朝天放了两枪。这两枪一放坏事了，村民们恍然大悟：“他们真的是警察，不敢对我们开枪，冲啊，抢人啊，我们村里的人不能让他们带走啊。”说着呼隆隆地冲了过来，七手八脚抬起房梁又开始撞击大门。可怜吴家的大门已经被撞得七零八落，终于再也承受不住轰隆一声坍塌下来。彭远大连忙招呼着大李子和黄小龙、林所长、庄文明往后院撤，进了关着吴水库的屋子，拽着他背着金锭准备朝后院跑。村民却已经冲将进来，把屋子团团围住，谁也别想出去了。彭远大真没见过这么刁蛮的村民，想到如果让他们把吴水库抢回去，几十年未破的积案在即将全面告破的时候功亏一篑，心里不由就怒火中烧，对着村民喊：“我警告你们，我们是银州市公安局前来抓捕通缉要犯的，如果你们再暴力抗法，我们就不再把你们当做普通老百姓，而是当做罪犯的同伙，那时候你们的性质就变了，可别怪我们执行法律。”说完了，当着村民的面下达了命令：“如果谁再朝前走一步，就开枪。”说完了又小声说了一句：“打腿打脚别往身上打。”

于是几个人便纷纷拔出枪来，堵在屋门口、窗口，把枪对准了村民。村民一听是外地警察，又开始犹豫不决，他们弄不清楚光是本地警察不敢对老百姓开枪，还是所有警察都不敢对老百姓开枪，如果外地警察不管那一套，真的朝他们开枪，他们可受不了。这时候刚才争先抬起房梁撞门的莽撞分子又想试探，一个身高和彭远大差不多，体格却横向发展极为壮悍的小伙子率先冲了过来，彭远大果断开枪，子弹从他的脑袋上方呼啸而过，小伙子吓坏了，“扑通”一声跪倒在地，大李子又朝那帮人的脑袋上方开了两枪，村民还是怕死，一见他们真的开枪了，又见那个小伙子随着枪响应声倒地，以为他们真的把人打倒了，这才惊慌失措地朝外面逃散了。

彭远大抢先开枪，就是怕别人的枪法不准，紧张之下打到人的要害部位。他经过杨德彪那件事情以后，曾经狠下决心练过一阵枪法，对自己的枪法很有信心，这才抢先朝那个人的脑袋上方开枪，避免别人开枪，造成伤亡，把事情闹得不可收拾。

林所长说："我们还是得赶紧想办法，你们不了解这里的村民，他们绝对不肯罢休的。"

彭远大说："就是，我们还是按照你提的方案从后院突围吧，他们人多，如果继续闹下去，我们太被动了。"

于是林所长就带了他们押着吴水库趁村民惊魂未定的时候，跑到了到后院，也不管外面是不是有人看着，开始用镐头扒墙。墙还没扒开，就听到前面又传出了村民的呼喊吆喝声，显见他们又重新集结起来，要强行劫人了。庄文明跑到前院偷偷一看，禁不住倒吸了一口冷气，村民们这一回都拿了铁锹、锄头、棍棒之类的武器，看样子刚才吓退了之后，现在又鼓起勇气要跟他们决战了。难怪林所长说这里的山民民风剽悍，警察抓了他们的人，又冲他们开枪吓唬他们，他们也生气动火了，绝对不会善罢甘休。

"快跑吧，村民们这一回可是跟我们玩真的了。"庄文明对彭远大说。彭远大也紧张到了极点，刚才的一幕在这种混打混闹的情况下不可能重演，真的朝村民开枪杀人，他们是绝对不敢的。所以现在只能寄希望尽快扒开后院墙，朝后山逃跑。实在不行就暂时把吴水库扔下，只要把赃物保管好就行了，过后再想办法抓捕他。想到到手的鸭子还没下锅煮就要飞了，彭远大沮丧极了，忍不住骂道:“干你老，真是穷山恶水出刁民。”

院墙扒开了一个大洞，大李子率先探出脑袋观察，刚刚探出脑袋，就觉得一股冷风朝脑袋上袭来，大李子在警察队伍里混了这么多年，起码的自我防范意识还是足够用的，感到冷风袭来，连忙缩回脑袋，一把锄头擦着他的头皮砍到了地面上。

“我的妈呀，这帮王八蛋，我们对他们手下留情，他们对我们是毫不留情啊，老子要不是退得快，脑袋就开瓢了。”大李子惊魂未定，彭远大心里却凉了，人家已经把守住了后院墙，看样子村民是要跟他们玩命了。这时候村民们已经从前院扑了过来，几个人眼睁睁地看着村民迫近，却无可奈何。彭远大忍痛下达了最后的命令：“把吴水库铐死了，我们从墙上翻出去撤退，等到支援警力到了再返回来收拾他。”

黄小龙便把吴水库铐到了猪食槽的铁环上，然后几个人就翻到了墙头上，墙外果然有一些村民拿着锄头、铁锹、棍棒之类的凶器守候在那里，林所长对村民们说：“算了，我们把人放了，你们也给我们让开一条道，别把我们逼急了，真的动枪，死的还是你们。”

村民见他们果然没有押解吴水库，便迟迟疑疑地开始动弹着往后面撤退。彭远大等他们退到安全距离之后，正要往墙下面跳，却听到前院响起了一排枪声，紧接着传来了一片鬼哭狼嚎的声音，其中还夹杂着喝令声：“放下手里的武器！”“原地蹲下不准乱动！”“谁动就逮捕谁！”……

林所长反应很快，马上对彭远大说：“我们的人到了，快，把吴水库控制住。”

庄文明和大李子马上跳到院里，吴水库正拖着沉重的猪食槽活像一只被夹住前爪的老鼠拖着老鼠夹子正在挣扎着朝外面逃，庄文明和大李子扑过去把他按住了。

外边有人喊：“林所长，你们还好吗？你们在哪里？”

林所长连忙应声：“我们在后院，没事，好着呢。”

说话间一帮警察手里拿着警棍、电棒之类的警械跑了过来，见到这些警察，彭远大几个人深深松了一口气，这才觉得浑身上下就像虚脱了一样，腿软软地撑不住身子，一个个就地蹲了下来。

一个警长过来问道：“哪一位是彭局长？”

彭远大挣扎着起身应道：“我就是。”

警长给他敬了个礼说：“彭局长，我们市局接到你们银州市市领导的电话，让你尽快返回。”

彭远大说：“马上就走，多一天我也待不住了。”

几个人跟在前来支援的警察身后押着吴水库来到前院，院子里蹲满了闹事的村民，几个警察端着枪看押着他们，彭远大问：“没伤人吧？”

带队的警官说：“没有，我们朝天放了一排枪，他们看我们人多，就老实了，不老实我们还有这家伙呢。”说着扬了扬手里的电警棍。

彭远大知道随时情况都会有变化，尽管现在支援的队伍到了，但是如果村民真的暴动起来，就很难避免伤亡了。于是几个人赶紧在警察们的护卫下押着吴水库离开了这个民风剽悍无法无天的小山村。

1

自从范局死了之后，罪犯们好像变得消停起来，社会治安状况没有局长反而比有局长的时候大为好转。如今公安局的机构设置越来越细致，越来越专业，各负其责各司其职，不像过去什么事情都得派刑警队出面。彭远大临走的时候追踪调查的贩毒案线索已经移交给了缉毒处，一般性的治安案件有治安处和各分局、派出所管，公安局刑警队最近一段时间挺清闲，没有新发什么特别重大的案子，也没有什么值得刑警队紧急出动的突发事件，所以刑警队的警察们难得有了正常上下班的机会。上了班以后也有机会在办公室里扎堆聊天。聊天时老牛就成了热门人物，他经历的事多，肚子里的料也就多，话更多，没事干的刑警就都聚到老牛那间跟教室一样大的办公室吹牛。

老牛那张脸已经被岁月熬成了磨损严重的布鞋底子，布满了横七竖八的皱纹，却又没有几根胡子，让人经常怀疑他跟太监一个性别。他五十六七了，面临退休，队长王远志想把他从刑警队支派出去，省下一个空位换个新人进来。请示彭远大，彭远大又请示老牛，老牛哭了，说他这一辈子都是在刑警队干过来的，虽然没有破过什么大案子，文化程度也不高，可是对刑警队太有感情了，离开刑警队他不知道活着还有什么意义。彭远大想起了他这半辈子跟老牛一起度过的不蹉跎岁月，一时也动了感情，转身骂了王远志一通，让他彻底打消了让老牛提前退休的念头。但是老牛终究年纪大了，工作能力一辈子也没提得起来，不但动不了腿，动嘴也不在行，让他办事，一般情况下都会把本来很简单的事情闹得很复杂，把难办的事情变得根本没办法办，所以王远志干脆让他管内勤，名义上是管内勤，但文秘档案、案情资料的管理，人员工资、加班、补贴、保健等涉及刑警切身利益的收入计算，撰写一般性的报告、请示等，这些属于内勤的事他一样也干不了，一样也不愿意干，队里还得占用一个编制专门安排一朵警花做这些事情。

今天队长王远志刚刚让组织部干部考核小组找去谈话，回来后刑警队的人们都眼睁睁地盯着他察言观色，好像王远志已经知道谁当局长了。小赵捺不住性子，首先发问："队长，能不能透漏点情况？我们彭局有没有希望？"

王远志没办法回答这个问题，瞪了他一眼没吭声。老牛老调重弹："唉，这一回我们彭局没戏了，这么关键的时候他出什么差啊？这就是命，都怪我给他起了个局长大人的外号，又叫了几十年，把他那点福气叫薄了。"

刑警副队长大钱烦了："老是这么一句烦不烦？你再提这茬我跟你急啊。"

老牛哪里是让他这个后辈晚生的人？马上反击："你懂个屁，别以为你是副队长，你急我就怕了？年轻轻动不动还跟我玩横的。"

副队长大钱还要跟他计较，王远志制止了："干吗？谁再吵吵我按扰乱办公秩序扣他奖金。”

队里的刑警郭半仙说：“你们都别操闲心了，老牛说得更没道理，我已经推算过了，这一把除了彭局别人谁也别想沾边。”郭半仙是队里的中年警察，平时爱看周易八卦、风水解梦、麻衣神算之类的书籍，动不动就给人看相算命，尤其爱给女同志看手相、捏骨称命，说起这方面的话题一套一套的，有的人说他是打着算命捏骨看手相的旗号进行性骚扰，也有人说他算得准，有道行。不管信和不信，大家都把他叫郭半仙。

一听郭半仙这话大家都兴奋起来：“真的？说说你是怎么算的。”

队长王远志也来了兴趣，凑过来说：“半仙说得要是有道理，中午我请客。”

大家都希望彭远大能提升局长，因为刑警队归彭远大管，彭远大自己又是从刑警队熬上去的，谁不希望跟自己关系近、熟悉的领导得到提升呢？别的好处不说，起码说话办事少一些拘谨。当然，其他部门也相应地希望自己的主管领导能够担任公安局局长，道理、心情跟刑警队一样。政治处、纪检监察、警务监督以及工会团委的人都希望主管领导蒋卫生能上去，分局和出入境管理以及户籍、内保科这些部门的人大都希望主管自己的副局长姚开放得到提升，刑警队、禁毒处和治安处的人自然都拥护的彭远大，副局长庄扬自有后勤处、培训队和训练基地的那帮人拥戴。这样一来，本来好好的公安局就有些很不好的迹象出来，过去关系挺好的几个部门之间，有意无意地就开始疏离，也经常会无缘无故地因为一些小小不然的事情发生龃龉，这种情况就更加重了大家对局长人选的强烈关注，好像谁的主管领导当了局长，谁就赢了似的。当然，也有相当一部分人对这个问题看得比较透彻，心胸比较豁达，抱着不管谁当局长，我们都照样跑腿挣工资的心态，对此不太关心，该干吗照样干吗。

所以当郭半仙振振有词地说彭远大肯定能当局长的时候，大家便精神一振，过去从来不信他这一套的王远志也忍不住想听听他的了。郭半仙说：“你们回顾一下我们公安局的历任局长有没有一个共同的特点？”

大家让他说得云山雾罩，摸不着头脑，小赵、副队长大钱、老牛都开始掰着手指头盘算历任局长的共同点在哪里，小赵抢着说：“我知道，历任局长的共同特点就是他们都是男的。”

副队长大钱不以为然：“这不能算，我们的小花朵肯定当不了局长，为什么？警察这个职业特点决定了，这是男人的事业。”小花朵是为刑警队管内务的警花。

王远志驳斥他：“胡说八道，我们的学习榜样任长霞不就是女的？人家那公安局局长当的，多出彩。”

老牛不紧不慢地说：“我们历任局长还真有个特色，都是小矮个。”

副队长大钱又一次否定了：“不对，邢局长个头就高，有一米七八吧？”

邢局长原来是分管刑侦、治安的副局长，老局长离休之后接班当了局长，上任之后跟局办公室的女打字员大洋马打得火热，经常在局长办公室里做“工间操”，这个地方的“操”应该念去声，有两次还让人不尴不尬地碰上了，群众影响极坏。那个时候党组织对这种事情管得严，风声大了二话不说就地撤职，他也没脸再上班，自动离职跑买卖去了。由于他任职时间很短，大家已经把他遗忘了，副队长大钱倒还能想得起来。老牛说：“说的就是啊，不就是因为他个头大，干了几天就垮了吗？剩下的几任我给你算算。老局长你们有的人没见过，身材胖墩墩的也就是一米六五左右，老罗后面的李局长身高算过得去的，也不过才一米六八，再后来的局长没有一个个头超过一米六七的，刚刚去世的范局你们都见过，多高？”

小赵说：“我知道，也是一米六五。”

老牛又说：“彭局多高？”

依然是小赵回答：“一米六五左右。”

郭半仙说：“姜还是老的辣，真让老牛蒙对了，想在银州市公安局当局长，个头超过一米七的待不住。你们知道为什么吗？这和风水有关系，你们看没看我们公安局后面那座山？叫什么？”

副队长大钱说：“叫半截峰啊。”

郭半仙得意扬扬：“这不就对了，什么叫半截峰？就是比起别的山它只能算半截。你们再看看我们公安局的大门，看出名堂了没有？”

王远志说：“我天天进来出去好几趟，还真没注意我们公安局的大门有什么特点。”

郭半仙又说了：“我们公安局的大门门墩低，别的单位的门墩都有一人高，起码跟围墙的高度是平的，我们公安局大门门墩比围墙低了半截，也不知道是谁设计的，这也许就是命里注定的事儿。”

王远志叹息了一声：“要是真的像你说得这么回事儿，彭局倒还真有希望，别看他不在，俗话说有福之人不着忙，无福之人跑断肠。可是，这一来我就惨了，永远也没希望了。”王远志个头高，足有一米七八，让郭半仙一说，他倒真的有些沮丧了，即便这一回彭远大当上了局长，他顺势也提一级当个副局长，可是再想当局长就难了，按照郭半仙的说法他的个头超标准了，不符合公安局的风水。

郭半仙说：“你别担心，到时候我给你破解一下就成了。”

王远志说："你真的有办法破解？"

郭半仙摇头晃脑地说："什么风水都有办法破解，咱们公安局的就更好办了，把现在的门墩子推倒重来，加高到比围墙还突出一米左右，再在下面垫上两块从半截峰山顶上挖来的石头，风水就变了，非得你这样的高个儿才能当局长。"

小赵说："真的？那我们现在就办这件事儿，改造大门墩去。"

郭半仙认真地说："现在可不行，现在风水变了对彭局不好，得等到轮到王队长的时候再说。"

老牛说："不管半仙说得是真是假，我们都得全当是真的，这件事[illegible]不能外传，要是哪个副局长知道了，把风水破了，彭局不就彻底[illegible]

几个人便赌咒发誓，谁也不把这件事情说出去，谁说出去谁就上马路让汽车压死，游泳就让水淹死，吃饭就让饭噎死，有屁放不出来憋死。正说的热闹，副局长姚开放在门口探了探脑袋，然后走了进来，大家连忙起身迎接打招呼，姚开放堆了满脸的笑容问候大家："你们刑警队可是我们局里最辛苦的啊，难得有这么清闲的时间坐在一起交流沟通啊，说什么呢？我也一起听听。"边说边掏出一包中华烟给大家散了一圈。

几个人便不再说风水问题，跟姚开放胡诌八扯了一阵儿，姚开放聊了一阵儿也就起身告别，临走把剩下的半包中华烟扔给了王远志说："你们说话要小心啊，刚才我来的时候，看见庄局和那个私处在你们门口呢，不知道他们要干什么。"

王远志说："没事，我们又不说反动话，谁爱听谁听。"姚开放嘿嘿一笑走了。

王远志纳闷道：“姚局怎么突然这么大方了，过去整天抽的就是双喜烟，跟他要一根烟抽就像抽他的肋条骨，今天拿中华烟到处撒。”

老牛说：“这还用问，现在是什么时候？关键时刻，组织部正在考核领导班子，他还要靠我们这些群众打分呢，能不对我们大方一点儿吗？我敢肯定，如果谁提出来让他请一顿，他肯定二话不说就答应，说不定还巴不得请我们呢。”

刚说到这儿，副局长庄扬又踅了进来，照样也是笑眯眯地跟每个人打招呼：“说什么呢？谁巴不得请你们啊？”说着，又给每个人散烟，居然也是大中华，刑警队的人都傻了，老牛是油条，忍不住就说：“大家伙前段时间都累坏了，现在事情不多，有时间了，就在这[illegible]局在家，我们就让他请我们吃一顿。”说着，朝王远志[illegible]思是说，你就等着吃吧。果然庄扬一听这话马上慷慨激昂地说：“你们刑警队这么辛苦，难得有几天清静，彭局不在我替他请你们，说，地方由你们挑，选时不如撞时，就今天晚上，下班以后。”

老牛说：“兄弟们，庄局要请我们，你们想吃什么？谁有平常想吃又舍不得吃的，还不赶快让庄局请着吃一把。”

几个人便七嘴八舌的选地方，有的要吃海鲜，有的要吃川菜，有的要吃湘菜，各说各的，吵得面红耳赤。警花说：“我看你们谁都别争了，什么海鲜、川菜的，那都是中国菜，我们来点新鲜的，让庄局请我们吃西餐好不好？”

庄扬制止了大家的争吵：“好了，就此打住，女士优先，就听我们警花的，晚上罗曼蒂克西餐厅，六点半整，不见不散。”

罗曼蒂克西餐厅是银州市最为豪华、最为正宗的西餐厅，也是价格最昂贵的西餐厅，一般市民既不习惯吃西餐，也嫌价格贵，很少光顾。去的大都是故作风雅的暴发户或者是真正有钱有那份雅兴的白领，还有一些谈恋爱的男孩子在女朋友面前强充大瓣蒜，偶尔到此一游，忍痛挨宰。今天庄扬一口答应到这里宴请刑警队的弟兄，倒让大家有些出乎意料。

庄扬说："就这样定了，晚上见，我还有事不耽误你们的时间了。"说完就走了。

庄扬一走，刑警队的人们哈哈大笑起来，老牛说："庄局请我们吃饭的事情谁也不准保密，逢人就说，我敢保证，从现在开始，直到新局长上任之前，我们的饭局断不了。"

王远志感叹："老牛啊，我那时候想让你提前退休真是错误，还是彭局英明，没有你，我们哪能这样轻轻松松让局领导出血啊！"

副队长大钱说："队长你不会这么天真吧？现在领导请客哪有自己花钱的？签个单回来报销不就完了？你还以为领导真的会自己出血啊。"

王远志说："那倒也是，不过领导能为我们签一回单也就不错了。"

老牛说："这得感谢组织部，要是组织部天天考核领导班子，天天让我们给领导画圈，那就太棒了，我们虽然不敢说能实现四项基本原则，起码工资可以基本不动了。"现在流传的话儿说，当了领导，抽烟基本靠送，喝酒基本靠供，工资基本不动，老婆基本不用，概括为四项基本原则。

老牛这么一说，大伙就哄声齐呼："感谢组织部！"

当天晚上大家一起到了罗曼蒂克西餐厅，庄扬按时驾临，陪同的还有司光荣。经过省城之旅以后，司光荣和庄扬的关系空前紧密，两个人几乎形影不离，活像一对同性恋。那天在省城，他们联络了省委组织部刘副部长以后，便急匆匆地赶到了梦巴黎歌舞厅，会见省人大张副主任。按照庄扬的想法，到歌舞厅肯定就是要唱歌泡小姐，如果仅仅是出钱帮张副主任泡泡小姐就能让他帮忙办那么大的事儿，根本就不现实。但是看看司光荣胸有成竹的样儿，他也就没有细问，现在他已经彻底服气了，司光荣这家伙在官场活动能力上，确实比他庄扬强过百倍。他现在最想的倒不是能不能马上从这位省人大副主任那儿得到什么承诺或者有效的帮助，他也不相信仅仅凭这位省人大副主任就能决定银州市公安局局长的人选。省人大和银州市中间拐的弯太大，省人大不可能决定银州市干部的选拔使用，充其量也就是通过张副主任适当地施加一些影响，而且还完全是通过私人感情方面的因素做工作，正常的程序和工作关系，省人大和银州市任命公安局局长不搭界。这一点常识庄扬还是有的。他现在的目标已经由司光荣点透了，要善于经营，稳扎稳打地在官场上经营出自己的一片天地来。至于省人大张副主任到底能让他在这次公安局局长的任命中借多大力，他倒也不那么迫切了。他现在最想看的倒是司光荣通过什么方式跟省人大张副主任谈这件事情，而这位张副主任又怎么应付司光荣。

让庄扬没有想到的是，他们来到了梦巴黎歌舞厅进了包厢以后，既没有点歌也没有找三陪小姐，司光荣对着领班的耳朵嘀咕了一阵儿，领班就出去了，片刻有几个服务生抬了一张麻将桌摆到了包厢里。

庄扬这才问："不唱歌啊？打麻将怎么找这种地方？"

司光荣诡秘地一笑说："萝卜白菜，各有所爱，跟领导打交道，不知道领导的嗜好怎么行？"

正说着张主任来了，司光荣便热情洋溢地给庄扬和张副主任两人作了介绍，张副主任握了庄扬的手也是热情洋溢地说：“久仰大名，就是没有谋面，今天认识你很高兴。”

庄扬见这人敞亮热情，心里的拘谨消退了，便也很谦虚地说了些客气话，不外乎早就听说过张副主任，今天有幸认识非常高兴，今后请多多指教等一些场面话儿。

几个人直接就坐到了麻将桌前面，司光荣就开门见山地说了起来：“张副主任，我今天和庄局来找您真有事请您帮忙。”

张副主任说：“啥事？是不是你们公安局局长的事情？”

司光荣夸张地惊叹：“到底是领导，料事如神啊。我们庄局一直在政法战线工作，坚持原则，为人正直，业务精通，这些都用不着我多说了，现在的社会现实你也知道，再好的人没有后台、没有靠山想上也难。你为人正直，好主持正义打抱不平，我们庄局的事情你一定要主持公道，帮着说句公道话啊。”

张副主任竟然毫不犹豫就满口答应了：“没问题，你们市人大曾主任跟我很熟，曾聪明嘛，没问题，我专门跟他谈谈。”

司光荣愁眉苦脸地说：“还真有问题，就是这位曾主任跟我们庄局过不去。那一年，我们庄局在检察院工作，坚持正义，抗诉了曾主任小舅子判的一桩案子，后来又调查出他小舅子收受贿赂、徇私枉法的问题，结果他小舅子被开除出政法队伍。曾主任就对我们庄局有了意见，设了个套儿，假意提拔我们庄局到法院当庭长，结果人事关系过去了，到市人大却给卡住了，搞得我们庄局上不去下不来，所以我们现在最担心的就是曾主任那一关。”

张副主任哈哈笑着说：“想不到老曾还有这么一手，过去真没看出来。

没关系，我直接给他说，这一回他要是再挟嫌报复，我可就对不住他了。放心，他欠我的人情大着呢，再说了，好多人大方面的工作他也得靠我们支持，我的面子他看也得看，不看也得看。不过我可不敢给你们打保票，人大这边应该是没什么问题，如果实在有问题我们就派督导组过去实施上级人大对下级人大的监督权，可是你们在市委、组织部那边也得积极做好工作，人家不提名，别说市人大了，就是省人大也没办法。”

司光荣连忙说：“这当然，我们该做的工作自然会去做的。”

听着他们俩对话，庄扬觉得自己活像在云里雾里，这种事情过去他连想都不敢想，更别说做了，现在居然让司光荣轻轻松松地就说了、做了，而且得到的答复竟然这样直截了当充分肯定，如果不是摆在面前的现实，他真的会以为自己是在做梦。这时候进来了一位风姿绰约的半老徐娘，浓妆艳抹，袒露着象牙一样光洁白润的肩膊，款款而来，姿态优雅地坐到了张主任身旁的座位上。见到她，张副主任两眼放光，精神立刻亢奋起来。

司光荣给庄扬介绍：“梦巴黎歌舞厅的冯老板，”又向冯老板介绍庄扬，“我们银州市公安局的副局长，未来的局长庄扬。”

冯老板欠身伸过玉手跟庄扬握了一握：“欢迎庄局长大驾光临，服务不周到的地方尽管说话。”然后叫来服务生吩咐：“上茶点酒水。”又专门对庄扬解释：“今天庄局长头一起光临，茶点酒水都是我们梦巴黎奉送的。”

张副主任哈哈大笑着说：“还是庄局长有面子，我常来常往的可没见你奉送过什么东西啊。”

冯老板嫣然一笑，贝齿在灯光下熠熠闪光：“张主任到我们这儿别说茶点酒水了，什么东西收过您的钱？”说完之后娇嗔地说：“真没良心。”她这话一说，张副主任好像得了什么好彩头似的哈哈大笑起来。

很快各式茶点和啤酒饮料酒流水般地端了上来。司光荣请示张副主任：“现在人齐了，我们开始吧？”

张副主任兴致勃勃急不可耐地说：“开始开始，还是打八圈吧。”

于是立刻有服务生送过来一副汉白玉的麻将牌，几个人开始哗啦啦地洗牌码牌……

那一晚上，庄扬眼睁睁地跟司光荣输掉了两万多块，这时候庄扬才算明白这又是一种不令送礼双方尴尬的手段，也就不再像在老重庆时那么肉疼，心甘情愿地陪着张副主任玩到凌晨五点多钟。后来司光荣告诉他，那个冯老板是张副主任的情妇，其实他们输的钱人家张副主任一分钱也不会要，最终都落到了冯老板的腰包里。这样做张副主任比自己拿钱更高兴，因为张副主任根本不缺那几个钱。

庄扬当时奇怪地问司光荣：“张主任多大的官啊，想找啥样的小姐没有，怎么偏偏找这么一个半老徐娘？”

司光荣嘿嘿一笑：“萝卜青菜，各有所爱，再说了，你可能还不知道，现在流行熟女，成熟的女人更有味道。”庄扬想起冯老板的样子，不能不承认，这位冯老板身上确实更有女人味儿。看来这位张主任还真是一个有品位的男人。

省城跑了一趟之后，立刻就有了效果，市里开局级以上干部大会，组织部部长关原和人大主任曾聪明过去见了他这个排名最后一位的公安局副局长根本就不会答理，即便走个正对面也不过浅浅地点头而过。在这次会议上，两位市主要领导居然不约而同地来到他的座位前面跟他握手寒暄，让庄扬受宠若惊，他知道，省城那边已经有了动作，所以这边也就有了反应。后来，司光荣又领着他到市里几位领导家里跑了一圈，效果也很不错，唯一的遗憾就是市委书记吴修治那里没有落实，据司光荣说，跟吴修治他确实说不上话："那个人已经快下了，干不了两年，现在已经跛脚了，不太管事情，干部主要还是关原说了算。"这是司光荣的解释，庄扬相信他说的是实话，谁都知道，吴修治已经过了五十八岁，提拔不可能了，在他那个级别上六十岁到杠是死规矩。

刑警队的人能到的全部都到了，反而是队长王远志没能按时来，打他的手机说是有重要事情，过一阵儿才能到，让大家先吃别等他。于是各人就点了自己相中的西餐套餐开吃。吃西餐非常麻烦，刀枪剑戟、大盘小碗、各种酒杯摆了一桌子。每个人脖子上都被围上了雪白的餐巾，看上去活像幼儿园里一群正在等着开饭的孩子，而服务员就像给孩子们分食品的阿姨。一帮人边吃边聊，聊着聊着就聊到了彭远大身上，由彭远大身上聊着聊着就又聊到了干部考核问题，司光荣问庄扬："彭局不在家，他的考核怎么办？"

庄扬说："能怎么办？我们说了也不算，就看人家组织部门怎么处理了。"

司光荣说："不管怎么说，我觉得彭局那个人当局长还是不行，首先他不是科班出身啊，虽然有一个大专文凭，可那是成人教育的文科毕业证，不像庄局你是正经八百的中国人民大学法律系毕业的高才生，又长期在政法系统工作，要理论有理论，要实践有实践，从公安局的全面工作考虑，我觉得还是由你出面主持局里的全面工作比较合适。"说到这儿，司光荣转向刑警队的人问道："你们说是不是？"

在这种场合，问刑警队的人这种问题，让刑警队的人非常尴尬，说对就是背叛自己主管领导彭远大，将来传到彭远大耳朵里肯定后有后遗症。说不对更不好，司光荣明摆着是替庄扬评功摆好拉票，当着庄扬的面如果说不对，那就直接得罪了庄扬，现在形势不明，说不准庄扬还就真的当上了局长，那个时候谁要是今天说了“不对”两个字，谁肯定就没好日子过。

司光荣盯住了老牛问：“老牛，这里边你的资格最老，你说是不是？”

老牛尴尬极了，开始后悔跟着来开洋荤，结果让人家逼着问没办法回答的问题，只好假装嘴里咀嚼食物，点点头又摇摇头，谁也不明白他是赞成还是反对。其他人也觉得尴尬，都埋了头默默进餐，仿佛大家一下子都提升了文明层次，变成了西洋绅士。看到空气有点凝滞，庄扬打着哈哈说：“话不能这么说，老彭还是有他的长处的，比方说实践经验啊，工作热情啊，还是值得我们学习的。”

司光荣也马上打圆场：“是啊，我并不是说彭局不好，我只是说如果主持局里的全面工作还是庄局这样科班出身的领导比较好。”

庄扬忽然问郭半仙：“小郭啊，听说你算卦很有一套，你没算算我们局谁能当上局长啊？”

郭半仙连忙说：“这是天机，我们凡人哪能算得出来。不过我看庄局气色挺好，印堂发亮，肯定是人选之一。”他这说的是废话，根据市里确定的原则，不但庄扬是人选之一，蒋卫生、姚开放还有彭远大这几个副职都是人选之一。尽管说的是废话，听到庄扬耳朵里还是很舒心，庄扬举起手里的酒杯对郭半仙说：“谢谢小郭的鼓励啊，不管将来谁当局长，我们都要好好地配合他的工作，把我们公安局各项工作搞得更好才对啊。来来来，小郭，我跟你干一杯。”郭半仙看看其他人的脸色，不尴不尬地举起杯和庄扬碰了一碰，在酒杯上抿了一口，赶紧埋下头笨拙地用带锯齿的餐刀锯木板一样地割起牛排来。

司光荣举起酒杯说：“今天能跟刑警队的弟兄们一起进餐我司光荣非常荣幸，我敬大家一杯，我们局的后勤供应和行政福利都在我这一块管着，今后只要是刑警队的弟兄来找我办事，没二话，一律开绿灯。”说着仰脖干掉了杯中的红酒，接着又说了一句，“这次干部考核，还希望大家伙多多给庄局捧场，我在这儿事先拜托各位了。愿意给庄局捧场的酒端起酒杯喝一口，不愿意的也不勉强，人各有志嘛。”

在这种场合下谁还能不捧场呢？于是人人都端起酒杯喝了一口，包括队里唯一的那朵警花都跟着在酒杯边沿抿了一抿。庄扬顿时大为兴奋，起身又举了酒杯刚要说什么，刑警队长王远志兴冲冲地冲了过来说：“好啊，你们这帮家伙有了庄局就不认我老王了，客气一下你们就真的不等我先吃起来了，真不够意思。”

大家便纷纷起身让座，大呼小叫地吩咐服务生摆刀叉上菜单。庄扬拉着王远志坐到自己身边，掏出两盒大中华扔到桌上请大家抽，然后问王远志：“你干吗去了才来？不会是又发生什么大案了吧？”

王远志说：“没有案子，是彭局的消息，你们看看。”说着摊开了手里捏着的内部刊物《公安战线》，头版头条上醒目地登着这样一条标题：快讯－银福两地警方跨省通力合作，成功破获二十多年重大积案。下面还有一条副标题：金锭完整无损，犯罪嫌疑人当场捕获，两地警方为国家挽回五百多万元经济损失。

庄扬一看到《公安战线》上的这条消息脸色马上就变了，谁都知道，在这个时候《公安战线》上出现这种消息，对于公安局局长人选的布局谋篇来说无疑增加了极大的变数，具体来说，彭远大在这架天平上的分量明显地增加了。

刑警队的人却没有照顾庄扬的感受，看到这篇报道齐声欢呼："彭局真棒，彭局万岁！"以至于餐厅的服务生以为这帮警察喝多了要闹事，吓得连滚带爬地跑了。

庄扬神色僵硬地朝服务生喊叫着："跑什么？过来埋单。"

王远志惊诧地说："干吗？我还没吃呢。"

司光荣连忙解释："你慢慢吃，单我一起买，庄局有点急事，得先走一步，大家慢慢吃啊。"

刑警队的人大都还没有吃饱，有人埋单乐得继续吃喝，庄扬和司光荣走了反而更加没了拘束，便纷纷起身送庄扬和司光荣，等他们一走便兴高采烈地碰起杯来。

老牛揪住郭半仙说："半仙啊，我从今以后就服了你了，你算得真准啊，有了这张报纸，彭远大就成了名副其实的局长大人了，来，老牛跟你碰一杯。"

庄扬和司光荣走出罗曼蒂克，司光荣说："庄局你怎么那么稳不住劲儿？这有什么？不就是内部刊物上的一篇报道嘛。"

庄扬铁青了脸说："你还是不懂政治啊，彭远大这个半截子太高明了，对他来说这是时间、地点、分量都拿捏得恰到好处的政治资本，说严重了其实就是对市委施加政治压力，你想一想，在这种情况下，市委能不认真考虑他的提拔问题吗？"

司光荣恍然大悟："真看不出来，这个小个子道行真大啊，他妈的，明天我就安排拆公安局的大门墩子，把他的风水破了，看他还有什么作为。”

庄扬说：“你真的相信郭半仙那小子的胡说八道？”

司光荣说：“宁可信其有，不可信其无，在这个关键时刻，什么手段都得用啊。”

庄扬说：“还有一条，我今天分析的情况，你可以形成材料，分头散发出去，这才是真正破他的风水，让市委市政府主要领导明白他的政治图谋，怀疑他现在破这个案子的政治动机。我说呢，拖了二十几年的案子一直破不了，怎么这几天说破就破了，过去我还真的纳闷儿，现在这么关键的时刻他为什么不回来，现在看起来这都是事先预谋好的一整套方案啊，要把这个问题也向市委市政府讲明白。”

司光荣点头：“就是，庄局分析的有水平，一针见血啊。我明天就写信反映这件事情。”

庄扬提醒他：“千万不能让别人知道信是你写的。”

司光荣说：“现在哪里还有用笔写信的，都是用电脑打出来的，用电脑打出来的到哪儿查去？对了，说到电脑，现在人不都上网吗？我们还可以把这封匿名信贴到网上去，那样影响就更大了。”

庄扬点头：“好，这样更好。”

第二天老牛一上班就看到一帮民工在拆公安局大门的门礅子，昨晚上他喝多了，今天早上起得晚，匆匆忙忙往刑警队办公室赶，倒也没在意那帮人拆门礅子的事儿。到了班上看到刑警队办公室的门关得紧紧的，暗中纳闷儿：刑警队办公室历来像个车马店，从来没有关门的习惯，即便办公室一个人都没有，也从来不带关门的，除非夜间值班的想偷偷迷糊一会儿，才会把门关上。这阵儿正是上班时间，办公室大门紧闭简直是几十年来的怪事。他推了推大门，门反锁着，老牛侧耳听了听，里头有人声，便不用钥匙开门，敲打起来。门开了，老牛一进去就感到气氛不对，王远志正向部下们追问着什么，神色严肃认真，队里的人一个个蔫头耷脑精神紧张，活像治安处从色情场所抓来的小姐。

“怎么了？”老牛悄声问身旁的小赵，小赵悄声说：“你没看见公安局大门的门礅子让人拆了吗？王队说这是有人有意破彭局的风水，怀疑我们队里有内奸，把这件事情说出去了，这不正在追查内奸呢。”

老牛说：“不会吧？王队也不是三岁孩子，怎么还拿郭半仙的话当真事儿？”

老牛犯了让领导讨厌的十种行为之一：领导讲话他唠嗑。王远志听到他在一旁跟小赵嘀嘀咕咕，马上点着名吼他：“干吗你老牛？来晚了还理直气壮是不是？没听到我正讲话吗？有什么重要事非得说那就出去说。”

老牛让他当着大家伙的面这样训斥很下不来台，也犯了牛脾气，顶撞道：“有什么了不起？不就是人家要拆门礅子重修一下吗？你还真的相信郭半仙那一套？他那一套要是顶用，刑警队干脆撤销，发生什么案子让郭半仙算一卦直接抓人不就成了？一本正经像回事儿似的。”

王远志瞪了他一眼说：“老牛，你别说我看不起你，难怪你混了一辈子到头来连个股级干部都没混上，你多多少少有一点政治头脑行不行？这不是信不信的问题，而是宁可信其有不可信其无的问题。别人为什么把这件事情当真了？就是想破彭局的风水，为什么想破彭局的风水？就是不想让彭局当局长啊，这是不是政治问题？拆门礅子本身没什么了不起，背后的目的你明白吗？”

王远志这么一说，老牛也不得不服气，论政治敏感和分析问题的眼光，自己确实不如王远志。

王远志接着说："更严重的问题是，昨天我们说这件事情的时候，都是队里的人，说完之后我还严令不准外传，怎么今天一大早人家就行动起来了？是谁说出去的？这件事情非得搞明白不成，不然我们刑警队有点什么事就跑风漏气，今后谁还敢说话？还怎么在一起干工作？"把老牛训斥了一顿之后，王远志又开始向大家伙逼供："你们自己交代，谁说出去的？现在老老实实交代了，我算你初犯，也不算你有意通风报信，不追究你的政治责任，下次注意就是了，如果不交代，让我查出来了，只有两个字：滚蛋。"

大家面面相觑，谁也不敢吱声，既怕把火引到自己头上，又担心王远志怀疑到自己身上，如果怀疑到自己身上，那就不仅仅是挨王远志收拾的问题，在队里的声誉甚至在局里的声誉也会一塌糊涂，谁也不会跟一个背叛自己兄弟的人交朋友。

这时候副队长大钱发言了："王队，我看在这种场合谁也不好意思承认是自己捅出去的，再说了，把话传出去的人也不见得就是有意当内奸，谁都有个三朋四友的，也许是说话不小心漏了底，别把大家逼得太僵了，安定团结最重要，现在这个时候弄得我们内部人心惶惶，人人自危，反而不好。"

王远志跟大钱的关系好，不然大钱也当不上副队长，听了大钱的话便问他："你说这事气人不？我今天当了大家的面说一句无原则的话，彭局这一次能不能上，关系到我们队的直接利益，你们懂不懂？"

老牛嘟囔了一句："这谁不懂？彭局上台了，下面就能上去一串，彭局上不去，下面就压一串嘛。”

王远志又开始骂他：“混说什么？彭局是咱们刑警队的老人，你也说过，从彭局进入公安局就一天也没离开过刑警队，对我们刑警队的感情没有任何一个副局长能比得上，彭局上去了，他对我们刑警队会怎么样？我们刑警队就成了局座的嫡系部队，福利待遇、提拔升级我们肯定都能比其他人更有优势。你以为我是为我自己着想啊？”王远志说的这些话有一半对，后面那一句言不由衷，彭远大上去了，王远志提升的概率必然大大增加，这是他潜意识里的思维定势，也是官场现实的生态环节。

这种逻辑模式存在于走上仕途的每一个人心里，副队长大钱当然也不例外，如果王远志能够进一步，他自然而然也会跟进一步，这比王远志的目标更加现实，所以，当王远志说完自己的道理之后，大钱也开始着急：“王队说得有道理，这种事情不管郭半仙说的是真是假，宁可信其有不可信其无，不管我们信不信，人家信了，看见没有，人家真干了。”

老牛说：“王队，你也别逼队里的兄弟了，我们是刑警队，刑警队是干吗的？不就是调查犯罪事实吗？多少难办的案子我们都办了，这么点事还用得着像审问犯人一样审问大伙？过去问问那帮工人，谁派他们来的，先知道谁是他们的背后指使人，然后再逆向侦查，我就不信这么点小事还查不清楚，别搞得大家疑神疑鬼、人心惶惶的。”

大钱说：“老牛说得对，他妈的，我现在就去问，不准他们干了。”说着抬屁股就走，王远志想拦住他，转念想了想，这种事情不调查清楚就像电梯里有人放闷屁，熏了大家，还害得大家相互猜疑，彻底搞清楚了也好，就没拦他。

大钱带着小赵几个人来到大门口，咋咋唬唬地喊：“停工停工，谁让你们来拆大门了？”

干活的民工见一帮警察过来干预，连忙停下了手里的活，门礅子已经拆了半边。

大钱声色俱厉地问道：“你们是哪儿的？谁让你们来拆大门了？停下，不准干了。不行，不能停，把拆了的重新砌好。”

民工面面相觑，一个工头模样的人出头解释：“同志，我们是你们行政科司处长雇来的。”

听了他的话几个小年轻就嘻嘻嘿嘿地笑，农民工，搞不清政府机关的行政级别，所以说了个“行政科的司处长”。

大钱说：“不管什么处长科长，我们说不能动就是不能动。”

小赵吓唬那几个民工：“这墙里头我们装的监控设备都让你们搞坏了，你们得赔啊。”

门礅子里有原来预埋的门灯线路，民工也不知道那些管道线路是干什么的，听他这么一说吓坏了，扔下工具就要跑。

大钱把人家拦住了：“别跑啊，你们能跑到哪儿去？还是老老实实把拆下来的门礅重新砌上，我们也就不让你们赔了。”

民工看看工头，工头叹息一声：“你们先干着，我去找司处长问个究竟，到底咋弄呢。”工头急匆匆找司光荣去了，其他工人只好又把拆下来破砖烂瓦又重新往回砌。

片刻司光荣就急匆匆地跟在工头的后面跑了过来，先喝止了正在修筑门礅子的民工，然后质问大钱：“你们要干什么？这是局领导定的事情，今天就要完工，你们闹什么？跟你们刑警队有什么关系？”

大钱说：“司处，昨天晚上我们还在一个桌上喝酒，你好我好哥俩好，今天怎么就不认识人了？不怕我们画圈的时候画错人了？”

司光荣说:“你这个人啊，好好的当你的副队长，管这些事情干吗？这是局领导定下的事情，也不是我定下来的，我想定也没那个权力啊。你们别跟我老司为难好不好？不就是把我们局的门礅重新修整一下吗？你们刑警队管这事干吗？快忙你们的去吧，别捣乱了，回头我给你们一人发一箱啤酒。”

小赵继续蒙他:“司处，你修门礅也不跟我们说一声，你不知道吧？这门礅里头有我们安装的监控设备，全让你们给拆了，监控设备坏了，出了问题我们可负不了责任，到时候别怪我们往你身上推责任啊！”

司光荣动手推他们：“好好好，不管出了什么事都由我老司负责任，保证不麻烦你们刑警队的大爷们，快回去吧，别让我为难，也别让这些民工为难，人家出门在外，挣几个钱不容易，你们一句话就把人家的饭碗砸了，多不好意思。”

大钱说：“嗳，司处，我就不明白了，这个门礅放了多少年了，大家天天里出外进跟它都有感情了，你这是发什么神经，怎么突然就看它不顺眼了，非得拆了重砌，你这葫芦里到底藏的什么药嘛。”

有理不打笑脸人，司光荣今天出乎意料的好脾气，任大钱他们怎么说就是不发火，笑眯眯故作亲热地把他们往楼里推：“我反问你们一句，拆门礅子跟你们有什么关系？你们为啥不让拆你们怎么说？都一样，领导咋说咱们就咋干，别忘了，我们公安局可是半军事化管理，服从命令听指挥是我们公安条例里的第几条来着？好像是第一条吧？说来说去这都是上级的命令，我们照办就是了。”

几个人正在大门口纠缠，蒋卫生坐着车进大门，看见他们在大门口堵着，便停下车问怎么回事儿，司光荣连忙凑过去说："没怎么，前几天市领导到我们局来视察工作，看见我们的大门礅比围墙矮了一截，说看着很不协调，庄局让我们重新整整，今天我们就动工了，大钱他们不知道情况，过来问问。"

蒋卫生不知就里，说："修就修呗，上班时间别堵在大门口，不知道的人还以为又有人到我们公安局来上访了呢。"

大钱他们心里那点花花肠子根本不敢拿出来见阳光，如果说重修门楼子是破坏彭远大的风水，尽管现在局领导正在拉拢群众的非常时期，估计蒋卫生也得骂他们是神经病瞎胡闹，传出去更得成为大家的笑柄。蒋卫生过问了这件事情，他们没办法为自己的行为拿出合理的解释，更不敢骗蒋卫生说门楼子里有什么监控设备，只好讪讪地退了回去。

几个人回到队里，王远志站在老牛跟前，一条腿弓在椅子上，一条腿蹬在地面上，还在跟老牛研究谁泄密的问题。大钱把情况给王远志汇报了之后，老牛猛然拍了王远志大腿一巴掌："这就对了，王队，你把大家都冤枉了。"

王远志让他把大腿拍得生疼，气哼哼地说："你要拍就拍自己的腿，拍我的腿你不疼是不是？有话就说，有屁就放。"

老牛说："我就是嫌拍自己的大腿疼才拍你的，谁让你靠我这么近，又把大腿跷到我跟前呢。你们都想想，昨天我们说风水这个话题的时候，是不是刚好姚局进来了？姚局临走的时候说了一句什么话？"

小赵说："姚局好像是说，他来的时候看见庄局和私处在我们门口呢。"

老牛说："肯定是我们说话的时候，庄局和私处就在门外，我们没发现，说的话人家都听到了。"

让他这么一说，大家才恍然大悟，松了一口长气，总算刑警队没出内奸，怪就怪大家当时乱哄哄地闲聊，没注意外面有人窃听。这时候郭半仙嘿嘿嘿地嬉笑起来，老牛问他："你笑什么？我们刑警队的风水都让人家破了，你还笑。"他这话大家都听明白了，破了彭远大的风水，彭远大当不上局长，刑警队就得压一串，这就等于破了刑警队的风水。

郭半仙嘻嘻哈哈地笑着说："什么风水？你们还真信啊？我不过是跟你们逗逗闷子开开玩笑，你们还真当回事儿了，看样子我的话还是很有权威的嘛。"

王远志骂他："你他妈开什么玩笑，老实正式地说，你说的那一套到底是不是真的？我听着你说得头头是道，还真有点那个意思嘛。"

郭半仙说："编不出一套谁会相信算命的？那都是我现编的，不过你们想想，我说的银州市公安局历任局长都是小矮个这倒真是一条规律哈？"

大钱说："就是因为有了这么一条规律我们不才信了你小子的鬼话吗？"

老牛说："好了，这件事情就此打住，不管是真是假，人家要拆我们也拦不住。不过，从现在开始，大家就要出去吹牛，说庄局昨天晚上请我们到什么地方吃了什么东西，好好吹，这不算泄密，只要把这个风散出去，弟兄们就等着天天晚上吃饭局吧。"

果然不出老牛所料，庄扬宴请刑警队的消息在公安局不胫而走，紧接着姚开放也来邀请刑警队的警察开饭局，蒋卫生一贯不太好这一套，也不得不预订了银州大酒店的酒席宴请刑警队。既然请了刑警队，别的科室处队也不能不请，这种事情一开了头就没办法轻易撒手，哪一个处室部门请不到都会有意见，影响群众关系，最终影响投票结果。这样一来，几位副局长就开始忙活起来，你请、我请、他请，比着、轮着请干警们赴宴，公安局在范局当局长的时候就闹过天天有饭局的大误会，现在范局长死了，倒名副其实的天天有饭局。在酒席上，领导们似乎一夜之间都成了广大干警的贴心人，对广大干警嘘寒问暖，关怀备至，这一来倒真的大大便宜了这帮警察，天天有饭局，还都是领导请客，银州市公安局的广大干警吃饱喝足之后，千言万语汇聚成一句话：组织部万岁！

2

公安局在这边大摆饭局，市委常委在那边开始讨论公安局的人选问题。组织部干部处王处长负责公安局领导班子成员的考核工作，所以他也列席常委会，负责汇报考核情况，只有发言权没有表决权。市委常委组织部部长关原也参加会议，作为干部工作的主管，他不但有发言权，相应也有表决权。

银州市市委常委共有九个人。今天到会的有书记吴修治、分管政法现在又临时兼任公安局代理局长的副书记刘洪波、市长夏伯虎、人大主任曾聪明、常务副市长高有泰、组织部部长关原、宣传部部长李玉玲，一共七个人到会。市委副书记兼纪委书记到欧洲学习考察，另一个市委常委副市长到新马泰招商。

书记从理论上说在党的会议上只拥有一票表决权，具体操作时书记往往成了常委会的领导者，拥有事实上的一票否决权。下级服从上级作为党的组织原则，指的是下一级党员或者党的组织要服从上一级党的组织的决定、决议，而不是服从上一级的党委书记个人。但是，在现实生活中，思想观念的扭曲、官场人格的异化、封建意识的残留、党内民主意识淡薄等因素造成了下级服从上级这一组织原则的狭隘化和庸俗化。银州市委常委也是这样，开常委会的时候表面上看有表决程序，但是有表决权的人却往往要看书记吴修治的脸色，揣摩吴修治的意图，追随吴修治的意志。吴修治习惯了这种决策模式，常委们也习惯了这种决策模式。在吴修治没有最终表态之前，各位常委有可能谈一些自己的见解和意见，一旦吴修治表态，大家便会跟进，与吴修治意见相左的常委的意见一般情况下不会形成决议，即便出现了极为特殊的情况勉强通过了，在实际执行中也不会有人认真当回事儿去办。因为大家都知道，跟一把手保持一致在仕途上得到提升的概率更高，政治前途也会更加光明一些。

市委常委宣传部部长李玉玲就是现实的例证。这是一个非常漂亮的女人，虽然已经年过四旬，却仍然风姿绰约、貌美如花。这种女人在中国一般不会有多大的政治前途，尽管中国男人的色心丝毫也不比外国男人差，甚至比外国人更厉害，中国人世界第一的出生率就是明证。然而，中国男人却比外国男人更虚伪，中国男人一向把性无能患者柳下惠当成道德招牌，所以中国的官员对漂亮女人的态度往往是阴阳两极，心里头爱得要命，表面上却假装不屑一顾。官场是男人唱主角的舞台，中国男人这种人格分裂症状让漂亮女人在中国的政治舞台上倒了大霉，偶尔有一两个漂亮女人漏网在政治舞台上显露头角，也会成为绯闻的头牌花旦，不管你到底是怎么回事儿，连老百姓都会觉得你有靠色相取胜之嫌。能够担任要职而又没有绯闻，对于一个漂亮女人来说，就跟兔子落到狼群里而能活下来一样是个奇迹。李玉玲就创造了这个奇迹，一个女人，而且是个非常漂亮的女人，年届四十就成为握有实权的地级官员，而且没有任何绯闻，难能可贵。李玲玉之所以能够做到别人做不到的事情，除了工作勤奋、为人严谨、作风端庄等各种因素而外，其中还有一个最简单而又最难做到的诀窍：坚定不移地跟着一把手走，同时又不让其他领导产生反感。

吴修治在银州市担任市委书记已经八年了，能够在一个地方当这么多年书记不动窝的领导并不多。多年的媳妇熬成婆，多年的婆婆就更能熬成精。吴修治虽然近年来锐气开始慢慢消退，暮气开始慢慢滋生，已经从思想上做好了交班回家养老的准备，因为他已经五十八周岁了，等到六十岁刚好这一届任满，如果不发生奇迹马上提升的话，像他这一级的干部六十岁到站下车是确定无疑的事情。但是由于他属于熬成精的婆婆，他这个资深书记在常委心目中还是有足够的权威的。这一点从常委会各位常委的态度上就可以充分地看出来。

会议由吴修治主持，他首先要求各位常委在开会期间关掉手机，市长夏伯虎提出了请求："书记，我今天要等一个重要电话，是国土资源部约好的，通报我们关于建设高新技术开发区用地报告的审批情况，能不能特例一下，不关机了？"

吴修治说："我说关手机的意思不是说不让接电话，就是怕哪个同志正在发言，电话铃一响影响思路，你的手机有没有振动功能？要是有的话就调到振动吧。"

于是各位常委纷纷调整自己手机的响铃设置，改成了振动。宣传部部长李玉玲说："什么振动不振动，干脆彻底关了，接电话也影响开会。"别的常委没有响应她，她就动作夸张地把自己的手机关掉了。

接着，吴修治通报了这次常委会议的议程：“今天我们开这个会议，只有一项议程，就是研究一下公安局局长的人选问题。下面先请组织部汇报一下对于公安局领导班子考核的情况。”吴修治没有像以往那样在说正题之前对银州市的各项工作说一些肯定鼓励的话，也没有像过去那样，在会议之前跟各位常委们打打哈哈，说一些家长里短的事儿，活跃活跃会议气氛，在各位常委之中造成一种哪怕是形式上的平等氛围。常委们大都是从政多年的老手，放在一般人眼里，根本不会感觉到吴修治今天这个会议在态度上的细微差别，但是在常委们眼里就有了一种不同寻常的意味，究竟这意味着什么，谁也摸不透，所以在讲话发言的时候就会更加谨慎小心。这也正是吴修治所要达到的效果，吴修治在召开这次常委会之前就已经谋划好了，他确信，这次会议不可能产生出公安局局长的人选来，因为他对现在官场上的生态群太了解了。这次会议他要实现的目的是催生一个比选拔公安局局长更有价值的全新的改革计划，这个改革计划将会在常委们的心目中产生震撼，并且使他能够更加轻易地占领政治和道德的战略高地。他心里有数，省委对银州市公安局局长的具体人选问题并不关注，省委关注的是能不能通过这次公安局局长的选拔为干部选拔和任用体制上蹚出一条改革路子，对于省委来说，这比选谁当公安局局长更为重要，也更有意义。所以他引而不发，先让大家畅所欲言对选谁当公安局局长发表高见，根据他对现实干部任命过程复杂背景和各种不正之风的了解，他深信如果按照过去的老路子走，公安局局长的人选肯定会经受一场明争暗斗难解难分的争夺，起码这一次会议上绝对不会有明确的让大家都基本满意的人选出来。

王处长紧张得变成了结巴，头上也冒出了汗水，李玉玲善解人意地给他倒了一杯茶水，又把桌上的面巾纸推到了他的跟前，王处长对李玉玲连说谢谢，这一个简单的交流，立刻让王处长感到常委里头李部长为人最好。李玉玲倒也并不是做作，这是她的本性，也是一般女人细心周到的性别本能在她这个层级的折射，这就是她的优势，如果说性格，时髦的话叫做情商，真能决定命运，李玉玲的情商确实一流。李玉玲的行为提醒了吴修治，像王处长这种干部，对下级和其他干部而言是值得拼命巴结、讨好的实权派，他自己往往也自觉不自觉地拥有一些优越感。在常委会上他却仅仅是一个汇报工作的小角色，面对常委，尤其是近距离接触吴修治这样熬成精的资深市委书记，他也会紧张得冒汗、发抖。

吴修治和蔼可亲地说：“别紧张，慢慢说，今天你唱主角。”

李玉玲的体贴和吴修治的关照让王处长从紧张慌乱中解脱出来，总算能够把话连成串了，他开始详细汇报这次对公安局领导班子的考核情况，谈话多少人次、和现职副局级干部谈话的内容提要、现任公安局副职的个人经历和政审情况、副局级领导干部述职述廉的发言内容、群众考评打分结果等，认认真真说了一个半小时才算告一段落。

根据他的汇报，每个副局长在谈话中对自己分管的工作都作了详尽的介绍，在这种时候，这些副局长一个个都变成了王婆，他主管的那摊工作就是瓜。对于别人工作的评价则一般不予置评，理由为：不是自己分管的不太了解情况。也有的在谈话中对其他领导分管的工作提出了很多需要改进和提高的建议，实质上是一种含蓄的否定，似乎如果让他管肯定能比现在管得更好。因为是为选拔公安局局长而进行的干部考核，所以谈话内容还有一项：征求对公安局局长人选的意见。结果对于这个问题几个副职好像事先商量好了，异口同声的回答都是不好说，每个人都有优势也都有缺点和不足，最终答复都是请组织上定。

述职述廉就更好听了，每一个领导的述职述廉报告都是一篇先进事迹总结，似乎公安局的领导干部都是廉洁奉公的模范、品学兼优的人才。过去常说追悼会上没坏人，批评会上没好人，现在应该再加一条：述职会上出人才。

至于群众的考核评分，自然是有高有低，这跟各自分管那一摊工作的人数多寡有直接的关系，分管人多，打合格、基本合格的票数就相应地多，分管的人少，得到合格票数的数量相应也就少一些。如果用分管人数的平均值来测算，大概的得票率都差不多。

常委们饶有兴趣地听着王处长汇报，汇报完了，常委们谁也不说话，都眼睁睁地看吴修治，吴修治开始动员大家发言：“组织部门的考核情况大家都了解了，说说看法，还是那句老话，畅所欲言，言者无罪。”

夏伯虎打了头一炮：“你们组织部考核的结果是什么？你们中意谁啊？”他之所以有这一问，是因为过去具体人选往往由组织部门提出来，然后经过常委会讨论通过，这一回组织部却没有提出自己的推荐意见。

关原出面解释：“根据市委的意见，为了充分听取各位常委的意见，进一步发扬党内民主，今后原则上组织部不再提具体推荐人选，只作任职资格考核汇报，所以还请各位常委对我们的考核情况作进一步的审议。”他说的市委意见，其实就是吴修治的个人意见，在会上却不能那么说，那么说了难免给吴修治晾台之嫌，也显得吴修治缺乏民主，把自己的意见凌驾于市委常委会之上，虽然事实就是如此，却绝对不能这么说，这也是为官之道需要特别讲究的技巧。我们老祖宗就已经有了这方面的规矩：为尊者讳。

夏伯虎哈哈笑着说："这帮家伙，人人都想当局长，人人都不好意思明说，你们组织部又不提个具体意见，我看还真不太好定。对了，你们听说没有？最近一段时间公安局天天摆饭局。"

王处长连忙撇清自己："我们在考核干部期间严格遵守组织纪律，没有吃过公安局一顿饭，连工作餐都没吃过。"

夏伯虎乜斜他一眼："我没说你们，这个时候人家也不会请你们，有情肯定会后补。我是说公安局内部天天摆饭局，领导请群众，干群关系在咱们银州市名列第一，哈哈！"

李玉玲说："这种事情从正面理解倒也有利于改进干群关系，证明采取群众评议干部的做法对强化干部的群众观念还是有作用的。从反面理解也是一种不正之风，好像在收买人心拉选票。"

分管政法的副书记、现代理公安局局长的刘洪波说："李部长是让我们从正面理解还是从反面理解？"

李玉玲嫣然一笑："随便刘书记理解啦。"这也是李玉玲的特点之一，不跟任何人发生正面冲突。

夏伯虎气哼哼地说："不管正面理解还是反面理解，我能理解的就是，这帮家伙谁也不会掏自己的腰包请客，肯定都是签单报销的。"然后专门对刘副书记说："老刘啊，你给他们打个招呼，说市里这个月的接待费我要亲自把关，以上个月为基准，凡是多出来的一律不给核销。"

刘副书记属于市委这边的，对夏伯虎不太买账，翻翻白眼："你亲自去说分量更重，更能引起他们的高度重视。"

夏伯虎说："亲自去就亲自去，我可不怕得罪人。"他这话说得让别人听起来好像言外之意是刘洪波怕得罪人，刘洪波张嘴正要反驳，吴修治拦住了他:“跑题了啊,别跑题,吃就吃了,吃得对不对是另外一回事儿,不纳入本次常委会的议事日程啊。”

人大主任曾聪明插空问道:“嗳,现在公安局的副职有几个人?”

关原回答:“四个。”

曾聪明说:“我刚才听王处长说来说去怎么好像只说了三个人,谈话也是三个人的情况,作述职述廉汇报也是三个人,那一个人呢?”

关原说:“噢,情况是这样的,还有一个分管刑侦和治安的副局长彭远大出差去了,不在家。”

曾聪明说:“这怎么行?不在家你们就扔下不管了,述职述廉、谈话表态,人家都没有份,这不太好吧?不公平嘛。出差就不能回来了?打个电话通知一下嘛。”

关原说:“不是我们不通知,一来市委还有省公安厅对这件事情催得很紧,二来一时半会儿找不到人,后来好容易找到了人家又不回来。”

吴修治也开始注意这件事情,追问了一声:“怎么回事儿?”

关原说:“这件事情是王处长具体办的,让他向各位领导汇报一下。”

王处长就说:“彭远大出差到福建一个山沟沟里搞什么案子,我们打了多少个电话都打不通,后来好容易跟他联系上了,他刚刚才知道范局长死了的事情,我把市里正在考核公安局领导班子的情况给他说了,请他尽快赶回来,他说案子正在关键时刻,回不来。”

曾聪明说:“你没给他说说这里边的利害关系?”

王处长委屈地说:“我啥话都说了,我甚至说如果他不赶回来,一切后果由他个人负责,连‘你是觉得破案重要,还是决定公安局局长的事情重要’这种话都说出来了,各位领导猜猜他说什么?他说只要这个案子破了，谁当局长他都没意见。”

王处长说完，会场沉默了，王处长出于对彭远大顶撞自己的不满和急于摆脱自己工作没做到家的嫌疑，说这话的时候很有一点委屈、生气、无奈交混起来的使气劲儿，看到常委们一个个板着脸不说话了，偷觑了顶头上司关原一眼，见关原神色正常，这才偷偷吁了一口长气。

吴修治点点头没吭声，曾聪明却又追问了一句：“他真是这么说的？”

王处长连连点头：“真是这么说的，我一个字都没删改。”

吴修治说：“这倒是个很有责任心的好同志啊，工作第一，不能为了干部考核把工作扔下不干了，考核干部的目的是什么？不就是要促进干部的责任意识和勤政意识，把工作搞得更好吗？”

吴修治这近似于认可的表态立刻得到了李玉玲的热烈响应：“是啊，有几个人能放弃这么难得的机会一心一意在外面干工作呢？这样的同志不能让人家吃亏，我投他一票，干脆就提彭远大负责公安局的全面工作，保证行。”

夏伯虎连忙反驳：“那倒也不一定，他走的时候肯定老范还活着，要是老范死在他走之前，他会不会去出这一趟差还真不一定。既然出去了，在外面遇上啥事情一时半会儿回不来也是可能的、正常的，仅仅因为这么一句话，就断定他是一个优秀的干部，仅仅因为他没有按照组织部的要求回来参加干部考核就提拔他，那今后就热闹了，组织部在考核干部的时候，大家都跑出去出差，在外面等着提拔，咱们关部长还不得疯了。”

关原连忙说：“是啊，是啊，具体情况具体分析，我们还是要避免以一时一事来下结论啊！”

夏伯虎和关原各有各的小九九，夏伯虎在吴修治的提醒下，虽然对姚开放的老岳父赵银印是否真有能力破坏银州市的高新技术开发区已经产生了怀疑，不过还是抱着宁可信其有不可信其无的心态，有几份投鼠忌器，况且当初已经信誓旦旦地向赵老爷子作了庄重承诺，如果到时候放了个空炮，今后见不见赵老爷子是小事，赵老爷子会在上面做什么文章他心里没底，所以还是想把姚开放弄上去算了，不花钱的投资项目谁都愿意干。关原则属意蒋卫生，当然并不是一套小小的邮票就能驱使他这样做，而是经过公安局的干部测评，谁也没有绝对的优势，相对之下，蒋卫生年龄、资历和现在在局里的排序都能交代得过去，如果提名他担任公安局局长理由也充分一些，起码可以保持公安局的形势稳定。在这种情况下，如果能把蒋卫生鼓捣上去，也算是做了个顺水人情，毕竟对蒋卫生也算有个交代。

在座的各位常委，在选拔公安局局长的过程里，每一个人或多或少、或轻或重都经历着交换的诱惑和考验。公平地说，倒还是李玉玲超脱，因为人人都知道她是宣传部部长，不管干部，即便有那么一票权，大都是追随其他强势人物，不拥有绝对的权威价值。再加上她是女的，女人的心思男人难琢磨，找到她门上谈交易，还真不知道该用什么东西交换那个局长位置才妥当，所以她受到的干扰和诱惑相应的就要少得多。这也是她敢于第一个明确提出具体人选的一个原因。另一个原因当然就是吴修治刚才的态度似乎倾向于彭远大。

除了李玉玲，其他常委都不会主动提出自己的人选，现今社会的现实状况大家都心知肚明，谁在这个时候主动提出具体人选，不管有没有那回事儿，别人都会怀疑他和提出的人选之间有那回事儿。同时，别人也都会用各种各样的理由来否定他提出来的人选。否定了别人才可能肯定自己，这是最浅显不过的道理。所以李玉玲一提出彭远大马上遭到了夏伯虎和关原的联合否定。接下来会议就冷场了，常委们都在官场上磨炼多年，对眼前的局势谁都清清楚楚，谁心里都有自己的人选，却谁也不敢抢先提交出来。谁抢先提出来，谁的人选就会成为大家的靶子。

吴修治忽然对王处长说："老王，现在给彭远大挂个电话，不要说我们在开会，就直接征求他的意见，问问他认为谁担任局长比较合适。"

吴修治的提议勾起了大家的兴趣，纷纷催促王处长："对，打个电话，听听彭远大怎么说。"

王处长说："他现在在福建的深山老林里头，不知道能不能挂通。"

关原说："让你挂你就挂嘛，能不能挂通是另外一回事儿。"

王处长只好掏出手机给彭远大挂电话。

彭远大跟他的人此时正押着吴水库在福建省公安厅等手续。由于要押解犯罪嫌疑人一同登机，而且他们还随身佩带着武器，所以登机手续比较麻烦，需要当地省级公安机关的批文才行。当地警方跟他们一起破获此案，公安部内部刊物《公安战线》报道他们联合破获重大积案的消息就是当地公安局捅出去的。《公安战线》在公安内部非常有权威，能连夜刊登他们的事迹，当地警方非常高兴，积极出面替彭远大他们办理一切手续，彭远大刚刚接到当地警方的通知，说手续办好了，机票也定好了，第二天就可以出发。这一次成功破获压在彭远大心头二十多年的金锭盗窃案，让彭远大心情振奋，兴致极好。他这个人有个毛病，每破一个案子精神就会格外亢奋、话多，有时候还冒炮，多年前破了他当警察的第一个案子女澡堂失窃案之后，就是在极度亢奋的情绪下吹出了那个想当局长的大牛，结果半辈子局长大人这个外号都伴随着他。现在他刚刚接到当地警方的通知，说是可以顺利成行了，案子也破了，马上就可以回家了，更是心情亢奋上面加亢奋，激动上面加激动，正在这时王处长的电话来了。

王处长对常委们说："接通了，接通了。"好像接通电话就是他的多大功劳似的。

常委们屏声静气，听着他跟彭远大对话。王处长说："彭局长吗？你们在什么地方？"

彭远大说："我们在福建省公安厅，万事大吉，明天就能回去了，告诉你，案子成功告破，我们带着犯罪嫌疑人和那块二十四公斤重的大金锭一起回去，到时候让你开开眼，看看大金锭是啥样子。对了，你是不是又催那件事？我明天就回去了，回去以后再说，该补的课就补，现在还不晚吧？"

王处长说："没关系，群众评议已经搞完了，你个人的事情等你回来补上就行了。我现在想征求一下你的意见，这也是组织程序，您觉得你们局里现任的几位领导同志中，谁担任局长职务，负责全面工作更合适一些？"

彭远大哪里知道这是王处长在常委会上拨过来的电话，半真半假地开玩笑说："这还用问，我的外号你知不知道？"

王处长在公安局搞了那么长时间干部考核，彭远大的外号当然知道："知道啊，你的外号不就是局长大人吗？"

彭远大得意扬扬地说："这就妥了，正像毛主席说的，谁敢横刀立马，唯我彭大将军，最适合当局长的当然就是我彭远大，局长大人了，哈哈哈哈。”

王处长让彭远大说愣了，赶紧压了电话，他在公安局搞了这么长时间干部考评，那些副局长谁都非常希望自己能担任局长职务，可是像彭远大这么狂妄，敢当着他的面推荐自己的还真没有。彭远大的声音很大，王处长跟他对话的时候又有意拉开了耳朵和听筒的距离让常委们听，所以在座的常委们也都听到了彭远大的话。

夏伯虎说：“这人说什么呢？什么彭大将军，他是彭大将军吗？你再说说，他到底说什么了？”

王处长就把彭远大的话又重复了一遍，这时候手机又振动起来，王处长看看来电显示是彭远大的，就没敢接，手机一直振动个不休，活像患了疟疾正在打摆子，他索性把电话关掉了。常委们再一次沉默，过了一阵儿曾聪明才说：“这人还真的够狂啊！”

“不仅仅是够狂，这是公然向组织伸手要官要权，这种人怎么能提拔重用？算了，我说这一次根本就用不着考虑他了。”夏伯虎气哼哼地把彭远大否定了。

其他几个常委也纷纷表示不满：“是啊，怎么能这样说话。”“确实不应该，太狂妄了。”“他到外面干吗去了？组织部召唤都不回来，看来这个人组织原则性不强……”如果这个时候就请常委们表决，彭远大肯定就被从候选人名单里删除了。

吴修治说：“刚才老关说得对，具体情况具体分析，我们还是要避免以一时一事就轻率下结论。王处长是代表组织征求人家意见，又没有说不准推荐自己，人家向组织推荐自己，也没什么错嘛。再说了，古时候封建官吏都能做到内举不避亲、外举不避仇，我们也不要因为人家一句两句话就彻底否定人家。彭远大就是公安局那个小个子局长吗？这个人我认识，平常看上去挺精明能干的，不像这种狂妄的人啊，今天是怎么回事儿？”

李玉玲说：“我倒听说了，这两天报社准备转载一篇文章，是从公安部门的内部通报上转载的，说我们银州市公安局和福建警方通力合作，破获了一起积压了二十多年的大案子，找回来一块大金锭，为国家挽回了几百万的损失，罪犯也当场捕获了，会不会说的就是彭远大他们？”

吴修治说：“你说的这个案子我也知道，当年我还在给跟党走老爷子当秘书，那时候跟党走老爷子主管工业，‘886’厂丢了这块金子，把跟老爷子气坏了，天天跑到公安局坐镇让人家把金子找回来，后来时间拖得久了，一直破不了案，也就扔下了。怎么？这个案子真的破了？公安局还真有韧性，这么多年了，一直没放弃啊。李部长，你赶紧让人送几份报纸过来，我看看，对了，让报社的同志给跟党走老爷子送一张过去，现在一提起这件事情，当年跟党走老爷子在公安局骂人的情景我还历历在目，他知道这件事情肯定会高兴的。”

李玉玲便马上打电话发号施令，让银州日报立刻找两份报道大金锭案子告破的报纸送到市委来，同时还要给跟党走老爷子送一份过去。总编说稿子刚刚排上，明天才能付印，李玉玲说：“那就复印两份清样过来，给跟党走也送一份清样复印件。”

放下电话，夏伯虎站了起来：“对不起各位，我的电话也振动起来了，可能是国土资源部来的。”说着跑到会议室的一边接电话。来电话的不是国土资源部，而是赵银印老爷子，追问姚开放的提拔问题。夏伯虎唯唯诺诺含糊其辞地应付着，让赵老爷子逼得没办法，只好说："我们正在开会，等会儿开完了我再给你老人家回电话好不好？"

压了电话，回到座位上，夏伯虎看看吴修治："赵老爷子来电话了，今天是常委会议，我也不藏着掖着，把事情摆到桌面上请大家审议，看看这件事情到底怎么办，别老让我一个人背着磨盘爬山。"

有两种人属于厉害角色：一种是外表憨厚，实则奸诈，另一种是表面上直率纯真，实际上颇有心机。市长夏伯虎属于后者，他说话办事往往会让人觉得率直、纯真，实际上却都有着他自己的目的和盘算，今天这个会上，他决定把赵银印的事情来一个彻底了结，如果大家听从了他的意见，赵老爷子就会欠他一个大大的人情，如果通不过，他也好把这件事情推到常委们身上，如果万一赵老爷子在国土资源部真有什么副部长的老部下，把银州市高新技术开发区的项目搅黄了，他也有话可说：谁让常委会不听我的意见，用一个公安局局长的位置换一张高新技术开发区的通行证这么便宜的事情都不干，结果高新技术开发区黄摊了，这个责任当然应该由常委会集体负责，不能推到他市长一个人身上去。

于是他开始振振有词地把赵老爷子要求他女婿担任公安局局长的事情说了一遍，又把赵老爷子绑架了高新技术开发区项目的事情也原原本本地说了出来，结论是："我个人认为，在这种情况下不允许我们有别的选择，先把那个局长的位置给那个姚开放，说到头不就是个公安局局长吗？用一个公安局局长的位置换一张高新技术开发区用地的批件，我看值得。我郑重声明，提拔姚开放绝对没有我的个人利益，我完全是从我们银州市的经济社会发展利益出发的，如果这里头有我夏伯虎个人一星半点儿的利益，我甘愿接受党纪国法的处理。"说到最后，夏伯虎慷慨激昂起来，连他自己都感动了，感觉自己好像真的冒了绝大的风险在为民请命，可惜的是，常委们好像并不领情。

李玉玲跟常务副市长高有泰头抵头地窃窃私语，其情其状正面想像地下党接头，反面想像特务联络。他们正在研究高有泰老婆的病情，高有泰老婆是李玉玲的老同学，最近患了一种怪病，整天咳嗽，到医院检查肺部、气管都完好无损，李玉玲刚好在中央电视台的科学与探索节目上看到一个类似的病例，跑了多少医院都解决不了问题，后来才知道是粉尘过敏。高有泰听了李玉玲的介绍，恨不得马上散会跑回去带老婆看病。曾聪明拿了一份文件勾勾画画，似乎他整天忙得不可开交，只能利用开会的时机来批阅文件。最可恼的是关原，居然低着头剪起指甲来，那表情既像是在脑子里想别的事儿，又像是对夏市长的发言不屑一顾。只有吴修治拿着笔记本在上面写写画画，但是根据经验就能知道，他是在为自己准备发言提纲，并不是记录夏伯虎的发言。分管政法工作兼公安局代理局长的刘洪波从开会到现在几乎一言不发，一直在闷头抽烟，大家都知道他最近心情不爽，他老婆帮人家倒买倒卖假中华烟，买烟的人送礼，结果把收礼的人抽坏了。收礼的是当地分管城市规划的副市长，当地公安局立刻作为大案要案抓紧侦破，循线查办，追到银州市把他老婆刑拘了。人家是外地公安机关办的案子，被假烟熏坏的又是当地的重要领导，这件事情就很难办，刘洪波找了很多关系都捞不出来，搞得刘洪波灰头土脸，干什么都没心情。

夏伯虎瞎白话完了，常委们谁也不表态，该干吗干吗，夏伯虎明白，这种沉默绝对不是默许、默认，而是抵制、反对。夏伯虎长叹一声：“看样子我们银州市的高新技术大发区真的要黄了，作为市长我已经把利害关系向常委会讲清楚了，如果大家认为我的意见不对，将来我可不承担责任。”

吴修治看常委们的态度让夏伯虎实在下不来台，便说：“我个人相信夏市长完全是出于公心，我也相信在座的各位常委对此不会有什么异议。”

其他常委这才像活了过来，纷纷表态：“是，夏市长确实是出于公心。”就连愁眉苦脸如丧考妣的刘洪波也嘟囔了一句：“是啊，谁也没怀疑你的出发点是好的。”

常委们嘴上这样说，其实谁也不相信他真的是出于公心，他的担心在大家看来太幼稚，或者说太危言耸听，简直是吓唬孩子。作为旁观者，他们都知道，国土资源部不是赵银印老爷子家开的，国土资源部部长也不是赵银印的儿女，即便是他的儿女也不一定会听他的。一个退休地方副省级干部的意志怎么会左右国家部委呢？再说，夏伯虎跟赵银印的关系大家也都有清楚，即便他跟赵银印、姚开放没有实质性的利益关系，起码也是人情关系。

常委们的心思夏伯虎当然看得明白，越想越窝囊，忍不住就在心里暗骂：他妈的，好心当成猪肝肺，大伯子背儿媳妇过河，出力不讨好。骂归骂，人家就是不支持他，他也没办法。还是吴修治从中斡旋说：“既然夏市长把这个问题提出来了，我看大家还是表决一下吧，今后要形成这样一个好的会风，不能对任何一位常委提出来的意见抱漠视、冷漠的态度。好吧，同意夏市长的意见，任命姚开放为公安局局长的同志请举手。”

谁都不举手，吴修治又说：“不同意的请举手。”

曾聪明打头阵，第一个举手反对，其他常委也都纷纷举起了手。平心而论，常委的态度完全正常，现在这世道，为了升官托人情、跑关系已是常态，可是公然采取这种变相绑架、胁迫人家的方式谁都会非常反感。说透了，人家给面子那是人情，人家不给面子谁也不能把谁怎么样，即便赵老爷子真有那个马力命令国土资源部不批银州市的用地申请，也损害不到这些常委的个人利益，真闹翻了，谁还会怕谁？这也是聪明反被聪明误，赵老爷子急于让自己的女婿升官，结果反而断送了姚开放的前程，这一届常委会期间，再想提拔姚开放就非常困难了，等到换届，姚开放的年龄就又超了。

关原这时候偷偷看了看手表，已经快到下班时间了，这个时候常委们累了，精神也松懈了，对别人提出的方案不会像刚开会时候那么认真审议，正是塞进自己主张的好机会，所以他对吴修治说："吴书记，我谈点意见好吗？"

吴修治点头："好啊，就等你这个主管说话了。"

关原便字斟句酌地开始替蒋卫生说话："根据干部考核情况，现任的副职情况都差不多，各有各的长处和优点，也各有各的短处和缺点，所以，从稳定公安局的大局，保持公安局工作的延续性出发，我看还是按照原来的排名次序确定人选，这是一个稳妥的方案，相对而言引起的副作用会小一些。"

夏伯虎刚才的提议被常委们否决，心里憋气，关原的发言含糊其辞，欲言又止，更让他觉得讨厌，暗想，你们组织部就是会摆弄人头，摆弄来摆弄去干部任命权都捏到了你们手里，我这个市长成了傀儡，你们在后面决定了，还要我出面提名，如果人大不同意，没面子的还是我，难怪人家说跟着组织部，年年有进步，跟着市政府，经常犯错误，就是你们这帮人善于玩政治、耍手腕的结果，于是阴阳怪气地说:“这是常委会，刚才吴书记说了，有什么意见畅所欲言，有话就全部端到桌面上来，别夹半截漏半截好像便秘似的。”

关原是那种喜怒不形于色的人，夏伯虎的挑衅他假装当做玩笑话，根本不予理睬，微微一笑化解了夏伯虎的攻势，这一来反而让常委们觉得他关原水平高、有修养，而夏伯虎的表现却像一个耍赖的顽童。

关原说：“根据我刚才谈的意见，请各位常委审议一下，看看蒋卫生同志怎么样？他的年龄在现任副职里最大，资历也最老，排名又是副职中的第一，我觉得这样更加顺理成章一些。”

大家又沉默了，关原说的道理很难反驳，尤其是现在这种情况下，没有能让大多数人认可的合适人选，这样做也确实无可厚非。夏伯虎知道如果自己再不发言，继续沉默一会儿，很可能就会有人跟进表态支持，刚要张口反对，人大主任曾聪明却说话了：“关部长说得有一定的道理，但是这个出发点好像跟我们党的干部路线不是很相符啊。我们党一直强调要破除选拔任用干部论资排辈，提倡干部的知识化、年轻化和专业化，如果还论资排队，那不等于在干部选拔任用上走回头路，开历史的倒车吗？蒋卫生本人怎么样我不了解，我要说的是不应该违背党的组织路线和选拔任用干部的基本原则。”

曾聪明此话一说，问题就很严重，把关原的意见上纲上线到了违背党的组织路线和干部选拔任用标准的政治高度上，这就让关原很难接受，他马上反驳：“老曾你这个说法我不敢苟同，这怎么能说是违背党的组织路线和党的选拔任用干部原则呢？您有不同人选尽可以提出来，但是也不要对别人的意见上纲上线嘛，现在已经不是‘文革’时期极左路线靠大帽子压人、用大棒子打人的年代了。”

曾聪明一发言反对关原，其他常委脑海里的第一反应就是：曾聪明口袋里肯定也有人头，而且是很重要的人头，不然他根本不可能用这种态度和口气跟关原说话。

夏伯虎连忙抓紧时机反对关原：“我也觉得老曾说得有点过火，但是良药苦口利于病，忠言逆耳利于行，道理还是对的，我也不赞同论资排队，别把干部选拔任命搞得好像三年自然灾害时期排队买猪肉似的，讲究先来后到，前面的不走后面的就不能买。唉！这也就是在我们中国才会发生这种怪事，任命一个公安局局长都这么犯难。在美国任命公安局局长就简单得多……”他一提“美国”两个字，其他常委便纷纷皱眉苦笑，脑海里也顿时冒出了银州人民奉送给这位市长的爱称“瞎白话”，“在美国，”夏伯虎对常委们的表现视而不见管自发表高见：“任命公安局局长就是市长提名就成了，而且公安局局长也不一定就是警察，往往是文职人员，不讲究专业、学历那些东西，不像我们，讲究太多。这一次确定的原则就有问题，规定非得在现有公安局副职中选，这样就限制了选拔干部的视野……”

曾聪明插话说：“老夏，美国也有公安局啊？这可是头一次听说。”

夏伯虎哈哈一笑：“口误，口误，美国叫警察局，不管是警察局还是公安局，都是一回事儿。在美国……”

关原说：“夏市长，我们还是研究研究中国问题吧，别研究美国问题了，再研究美国人也不会听你的。话说回来，即便在美国，公安局局长……嗨，什么公安局局长，都是让你搅的，警察局局长的任命也得市议会批准，并不是市长想让谁当谁就能当。”

夏伯虎、曾聪明和关原因为蒋卫生在那里掐上了，你来我往地讨论美国公安局局长问题，别人既不好插嘴也不愿意插嘴蹚浑水，便开始窃窃私语，这时候刘洪波也问了一句："那个蒋卫生多大岁数了？"心情不爽，他问话的口气也就生硬的很，这让关原很不受用，口气冷冷地顶撞了一句："你主管政法，现在又代理公安局局长，这个问题还用得着问我吗？"

他这么一顶撞，刘洪波倒真的来劲了，马上说："我不同意这个蒋卫生，刚才关部长也说了，我分管政法，现在又是公安局的代理局长，我了解情况，那个蒋卫生暮气沉沉，整天低个脑袋谁也不知道他心里在想什么，干工作拖拖拉拉，连手下有多少干部都弄不清楚，这样的人要是当了公安局局长公安局就成窝囊局了。公安局局长还是得弄个利索、肯干的，起码得是个明白人，实在不行就那个局长大人彭远大算了。"

其实刘洪波倒并不是真的要反对关原，而是他老婆让外地公安局抓跑了，他让蒋卫生出面去捞人，蒋卫生跑了几趟，不但人没捞回来，还把对方得罪了，声言如果银州市再出面捞人，他们就要告到省上去，闹得刘洪波投鼠忌器，心里再着急也不敢轻易出手，所以他对蒋卫生正憋了一肚子气，哪里会同意提他当公安局局长。

一来二去已经有三个关键人物表态反对提拔蒋卫生了，关原心里暗想：蒋卫生啊蒋卫生，该我做的我都做了，这是集体决策，人家不同意我也没办法，总算我老关也对得起你那本集邮册了。关原心里这样想着，那边吴修治已经要求常委们表决了，表决结果，包括关原自己，再加上常务副市长高有泰两个人赞成，四个人反对，吴修治没有表态。大家都愣愣地等着听吴修治有什么说道，吴修治抬腕看看手表，然后对大家说：

“时间已经不早了，我再占用大家一点儿时间，谈点意见。”

他这么一说，大家就都知道到了拍板定案的时间了，如果吴修治赞成关原的意见，反对关原的人里最起码会有两个人当场倒戈，再加上关原自己和吴修治一票，蒋卫生就算过了。如果他提出全新的人选，也肯定会有自己的一套道理，对于他的道理常委会上别人是不好意思也不愿意公然对抗的，别人不说，李玉玲首先会积极跟进，其他人只要是没有特殊原因，也都会习惯性地举手赞成。

吴修治说：“我首先要向各位常委作一个检讨，作为市委书记，过去我满足于长期以来的工作经验，安于现状，甚至对《党章》的学习也都停留在会上听、集体学的阶段，没有真正静下心来认真研读。最近我在老领导跟党走同志的督促下，重新学习了新《党章》和《党政干部选拔任用条例》，受益匪浅啊，我提议大家回去都认真地重新学习《党章》和《党政干部选拔任用条例》，通过学习一定会对我们现在沿用的这一套选拔任用干部的程序和方法产生很多新的认识和新的看法。我看公安局局长的人选问题很难在一次会议上取得认识上的统一，省委宋书记前几天专门跟我谈了这个问题。”说到这儿，吴修治顿了一顿，扫视了大家一眼。常委们都眼睁睁地看着他，每个人都暗暗吃惊，谁有这么大的马力，能搬出宋书记替自己说话打招呼？如果真的是宋书记出面打招呼了，那也就不用再讨论了，吴修治只要把那个人的名字说出来，大家唯一的选择就是举手通过。

吴修治微微一笑：“宋书记找我谈这件事情可绝对不是替谁打招呼、托人情啊。省委站得高，看得远，根本就没有关注我们选谁用谁。省委宋书记提请我们研究这样一个问题，也算是交给我们的一个课题：怎么样才能最大限度地在选拔任用干部上体现公开、公正、公平原则，尽可能的发扬党内民主，通过体制创新、制度创新，开辟出一条选拔使用干部的新路子，为我们干部人事制度的改革做一些创新性、探索性的试验。今天这个会议让我更加切身地体会到了改革干部选拔任用体制，真正实现干部选拔任用的公开、公正、公平，还应该加上透明，已经是迫在眉睫的严重问题，这个问题解决不好，今后我们像今天这样的会议就永远也开不完。不改革，吏治腐败就将成为危害我们党的事业、动摇我们党执政基础的最危险的腐蚀剂和沼泽地，我们很可能会被这种腐蚀剂溶解成毫无免疫力的躯壳，会在这种沼泽地里陷入没顶之灾啊！什么叫公开、透明、公正、公平呢？向谁公开、向谁透明，怎么样才能做到公正、公平呢？我个人的理解，也算是学习《党章》和《党政干部选拔任用条例》的心得吧，那就是向人民群众公开透明，争得人民群众最大限度的支持和监督，只有在人民群众的积极支持和有效监督下，我们的干部选拔任用才能做到公正、公平，也才能真正把优秀的、德才兼备的干部推选到合适的领导岗位上。靠我们几个人，再加上组织部干部处，能有多大的本事做到这一点呢？所以啊，我们的眼界要更加开放一些，思路要更加宽广一些，最近老领导跟党走对我说过这样一段话，很有启发啊。他说，别忘了，现在我们共产党是执政党，不是战争时期夺取政权的那个阶段了，战争时期提拔任用干部要讲究保密，那是为了防止敌人破坏，解放五十多年了，我们党取得执政地位已经半个多世纪了，我们的干部选拔任用体制一点儿都没变，五十年一贯制，这不符合与时俱进的方针。跟党走说，我们是执政党，为人民服务是我们的宗旨，选拔任用领导干部是为人民选公仆，有必要对人民群众保密甚至搞得鬼鬼祟祟好像在做见不得人的坏事吗？他说的话很朴素，但是却真正体现了我们的干部管理工作在思想上、路线上、政策上、具体的方式方法上必须与时俱进，适应和平时期执政党提升执政能力的要求，满足党的中心任务对干部工作的现实要求。所以，我提个建议，供大家参考，我们不要急于确定公安局局长的具体人选，把主要注意力放到改革创新干部选拔和任用机制上来。总体思路还是那个大原则：充分发挥党内民主制度的优势，真心实意地接受人民群众的监督，彻底破除干部管理上的神秘化倾向，真正实现公开、透明、公正、公平。具体做法我想，应该吸收和借鉴乡镇一级领导班子实行公开选举的成熟经验，对候选人向全社会公示，欢迎广大人民群众进行监督。同时不要把决策权限制在我们常委会这个小圈子里，要知道，根据《党章》，常委会仅仅是党代会闭会期间的执行机构，是全委会的日常办事机构，全委会的职权是高于常委会的，根据这个原则，可以考虑采取不记名投票的方式请全体党委委员票决公安局局长，而且差额选拔，现任的副职经过考核只要符合《党政干部选拔条例》标准的都可以作为候选人接受全委会的考查和选择。我们选拔任用党政干部完全是正大光明的事，没必要搞得那么神秘，完全可以邀请各新闻媒体现场采访、实况转播嘛。通过新闻媒体的报道，广大人民群众不是可以更好地履行监督权吗？而且，选举结果当场公布，当场定案，这也有利于提高干部选拔任用工作的效率。这仅仅是一个粗浅的想法，我提请组织部在这个大原则的指导下，尽快拿出一整套改革方案来提交给常委会讨论，而不要让常委会在具体人选上空耗浪费时间。在改革的原则上，不妨按照小平同志的话去做：胆子再大一点，步子再快一点，成功了，我给组织部记头功，失败了，我作为党委班子的班长，承担首要责任。关部长，你表个态，拿出一套方案需要多长时间？”

此议一出，所有常委都有些吃惊，谁也没想到吴修治彻底跳脱了在具体人选问题上纠缠不休的旋涡，完全从全新的高度和角度提出了这样一个过去大家都意识到了，却谁也没有认真思考过的问题。这样一来常委们的一票权就大大贬值了，这难免让人有些心疼。尤其像关原、夏伯虎等一些事先跟某些人有着交换关系的常委，拘于物质利益和人情关系心里已经有了预定的人选，如果采用这种方式，八成他们的承诺就难以实现，所以他们也有些失望甚至不满，只是碍于吴修治的权威不好当面反对而已。

不过，冷静下来想想，关原和夏伯虎以及和他们一样有着难言之隐的常委又不约而同地长舒了一口气，如释重负。因为这样一来，尽管自己对关系人有违约之嫌，却也非常好交代，不管对谁，都可以用一句：干部管理制度改了，无记名全委会投票，谁也没办控制所有委员，这样一来不管圆满不圆满，对方方面面也都算交代得过去了。沉思默想一阵儿，与会人员包括关原和夏伯虎对吴修治都有些佩服，到底是书记，高，实在是高，从正面说是改革干部管理体制新举措，从反面说也是一种最高明的推卸责任的手段，把最复杂、最难以处理的问题交给了更大范围的集体去承担责任，让上下左右、方方面面谁也说不出什么。吴修治从大家的眼神里读到了两个字：“敬佩”，心里产生了深深的成就感和满足感，当领导当到这个份儿上，能让这些手中各自都掌握着相当权力的同事由衷地佩服，不是谁都能做得到的。

当然还是李玉玲首先第一个表态：“我完全同意吴书记的意见，吴书记高屋建瓴，提出的问题非常尖锐也非常实际，我们的干部管理体制确实到了不改不行的地步了，我看报纸上经常有跑官、买官、要官的违法犯罪行为出现，这就是吏治腐败嘛。要从根源上解决这些问题，最根本的还是要靠体制创新和政治改革，我坚决支持吴书记的意见。”

接下来大家纷纷表态，支持吴修治的意见。尽管大家都已经口头表态了，吴修治还是请大家表决一下，表决结果是对他的提议全票通过。表决完了，由李玉玲带头，常委们还哗哗啦啦地鼓了一阵儿掌。

吴修治问关原：“老关，你说说，需要多长时间能拿出方案来？”

关原看了看干部处王处长，王处长连忙说：“现在各地已经纷纷开始了干部选拔和任用的体制改革，也有很多成功的经验可供我们借鉴，我想一个月的时间足够了。”

吴修治说：“一万年太久，只争朝夕，我给你们一周的时间拿出方案来，刚才王处长也说了，现在全国各地都在进行这方面的试验，成功的可供我们借鉴的经验很多，我们自己不会发明，总会学习吧？我们自己不会创造经验，总会总结别人的经验吧？一周时间，够不够？”

关原只好说：“我们争取吧。”

吴修治说：“不是争取，而是必须，今天我们就定了，下个礼拜同一个时间地点开会，专门讨论你们组织部提出来的干部选拔任用改革方案，不成熟也不要紧，我们还有常委会嘛，在常委会上讨论完善也可以嘛。”

关原只好点头应承：“那好吧，我们保证在下一次常委会上拿出方案供各位常委审议。”

吴修治说：“我再提个建议，你们可以找方方面面的同志征求一下意见，跟他们探讨探讨，包括像跟党走这样的老同志，他们说的一些朴素的道理还真的很有营养呢。”

关原连连点头，常委们也纷纷赞同，于是吴修治宣布散会，大家不约而同地看表，比正常下班时间已经晚了一个小时。

3

这一天，银州市机场停机坪的气氛格外怪异，一辆铁窗、铁门、铁壳子，按照乌龟的防护标准装备起来的警用装甲车开到了停机坪，几个全副武装的警察从车里钻出来，立刻把装甲车严严实实地包围了起来。随即又陆陆续续来了很多警车，把停机坪团团围住。突然看到这么多警车集中到了停机坪，尤其看到那辆超级大乌龟一样的警用装甲车，想象力丰富的人会以为发生了恐怖分子制造的劫机事件。然而，警车们既没有鸣笛也没有吹喇叭，一伙伙警察从车上钻出来，都是赤手空拳，神情轻松愉快地候在停机坪附近，有两朵年轻漂亮的警花手里还捧着硕大的花束，气氛却又十分轻松愉快。戒备森严的装甲车和轻松愉快地捧着鲜花的警察两相对照，反差强烈，让人实在猜不透发生了什么。好奇的机场工作人员纷纷打问："怎么了？要干吗？"

警察们显然心情很爽，对机场工作人员不厌其烦地告知："我们彭局破了一个积压二十多年的大案，不但追回了二十四公斤重的大金锭，为国家挽回来五百多万元的经济损失，还把罪犯带回来了，你们没看报纸啊？今天我们就是来迎接带队抓捕罪犯破获这个案子的彭局。"当然，抓住一切时机不厌其烦为彭远大评功摆好的肯定是银州市公安局刑警队的哥们儿。

彭远大一行四人将乘坐这个航班到达，他们回来之前，给刑警队打了电话，通知他们到机场接机，所以刑警队前来迎接是正常的。可是让刑警队意外更让彭远大他们自己想不到的是，家里的三位副局长竟然也率领着分管部门的代表到机场来迎接局长大人彭远大，而且这三位副局长完全是分头行动，相互之间事先根本没有协商，属于名副其实的不约而同。各位公安局的现任领导在机场不期而遇，相互之间也都感到有些意外，似乎自己和对方都在做什么不太光明正大的事情，这也是官场生态的一种表现形式。

自从《公安战线》报道了彭远大他们远征千里和福建当地警方密切合作成功破获金锭盗窃案之后，银州市数十家官方、半官方、民营的传统、现代媒体纷纷激情跟进，转载的，跟踪报道的，有的还不厌其烦地挖掘了当年这宗案子的历史背景资料提供给广大读者。广大读者也非常感动、激动，展开了和新闻媒体的积极互动，传统媒体的电话、传真成了热线，读者纷纷打电话、发传真关心这个案子的侦破细节，要求媒体表达他们对公安干警的崇高敬意。现代化的互联网上，网友们更是展开了气氛热烈的讨论、追捧，把网络搞得像沸腾的高压锅，如果哪个本地网友不知道“大金锭”、“彭远大”这几个关键词，就会被其他人嘲笑为菜鸟、弱智。这种排山倒海的新闻冲击在这个敏感时刻突然出现，让公安局现任几个在家忙忙碌碌给部下摆饭局的副局长发蒙、惶惑、紧张。他们琢磨不透这是精心策划的大戏正式上演，还是仅仅是一种巧合。如果像庄扬分析的那样是事先安排好的大戏，彭远大那个长相一点儿也不远大的小个子可就心机太深、太恐怖了。如果不是事先安排好的大戏，这种由新闻媒体掀起的滚滚热浪对目前正在紧绷的公安局局长之争将会起到什么作用，那也是不言自明的。这种局面让几位竞争对手心惊胆战、焦躁不安却又无可奈何。

尽管几个人对彭远大都心存猜忌，可仍然不约而同地到机场相会了，这也是政治角逐中卑劣的一面，几个对手幕后厮杀得难解难分，表面上却还要装得和谐、友好。这也是官场的行为准则：几个人参与竞争跟两个人的直接对抗有所不同，按照一对一的排列组合，几个参与竞争的人中，相互之间是对手，相对于别的人，又可能是盟友。再退一步说，竞争是一时的，共事是长期的，谁也不愿意因为这么一次竞争便闹得元气大伤，被彻底从先天下之乐而乐的阶层踢出去。所以，几位副局长不约而同地到机场迎接彭远大，既是一种姿态，也是一种现实的需求，因为大家终究都是明白人。

平心而论，公安局局一级干部过去的关系相对而言还是比较融洽的，那时候范局长当一把手，年富力强，除非工作变动，一时半会儿谁也看不到有接班的机会，没有机会也就没有什么想头，没有什么想头也就没有什么争头，所以大家也就心平气和，各负其责，各司其职，总体上来说还算得上一个团结战斗的领导集体。范局突然死亡，造成权力真空，形成球场效应，大家都开始争抢那唯一的篮球，进而出现了重新洗牌的混乱局面，过去团结战斗的领导集体现在成了争权夺利的角斗场，明争暗斗活像既没有竞赛规则又没有道德意识的拳手在争夺冠军，上面动拳头，下面使绊子，急眼了说不准还会张嘴咬对方的耳朵。这样一来，不但破坏了领导之间的感情关系，也破坏了公安局安定团结的大好局面。没办法，归根到底都是野猪惹的祸，如果没有那一群野猪作祟，公安局的领导班子绝对不会没有沟通部署，一窝蜂地跑到机场迎接彭远大，做这种表面文章。

几位副局长在机场会面各自心照不宣，等飞机的空档，蒋卫生指点着不知道从哪里得到消息跟踪而来的媒体记者说：“这一次老彭可是露大脸了。”语气涩涩的、酸酸的。

姚开放叹息道：“唉，这就叫能干的不如会干的，会干的不如会赞的，会赞的不如会转的。”

蒋卫生问他：“能干、会干我明白，会赞、会转是什么意思？”

姚开放说：“这还不好理解？会赞的就是会溜须拍马给领导说好听的，会转的就是有事没事常到领导家转转。”

庄扬在一旁半开玩笑地问他：“老姚你算哪一种？”

姚开放说：“我吗，哪一种都不是，哪一种也都沾点边，跟你差不多。”

蒋卫生把话题挑起来了，却立刻抽身而退，因为这种讨论方式容易引起争执，他最不愿意跟别人正面发生争执，正面争执控制不好很容易升级为正面对抗，这是从政的大忌，他抬头看着洁净如洗的天空，把话题拉开了：“飞机该到了吧？”

庄扬也不愿意跟姚开放继续谈论那种说不清道不明的话题，同朝为官，忌讳也是相同的，蒋卫生明白的道理别人也懂，便扔下刚才跟姚开放谈论的话题接了蒋卫生的话茬儿：“快了吧，应该到了啊。”

蒋卫生一向觉得庄扬这种正牌大学毕业的人有点清高，跟自己这种工农出身的干部格格不入，所以对他敬而远之。最近不断耳闻他跟司光荣四处活动跑官，心里就对他存了轻视，暗说你他妈的也别再假清高真低俗了，到了这种时候不照样得跑、得送、得低三下四吗？过去蒋卫生对自己到关原家里送集邮册还暗暗感到羞惭，现在知道庄扬也在积极跑动，便从心里把他看低了不少，这时候就逗他：“来了，你看，那不是吗？”

庄扬以为飞机真的到了，就抬起脑袋脖子抻得长长的做公鸡打鸣状朝天上看，蒋卫生嘻嬉笑着说："看见了吗？哦，我刚才看错了，不是飞机是一只乌鸦。"

庄扬回过头来："说什么呢？机场上空哪儿来的乌鸦？"

蒋卫生说:"噢,机场上空没有乌鸦,乌鸦就在地上,一身黑,白肚皮。"

庄扬今天没有穿警服，穿了一身黑西装，敞着怀，里面是白衬衣，所以蒋卫生这么逗他。

旁边姚开放嘻嘻嘿嘿地笑，趁机搅屎棍子："庄局，老蒋骂你呢。"

当着那么多下级的面蒋卫生拿他开玩笑，庄扬很是不愉，说："他就那么点本事，你就让他使劲使，别人都是乌鸦就他是一只金凤凰。"

蒋卫生正想再讥嘲他几句，飞机来了，轰隆隆的声音像一团滚雷扑向地面，淹没了地上的一切声响，胖乎乎的安-24活像一根肚皮上插了一把餐刀的火腿肠从云层中钻了出来，老鹰抓小鸡似的降落在跑道上，跌跌撞撞地朝前趔趄了一阵儿然后转向停机坪停了下来。机舱门打开了，乘客们如同死里逃生一样急匆匆地从飞机的肚子里挤了出来。乘客差不多下光了，彭远大几个人才出现在机舱门口，彭远大走在前边，大李子和黄小龙夹着吴水库跟在后面，看到下面那么多人在等着他们，彭远大几个人愣住了，他们并不知道如今自己已经成了新闻热点人物，更想不到局里仍然健在的三位领导能倾巢而出前来迎接他们。大李子在彭远大身后喃喃自语："我的妈啊，这么隆重，该不会是公安部长跟我们同机吧？"

黄小龙则得意扬扬地首长检阅一样对着停机坪上等候迎接他们人群的挥手致意，嘴里还大声喊着："同志们辛苦了。"

彭远大愣怔了片刻，连忙从舷梯上跑下来，蒋卫生年纪大，又是局里目前排位第一的领导，便抢先迎上前来跟彭远大紧紧握手："辛苦了，辛苦了，欢迎胜利归来，胜利归来。"

彭远大让他们这一套搞得有些措手不及，一边跟蒋卫生握手，一边问："怎么这么隆重？真是来接我们的？"

姚开放排位在庄扬前面，也挤在庄扬前面从蒋卫生手里接过彭远大的手摇了又摇，没别的新鲜话可说，就跟蒋卫生一样连连说道："辛苦了，辛苦了，欢迎胜利归来，胜利归来。"听着好像蒋卫生的回声。

跟两个人都握过了手，这才轮到庄扬，庄扬在局里排位还在彭远大后面，庄扬热情洋溢地两只手紧紧握了彭远大的手说："这一趟功劳卓著，远近闻名了啊，祝贺你！"

彭远大让他说得莫名其妙，抓住他的手不放追问："什么远近闻名？"

庄扬这才告诉他："你真不知道吗？《公安战线》登了你们和当地警方联合破获金锭失窃案的消息以后，我们银州市的各种媒体纷纷转载，现在你彭局可成了我们银州市的大明星了……"

彭远大惊讶地说："是吗？不就破了一个案吗，怎么会闹出这么大动静。"

接下来陪同领导前来接机的警察们纷纷涌上和彭远大几个人握手寒暄，两朵警花把花塞进了彭远大的怀里，搞得彭远大手忙脚乱，咧着嘴抱着两大捧鲜花活像第一次拜见老岳母的傻女婿。

刑警队长王远志握了彭远大的手说："彭局，你胆真大，怎么敢坐这种飞机？真吓人。"

彭远大说："航空公司又不是我家的，人家派啥飞机我们不就得坐啥飞机？安-24就是噪音大点，颠簸得厉害点，别的方面倒也没觉着怎么样。”

紧接着《银州日报》和银州市电视台的记者们挤进人圈子，有的抓紧时机给吴水库摄像、拍照，有的揪住彭远大就地采访起来：“请问彭局长，你们这次奔波上千公里成功破获了这起当年震动全国的金锭失窃案，回到银州，你们的心情是怎么样的？”

彭远大说：“心情当然很高兴啊！”心里却暗暗骂这个记者弱智，怎么能问出这么没有创意的问题。

另一位记者抢上前来追问：“请问彭局长，你们在外面转战数千公里，时间长达一个多月，现在终于凯旋，此刻您最想做的第一件事情是什么？”

彭远大说：“我最想做什么你们一会儿就知道了，对不起，各位记者朋友，既然你们很关心我回到银州市之后最想做什么，那就给我点时间，先让我把最想做的事情做了好不好？”

姚开放性格比较痞，开玩笑地对记者们说：“我们彭局现在最想做的事情就是赶紧见到他的老婆孩子，尤其是老婆，各位记者应该理解。”在场的人听了姚开放的话嘻嘻嘿嘿地笑了起来。

蒋卫生在一旁凑趣：“记者们难道还想看看我们彭局怎么跟老婆见面吗？我们彭局的老婆可是公安局各位局长的老婆里最漂亮的，想不想看一看？”

记者们便也开始凑热闹搞笑：“愿意啊，彭局不会舍不得让我们看吧？”

记者们和彭远大当然都不明白姚开放和蒋卫生的用心，记者们团团围着彭远大采访，他们心里不是滋味，谁也不愿意让自己的对手成为新闻媒体聚焦的对象，但是这种局面又不是他们所能控制得了的，于是便用调侃、玩笑混搅，不露声色地把一次认真的采访变成嘻嘻哈哈的闹剧。庄扬冷眼旁观，心里暗暗叫绝，蒋卫生和姚开放都是农村出来的底子，虽然经过多年的奋斗当了公安局副局长，身上却还不时露出农民身上那股土腥味，庄扬往往因此看不起他们，今天眼睁睁看着他们把农民式的狡黠成功地用到彭远大身上，不由对他们就有些刮目相看的新感觉，暗暗提醒自己，今后还真要多多提防这两个貌似土气实则大大狡猾的同事。

庄扬当然也不是善茬子，立时拦在记者们前面，和颜悦色地劝告各位记者："记者同志们，请原谅，彭局在外面奔波多日，非常辛苦，好容易回到了银州，我们先让他好好休息一下，也给他留一点私密空间跟家人团聚团聚。过两天我们公安局专门就这个案子的侦破情况召开一次新闻发布会，到时候请各位记者光临好吗？"说着给旁边的警察们使了眼色，警察们便立刻上来把彭远大和记者们隔开了，刑警队队长王远志带着两个人从大李子、黄小龙手里接收了吴水库，立刻将他塞进装甲车。蒋卫生对彭远大说："一路辛苦，先回家看看，今天晚上给你接风洗尘，把爱人孩子都带上，跟同志们好好聚聚。"

彭远大说："嗯，谢谢了，我一定去，老婆孩子就免了，他们有他们的事。"彭远大的儿子面临高考，此刻正是高度紧张的时候，他估计董晓兰肯定不会耽误宝贵的时间陪他去吃喝。

姚开放说："那也好，晚上一定准时到啊。"

彭远大应承着，回头对黄小龙喊道："小黄，把东西给我。"

人们这才注意到，黄小龙还背着一个尼龙丝袋子，弯腰弓背，满头大汗，看样子袋子分量不轻。听到彭远大的召唤，黄小龙连忙过来把袋子交给了彭远大，彭远大两手有点吃力地抱着尼龙丝袋子告诉蒋卫生、姚开放和庄扬三个人："这家伙真沉。"

大家立刻明白了，袋子里就是那块当年闻名全国的金锭，记者们闻风又像嗅到了腐肉的秃鹫一样围了过来，纷纷要求："彭局长，能不能让读者、观众先睹为快地看看这块当年闻名全国的金锭啊？"

再次接触到破获的贼赃，破案时的亢奋又回到了彭远大身上，他面色潮红，好像空着肚子刚刚灌了一整瓶二锅头，连连答应："没问题，没问题，这本来就是我们银州人民的财富嘛！"说着，彭远大蹲在地上，把尼龙丝袋子解开，露出了里面的金锭。他们已经把金锭擦洗过了，所以金锭现在已经不是刚刚找到时那种黑漆漆的脏膜样，金光闪闪、圆圆的一坨，形状好像从碗口粗的大树上截下来半尺长的一段木桩。彭远大站起身活像街边卖艺的向围观者兜售狗皮膏药："看看啊，这就是当年我们银州市大名鼎鼎的'886'厂的镇厂之宝，别看它体积不大，足足有二十四公斤重啊，那就是两万四千多克，按照现在的黄金价格，价值五百万块人民币啊！"

记者们便围拢过来拍照、摄像。彭远大意犹未尽，遗憾不已地说："可惜的是，这块金锭让罪犯给割了一块，看见没有？就在这边上，做成了金首饰，大概少了一百多克，我们追回来了有六十多克，还差四十克，福建警方承诺他们一定要追缉回来。"

公安局的干警们仅仅是听说过有这么一块大金锭掉丢失了，谁也没真的见过，这时候也好奇地围拢过来看大金子。

老牛说："这家伙看上去没啥出奇的嘛，看着像一块废铜烂铁，扔在地上我都懒得捡。”

有的警察就说真的，不说谁也不知道这是一块大金子，因为谁也想不到谁会有这么多金子又把金子做成这个模样。蒋卫生也说：“我过去参观过恶霸地主刘文彩的展览收租院，看到他们家的金砖，也不过就是一寸见方的小小一块，就觉得了不得太值钱了，这家伙跟老地主家的金砖比，才是真正的了不得。”

庄扬说：“好了，看也看了，说也说了，赶紧把它存到银行的金库里去吧，别再出个什么事儿，金子要是从我们公安局丢了，那就成了大笑话了。”

蒋卫生不屑地乜斜了庄扬一眼：“案子还没结呢，这是赃物，罪证，得经过法院判决以后，由财政局和人民银行正式办理交接才行。”口气和表情配合起来，话语后面的潜台词就是：白痴、外行。

庄扬让蒋卫生不软不硬地噎了一顿，有些下不来台，又不好为此跟他争执，因为他刚才说的话确实不在行，作为检察机关出来的干部，这种起码的常识他不是不懂，他也是看到彭远大守着那块大金锭对了记者群精神亢奋地活像一只正要踩蛋的大公鸡，心里觉得厌烦、妒忌，急于结束这种他很不愿意看到的场面才说出那种外行话来。他假装没听出蒋卫生的话外音，对彭远大说：“老彭，该回家看看了。”

彭远大蹲下把尼龙丝袋子捆扎好，挺费力地抱了起来对庄扬、蒋卫生和姚开放几个领导说：“不急，你们要是没事就跟我走一趟，有事就忙你们的去，我得先把我回到银州最想办的头一件事情办妥了再交差。”又对大李子跟黄小龙说：“你们也一起去，给老局长汇报汇报。”

这话一说，大家才明白他是要到老局长的坟上去，几位副局长心里涌上来的念头完全一样：这个彭小个子，真会作秀，看样子今天不表演充分了不会罢手。

彭远大抱着大金锭，钻进了前来押解罪犯和大金锭的装甲车，大李子和黄小龙也一起上到车上，彭远大不管别人是不是愿意跟着他去，直接吩咐司机："到陵园去。"司机发动车出了机场朝陵园方向开，别人无可奈何，也只好纷纷上车跟在他的后面。记者们的采访车急三火四地跟了上来，记者们不清楚彭远大要做什么，既有个人的好奇心，又有抓新闻的职业病，自然不会放过这次采访的好机会。

陵园坐落在市郊龙头山面南的漫坡上，改革开放以后，陵园的管理开始走向市场化，死人的事是天天都要发生的，活人对死人总是格外宽容、格外大方，所以银州市陵园和全国各地的陵园一样经济效益良好，陵园现在也成了热门产业，过去殡葬工、陵园管理工没人愿意干，现在要想干殡仪，进入陵园当职工，还得走后门，每进一个人都得民政局局长批。经济效益好了，也就有钱为死者创造一个优美的长眠环境，陵园的大门修得金碧辉煌，陵园内更是苍松翠柏、花团簇锦，每一个陵墓都是一个小小的用花岗石板材砌成的小楼阁，陵园管理部门好像在用这一切暗示：活着真不如死了好。

彭远大抱着那块大金锭来到了老局长的坟前，把尼龙丝袋子放到老局长的墓碑前面，解开捆扎着袋口的绳子，露出装在里头的大金锭，毕恭毕敬地对老局长墓碑上镶嵌的照片说："老局长啊，我知道这一辈子最让你扔不下的就是这个金锭被盗案子，当年你亲自担任专案组组长，却没有能够侦破这个案子，这是你一生的遗憾，你死不瞑目啊！今天，你的老部下彭远大带着金锭来看望你了，我要告诉你，当年我们的侦破方向完全正确，您老人家的指挥绝对没有错误，那个吴水道就是这个案子的主犯，他的自杀就是畏罪自杀，我们没有错。现在国家的金锭我们已经找回来了，逃跑的罪犯也已经抓回来了，老局长，您安息吧！”说完，又毕恭毕敬地给老局长的遗照鞠了三个躬。

到场的警察们跟着彭远大给老局长鞠躬致意。陵园营造出来的庄严肃穆对人的心灵具有洗涤作用，彭远大向老局长汇报时的真情实意显示出的一个合格警察身上所必须具备的那种敬业精神，让蒋卫生几个局领导和所有的警察动容，此时此刻，作为竞争对手，他们心里对彭远大有再大的芥蒂和猜忌，也不敢对彭远大所作所为的正义性、正当性有任何一点儿嘲讽或者反感的念头。也正是在这一刻，蒋卫生、姚开放和庄扬三个人心灵受到的震撼让他们对自己心灵的卑微和不洁有了羞愧的感觉。如果一个人能够永远在内心储藏这样一份道德的庄严，保留这样一丝对正义的敬畏，我们的世界就会干净许多、公平许多、美好许多。可惜的是，这种感觉持久不了，换个环境，换个时段，世俗和现实的欲望就会让人们重新回到现实生活的卑污中，如同残忍的食肉动物遵从残酷的森林法则，毫无顾忌地投入到不择手段的争抢掠夺之中。

彭远大蹲下身去，慢慢地再一次将金锭包裹严实，然后缓缓地沿着陵园宽阔平坦、洁净如洗的水泥路慢慢走下山来，到了山下，他把金锭交给黄小龙和大李子，吩咐道：“送到局里去，我先回家了。”

警察们在彭远大的带领下做这一切的时候，跟随前来的记者们在一旁默默旁观，没有一个人敢用那手榴弹似的麦克风和喋喋不休的问题来打扰警察们，他们没有进行采访，却又感到收获颇丰，已经可以满载而归了。

大李子和黄小龙正要钻进装甲车，蒋卫生跑过来专门郑重其事地嘱咐："你们俩千万别忘了啊，晚上六点整，在银州大酒店，给你们三个接风。"这是蒋卫生为人精细之处，他要显得比别人更加平等待人，更加善待下级。

人们各自驱车散去，彭远大也急急忙忙地回家看望老婆孩子。孩子上学去了，老婆上班去了，只有哑巴丈母娘在家，看到他回来，老人家兴奋地张牙舞爪、比比画画，咿咿呀呀说个不停。多年在一起共同生活，彭远大已经适应了过去的王大妈、如今的老岳母这种让人耳晕目眩的表达方式，他知道老人家是在祝贺他成功破获了积压多年的重大案件，胜利归来，告诉他已经准备了一桌好菜等女儿外孙回来就可以开吃了。彭远大告诉她，局里晚上要聚餐，有饭局，给他们接风洗尘，老人家便很失望。彭远大急忙解释说，这是局里同志们的一片心意，一定要去，不去就会让大家扫兴，甚至影响安定团结的大好局面，老妈做的饭明天再吃也不迟。老人家也懂得安定团结的重要意义，只好手忙脚乱地又把准备好的半成品匆匆忙忙往冰箱里塞，忽然又想起来什么，比画着让彭远大等着。片刻，老人家从不知道什么地方翻腾出来一摞子报纸给他看，彭远大这才知道，他人还没到家，却已经成了新闻人物。看着报纸上记者们绞尽脑汁就着事实堆积在一起的溢美之词，彭远大心里爽透了，成就感热辣辣地充溢着他的胸脯，胜利的喜悦涨得脑袋发晕，作为一名警察，破了大案要案，又得到社会的肯定和赞许，就跟农民获得了丰收又被免除了农业税，工人不但没有下岗反而拿到了奖金一样激动、兴奋。

彭远大匆匆忙忙地洗了个澡，又匆匆忙忙地换上一身新警服，兴高采烈地去参加局里为他们几个人举办的接风洗尘庆功晚宴。就在他和同事们觥筹交错、把盏言欢的时候，银州市的官方门户网站“银州信息港”的论坛区出现了一篇题名为《局长大人的政治秀》的帖子，这个帖子一出，立刻引起了广大网友的激烈辩论，成为网友们的发烧话题。与此同时，几十封揭发检举彭远大的匿名信也向市委每一个常委、组织部和纪委的领导们投递而去。

彭远大跟同事们酒足饭饱，王远志一伙人意犹未尽，抱怨够了顶头上司彭远大这次办这么漂亮的案子不带他们去，又非拉着彭远大再到歌厅去潇洒潇洒。彭远大出差多日，想老婆想的活像发情期的老山羊，恨不得马上把晓兰紧紧地抱到怀里痛痛快快地揉搓一顿，哪里有心思跟他们到歌舞厅那种地方鬼混，嘴里讲着大道理：“那怎么行？别忘了我们都是警察，到那种地方影响多不好。”王远志、老牛、大钱、小赵一个劲儿地鼓动他必须去，声明不唱不跳更不叫小姐，光喝啤酒，公安部的十条禁令也管不到这个时段的健康娱乐活动。

姚开放过来说:“理解万岁，你们也不想想，要是你们出去这么多天，回到家最想干的是啥？别胡搅蛮缠了，赶紧都老老实实回家，公务人员少到那种地方去。”

姚开放这么一说，王远志一伙就不敢再逼迫彭远大了，大李子跟彭远大的情况相似，也是急于回家抱老婆钻被窝，却又怕拂了刑警队这帮哥们儿的好意今后在刑警队不好混，嘴里不敢说啥，眼巴巴地看着彭远大，只希望他能拿出主管局长的权威严词拒绝王远志的诱惑，姚开放一出面干预，大李子立刻兔子躲鹰一样撂蹶子跑了。

姚开放笑呵呵地说：“怎么样？我没说错吧？人同此心，心同此理，你们要是真的爱你们彭局，就放他一马吧。”

彭远大总算回到了家，总算见到了亲爱的晓兰和发育得像头小牛犊子的儿子。晓兰正在和他们家的小牛犊子趴在电脑跟前紧张地忙碌，见到彭远大回来，晓兰顾不上做出热烈欢迎的姿态就招呼他：“老彭，你过来看看，这上面是什么东西。”

彭远大凑过去，见到儿子正在情绪激动手指如飞地在键盘上敲击，嘴里还在喃喃地骂着脏话：“王八蛋，老子毙了你。”随着他的敲击，屏幕上出现了一串“放屁”、“弱智”、“臭狗屎”、“诽谤诬蔑”、“把造谣诽谤的王八蛋踢出去”等各种在网上常用的骂人词汇。

彭远大惊讶地问：“你们娘俩跟电脑较什么劲？包子，怎么了？跟电脑斗什么气？实在不行干脆砸了它，省得跟它惹气。”

包子是儿子的乳名，董晓兰不知道怎么回事儿，怀儿子的时候，就喜欢吃包子，还不管什么馅的，只要是包子就吃个没够，儿子生下来，彭远大就说这小子全是包子变的，于是起名包子。

小牛犊子回过头对彭远大说：“老爸，你别说风凉话了，不知道哪个王八蛋在网上攻击你，你让你们公安局的网警追查一下，告他们诽谤罪。”

彭远大再次惊讶：“你以为公安局是我家开的啊？在网上攻击我？胡说八道，攻击我干吗？是不是人家骂别的警察，你们自己硬要对号入座？”

晓兰解释道：“刚才包子在网上看到有一篇文章，说你这次外出破案是搞政治秀，还说你伸手向常委会要官，点名道姓还用得着我们对号入座啊！”

彭远大有些发懵，包子说："在这儿呢，你自己来看看。"

彭远大凑到电脑跟前拜读了那篇题为《局长大人的政治秀》的文章。文章登载在网上，署名是"一棵树"，这种名字网上一搜能搜出成千上万个，看不出什么特别之处。文章的笔法老辣，振振有词："最近我市公安局副局长彭远大成了新闻人物，原因是他奔波数千公里成功侦破了积压多年的金锭失窃大案，立了大功。但是，了解内情的人谁都知道，当年这个案子的具体承办人就是这位号称局长大人的彭远大。几十年没有侦破的案子为什么突然就这么轻而易举地侦破了呢？事实的真相是，当年这个案子就已经有了重大突破，但是时任专案组副组长的彭远大却由于重大失误，导致了重要嫌疑人吴水道自杀身亡，造成这个案子侦破线索中断，成了死案。所以说，这个案子是因为彭远大的重大失误而陷入僵局的。这个案子拖了二十多年，为什么早不破晚不破，偏偏等到选拔公安局局长的时候破呢？一个普普通通的盗窃案，为什么会像抓住本·拉登一样大肆宣传、大吹特吹呢？让我们请彭远大自己揭开谜底吧。早在彭远大还是公安局一个小小的以工代干的时候，他就声称迟早银州市公安局局长是他的，当时公安局的干部职工对他的野心和狂妄非常反感，讽刺地把他称之为局长大人儿，这就证明，早在二十多年前彭远大就已经野心勃勃了。最近所发生的一切，很明显，只不过是彭远大实现个人野心精心策划的一场闹剧而已。前不久市委常委正在讨论公安局局长的人选问题时，彭远大局居然直接把电话打到了常委会上，狂妄地自我推荐，说现任公安局的领导班子里，没有人适合担任公安局局长，只有他才是公安局局长最合适的人选。这位局长大人今天回到银州，一下飞机便继续开始表演他政治秀，又是让记者拍摄他带回来的金锭，又是跑到银州陵园告慰老公安局局长的在天之灵，一个人为了实现自己的野心，到底能做出多么让人作呕、卑鄙的事情，彭远大就是最好的例子。银州市的人民群众眼睛是雪亮的，谁都知道，野心家绝对不会真心实意地为人民做好事，他们做的每一件事情都只不过为自己搭建实现自己野心的台阶而已，我们大家要彻底揭穿彭远大这个野心家的卑劣用心，彻底揭开彭远大的假面具，把他的卑鄙丑恶嘴脸暴露在光天化日之下。我们正告彭远大，不要再表演了，不要再让我们银州人民恶心了，公安局局长的位置不是卑鄙小人上演政治秀的场所。”

彭远大看了这篇文章怒火中烧，要不是心疼钱，真会马上把这台电脑砸了。董晓兰关切地劝慰他：“没什么了不起，这跟泼妇骂街没什么两样，真有本事就当面来，你别为这种事情生气。”

包子在一旁出主意：“爸，我听说你们公安局专门有网络警察，可以根据 IP 地址查到发帖人的具体地址，你让他们查一查，把这个王八蛋抓起来，然后追究他的诽谤罪。”

刚说到这儿，老岳母疯了一样地闯进来，手舞足蹈地说着什么，好在一家三口对老人家的肢体语言都已经非常熟悉，知道她这是紧急召唤大家快去看电视，电视上正在上演非常重要非常值得看的节目，于是一家三口又随着老岳母来到客厅，电视正在播放银州电视台的名牌专题节目“话说银州”，画面上彭远大正站在银州市陵园里，神情肃穆的向老局长报告成功侦破金锭失窃案的消息。播音员的解说词是：“彭远大副局长告慰老局长在天之灵的深情话语，感动了在场的所有警察，我们看到了现场几位女警察眼中闪现的泪花。”随着解说，镜头还有意播放了两朵警花的特写镜头，这两朵警花眼眶里泪花闪烁，很是煽情。播音员的声音也更加感情丰富："人们相信，老局长的在天之灵得知这个消息一定会欣然而笑的。我们也相信，有了老局长、彭远大副局长这样一批优秀的人民警察，我们的公安战士一定会为我们银州市创造一个治安良好、安定和谐的经济社会发展环境……”

董晓兰说："到底怎么回事儿啊？那边骂，这边捧，老彭啊，你现在真成争议人物了。”

彭远大看了这个报道，被网上的文章骂出来的火气立刻消失了，对董晓兰说："这件事情其实很简单，如果没有这边的捧，也就不会有那边的骂。”

包子追问："爸，你知不知道是谁干的？”

彭远大说："你爸如果连这都弄不明白，这个警察就白当了。”

董晓兰和包子异口同声地问："谁干的？”

彭远大说："这是国家机密，我知道了也不会告诉你们。”然后对包子说："今后你别在电脑上那么骂人，鲁迅说过的话你忘了？”

包子说："鲁迅说过的话多了，你指哪一句？”

彭远大说："恐吓和谩骂决不是战斗。”

董晓兰也开始指责儿子："我过去还不知道，你这么会骂人，都是跟谁学的？今后我再听到或者看见你这么骂脏话，小心我割了你的舌头。”

包子伸出舌头挑衅："给你割，给你割，割了正好省得我参加高考。”

董晓兰动作疾若闪电地揪住儿子的舌头狠狠掐了一把："割了舌头也得参加高考，而且还得考好，考不好连你的耳朵也割了。"

包子狼狈不堪地捂住嘴，疼得直跺脚："你干脆把我的四肢也割了削成人棍算了，疼死我了，老爸，董晓兰是不是我的后妈？"

彭远大笑呵呵地说："不但董晓兰是你的后妈，彭远大还是你的后爸呢，你是我跟董晓兰从马路边上农民拾大粪的粪筐里捡回来的。"笑话说过了，然后正色命令儿子："洗洗睡觉去，少在这儿混着看电视。"

老岳母在一旁看到外孙子受虐待，扑过来推开董晓兰和彭远大，老母鸡护雏子一样扎撒着两臂唔哩哇啦地抗议。彭远大的儿子不知道是遗传了他哪一辈祖宗的优良基因，还是在母亲肚子里吃多了包子生下来生活条件又好，个头足足比彭远大高了半个脑袋，更比他外婆高了一个脑袋，所以矮小的外婆保护身躯高大的外孙让人看着就格外好笑。彭远大脑海里映出了不知道在哪部动画片里看到的一只小哈巴狗面对大灰狼勇猛地保护身后大水牛的情景，忍不住哈哈笑了起来。

家里人都让他笑愣了，异口同声地问他："笑什么？"

彭远大当然不敢将脑海里想的东西说出来，便对儿子说："好了，儿子，该睡觉了，你现在比你爸你妈都辛苦，明天早上早点起来，就我的车我送你。"

能坐彭远大挂着公安牌照的小轿车上学，历来是儿子最得意的事情，连忙说了声"那我就睡了啊"，对董晓兰飞了一吻:"拜拜了，后妈。"董晓兰苦笑着作势追打，儿子却已经钻进自己的卧室扣上了门。

老岳母也回自己的房间休息了，彭远大像日本兵进村祸害妇女一样拽着董晓兰朝自己的卧室拉，董晓兰甩开他的魔爪说：“别急，我去洗洗。”然后风姿绰约地钻进了卫生间。

彭远大回到卧室，三下五除二扒光衣裳钻进被窝等待娇妻，心里充盈着期待的焦灼和幸福。真正的漂亮女人，不管到了什么年龄，都是那个年龄段女人风致的范本，董晓兰就是活生生的例子，彭远大庆幸的是，这个例子是自己的老婆。董晓兰也已经过了四十五岁大关，但是却仍然唇红齿白，让人看了赏心悦目。穷人的孩子早当家，董晓兰过日子是一把好手，相夫教子，还要工作挣钱，彭远大常想，自己这一辈子真正的福气就是娶了董晓兰还搭了一个自带饭票的保姆，所以家里的什么事情都用不着他操心，能够一心一意当好警察，这也是他能成为一个成功警察的可靠保证。由成功的警察联想到了破获金锭失窃案之后发生的一切，想到网络上那篇文章说他把电话打到了常委会上，狂妄地自我推荐，说现任公安局的领导班子里，没有人适合担任公安局局长，只有他才是当公安局局长最合适的人选，心头不由一惊，想来想去他实在想不出自己怎么会有那么大的本事给常委会打电话要官，即便想打敢打那种电话，他也不知道什么时候开常委会啊。想来想去忽然想到，在他临回来之前，曾经接到过组织部王处长的一个电话，好像他当时开玩笑的对王处长说过那种话，会不会是王处长把这些话捅到了常委会上？如果那样，这个王处长可就太不地道了。想到这儿，彭远大赤裸裸跳到地上从衣服兜里拿出手机找到王处长通话留下的电话号码，拨通了王处长的电话。

此时已经深夜十点多钟了，王处长接到电话很不耐烦：“谁啊？这么晚了什么事？”

彭远大先道歉再讨伐："对不起啊，王处长，这么晚了给你打电话，我是彭远大。我问你一件事，前几天你给我打电话，我跟你开玩笑说的话你怎么捅给常委会了？你这不是毁我吗？"

王处长先问："我在电视上看到你才知道你老人家总算回来了，你怎么知道这件事的？"

彭远大说："不光我知道，现在银州市人民都知道了，你到银州信息港网站上看看，帖子都发出来了。"

王处长大吃一惊："什么？网站上发出来了？怎么可能？"随即又叹息着说："也没什么不可能的，现在跑风漏气已经成了常态，常委会上的事情只要想知道就一定能知道。"

彭远大追问："我不管常委会跑风漏气的事情，我要知道的是，跟你开个玩笑，你怎么就往常委会上捅？这么做事太不地道了吧？"

王处长再次叹息："彭局长啊，不是我向常委会捅你什么，那天我给你打电话就是常委们正开会的时候在会场上打的啊。"

彭远大大吃一惊："什么？你在常委会上给我打电话？那你怎么不告诉我一声？"

王处长说："老彭啊，你可别怪罪我，那天确实在讨论你们公安局人选的问题，会上常委们听说你不在家里，很想听听你对公安局局长人选的意见和建议，吴书记亲自让我打电话找你，直接问你的意见，你说我怎么敢当着吴书记和常委们的面告诉你我们正在开常委会啊？结果你在电话里胡说八道，全都让常委们听到了，这也怪你自己，你当时是不是喝酒了？"

彭远大懵了，他万万想不到自己竟然当着全体常委们的面说出了那种大言不惭的话来，他本能地问王处长："常委们怎么说？"

王处长犹豫了片刻，最终还是决定坚持组织原则，对彭远大说："实在对不起，常委们怎么说的我不能告诉你，我唯一能告诉你的就是，你们局里的事情还没有定下来，常委分歧比较大，可能还要有一个过程。"犹豫片刻，王处长终究有些于心不忍，这件事情归根到底还是他引起来的，等于把彭远大难得的提升机会给毁了，于是下定决心小小地违反一次组织原则，对彭远大耳语般地说："我给你透漏一下，市委决定要对干部选拔任用工作进行改革，首先就拿你们公安局局长的任命作试点，你还有时间。"

彭远大愣怔怔地问："我还有时间？你什么意思？我有什么时间？"

王处长说："赶紧做工作啊，该找的就找，该跑的就跑，起码要在常委里消除你造成的消极影响啊，有百分之一的希望就要做百分之百的努力，该争取的还是要争取啊！"

彭远大深知这位过去并不熟悉的王处长能把话说到这个份儿上，已经非常够意思了，再逼他就有点无赖，也没什么意思。再说了，即便争取，自己也没那个渠道争取，只好听天由命，顺其自然了，便说："谢谢你了，尽管你王处长害苦了我，我还是要感谢你。"

王处长急忙辩解："彭局长，你可千万别把账算在我的头上，当时吴书记说了，你别告诉他我们在开常委会，就直接问他的意见。你说我敢告诉你人家正在开常委会，常委们都竖着耳朵听你说话吗？大白天你喝那么多酒干吗？要怪还是怪你自己，吸取教训，今后别再喝酒了。"

彭远大哭笑不得，也懒得跟他解释自己其实根本就没有喝酒，只好说："好，那我就谢谢你，怪我自己……"放下电话彭远大有些发呆，脑海里唯一的念头就是：这一回自己糗大发了，做梦也想不到自己吹牛直接吹到了常委会上。

董晓兰带着沐浴过后的一身芬芳来到夫妻二人的卧室，见彭远大赤裸裸一丝不挂地坐在床上发呆，好笑地问他："干吗呢？念经还是练功？"

彭远大长叹一声："你老公现在念什么经也没用了，还是好好练我们俩的夫妻功吧。"

说着跳到地上跟董晓兰站在一起比起个来："我觉得我好像又长个了。"

彭远大在男人中属于小矮个，跟董晓兰相比却也旗鼓相当，两个人光了脚基本上能达到同等水平，董晓兰对彭远大样样满意，唯一的缺憾就是一辈子不能穿高跟鞋，只要一穿上高跟鞋就比彭远大高出一截，所以两个人走在一起的时候，董晓兰从来不穿高跟鞋，既是为自己也是为彭远大，不穿高跟鞋两个人走在一起就不会显得彭远大太矮，这样就照顾到了两个人的自尊。看到别的女人穿高跟鞋，董晓兰羡慕，也想过过穿高跟鞋的瘾，就偷偷买了高跟鞋放在办公室，别人上班是脱高跟鞋换平底鞋，她却恰恰相反，上班是脱平底鞋换高跟鞋。彭远大这一辈子的最大心愿之一就是希望自己的个头能像我们国家的经济一样不断发展，哪怕能比董晓兰高出一个指头他也就谢天谢地了。所以时不时地跟董晓兰比个，检验自己的心愿是不是正在实现，经常比逐渐就成了习惯。董晓兰搡了他一把哂笑道："都快五十岁的人了，还能长什么个？痴心妄想吧你。”

彭远大却不死心：“俗话说二十五鼓一鼓，七十三还蹿一蹿呢，我真觉得出这一趟差长个了。”

彭远大这一趟出差到南方，南方人个头普遍比北方人矮，他这种个头到了南方就并不显得十分矮了，接触的人也不像在银州四周都是膀大腰圆的大汉，所以他便有了自己长个的幻觉。

董晓兰鼓励他：“好了，就算你长了，我可要睡觉了，明天要起大早监督儿子吃补脑汁呢。”

彭远大这才想起来，在外面出差的时候日思夜想的夫妻功课还没做，便三把两把扒掉了董晓兰的睡袍，扎扎实实地把董晓兰抱在怀里，一边上下乱动一边嘴上乱说：“我觉得你的肉肉比过去光了。”

董晓兰嘘了一声：“小声点，别让我妈和儿子听见了，嘻嘻，臭流氓。”

于是两个人滚到床上开始温习功课，功课做完了，彭远大心满意足地昏昏欲睡，董晓兰却来了精神，俯身过来，两只丰满的大乳吊在彭远大脑袋上晃晃悠悠活像暖棚里的大菜瓜，一只手温柔地擦拭着彭远大脑门儿上渗出来的汗水，开始跟他探讨问题：“老彭，你刚才说你知道网上的文章是谁写的，是谁啊？那么缺德，包子说得有道理，既然你知道是谁写的，就该告他诽谤罪。”

彭远大说：“那还用得着费脑筋猜吗？是我们局里的人干的，而且是非常了解情况的人干的，外面的人写不出这种东西来。我判断出不了我那三个同事，也有可能是他们三个中的一个授意别人干的。”

董晓兰问他：“那你准备怎么办？”

彭远大说："我能怎么办？文章是骂我的，我怎么查？人家可能就盼着我查呢，一查不是反而显得我做贼心虚吗？再说了，即便查到是哪个 IP 地址发的，也不见得能查到具体人，查到具体人了人家死不认账也还是没办法，这种事情唯一的办法就是不理他，不就是想败坏我让我当不上局长吗？其实这也是多余，即便不写这篇诬蔑我的文章我也肯定当不了局长。"

董晓兰惊讶地问："你怎么知道你肯定当不上局长？"

彭远大说："组织部那个狗日的王处长在常委会上给我打电话，征求我的意见，谁当局长比较合适。当时我也不知道他们正在开常委会，就跟王处长说我当最合适，常委们当时怎么说的我不知道，可是听王处长的意思，我造成的印象坏透了，你说我还能有戏吗？"

董晓兰听了这话大惊失色："你对常委会那么说了？真有你的。"沉思了一阵儿有些失望地说："那就这么算了？"

彭远大说："不算怎么办？再说了，我出差期间，正好赶上组织部考核局领导班子，人家在家天时、地利、人和都占全了，肯定谁也没闲着。你家老彭一没靠山二没关系，人又不在，怎么能跟人家比？算了，认命吧，不就是个局长吗？即便争取上了也不过才提了半级，能有多大甜头。"

董晓兰说："他们能活动咱们就不能活动了？再说了，你这一次案子办得这么好，新闻舆论都在替你敲鼓打锣，市领导不会看不到的。"

彭远大哼了一声说："你好赖也是市政府的干部，这么多年难道白混了？枪打出头鸟，出头的椽子先烂，人怕出名猪怕壮，当政府官员最怕的就是不是领导却比领导的名头还响，古时候就说功高盖主，必遭祸患。说实话，要不是报纸电台瞎叫唤，网上的那篇文章可能还出不来呢。”

董晓兰叹息了一声，想来想去彭远大说得也对，就安慰他：“你说得对，咱们原来不就是普通老百姓吗？好赖你现在也熬成了副局长，我也熬成了公务员，我妈也有自己的退休金，钱够花了。再说了，你这一辈子不就喜欢破案吗？当了局长就不能亲自破案了，那咱就还当管刑警队能破案的副局长。”

彭远大抬头在脑袋上面悬着的那两个白生生的大菜瓜上吮了一口：“胡说呢，我最喜欢的就是你，第二喜欢的是儿子，破案充其量只能排到第三位。”

董晓兰嘻嘻笑着把他的脑袋按到了自己的菜瓜上：“虽然言不由衷，可是我也爱听。”说着，两个人又滚成了一团。

4

彭远大送完包子就到公安局上班，虽然案子破了，后面还有一连串的工作要做：对犯罪嫌疑人吴水库进行预审、正式向检察院报送案卷材料申请逮捕、补充完善案件侦破证据材料、撰写结案报告等，这都是将案子移送检察院对吴水库提起公诉所必须完整提供的资料。当时去办案的时候，没想到这个案子会办得这么顺利，只是作试探性的调查，所以他就只带了大李子和黄小龙。这两个人干实际工作可以，写结案报告这种事情就很困难。现在不像过去了，检察院受理公诉案件审查得非常严谨，稍有疏漏就会被退卷要求补充调查。彭远大亲自带队办的案子，如果遭到检察院的退卷，那就会非常没有面子，所以彭远大不敢疏忽大意，这种本来用不着他亲自去办的事情也得他亲自去办，他要把这个案子办得有始有终、板上钉钉、漂漂亮亮。

进公安局大院的时候，彭远大觉得奇怪，大院的样子好像变了，却一时半会儿又确定不了到底什么地方有变化。他让司机停下车，下车后围着大门上下端详了一阵儿才发现，过去的门柱是水泥的，现在变成了花岗岩的，过去的门柱矮矮的，现在的门柱像两根旗杆，高出了围墙一大截。看惯了过去的门柱，再看这两根新门柱觉得特别别扭。这种事情按照分工归庄扬这位管后勤的副局长负责，彭远大嘲弄地想：看样子这位正牌大学毕业的庄副局长审美水平也不怎么样，难怪他娶了一个连董晓兰脚后跟都比不上的丑老婆。

娶到一个长得漂亮的女人做老婆，绝对是一个男人值得夸耀的资本，像彭远大这种先天不足的男人娶到一个漂亮老婆，就更是让他增加自信产生成就感的本钱。每当彭远大面对那些比他高一头阔一圈的同僚们时，心里往往会拿董晓兰给自己长志气：有什么了不起，别看我比你矮一头，我老婆可比你老婆漂亮得多，说明我老彭还是比你有本事。长此以往渐渐成了一种成瘾性心理，所以今天一看到庄扬主持改建的公安局大门墩很不顺眼，就自然而然地拿人家老婆长得难看说事儿。

老牛几十年来保持了早来为大家打开水、收拾卫生的优良传统，正提了好几个暖瓶路过，看到彭远大盯着大门嘿嘿冷笑，凑过来惊讶地问道：“这么快你就知道了？”

彭远大奇怪地问他：“什么事这么快我就知道了？”

老牛鬼鬼祟祟地把他拉到一旁悄声说："大门墩的事啊，谁告诉你的？"

彭远大不屑地说："这东西还用得着谁告诉？摆在这儿又不是看不见，真难看，不如过去的好。"

老牛说："我说的是你是不是知道了私处他们为什么要急急忙忙地改建这个大门墩？"

彭远大说："这我倒不知道，有什么说道吗？"

老牛说："咳，说出来都是笑话。"接着便把郭半仙如何评论公安局的风水，庄扬和司光荣偷听到后如何立刻改建门柱子当做笑话给彭元大讲了一遍。彭远大听了之后哈哈大笑，笑过了却又感到心寒彻骨，暗想，庄扬这家伙好赖也是受过现代高等教育的人，为了升官竟然连这种无聊的事情都干得出来，背着人还不知道干了多少卑劣的事情。由此想到网上发的那篇攻击污蔑他的文章，便开始怀疑是庄扬或者司光荣干的。

老牛又说："即便郭半仙说的都是真的，他们这么做也是白搭工，没用。"

彭远大问："怎么白搭工，没用？"

老牛嘻嬉笑着说："他们偷听了一半，还有一半没听着，郭半仙当时说，还必须从半截峰上搬两块大石头垫在门墩下头才有效果，结果他们偷听的时候让姚开放给冲了，没听完整，光是把门柱重修了，却没到半截山上搬石头垫地基，所以说即便郭半仙说得是真的，他们这么干也是白搭工，没用。该局长大人当局长就是局长大人当，排队买票也有个先来后到呢，就算轮也轮不到他庄扬啊。"

彭远大心里憋着气，实在忍不住骂了一声:“真他妈的是卑鄙小人。”至此，彭远大和庄扬之间裂开了一道大缝，这道大缝即便是最好的泥瓦匠用最好的腻子也难以抹平。

老牛见彭远大动气，就开始劝慰他：“别跟这种人生气，别人也好不到哪儿去，哪个不在为抢局长那个位置使尽了浑身解数？就是你，在这个关键时刻跑到外面出差，好机会都丧失了。你不知道，前几天咱们局里热闹透了，蒋卫生、庄扬、姚开放仨人轮着请我们吃饭。干吗？不就是因为组织部考核领导班子，要让大家民主评议打勾画圈吗？几个人表现那个好啊，过去见了我们从来没有先打招呼，眼珠子朝天上看，现在一见面先递烟后说话，递的还净是好烟。说话的时候满脸堆笑，那种皮笑肉不笑的样儿，比我老牛还难看。”

彭远大说：“你说我是不是也该请请大伙？”

老牛说：“大伙就别请了，考核班子已经完事了，该打的勾已经都打了，现在请客是马后屁，白花钱。你实在不请不忍心的话，就请请我算了。”

彭远大看着老牛那张太监脸说：“老牛啊，我们俩也算是老交情了，你老小子这一辈子把我害得够苦了，还好意思让我请你？”

老牛急了：“好我的局长大人，你这话我可担待不起，你说，我怎么害你了？”

彭远大说：“你刚才叫我什么来着？”

老牛说：“局长大人啊，叫了几十年，不才把你叫成副局长了吗？”

彭远大说:“噢，我这个副局长是你叫出来的？你害我就是这件事儿。

当初谁给我起的外号？不就是你老牛吗？就是你这么叫我半辈子，把我的那点福气叫薄了，这是你自己的原话，还好意思让我请你。”

俗话说人要旧，物要新，彭远大跟老牛是几十年的交情，这几十年谁也没少吃谁的，现在这么推来要去的不过就是毫无利害关系的老朋友在一起斗斗嘴而已。老牛果然说：“我也不指望你请我，我指望的就是你既然回来了，就把手头的公事放一放，抓紧时间该跑的跑，该活动的活动，时间还来得及。”

彭远大惊讶地说：“想不到我们老牛现在也与时俱进了，过去你不是天天骂不正之风，对人家跑官成功气得要死吗？怎么现在也鼓励我跑了？对了，我要是跑成了对你肯定有好处，起码你可以继续在刑警队……待着。”彭远大差点儿说出“混”字，话到嘴边想到这样对老牛的感情有伤害，就临时改成了“待”。

老牛难得摆出了一本正经的脸谱说：“我今天恭恭敬敬叫你一声彭局，你以为我会因为那么点破事寻死觅活吗？实话说，我不在刑警队待着更清闲，在这儿还得伺候人，看看，天天我打水、打扫卫生。你说说，现在公安局像我这样的老人还有几个？有谁能比我更了解公安局，更了解公安局历任历届局长的秉性为人？说实话，我是怕那几个人中的哪一个真的当上了公安局局长。人啊，不管做什么，当官也罢，经商也好，首要的是做人，人品是做人之本、立业之本啊。你自己想一下，就凭他们的人品，不管他们中间谁当了局长，能真心实意为老百姓办事吗？公安局到了他们手里就该倒灶了。所以啊，你得争，公安局局长是要破案的，是要保一方平安的，是要让老百姓能够安安宁宁过日子的，绝对不能轻轻松松地把局长这把交椅让给他们。”

彭远大听他在大院里这样放肆地发表不利于团结的言论，恨不得动手捂住他那张臭嘴：“别说了，你怎么这么嚣张？这种话是在这里说的吗？赶紧给人家送水去，别把你那帮刑警队的哥们姐们渴坏了。”

老牛意犹未尽，还要喋喋不休地做思想工作，彭远大从他手里接过两把水壶说：“好了，我请你吃一顿，今天晚上到我家，刚好我老岳母昨天备给我接风的东西没顾上吃，今天晚上你帮我吃，刚才那些话千万不能乱说，比方你说人家买官，人家要是让你拿出证据你怎么办？”

老牛梗着脖子说：“这还用什么证据？明摆着的事儿，现在都是这样，空着手跑能有什么效果？这是常理嘛。”

彭远大损他：“你老牛当了这么多年警察，就是凭常理办案啊？难怪你老牛破案率低。”

破案率低是老牛的短处，一提这个话头老牛就不吱声了。彭远大帮着老牛把开水送到刑警队，可能是因为彭远大回来了，刑警队不像往日那么多人有事没事聚在一起瞎扯，队长副队长还有几骨干都不在，一问都跑出去办事了，待在队里的几个人也老老实实守着办公桌做出忙忙碌碌的样子。

彭远大来到郭半仙跟前，似笑非笑地请教：“半仙，听说你还会看风水，你再看看刑警队的风水，算一算下一步会不会让你下岗？”

郭半仙吓坏了，跳起来辩解：“彭局，我可没干什么对不起你的事儿，你是不是知道那件事情了？我当时也就是开玩笑那么一说，谁知道他们那么当真。”

彭远大嘿嘿笑着说："你真行，开玩笑那么一说，局里就多花了几万块，修了那么一个破门楼子要多难看有多难看，这个过错我给你记到笔记本上了，你再在队里宣扬封建迷信那一套，我就把你调到……"说到这儿征求郭半仙的意见："除了刑警队，你还想上哪儿？"

郭半仙说："我哪儿也不想去，就想在刑警队。"

彭远大说："既然想在刑警队，就别当算命先生，办案子靠的是上下两头，这是当年蒋副局长教导我的话，多年的实践证明他说得很对，今天我再转送给你。上头靠的是大脑，下头靠的是腿脚，案子的证据靠嘴勤腿勤去搜集，证据要靠逻辑推理来论证，结论要靠科学精神来检验，案子是侦破的，不是算卦算破的。"

郭半仙唯唯诺诺，连连应承，彭远大说："好了，今后没事别聚在一起胡扯八道，多干点正事，实在没事就学业务，多分析几个案例比啥都有用。"说完问内勤警花："大李子和黄小龙来了没有？"

警花连忙起立报告："他们俩都没来，可能刚刚出差回来休息呢。"

彭远大吩咐道："通知你们队长和副队长半个小时以后到我办公室来。"

警花连忙拨打电话召唤王远志和大钱，彭远大转身出了刑警队，郭半仙跟在后面追了出来，彭远大问他："还有事吗？"

郭半仙吞吞吐吐地问："彭局，你还没说如果我再犯错误，你准备把我发配到哪儿去呢。"

彭远大说："你只要不再搞封建迷信那一套，我哪儿也不发配你，再整天神神道道地算命看相，我就让你专门给司光荣看风水去。"

彭远大虽然多日没在，办公室却仍然打扫得窗明几净，窗台上摆的几盆花也都保养得非常好，生机盎然、花叶繁盛。过去公安局上上下下都由工作人员自己打扫，每个周末是全局动员打扫公共卫生的时间。现在进步了，公共卫生有了专门的卫生工打扫，局长副局长的办公室也在每天下班后由局办公室安排专门人员打扫得干干净净，保证局领导每天上班以后就能享受到清洁和安逸。

彭远大刚刚坐下，后勤处处长司光荣就敲门进来，彭远大问他："有事吗？"

司光荣谄笑着说："我刚刚听说彭局上班了，过来看看您有没有什么需要做的。"

彭远大已经知道了他跟在庄扬后面撺掇庄扬积极跑官，还改建了公安局大门柱破自己的风水，而他却仍然能当着自己的面亮出这么一副殷勤、友好的面孔，让彭远大既恶心又心惊，暗说："司光容啊司光荣，过去还真没看得出来你居然能如此熟练地玩两面三刀。"进而想到，这一回几位副局长抢局长，下面的队处长抢着当副局长，倒也成了公安局干部人品成色的试金石，是一次认清个人品性的好机会，现在可以定论，司光荣这人真不怎么样。心里对他讨厌，话也就说得冷冷的："没什么事，你去忙你的，有事我会喊你。"

司光荣这种人最大的特点就是脸皮厚，彭远大对他态度很不友善，他却仍然堆出一脸笑纹讨好："那好，彭局您忙，有什么需要随时打电话，我马上办。"说着还跑到茶几旁边掂了掂暖壶，发现暖壶是满的，就有几分失望地退了出去。

他已经退到门口了，彭远大又叫住了他："老司，我告诉你一件事，要想换风水光改门柱没用，还得从后面的半截峰上搬两块最大的石头下来作门柱的垫脚石才行，这是郭半仙的秘诀，他没告诉你吗？"

司光荣愣了，呆在门口活像一只寒风里的企鹅，片刻之后才回过神来，尴尬地说："什么风水？我不知道啊。彭局您忙啊，我走了。"说完急匆匆地跑了。

彭远大暗笑，就等着看他会不会把刚刚建好的门柱扒了重新来一遍。笑过之后又暗暗心惊，庆幸自己祖籍不在银州，如果祖籍在银州，估计为了破他的风水，司光荣和庄扬弄不好真会偷偷把他的祖坟都掘了。

刑警队队长、治安处处长、缉毒处处长、刑警队副队长、治安处副处长、缉毒处副处长这些彭远大管辖范围的部门头脑都来报道。这些所谓的处长其实级别都不是处级，严格地说应该是正科级。一来公安局的行政级别稀里糊涂地就被弄成了副地级，二来不管是不是真正的处级，这么叫总比叫科级好听一些，所以公安局过去的科纷纷升格为处，即便是正经八百的处长实际上也才是副处级。相应地有这么一则笑话：治安处扫黄，抓了一大帮三陪小姐，小姐们谁也不承认有卖淫行为，警察就问："没有卖淫你们还是处女喽？"小姐说："我还没结婚，按说应该算处女，可是干的这个工作又不可能是处女，那就算副处吧。"

彭远大出差回来，这些"副处"当然要向他汇报工作，也要接受他对下一步工作的指示。但是彭远大现在最着急的还是赶紧整理好金锭失窃案的材料，抓紧报到检察院申请正式逮捕。逮捕手续估计检察院不会有什么异议，关键还是要顺顺当当地提起公诉，如果让检察院退卷要求补充侦查，放在别的警察身上也许没有什么，放在彭远大身上就是丢脸、羞耻。

彭远大首先布置撰写起诉意见书和完善证据的相关材料。由于这是积压多年的旧案，所以还要从档案库里查找当年的案卷，彭远大就把这件事情交代给了刑警队副队长大钱，大钱文笔好，对司法文书非常熟悉，重大案件的移送意见书都由他撰写，然后由彭远大审定。彭远大刚刚布置完这件事，正要听取部下的工作汇报，门卫打来电话说有一个叫跟党走的老大爷找他。彭远大一听连忙说:“你让他等着，我这就出去接他。”然后对那几个部下说：“你们等一会儿，我会见完跟党走再接着开会。”说完，扔下部下跑到公安局大门口迎接跟党走。

跟党走已经离休多年，所以公安局后来的人大都已经不知道这位老干部的名头。彭远大对跟党走却印象深刻，那个时候他还是一个以工代干的小刑警的时候，就经受过来自跟党走的疾风暴雨。金锭丢了，跟党走当时主管工业，气坏了，坐镇公安局限时破案，老局长见了他都没脾气，老老实实地挨他训斥。案子一时破不了，跟党走就一天到公安局催办一次，来一次骂一次，所幸他光骂老局长，从来还没骂过彭远大这位专案组的副组长，也许在他心目中这个小警察根本连挨他骂的资格都没有。彭远大记得很清楚，当时他的秘书就是现在的市委书记吴修治，每一次跟党走骂人催案他都陪着。吴修治那时候瘦瘦的，文质彬彬，带了一副黑框眼镜，沉默寡言，跟党走骂人，他就兴趣盎然地拿了彭远大的破五四手枪在一旁摆弄，好像跟党走骂人发火他早已经习以为常了。这一层又一层的关系让彭远大知道跟党走老爷子前来拜访，不敢不亲自到大门口迎接。

跟党走老爷子经历了在省委大院门口跟武警战士打架，让省委书记趴在窗台上像看耍猴一样观赏的糗事之后，接受了教训，不再跟门岗为难，门岗打过电话之后，告诉他彭局长马上出来迎接，他便扛着打狗棍站在大门口等着，活像公安局大门口又增加了一个门岗，不太妥当的就是年纪大了点，武器落后了点。

彭远大赶到大门口看到跟党走老爷子雄赳赳气昂昂地扛着打狗棍站在那儿充当临时门岗，既好笑又不敢笑，连忙上前握了跟党走的手说："老领导来之前也不给我们打个招呼，突然袭击啊！"

跟党走冷着脸说："你这个小彭不够意思，我就是不给你打招呼，看你接见不接见我。"

彭远大连忙赔笑脸："老领导有什么意见尽管说，不过别站在大门口说，快走，到我办公室坐下来，我给您老人家泡好茶水，慢慢听您批评还不行吗？"

跟党走跟着彭远大进了公安局大院，边走边说："你这个小彭光记着你们老局长，就忘了我这个老头子了？别忘了，当年这个案子我可是也没少操心，你金子也追回来了，坏人也抓住了，就知道去给你们老局长报告，怎么不说给我也报告一声啊？"

彭远大确实没有想起来给这位督促破案的老领导当面汇报这件事情，过几天也许能想起来，也许想不起来，知道老爷子是为这件事情计较，松了口气，便实话实说："对不起您老领导了，我刚刚回来，真的把您老人家忘了，过几天想起来了肯定会给您说说这件事儿，也许一忙就彻底忘了，对不起了老领导，别骂我啊。”

跟党走反而高兴起来了，拍着彭远大的肩膀头说：“好样的，不说假话哄我，我就喜欢这样的人，该咋样就咋样，即便忘了有什么了不得？反正我也知道这个案子破了，东西找回来了，坏人抓住了，这就比啥都高兴。换了个人肯定会这样骗我：老爷子，我正准备今天去向你报告呢，没想到你倒先来了。这样的人我肯定会骂他。你这样的人好，心里怎么想的就怎么说，不会蒙人、骗人。”

彭远大暗想：不会蒙人骗人怎么当警察？关键是不要蒙好人、骗好人，对犯罪分子该蒙就得蒙，该骗就得骗。边想边领着跟党走来到了自己的办公室，几个部下还在傻等，彭远大给大家介绍：“你们刚好都在，我介绍你们认识一下，这位是老红军老领导跟党走，曾经长期在我们银州市担任主要领导工作。现在我们市老红军就剩下跟党走老爷子一个人了，老爷子原来是我们的副市长，吴书记就是他的秘书，认准了，今后在大街上碰见老领导一定要敬礼啊。”几位部下便纷纷先向跟党走敬礼然后握手致意。

俗话说千穿万穿马屁不穿，彭远大和部下联合起来拍跟老爷子的马屁，把跟党走拍得心里舒坦，对彭远大几个部下说：“你们都不错，干得好，不但破了那个让我心疼了二十多年的大案子，咱们银州市的社会治安也不错，听说最近还被评为省里市民安居最佳城市，好好好，你们干得好。”

彭远大说：“我们不挨您老人家的骂就心满意足了，”转脸对着那几个部下说，“你们是没看见，当年金锭丢了，老爷子一天到公安局催办一次，把老局长骂得眼睛发绿，还好，老爷子当时看我年少无知，没骂我。”

跟党走心里高兴，乐呵呵地说："看你小彭把我说成啥了，好像我就会骂人似的，好了，你们都忙去吧，我跟小彭说几句话。"

彭远大召集这些部下来开会研究工作，跟党走一来就给解散了，彭远大苦笑，对部下说："你们先去忙，我布置的事情抓紧办，别的事情过后再说。"

部下们纷纷离去，跟党走过去关上门，然后说："小彭啊，你是我看着成长起来的干部，这一次选拔公安局局长你有什么想法没有？"

彭远大听他问这个问题，倒是出乎意料，不知道该怎么答复才好，脑细胞高算运转了一阵儿之后，决定还是要实话实说，对跟老爷子说假话道义上过不去，也怕让他给拆穿下不来台，于是说："跟您老人家我不说假话，我个人觉得我当局长当然是最合适的人选，我也想当这个局长，老爷子您别骂我野心勃勃啊！"

跟党走说："好，我就喜欢光明正大、堂堂正正地说自己心里话的人，想进步、想提升没有错，不想提升不想当官还从政干吗？不如回家做买卖。关键是当了官以后要干什么，也就是为什么要当官。"

彭远大说："老爷子您就别给我瞎鼓劲了，我已经倒了大霉了，那天我接到组织部王处长的电话，征求我的意见，让我谈谈谁当公安局局长比较合适，我也不知道他是在常委会上给我打电话，就直截了当地说目前只有我最合适，别人都没有我合适，结果就可想而知了，出了大糗，让常委们骂了个狗血喷头，算了，这件事情我也不想了，正像我老婆说的，我们本来就是普通老百姓，一没后台二没靠山，能干到现在这个程度已经不善了，还是好好的多破几个案子比啥都强。"

跟党走瞪了眼睛说："胡说八道，这件事情怎么能不想？必须想，而且必须积极努力。你没看到网上写的那篇破文章吗？"

彭远大大为惊讶："您老爷子还上网啊？文章我倒是看了，可是打死我我也想不到您老爷子还这么时髦会上网。"

跟党走说："我只会撒渔网，别的网不会玩，是我孙子昨天晚上在电脑上看到了告诉我的，所以今天我才过来跟你说这件事情。你稍微往深处想想，这篇文章会是什么人写的？我断定就是你们局那三个家伙之中的一个，也可能不是直接写的，是授意指使别人写的。"

彭远大说："有可能，但是没有证据也不能瞎猜疑。"

跟党走说："这件事情不能小看，你现在必须跟我走。"

彭远大问："跟您走？干吗去？"

跟党走说："我的名字叫跟党走，你跟在我后面我能把你领到哪儿去？找党啊，把事情给党说明白，然后我帮你要官去。"

彭远大连忙推辞："您老人家饶了我吧，常委会已经把我打入伸手向组织要官的另册了，您再领着我去要官，那不又加了一条托人找关系跑官吗？"

跟党走严肃起来，坐到了沙发上，摆出了要跟彭远大好好说道说道的架势："毛主席教导我们说，心底无私天地宽，无私才能无畏，我找你就是要你名正言顺地跟我去要官，为什么要官？就是要好好地为老百姓办更多的好事，这种官你说要得要不得？你不要，别人也在要，万一让哪个坏东西要到手了，好人不就倒霉了吗？老百姓不就倒霉了吗？告诉你一点儿内线消息，那个姚开放的老丈人，过去是副省长，仗着自己官做得大、人脉广，跑到我们银州市坐镇银州宾馆逼着吴修治和瞎白话给自己的女婿要官，你说说这成什么事了？最让我生气的是，那两个家伙平常看上去架架烘烘的好像多有本事，让赵银印，赵银印就是姚开放的老岳父，一逼，竟然就真的答应人家了。我知道了，拎着打狗棍就跑到银州宾馆把赵老贼赶跑了。”

彭远大既好笑又吃惊，问：“您老人家真的那么厉害，就把人家赶跑了？”

跟党走说：“我不是说过了吗？毛主席说过，无私才能无畏，说的就是我这样的人，我心底无私怕球哩。说老实话，我跟党走这一辈子死了多少次了，想起那些牺牲了的战友同事们，我跟党走现在活的每一天都是赚来的，我还怕什么？就怕遇到像你这种稀屎软蛋的好人，眼睁睁看着那些小人争着抢着当局长，还一个劲儿往后退缩。”

跟党走的话让彭远大想起了刚才老牛说过的话，这俩人的话虽然不同，但是精神实质却完全一致，那就是怕公安局局长的位置落到“小人”手里，希望公安局局长能由一个真心实意为老百姓做事情的人来当。而且他们认定自己就是能够真心实意为老百姓做实事好事的人，这让彭远大感动万分，此时此刻如果不是脑子里还有那么一点点理智，马上就能对跟党走跪下来，不是求他帮自己要官，而是感谢他对自己这份难得的信任和理解。

跟党走并不在乎彭远大心里在想什么，顺着自己的思路继续往下说：“现在也不知道怎么了，过去谁敢跑到领导家里送钱送物，哭着喊着要官？现在都成了习惯了，好像不这么干反而不正常了。就拿你们局里来说吧，真是小鸡不撒尿，各有各的道。姚开放有他老丈人替他上下打点大肆活动，那个庄扬也不是省油的灯，整天也是到处疯跑，省上跑了跑市里。就连蒋卫生，过去我看着挺老实的一个人，怎么也学会了这一套，那天晚上不知道怎么想起我了，跑到我家里，给我拿了一张卡，说是能随便到银行取钱的，他妈的，我哪里会用什么卡，让我几棍子就给赶跑了。他给我送卡干吗？就是想让我找吴修治替他说说话，让他当这个局长，现在的人真是会钻营到家了，真是不要脸到家了，我都离休这么多年了，也真亏他能想得起我来。”

彭远大让他说得心惊胆战，蒋卫生过去在他心目中印象还是很不错的，甚至可以算他从警的老师之一，万万想不到连他也变成了这种样子。留在家里的几位同僚在这个关口到熟悉的领导那里谈谈、推荐推荐自己，他能想得到，也能理解，现今社会这已经成了普遍现象。可是像跟老爷子说的这些行为，确实太出格了，如果真的就这个样子发展下去，今后提拔起来的不都是那些善于钻营、脸皮厚、敢跑敢送的小人吗？正直、本分、律己的好人今后在官场上哪儿还会有立足之地？想到这些，彭远大真想站起身跟着跟党走走。可是如果他现在就跟着跟党走跑到吴修治那里替自己辩白，跟党走再替他说话推荐他当局长，那不就跟蒋卫生、姚开放、庄扬成了一样的小人了吗？退一步说，起码在吴修治眼睛里他跟那几个人没有什么区别。想到这些，他仍然对跟党走实话实说：“老领导，我衷心感谢您对我信任和支持，可是我不能跟您去办那种事情，我跟您去不就和他们一样了吗？当然，我们心里都明白我们是为了什么，可是起码从形式上说，我们这种做法和他们没有什么区别，而且别人也会把您看成和姚开放他老岳父一样的人。”

跟党走着急了：“你也真是幼稚，我又不是你的老岳父，凭什么说我跟赵老贼一样？我是出于公心，这也是逼出来的，没办法，人家都这么干你不这么干就吃亏，就会让坏人小人占便宜，他们占谁的便宜？不是你我的便宜，是国家的便宜，是老百姓的便宜，所以，今天你必须跟我走。”说着就过来拉住彭远大像绑架一样把他朝门外拽。

彭远大往后退缩着挣扎着:“老领导，您就饶了我吧，您也不想一想，如果我真的跟着您找吴书记，人家心里会怎么想？肯定会以为我跟您商量好了跑去要官的。您说得再振振有词，再有道理，再出于公心，别人也不会相信的。那样做，人家当您的面不会说什么，心里会怎么想？我跟别的那些跑官要官的人还有什么区别？起码形式上是一样的，那样一来，很可能我的政治前途就让您给毁了。”

彭远大这么一说，跟党走就放开了手，想了一阵儿说：“你小彭说得有道理，这样吧，我自己去说这些事情，起码要把诬蔑诽谤你的那篇文章揭露揭露，可是你也要活动，咱既不送礼也不送物，可是也不能干受别人的欺负，干等着天上掉馅儿饼，别看我已经离休这么多年了，旁观者清，现在的社会变成了什么样我心里清楚着呢。”

彭远大苦笑着说：“好好好，我把那篇文章下载下来，然后找组织部和纪委的领导说说，请他们出面查一下。”

跟党走说：“那也好，真能查出来，就地把那小子枪毙，我说的枪毙不是真的枪毙，是从政治上枪毙。对了，你让我看看那块大金锭好不？多少年没见到了，真想啊！”

彭远大见他不再逼着自己去找吴修治，松了一口气说:“没问题，走，老领导，我亲自陪你去看那块大金子。”

跟党走却又变了主意：“不行，还是改日再看吧，我现在就去找书记大人，现在正是关键时候，晚了就来不及了。唉，没办法，该跑的还是得跑，该说的人情还是得说啊，这就叫与时俱进，适应新形势、新情况，什么时候能把坏人、小人从政治舞台上剔出来，好人、能人、真心实意为老百姓做事情的人能不再吃亏受气，我们这种人也就能安安心心地闭上眼睛化成青烟上天堂了。”

跟党走唠唠叨叨、急三火四地跑掉了，彭远大急忙跟在跟党走的后面送他，看着跟党走疾步远去的身影，彭远大的心里热辣辣的，眼睛酸酸的只想哭。年轻无知的时候，他发愿要当公安局局长，那只不过是少年不知愁滋味，一时聊发少年狂。同时也觉得当局长是衡量事业成功的一个尺度而已，而那时的从政环境也为他确定的努力方向提供了现实基础，因为那个时候只要肯吃苦、肯实干，工作有成绩就能够得到提拔，彭远大自己就是实例。外地招工到银州市工作的他，在银州没有靠山和背景，从一个以工代干的小警察干到公安局主管刑侦、治安、缉毒的副局长，如果没有好的党风、政风是不可能的事情。老局长临退休前提拔他当了副局长，如今副局长他已经当了十年，其间除了老局长退休后接班的是公安局原任副局长之外，再后来的局长基本上都是从外面调进来的，好像公安局原任副局长都被打入了另册，再就没有从公安局现任副职中产生过正职。现在回想起来，彭远大有些恍然大悟，难怪调过来的局长中有两位当时就让人莫名其妙，例如打猎跟野猪同归于尽的范局长，过去是市人事局的一位副局长，调到公安局当局长，后来又兼政法委副书记，等于连提两级。过去彭远大对这方面想得不多，总认为那是组织考核决定的事情，也许人家资历、能力方面有自己不了解的特殊才能。现在看起来，这种莫名其妙的提拔让人不能不怀疑其正当性。有了这种怀疑，彭远大就感到从心底里发凉，并由此想到了今天一上班老牛和跟党走两个人不谋而合的劝进话语，连他们都与时俱进了，看样子自己这样闷着头实干、傻干确实已经跟不上时代的进步了。不能否认，善于“经营”，敢于“活动”，现如今也是一种能力的体现。然而，想来想去，他苦笑一声做罢了，因为他实在想不出来自己能够找谁当面张口向人家要局长当。这么多年，他在那方面没有用过心思，也不会在官场中经营自己的人脉，历史和现实都证明，临时抱佛脚肯定要挨佛爷踢，现扎耳朵眼上轿肯定来不及。

彭远大站在那里傻傻地费心思，姚开放经过，喊了他一声：“老彭，愣在那儿干吗呢？”

彭远大从沉思中惊醒，看了看他，半真半假地说：“我在琢磨该找谁跑跑官呢。”

姚开放咧咧嘴，做了个极为同情的样儿说：“别想了，晚了。”然后扬长而去。彭远大心里又是一阵儿发凉，过去这些同僚之间不管怎么说面子上都还过得去，有的时候还能体会到长期共事产生的感情和友谊。然而，在这一场竞争中，好像人人都变成了另一副嘴脸，贪婪、猥琐、卑劣。彭远大搞不清这副嘴脸是过去就有只不过隐藏起来没有被发现，还是人的正常性格在官场竞争中异化、劣变了，他暗暗担心，经过这一场明争暗斗的激烈角逐之后，今后还怎么在一起共事。

姚开放回头看了看，彭远大还在那里发愣，心里由不得对他就有些怜悯，姚开放已经得到了老岳父传递回来的确切信息：市委吴书记和夏市长都已经明确表态要提拔他担任银州市公安局局长。而彭远大还在那里琢磨着怎么样去跑去活动，这让他感到彭远大很可怜。自己上任以后，这个老彭还是要用的，不管怎么说，这个人破案还是有一套的，这是姚开放走进办公室之前脑子里涌上来的念头。

1

吴修治一上班就让办公室通知关原到他办公室来。关原来的时候手里捏了一沓材料，一进门就抢先汇报成绩："吴书记，选拔任用党政领导干部的改革方案搞出来了，您先过目一下，需要作进一步修改的我拿回去让他们抓紧改，保证按期完成您交代的任务。"

这几天组织部遭遇了前所未有的压力和紧张，关原亲自督阵，有如地主压迫长工，逼着组织部的干部们日夜加班赶工制造干部人事制度改革方案。一来常委会的会期已经确定，时间紧迫，必须拿出能在常委会上过关的方案来。二来这次干部人事制度改革方案的制订确实是一次意外的任务，关原从来没有想过这方面的事情，所以心里没数，尽管吴修治已经在常委会上谈了关于这方面的设想，那也仅仅是一个设想而已，还需要他们形成条理化、程序化、周密规范可供操作的文件。三来关原敏感地感觉到了这一次干部人事制度改革的重要意义和现实价值，因为，这并不是吴修治一时半会儿的心血来潮，而是省委确定的大方针大原则，如果这一次银州市能够在党政领导干部选拔任用的体制改革和制度创新上有所突破，作为主持此项工作的组织部部长，政治上的收获是不言而喻的。所以，他确定的目标就是：只许成功不许失败，只能按期完成绝对不允许拖延时间。其实他心里也有数，这种改革，只要不伤筋动骨，成功不成功没有客观的考核标准，只要领导认为成功就是成功，况且吴修治有话在先，成功了，功劳是组织部的，失败了，责任由他承担，所以根本没有什么政治风险。

基于以上考虑，关原对这项工作热情空前，投入的力度空前，组织部的干部们过去做的都是早一天晚两天没人催促，做与不做也都没人吃不上饭喝不上水的软工作，从来没有承担过关系到生存发展的硬任务硬指标，过惯了一杯茶水一根烟，一张报纸混一天的舒服日子，突然由部长亲自坐镇督战，限时限刻完成过去从来没有想过的改革方案，一个个紧张忙碌得活像被人用鞭子抽着旋转的陀螺，苦不堪言。好在大框架已经由吴修治搭好了，如今信息渠道高度发达，到网络上一搜索“干部”、“改革”几个关键词，古今中外这方面可供参考和借鉴资料数不胜数，所以拿出一个像模像样的改革方案倒也没有难以逾越的障碍。方案经过关原的反复审查和组织部干部们的反复修改，总算到了可以拿给吴修治初审的程度，恰好吴修治召见关原，关原便拿了这份改革方案来见吴修治。

吴修治接过方案的时候，顺嘴说了一句：“这么快？组织部的同志工作效率很高嘛。”吴修治深知，单独面对的时候，漫不经心的一句话更能让部下体会亲近的肯定和鼓励，担任领导职务时间长了，耍这一套小技巧已经成为他性格中的组成部分。果然，关原立刻变得精神抖擞，一改平日组织部部长深沉稳重的形象，滔滔不绝地表起功来：“吴书记，这可是您在常委会上布置给我们的划时代的重大任务，我们哪敢掉以轻心。我抽调了组织部里的精兵强将连续奋战，以您提出的改革思路为指导原则，认真吸取全国各地进行干部人事制度改革相对成熟和操作性强的好经验好做法，初步拟订了这样一个不成熟的方案，请书记把关。”

吴修治看了看方案，基本上就是按照他在常委会上提出的意见和建议搞出来的，只不过更加条理化、具体化了一些，没有什么更加新鲜的东西。这也在预料之中，这种改革方案，下级一般情况下是不可能提出比领导更加高明的见解的，即便有，也不会提出来。吴修治郑重其事的把方案放在文件夹里说：“很好，大的原则方面我提不出什么东西了，我再跟夏市长、曾主任他们沟通一下，争取在常委会上能够一次通过。今天我找你来，不是讨论这件事情，这封信你收到了吗？”说着，把一封打印出来的匿名信推到了关原面前。

关原接过信草草看了一遍，信的内容是揭发公安局副局长彭远大玩弄政治手段谋取政治利益的：“最近我市公安局副局长彭远大成了新闻人物，原因是他奔波数千公里成功侦破了积压多年的金锭失窃大案，立了大功。但是，了解内情的人谁都知道，当年这个案子的承办人就是这位号称局长大人的彭远大。几十年没有侦破的案子为什么突然就这么轻而易举的侦破了呢？事实的真相是，当年这个案子就已经有了重大突破，但是时任专案组副组长的彭远大却由于重大失误，导致了重大嫌疑人吴水道自杀身亡，造成这个案子侦破线索中断，便成了死案……”

关原心里暗暗吃惊，在这个时候到处发送这种匿名信，目的和作用显而易见。他摇摇头告诉吴修治：“我没有收到过这种信件，说不清是人家没有给我寄还是没有到我手里呢。吴书记有什么看法？”

吴修治又把信封递给他说：“你现在就给你的办公室打个电话，我估计这一阵儿可能这封信已经到你办公桌上了。”

关原好奇地看了吴修治一眼，试探着抓起吴修治桌上的电话开始往组织部拨。

吴修治说："这封信是通过市委市政府大门口的文件交换站送进来的，所以我判断这封信肯定也会很快送交到你们组织部去。"

关原马上听出了吴修治的话外音：这封信是政府内部的工作人员干的，外人不可能对市委市政府交换文件的程序和渠道那么熟悉，不会利用这个渠道来传送匿名信。

电话拨通了，办公室主任接的，吴修治按照寄给吴修治信封上的落款问他："你看看有没有落款是本市内详，信封用的是白皮信封，通过文件交换站递进来的信件。"

办公室主任请他稍等，他要查一下。片刻办公室主任就回报说确实有那么一封信，已经送到关原的办公室去了。关原对吴修治点点头："书记说得对，确实有一封，是不是让他们打开看看？"

吴修治说："打开吧，网络上已经公开了。"

这话更让关原吃惊，在给市委市政府领导写匿名信的同时，将这封匿名信的内容在网络上公开，既是要扩大这封信的影响力，也是对市委市政府施加压力，问题的性质就很不一般了。他对办公室主任说："你把信打开，给我说说主要内容。"

办公室主任打开信件告诉关原："是一封举报公安局副局长彭远大的信，主要是说好像他破的那个案子是为了捞取政治资本……"

关原打断了他："好了，不用再说了，我知道了。"然后放下电话，怔怔地看着吴修治，等着书记表态。

吴修治提出了一个让关原非常难以回答的问题："你对这件事有什

么看法？”

关原当然有他自己的看法，这已经是屡见不鲜的问题了，每当到了干部任命或者干部任前公示的时候，总会有各种各样的匿名信、举报信出现在各级领导尤其是纪委、组织部的案头，这也是我们中国社会政治的一大特色。后来他们也就不把这种事情太当回事儿了，一般的匿名举报信只要内容不涉及重大的政治、经济问题，举报的事实又不是非常确凿，采取的态度是一概不予理会。对这封信，明眼人一看就知道，纯属胡扯，有意诽谤诬蔑，最简单的事实就是，彭远大不是诸葛亮、刘伯温之类的传奇人物，绝对不会掐指一算就知道他出差之后范局长会突然死亡，以便他上演一出政治秀。如果他真的能掐算出范局长马上就要死了，按照常理他应该是根本就不会出那趟差。所以，对这封信，按照他们常规的做法应该是不予理会。可是他的看法此时此刻却不能轻易地说，因为他弄不清楚吴修治的态度是什么。

吴修治当然知道关原现在心里在想什么，他也是过来人，内中的苦衷心知肚明：领导没有表态，下级就不知道该怎么说话。吴修治也不为难他，但是也不明确表明自己的态度，用商量的口气说：“老关啊，这件事情我觉得不能掉以轻心，该查的就查一下，看看到底是怎么回事儿，查清楚了对组织、个人还有人民群众都有一个交代。现在这件事情已经公开化了，我们不面对也不行了。”

关原连连点头：“好，是应该查一下。”

吴修治说：“如果你能抽出时间来，我的意见是由你牵头，纪委、监察局和你们组织部联合组成一个调查组，抓紧时间在我们召开全委会议之前有一个能够说得清楚、讲得明白的结果，不然全委会上有委员提出这个问题我们没办法交代。”

关原心里暗暗吃惊，以他对吴修治的了解，吴修治多年来已经修练到了喜怒不形于色的层次，虽然现在吴修治的话说得很平和，但他对这件事情格外重视是确定无疑的事情，也就是说，如果这件事情真的查清了是谁干的，这个人肯定得倒大霉。如果查出来彭远大真的是那种利用破案作秀谋取政治资本的人，那他这个人的政治前途也就玩完了。

就在这一刻，他忽然想到了蒋卫生，如果是蒋卫生干的，那么事情就很麻烦，说不定会牵扯到自己身上，终究他在选拔任命公安局局长的关键时刻，收了蒋卫生的珍贵邮票。如果查到蒋卫生身上，他会不会抬出自己做护身符那是无法预料的，如果他抬出自己，即便不能算收受贿赂，那他的政声也就彻底臭了，仕途的跋涉也就算走到终点站了。想到这里，关原由不得便心情紧张起来，神情也僵僵的。

吴修治关心地询问他：“老关你怎么了？是不是不舒服？”

关原连忙收摄心神说：“没什么，我在想这件事情是不是应该让老刘牵头主持更好一些。”他说的老刘是分管政法工作目前又暂时代理公安局局长的市委副书记刘洪波。他之所以这么说，是怕刚刚开始办理此事，吴修治又把刘洪波安插进来，那样他就会碍手碍脚，万一事情朝他身上绕，他想摆脱都不容易。如果现在就把此事提出来，吴修治同意了他也好有个思想准备，如果吴修治不同意，也就不存在刘洪波插足的可能，处理这件事情就更加方便、主动一些。

吴修治说：“老刘他老婆那摊麻烦弄得他够受了，在那件事情没有结果之前，我们尽量不要给他压担子了。干部考核还是以你们组织部门为主，说到底这件事情还是从干部考核引发的。”

关原放心了，他也明白了一点，找他之前，让谁主持调查这件事情吴修治心里已经有了盘算，他估计吴修治是担心刘洪波主管公安局，在这件事情上有所牵连，所以才找借口不让他参与。想到这里，他便点头应承："那好，我马上组织力量对这件事情展开调查。"

吴修治说："必要的时候动用一些技术手段，从网络上查起，工作要细致、深入，我想拿这件事情做一个突破点，不管这件事情的调查结果如何，都是一次对干部进行思想品德和政治伦理教育的好机会。"

关原连连答应着，想到这件事情调查清楚之后可能出现的结果，他感到了惊悚。吴修治就是这种人，不动则已，动则必然让人大吃一惊。吴修治坚持一个原则：作为书记，从来不直接干预经济建设方面的具体问题，更不和任何商界人物交往。一般情况下，银州市经济社会发展的大盘子都是在常委会上集体讨论以后由政府组织实施的，吴修治从来没有以市委书记的身份下过任何一个指示。现如今几乎所有领导干部都把经济发展 GDP 当做第一政绩来拼命去管，把招商引资请来的投资者当做爷爷拼命巴结。一些市委书记你问他《党章》第一条是什么他不见得知道，你问他本市正在盖几座大厦，修几条马路，他保证可以如数家珍地给你一一列举出来。吴修治这样当书记，有的人说他高明，牢牢占据了经济社会发展的宏观战略制高点，站得高才能看得远。也有人认为他这是不合时宜，没有把主要精力放在党的中心工作上。还有人分析，吴修治根本不懂经济工作，所以他不敢抓这方面的事情，一说话就露怯。不管怎么说，他是市委书记，坚持自己的领导风格别人也不能把他怎么样。可是，如果某件事情他一旦亲自过问了，其结果就必然是轰动全市的大动静。

前年银州市承建商业中心的房地产开发商拖欠民工工资，马上要过年了，民工急着回家，找这家房地产开发商追讨工资，追得紧了点，开发商居然找来一帮打手，把领头讨薪的几个民工打伤住院了。这件事情被银州市新闻媒体报道之后，夏伯虎气坏了，他不是气开发商拖欠民工工资，而是气新闻媒体不该报道这件事情，怕得罪了投资商吓跑了开发商，影响银州市的经济建设，说新闻媒体给政府工作添乱，找到宣传部部长李玉玲大发了一通脾气。李玉玲看到市长大人发火了，赶紧通知各媒体不能再对这件事情进行后续报道。

这件事情吴修治知道了，他一改过去不直接干预政府具体事务的做法，没和夏伯虎打招呼，直接召集宣传部、劳动局、民政局、公安局、检察院等有关部门开会，责令立即组织联合工作组进驻这家企业，同时通知银州市所有媒体对此事进行全程跟踪采访报道。联合工作组一出手就查封了这家企业的账号，然后拘捕了这家企业雇用的打手，接着便以涉嫌雇凶伤人的罪名拘捕了这家开发商的老板。事情简单得出乎意料，第二天农民工就拿到了辛苦一年的血汗钱，受伤住院的民工不但拿到了医疗费，还收到了精神补偿金两万块。经过司法部门鉴定，那几位被打伤的民工中两人属于重伤，那么，打人的和指使打人的都要被追究刑事责任，这时候夏伯虎着急了，找吴修治说情，他的理由很简单，如果把开发商判了，正在盖的商业大楼、商业广场怎么办？吴修治说我们能因为盖几座楼就置法律和社会正义于不顾吗？能够为了盖几座大楼就把人民群众的基本权利当烂抹布吗？两句话问得夏伯虎直跳脚却又无可奈何。最终这个开发商被判处有期徒刑两年，监外执行一年。那些打手也都受到了不同程度的刑罚。事情到此并没有结束，吴修治又通过市建委下达了终止开发合同通知书，理由很简单，他们违反了国家劳动保护法，已经被列入银州市建设市场黑名单，不但这个项目终止合同，今后银州市任何一个开发项目他们都失去了竞标资格。这个公司的法人代表由于正在服刑，所以也没有资格从事重大的社会经济建设项目。这个通知差点儿把夏伯虎给逼哭了，他找到吴修治苦苦哀求他高抬贵手，不是放那个开发商一马，而是放他夏伯虎一马。吴修治让夏市长给逗笑了，打趣着说："老夏啊，如果不是我深知你的为人，我真会怀疑你跟开发商有什么经济利益或者亲戚关系呢。你放心，我捅的娄子我来补，保证不让银州人民吃亏好不好？这件事情如果我办得你夏市长不满意，银州市人民不满意，我就引咎辞职。"

话说到这个份儿上，夏伯虎只好心神不定、胆战心惊地等着看他下半阙戏怎么演。也难怪夏伯虎着急，银州市不是沿海发达城市，搞个项目招个商不那么容易，据说这个开发商是国内有名的房地产开发企业，广州、北京、上海几个挺有名气的建设项目都是他们搞的。当初能够招来这个开发商，着实让夏伯虎兴奋了一阵子，现在让吴修治一巴掌给拍死了，半截子工程扔在那里，作为市长他难免着急上火。那段时间夏伯虎真像热锅上的蚂蚁，里出外进就是找不到活路。

吴修治跑了一趟北京，又跑了一趟上海，到处宣传银州市的重点工程商业中心，不知道他怎么忽悠的，居然招来一帮开发商竞标接手这个工程，最终这个工程转手给了中国第八建设总公司，不但工程进度没有受到影响，工程预算还比原来压缩了百分之十。夏伯虎高兴了，向吴修治讨教有什么高招，吴修治说："老夏啊，我们过去对经济总体格局的把握不够准确。现在是市场经济，谁有市场谁就占据了主动，我们银州市是个正在蓬勃发展的大市场，种下梧桐树，不怕招不来金凤凰，我们这个项目本身就是赚钱的好买卖，哪有商人不想赚钱的？”这件事情直接的成果就是，当国内很多城市的执政者被越来越多因商家欠薪、农民工讨薪而爆发的矛盾冲突所苦恼、困扰的时候，银州市却再没有发生一起老板拖欠工人工资的事情。

吴修治用这件事情教育夏伯虎和夏伯虎之类的人们：该出手时就出手，一出手就要有大动静，能够敏锐地分析判断出当前的关键矛盾，并且能够从总体上把握环境和局势，这才是一个高级干部应该具备的素质，只有这样才能树立起真正的权威。静若处子，动如脱兔，动静皆宜，这才是帅才，这也才是文武之道一张一弛的真谛。像夏伯虎那种整天在各个工地之间奔波，整天在电视镜头前面喋喋不休，整天把抓项目、搞建设挂在嘴上有如和尚念经的书记、市长，本质上和生产队长没有什么区别。

吴修治已经许久没有直接就具体问题像今天这样部署安排工作了，这就让关原有了惊心动魄的紧张感，因为他不知道吴修治通过这件事情要把动静闹多大，会不会波及自己的身上。关原有个毛病，一着急、紧张就伸出舌头舔嘴唇，用人类的特征比拟，有点像街头女郎打猎的时候调情，用其他动物的特征比拟，有点像猫狗刚刚吃过午餐。担任市委常委组织部部长之后，能够让关原着急、紧张的机会太少了，所以这个毛病也就不那么显眼了。今天，这会儿，他这个毛病又犯了。吴修治对他这个小毛病当然非常了解，知人善用，不仅仅是了解一个人的能力水平，还包括他的一些习性和特点，吴修治就是一个知人善任的领导，而且是一个非常讨厌关原这种习惯的领导，动不动把长满舌苔的舌头伸出来让人参观，显然不是一个令人赏心悦目的好习惯。

吴修治看到他开始舔嘴唇，心里不由咯噔一下，因为在他看来，这个调查工作应该不会导致关原舔嘴唇，除非他跟这件事情有什么勾扯。吴修治尽量排除自己脑海中出现的疑问，根据他对关原的了解，在这个问题上他应该能够把持得住，如果他真的把持不住出现了党纪国法不能容忍的问题，那也只好依法按纪查办，吴修治可绝对不是替干部贪赃枉法腐败堕落埋单的傻瓜。心里有了疑惑，吴修治就越发不愿意看他这种表情，说："还有什么问题吗？"

这句话跟满清官员送客时说的"端茶"是一个意思，潜台词就是送客、请你走人。关原却还不想走，他还想再深度了解一下吴修治的意图，准确掌握领导的意图然后准确地按照领导的意图办差，这是聪明下司应该具备的基本功能。中国几千年官场文化的精华就是八个字：揣摩上意、投其所好。关原总体上来说还是一个聪明的下司，不然他也干不到市委常委组织部部长这个职级上来。可是他现在又确实揣摩不透"上意"，大费踌躇，却又不知道该怎么张口询问，一时颇感为难。转念一想，这件事情刚刚开始办，有问题随时请示就完了，在办理中加深理解，这也是下司应付上司的一种方法。

再拖着不走就有些尴尬了，关原于是说："那好，我马上组织落实，有什么问题我随时向您汇报。"说着抬起屁股撤退。刚刚拉开吴修治办公室的门，从门口捅进来一根棍子，角度力度都恰到好处地点击到关原的命根子上，关原又惊又吓又痛，立刻变成了"武当"弟子，弓着身子捂着裤裆惊问："谁啊？干什么？"

门口露出了跟党走那张老树皮一样的老脸，看到自己的棍子伤了人，满脸的皱纹都挑成了惊叹号。原来他刚才进门前懒了一懒，直接用棍子推门，关原正好开门，结果人还没进来棍子却先进来捅到了关原的要害部位。

关原见是他，捂着裤裆恼也不是笑也不是："你这个老爷子，七老八十了怎么还是这么莽撞？我是男的，要是女的你捅到这个部位算怎么回事儿？"

跟党走辩解道："你们这些当领导的我最理解，如果办公室有女的绝对不会关着门。"看到关原的表情确实挺疼，也觉得过意不去不好意思，连忙凑过去蹲下身伸手查看人家的伤情："怎么样？没事吧？"

关原哪能让他参观那个部位，忍痛起身用胳膊肘挡住他伸过来的手说："没事了，不疼了。"

吴修治也是哭笑不得，责备拌着调侃端给了跟党走："您这个老爷子也真是的，又不是丐帮的非得整天拎根打狗棍怀旧，又不是盲人，开门不用手用棍子捅，看看，差点儿把我们的组织部部长作废了。"

关原说："没事，没事，你们谈，我先走了。"

跟党走却一把拽住他说："正好关部长也在，我正要找你呢。"

关原无奈，只好跟着他又退了回来。吴修治说："老领导来事先也不打个招呼，我好派车去接您啊。"

跟党走说："我又不是领导，事先打招呼让你们安排吃住接待啊？有腿有脚说来就来，多方便。不过你们市委市政府的大门不错，可以随便进，这才是人民政府。"

吴修治打趣："我们就是怕您老爷子再跟我们的武警打起来，这才专门把武警撤了。"

关原急着去办事，没心情听吴修治和跟党走闲扯，便问道：“老领导找我有什么事啊？”

跟党走说：“我今天找你们两位领导，有两件事情，这两件事情都牵扯一个人。”

吴修治和关原几乎是同时说出了那个人的名字：“彭远大？”

跟党走惊愕地瞪圆了眼睛说：“你们又不是我肚子里的蛔虫，怎么知道我要说什么？就是他，没错。”

吴修治和关原对视了一眼，异口同声地问：“彭远大怎么了？”

跟党走先来到吴修治的办公桌前，把桌上的党旗和国旗捧在手上说：“我先对党旗和国旗发誓，今天我说的话都是出于公心，如果有半点私心杂念，就开除我的党籍、国籍。”

吴修治说：“有话您就说吧，别赌咒发誓的，咱们共产党不讲究那一套。”

跟党走说：“共产党怎么不讲究？你入党的时候没有宣誓吗？”

吴修治说：“那跟赌咒发誓是两回事儿。到底怎么了？彭远大惹着您老人家了？”

跟党走说：“不是他惹着我了，是有人在惹他，你们看没看到网络上登的那篇臭狗屁文章？”

吴修治说：“您老爷子挺时髦嘛，还上网啊。”

跟党走说：“我哪会上网，是我孙子上网看到那篇文章告诉我的。你们看到没有？”

吴修治说：“网上的文章我还没看到，听说了，我这里也有一篇文章，不知道跟您在网上看到的一样不一样？”说着把那封匿名举报信递给了跟党走。

跟党走大致瞄了一眼说:“一样，完全一样，肯定是同一个人干的。”

关原插了一句话 :“老领导对这件事情有什么看法? ”

跟党走说 :“这还用什么看法? 事情明摆着的，能干的不如闲看的，闲看的不如会转的，会转的不如捣乱的。这封信不就是捣乱的正在捣乱吗? 人家辛辛苦苦奔波几千里，破了压了二十几年的大案子，为国家找回来几百万的经济损失，反而说人家是做什么政治秀，政治投机，他妈的，有本事你也作一个秀出来让我们看看，这种人就是坏，可杀不可留。我来找你们的第一件事情就是说这件事情，如果他光光是给你书记寄一封匿名信不答理他也就罢了，现在他在网上公然这么煽乎，影响比‘文化大革命’中贴大字报还恶劣，你们当领导的一定不能不当回事儿，一定要彻底查清楚，还人家彭远大一个清白。”

关原说 :“老领导放心，我们不会对这件事情置之不理的，刚刚吴书记已经命令我组织力量查了，如果是有意造谣诬蔑，我们肯定要有个处理结果出来，绝对不会让捣乱的比能干的占便宜。”

吴修治问他 :“老领导找我们的第二件事情是什么? ”

跟党走说 :“第二件事情是我给你们推荐公安局局长啊。”

吴修治乐了 :“咳，老领导怎么也跟赵老爷子一样开始为别人说情来了? 这可不像您的为人啊。”

跟党走说 :“我跟赵老贼可完全是两回事儿，他是谋私，我是为公，他是为他女婿伸手要官要权，我跟小彭可是一不沾亲、二不带故、三不行贿，我仅仅是以一个普通共产党员和普通老百姓的身份给你们推荐一个实实在在给老百姓干活的人，听不听由你们，我是怕你们把公安局局长给了那些敢花钱买官的坏人和善于钻营的小人。他妈的，现在也不知道什么地方出了毛病，这些卖官鬻爵的坏人和投机钻营的小人越来越得势了，再不抓紧整顿治理，领导岗位都让那些坏人小人占了，好人没位子了。”

关原让跟党走一棍子差点儿把繁衍后代的能力给废了，到现在那个部位还隐隐作痛，心里多多少少有些憋气，仗着胆拐弯抹角地顶撞了他一句："老领导，这件事情彭远大其实用不着麻烦您来找我跟吴书记，彭远大自己已经直接向常委会提出要求了，他要当公安局局长，不知道这算不算向组织上伸手要官？”

跟党走有点惊讶:"真的？没看出来小彭还挺有勇气嘛。怎么回事儿，啥时候？”后面这句话是问吴修治的。

吴修治便将那天开常委会他让组织部王处长打电话征求彭远大一件的经过讲了一遍。跟党走说："这就是你们不对了，这么严肃的事情怎么跟闹着玩似的？人家在外地办案子，又不知道你们在开常委会，再说了，你们也没事先规定不准自己推荐自己啊。古代不是还有外举不避仇、内举不避亲的说道吗？怎么人家小彭向组织上推荐自己就成了伸手向组织上要官了？现在要官的人多了，只不过手段方式不一样罢了，有的是苦心经营拉关系，有的是吹牛拍马溜须舔腚，有的是整天在广播电视报纸上大吹大擂，有的是制造政绩摆在那里让人看，不管形式怎么样，核心还都是两个字：要官。要官不怕，关键是要看人品，看他要官是想干什么。如果真是为了人民群众办事，办好事，实实在在地愿意给老百姓当奴仆……”

吴修治笑眯眯地纠正他："是公仆。”

跟党走说："不管什么仆，反正就是为人民服务的意思，如果是真正为人民服务的好人，真的张口要官了就应该想想他们为什么会张这种口，他们想的应该跟我一样，如果官都让有钱的买去了，奸佞的骗去了，一睁眼睛，满眼都是奸臣逆贼，老百姓不就真的要重吃二遍苦、重受二茬罪了吗？我们这一代人不就流血牺牲白折腾了吗？所以要官和要官大不一样，本质上不同，这一定要分清，不能一竿子打翻一船人。"

关原对他的话似听非听，因为他知道，作为一个离休多年的老干部，有面子没里子，这种人的话听听是给他个面子，不听他也不能怎么着。吴修治的脸色却越来越严峻，一个轻易不动声色的人能从脸上看出"严峻"两个字，让跟党走也有些惊讶，他住嘴不说了，有些歉意地问："书记啊，你该不会觉得我这是干政吧？我再三说了，我是以一个普通共产党员和普通老百姓的身份给你们提个建议，绝对没有别的意思，如果你们觉得我说得不对，组织考察彭远大真是那种向组织上伸手要官的小人、坏人，算我放了一个屁，可千万别为难啊。"

吴修治勉强咧咧嘴做了个笑模样说："老领导，我们谁也没说您是干政，再说了，作为一个普通党员、普通百姓，给党组织提意见建议也是基本的权利，只要是通过正当途径采取正当方式，不管意见建议是不是正确，任何一级组织都没有权力剥夺人家的发言权。至于您说您要推荐彭远大当公安局局长，我不敢给您任何承诺，因为这不是我一个人说了算的事情，也不是关部长能够办得了的事情，即便是我们两个人加起来也决定不了。您说的那种卖官鬻爵、投机钻营的现象我承认存在着，而且越来越普遍、越来越严重，为什么会这样？归根结底还是一个机制问题，体制问题。所以，我们现在要采取一系列的改革措施，改革干部人事制度，通过机制创新来从根本上解决这个问题。第一步就是要通过进一步发扬党内民主来实现干部选拔任命的公开、公正。第二步就是要不断增加干部政策的透明度，包括干部考核和任免条件的公开化、干部选拔任命程序的公开化、后备干部日常管理考察的公开化等，通过增加透明度、实施公开化，更广泛地动员人民群众对我们的干部选拔任命实施有效的监督和制约。这是我们第一阶段实行干部选拔任命机制改革的总体思路。”说到这儿，拿起关原送来的改革实施方案对跟党走说：“这不，组织部门已经把干部选拔任命的改革方案搞出来了，这仅仅是我们消除吏治腐败迈开的第一步，基本思路就是彻底消除过去选拔任命干部中的一把手现象，也就是说今后选拔任命干部任何情况下都不能一个人说了算，也不能少数人说了算，这要形成制度，形成文字的书面的规定。如果我和关部长看您老领导的面子，坚持要提拔彭远大同志担任公安局局长，可能会获得大部分常委的支持，但是，即便彭远大同志真的是个非常优秀的干部，我这种做法您认为符合不符合干部选拔任命体制改革的大方向呢？”

跟党走说：“当然不符合了，不符合。”

吴修治说：“这就对了，现在最大的问题不是任命谁的问题，而是怎么任命的问题。我们要解决的就是怎么任命的问题，只有这个问题彻底解决了，才能真正消除您说的那种让卖官鬻爵的坏人和投机钻营的小人把持我们领导干部岗位的可能性，您说我说的对不对？”

跟党走说：“对对对，你说得对。”

吴修治又说：“我可以给您老领导透漏一点，这一次公安局局长的选拔任命，不但我和关部长没有权力定，就是常委会也没有权力。”

跟党走半开玩笑地说："那谁有权力？最好是把权力交给我。"

吴修治说："我们要通过全委会无记名投票差额票选的方式来决定，这也算是一次改革的尝试吧。"

跟党走马上鼓掌赞同："好，我同意，赞成，我想那些投机钻营的人总不会把几十个委员的路子都走通吧？那些靠花钱买官的人也总不会把所有委员都收买了吧？嗯，这倒也算是一个好办法。"

吴修治说："这只能算是没办法的办法，应对现实中存在的吏治腐败现象这也只能算是权宜之计，真正要彻底消除吏治腐败现象，形成一整套公开、公平、公正的用人机制，我们还得做很多次甚至有可能失败的试验和探索，因为我们要走的路是这个世界上没有人走过的路。"

跟党走连连点头："好了好了，你到底是书记，过去我怎么没看出来你这么能说会道，是本来就能说会道有我压着不敢还是当了书记以后练出来的？不管怎么说，你是把我说服了，我向你们道歉，我不该来替小彭要官。不过不管怎么说，这么多年我看着，小彭确实很好啊，几十年的案子，我都快忘了，人家还牢牢地记着，一有线索就立刻出马手到擒来，没有强烈的责任感和很高的事业心是做不到的。我不打扰你们了，该说的话我都说了，该听的话我也都听了，你们忙，我不打搅你们了。"说着，扭身一溜烟跑了。

吴修治跟关原面面相觑，吴修治关心地问："没事吧？我看刚才那一棍子捅得够狠，这个老爷子，真够劲儿。"

关原说："没关系，就是吓了一大跳，这阵已经不疼了。"

两个人正说着，跟党走又跑了回来，说："我还得说一句，对不起了啊关部长，我保证下一次不拿棍子捅任何人的门了，你说得对，捅到你那还好说，万一是个女同志，今天我这个人就丢大了。”说完一转眼又消失了。

吴修治跟关原哈哈大笑，笑够了，吴修治说：“我过去一直给党走同志当秘书，他的性格我已经习惯了，你可能还不太习惯吧？这确实是个好老头。”

关原说：“我也知道这是个好老头，不过，即便是好老头，挨他的棍子捅那么一家伙的滋味也不好受。”

2

由组织部、纪委、监察局组成的联合调查组进驻公安局的头一天晚上，关原把蒋卫生约到了自己家里。蒋卫生非常紧张，因为他不知道在这个时候关原约他要干什么，所以进门之后气喘吁吁，活像刚刚跑完马拉松。关原见他这个样子心里暗暗好笑又有些怜悯，一个人只要有求于人，立刻就会变得卑微、渺小，不管怎么说蒋卫生也是堂堂银州市公安局的副局长，比关原仅仅低了一级，就是为了当那么个公安局局长，有求于关原，以至于在关原面前如此低三下四、战战兢兢。

关原准备跟他说的事情不适合这种紧张兮兮的气氛，按照关原的设计，这件事情应该在轻松、和谐中顺理成章地圆满解决。关原企图把气氛搞得轻松一些，说：“今天请你过来没什么重要的事情，就是闲暇时间请你品尝一下朋友刚刚给我带过来的一级毛尖，我不太懂得茶叶，你尝尝是不是正宗的。”

关原仍然是那副样子，屁股尖挨着沙发的边沿，坐得端端正正：“我也不太懂，我喝茶不讲究。”其实他心里根本不相信关原有闲情逸致请他到家里喝茶，关原卖关子不直话直说，这就更让他紧张。按照常理，一般人如果报告好消息都是迫不及待、直言不讳，而传递坏消息则必然会吞吞吐吐尽量做得委婉。想到这一层，蒋卫生心里凉了，他断定公安局局长的人选已经底定，他出局了。想到局长那个位置跟自己擦肩而过，蒋卫生不由感到一阵失落，甚至有些悲凉，因为他明白，如果这一次不能扶成正职，根据他的条件和现在的干部人事布局，他就再也不会有机会了。

关原看到他忽然间惨容铺面，精神委顿，连忙问他：“老蒋，你怎么了？是不是身体不舒服？”

蒋卫生拼命地喝着茶水，刚刚沏的茶水温度很高，可是蒋卫生好像失去了对温度的感觉，吞咽茶水的架势根本和品茶挂不上钩，活像刚刚从大沙漠里逃生出来得到饮水的难民。喝下一杯茶，蒋卫生心情平静了一些，居然有了一些释然、豁然的心情。关原连忙又把他的茶杯沏满，追问道：“老蒋，是不是哪里不舒服？要不要到医院看看？”

蒋卫生长长舒了一口气说:“没事儿，关部长，您有什么事就直接说，我能接受得了。”

关原只好说：“那我就直说了，有说得不对或者过头的地方，你千万不要在意，或者你干脆直接给我提出来。”

蒋卫生说：“没事，您放心说，不就是公安局局长人选确定了吗？我能接受得了。”

关原这才恍然大悟，明白他刚才是对自己找他的目的误解了，便故作轻松地一笑说：“哪有那么快，麻烦事还多着呢，一时半会儿还确定不下来，你老蒋仍然还是候选人。我今天找你跟那件事情没关系，我是想问问你，最近关于彭远大你听到什么没有？”

蒋卫生听到公安局局长人选并没有确定，他仍然是候选人，心里并没有诞生出喜悦和新的企望。由失落、悲凉的心情转换成释然、豁然的心镜，让他的经历了一次由谷底攀上坦途般的心理历程，灵魂在这瞬间经历的震荡让他感觉很好。想想也是，人这一辈子所经所历之事中，十之八九不能如意，真正能够实现的希望只是极少部分。况且，即便旧的希望实现了，新的希望又会产生，人这一生如果对希望太过于执著，那就是跟自己过不去。银州市公安局局长不过就是一个副局级干部而已，当上了，算是运气，当不上自己也没损失什么，因为那本来就不是自己的东西。

蒋卫生想通了这些，便也不再紧张、拘谨，开始能够跟关原像正常的同事一样谈话了：“彭远大的案子破的确实挺精彩，不过我也听说了，好像最近一段时间背地里有人在告状，还在网上发表文章臭他，这也没什么可大惊小怪的，过去是人怕出名猪怕壮，现在是人最需要出名猪照样最怕壮，不过，出头的椽子先烂这句话照样有效。可能也是彭远大最近在媒体上曝光度太高了，又有选拔任命公安局局长这件事情，所以有人在背后搞点名堂也没什么大惊小怪的。我听说了，但是没有太在意，具体告的什么内容我也没有打听，对那种事情我现在没兴趣。”

关原听到他这么说，心里暗暗松了一口气，但是仍然要往瓷实砸一砸：“老蒋啊，今天晚上我找你来，是把你当成朋友、老同事，所以你一定要跟我说实话，即便做错了什么，我们现在抓紧弥补还来得及，如果你对我还不说实话，真的出了事情我们就都不好做人了。”

蒋卫生在公安局干了这么多年，啥样人没见过，啥样事情没经过？关原一说这话他就明白了，马上说："关部长，虽然咱们没在一个单位工作过，但是都是在银州这块地面上工作多年的老同志了，您的意思我明白，我今天就给您说一句明白话，我老蒋确实想当公安局局长，谁不愿意当一把手呢？但是，我老蒋绝对不会干那种为了自己上台，造谣诬蔑、恶意诽谤别人的事情，我不敢自夸是好人，但我敢说我老蒋还不是小人，这方面您尽可以放心。"

关原盯着蒋卫生的眼睛，他从蒋卫生的眼睛里什么也没有看到，但是他却从蒋卫生那斩钉截铁的话语中断定蒋卫生跟匿名信和网上那篇文章确实没有任何关系。关原此刻就像官司八成要输的被告突然得知原告撤诉，精神彻底放松下来。有些人的情绪一旦从紧绷中松弛下来，就有点像喝多了白干的醉汉，话特别多，关原就属于这种人，知道了蒋卫生肯定不会有什么风险，自己当然也就肯定不会有什么风险，便开始给蒋卫生述说衷情："老蒋啊，你刚才说我们都是在银州这块土地上长期共事的同志，我深有同感，所以今天我得给你事先打个招呼。你们公安局这一段时间可能会不太安稳，刚才我说的那封匿名信闹到了网上，吴书记非常恼火，明天我们和纪委、监察局的联合调查组就要进驻你们公安局，专门调查此事，我原来还真有点担心你跟这件事情有什么牵连，你这么一说我就放心了。在调查组工作开始以后，你一是要积极配合调查，我们初步分析，这件事情跑不了你们三个人，彭远大自己不可能给自己脑袋上扣屎尿盆子，你又肯定没有参与，剩下的就肯定是那两个人了。二是要事事低调一些，这个阶段千万不要招惹任何麻烦，平平安安度过这段非常时期，你还是很有希望的。"

蒋卫生听到关原说吴修治对这件事情非常重视，要派组织部、市纪委和监察局的联合调查组进驻公安局，顿时感到了问题的严重性。仅仅为了一封匿名信派驻调查组，在公安局甚至银州市都是极为罕见的事情，说明这件事情的背后，肯定不单单是一封匿名信的问题，也许市委领导在这次公安局局长的选拔任命过程中掌握了其他问题，只不过是拿这件事情做一个由头，以便彻底清查在这次干部选拔任命中出现的种种违法乱纪行为。据他所知，这一次争局长的过程，有些事情闹得确实太张扬了，姚开放的老丈人出面替他跑官要官已经成了银州市官场上的热门话题。庄扬在司光荣的陪同下跑了省城跑市里，也闹得沸沸扬扬。而他自己，尽管事情做得更加隐秘一些、更加低调一些，也保不齐什么地方不周到让人家采了风声。想到这里，他不由身上出了冷汗，联想到了自己给跟党走送卡让跟党走赶出来和给关原送集邮册的事情。跟党走那边虽然东西没送出去，但是却不敢保证他不把这件事情捅出去。而给关原送集邮册，只有天知地知你知我知，关原当然不会自己把自己揭发出去，他也更不会自己给自己曝光。好在当时跟党走没有收，如果收下以后再拿着卡去告状，那他蒋卫生就惨了。想到这些，他心里就像让谁塞进去一把茅草，难抓难挠坐卧不宁，此时此刻他真恨不得狠狠抽自己一个大耳光，暗骂自己：就他妈的那么一个局长职务值得这样没人格没德行地做人吗？

他在这里心神不定地瞎琢磨，关原坐在对面察言观色，看到他脸上阴晴不定，似有难言之隐，马上追问：“老蒋，你紧张什么？到底有什么事情你摆明了说，我今天晚上请你过来就是要跟你把这些事情理清楚的。”

蒋卫生突突吞吞地问："关部长，您觉得吴书记真的就是为了那封匿名信大动干戈吗？我觉得问题好像不那么简单。"

让他这么一问关原也有些疑惑了："那你说还会有什么目的？"

蒋卫生说："会不会是别的方面的问题让市委察觉了？拿查匿名信做文章，目的是查别的问题？"

关原没有吭声，他仔细回忆着那天吴修治给他布置任务时的每一个细节，包括吴修治当时说话的表情和语气，他实在感觉不到吴修治还有什么别的目的在里头，再说了，作为市委常委、组织部部长，如果市委真的掌握了在这次选拔任命公安局局长的过程中有什么严重违法乱纪问题的证据，也不会不上会，吴修治更不会把他这个组织部部长蒙在鼓里。退一万步说，如果确实有什么问题牵涉了关原，吴修治也不会让他负责这次调查活动。市里可以出面牵头办这件事情的领导多得是，纪委书记、监察局长、分管政法工作的市委副书记等，都可以，绝对不会让他主持这次调查工作。

关原到底比蒋卫生老到得多，思维也要缜密得多，很快他就得出了结论："你想得多了，吴书记我比你了解，他特别讨厌这种写匿名信告黑状的事情，加上这一次事情闹得太过了，上网了，影响很大，所以他肯定非常生气，除了这个原因没有别的因素。至于如果在调查中真的发现了其他问题，那肯定也是不会放过的，只不过这次调查的根本出发点还是要查清楚这封匿名信的背景和真实性。"

蒋卫生说："您估计能查清吗？"

关原说："毛主席说过，世界上怕就怕'认真'二字，我们共产党就最讲认真。如果认真查，你说能不能查清楚？"

蒋卫生说："应该不是难题，现在的科学技术手段有些你都想象不出来，彭远大又掌控着刑侦那一摊，查这件事情态度肯定非常积极，我估计查清应该没什么问题。"

关原说："如果查清了这件事情真的是无中生有、诬蔑诽谤，我断定吴书记这一回不会轻饶了这封信的作者，处理肯定会很重，说不定还会通过新闻媒体曝光，那样一来，这封信的作者在银州市就再没有立足之地了。"

蒋卫生叹息了一声说："不管这件事情是庄扬干的还是姚开放干的，都太蠢了，真是利令智昏，这就叫偷鸡不成还蚀一把米，我现在更相信那句话了，害人之心不可有，防人之心不可无。"

关原说："我倒听说了一个这句话的新版本：老百姓过日子害人之心不可有，防人之心不可无。在两场上，却是防人之心不可无，害人之心必须有。"

蒋卫生问："什么两场？"

关原答："就是官场和商场啊，这话也不是没道理，商场上不害人怎么能挣来钱？官场上不害人自己怎么能上得去？"

蒋卫生细细品味着他这话，觉得好像有道理，又好像说得不对，寻思了一阵儿终于找到了例证："这话不对，真正有大成就的商家还是要靠信誉、诚信来获得顾客的认可，骗人害人也许一时一事能占便宜，最终还是自己倒霉。从政就更不能害人了，林彪和四人帮害了那么多人，当初多么风光，最终还不都折戟沉沙，成了千古罪人。我还是相信害人之心不可有，防人之心不可无，俗话说害人如害己，害了别人害自己。"

如果放在半个小时之前，蒋卫生绝对不会这样对关原说话，一心一意想当公安局局长这个愿望让他患得患失，人也变得犹如伸手向人乞讨的乞丐那般低声下气。当他把当局长的愿望像一个沉重的包袱扔到地上之后，终于从精神上拿回了话语权，从心理上取到了和关原平起平坐的人格力量。但是，他这变化来得有些突兀，精神上心理上的变化关原又看不见，关原一时有些惊讶，想不通自己除了请他喝茶，也没供应别的食物，他怎么突然间好像吃了大力丸，气壮起来了。酒逢知己千杯少，话不投机半句多，关原一时还难以适应蒋卫生这突如其来的心理生理大转变，更没心思浪费时间跟他讨论害人之心不可有还是害人之心必须有的伦理问题，马上着手办他今天晚上准备办的最重要的事情。他在蒋卫生肩头轻拍一下："你稍坐一下。"然后回到卧室把蒋卫生送给他的那本"文革"邮票拿出来摆到了茶几上。

蒋卫生一看到这本集邮册，马上老脸通红，手足无措起来："关部长，您这是什么意思？"说实话，蒋卫生本质上并不是一个善于在官场上经营的人，但是他却也跟所有在仕途上求生存谋发展的人一样渴望不断获得提升。一旦有了提升的机会，欲望就如一瓢沸油浇进了他的大脑，所有脑细胞都开始沸腾起来，这种极度的狂热让他丧失了理智和尊严，他很自然地把组织部部长关原当成了第一个活动对象，绞尽了脑汁才想到了投其所好送集邮册的高招。集邮册送的倒还顺利，给跟党走送卡却被臭骂一通赶出了门，从那以后他就经常陷入难以自拔的懊悔和羞惭中，尽量不去想那件事情，也不敢再继续找别的领导活动了。关原今天晚上又把这本集邮册摆到了他面前，既像是抽他的耳光，又像是让他重温噩梦，蒋卫生狼狈到家了，有那么一会儿，他恨不得拔腿就跑："关、关、关部长，您、您、这是要干什么……"蒋卫生狼狈不堪，再次回到了乞丐的层次，可怜巴巴、语无伦次地说不出囫囵话来。

关原反倒感到惊愕，奇怪地问：“老蒋，你紧张什么？这不过就是一本集邮册嘛，你不是行贿，我也不是受贿，你这是怎么了？”

蒋卫生挣扎着说：“关部长，您再别提这件事情了，当初算我鬼迷心窍，做了这件事情。这本集邮册我送给您就是因为知道您特别喜欢这东西，我对这东西没兴趣，如果我真的喜欢，我也不会送给您的。”

关原微微一笑，说：“老蒋啊，我们都是在银州这块地方工作多年的老同事，按说你送给我一本集邮册也不算什么，可是现在时机太敏感，如果让别人知道了，肯定对你我都很不利啊。”

蒋卫生听他的意思是要把集邮册退回来，更是难为情了，他不敢想象，今天晚上如果关原真的把集邮册退还给自己，自己将怎么从关原家的大门里走出去，今后自己还将怎么面对关原。他连忙推辞：“关部长，您这是干什么？东西已经拿来了，而且您也接受了，现在您要再让我拿回去，我怎么出您家的门啊？您让我这张脸……”

关原打断了他的话：“老蒋你别误会啊，我可没有说要把集邮册退还给你，这本集邮册我真的很喜欢，你能送我这一套邮票我真的非常高兴、非常感谢……”

这一回是蒋卫生打断了关原的话：“宝剑赠英雄，红粉送佳人嘛，关部长喜欢就留下，别多想，我也绝对不会把已经送出去的东西再拿回来的。从现在开始，公安局局长谁当我都没意见，您千万别把这一套邮票跟提拔连起来了，还是刚才我说的话，我们都是在银州这块地面上干了多年的老同事，就当我送给你一份纪念品吧。”

关原说：“我本来就没当你送邮票是为了什么，可是，邮票终究是有价值的啊，这一套票，按照现今的市场价格，得两三万块啊。”

蒋卫生说：“怎么可能？那是对你们这些集邮爱好者说的，也许是有人专门炒起来的，对于我这样不喜欢集邮的人，别说几万块，就是几百块我也不会买。关部长，我送您的东西难道您还要跟我算算价钱吗？”

关原心里说：今天叫你来就是要跟你算算价钱的。嘴上却说：“我当然不会跟你老蒋讲什么价钱，可是如果这件事情让别人知道了，就会有人算价钱的，到时候对你我真的都很不好，我们俩谁也说不清。所以啊……”

蒋卫生傻傻地问：“关部长，您说，所以什么啊？”

关原说:“所以啊，我也很为难啊，不收吧，你老蒋觉得我看不起你，也驳了你的面子。收下吧，这东西终究值好几万块钱，我一时半会儿也拿不出那么多钱……”

蒋卫生总算明白他的意思了，他是又想要这一套邮票，又不愿意落下把柄，于是从兜里掏出笔记本说：“这好办。”说着在笔记本上写了：转让邮票收据：今收到关原同志购买“文革”邮票一套付款两万五千元。下面落款是蒋卫生，在填写日期的时候，蒋卫生犹豫了片刻，把日期往前写了半年，然后从笔记本上撕下这张收条，交给了关原：“关部长，这回您放心了吧？没问题，我是真心实意送给您的，您要是实在不好意思，这筒茶叶我拿走，我尝了，茶叶是货真价实的一级毛尖，价格也抵得上这套邮票了。”

关原做作地哈哈大笑起来：“老蒋啊老蒋，你倒真识货啊，这筒茶叶朋友给我拿来的时候，上面标着价格，真的是两万多块啊。”

蒋卫生拿了那筒茶叶起身说：“关部长，您找我没别的事了吧？”

关原笑呵呵热情洋溢地说："别的事倒也没什么了，你再坐坐嘛。"

蒋卫生说："我不坐了，日久见人心，您的担心其实完全多余，我啥也不说了，就说一句话：今后我老蒋再也不抱当局长的念头了。"

关原说："那怎么能行？该想还要想，不想当元帅的士兵就不是好士兵嘛，人选还没定，你可不能退缩啊，该努力的还要努力。"

蒋卫生说："那当然，我的意思说我绝对不再为这件事情劳心耗神了，当上了，算我的运气，也是关部长对我的帮助，当不上我也无所谓，工作该咋干照样咋干，好了，我该回家了，谢谢您的茶叶啊。"

送走了蒋卫生，关原彻底放心了，调查工作可以放手去干了，他拿起了电话拨通了组织部王处长，王处长被抽调出来参加了调查组，明天就要正式开始工作。电话接通了，关原对王处长吩咐道："这一次的调查工作市委非常重视，你们一定要一查到底，认真细致，不管查到谁的头上都不能手软，有问题随时向我报告。"

放下电话，关原拿起那本装着一套完整"文革"邮票的集邮册用放大镜津津有味地欣赏起来，看着邮票便想起了蒋卫生，心里说："这个人还真不错，今后有机会了，该提还是得提一下的。"

就在关原找蒋卫生善后的时候，庄扬也没有回家，他在办公室等司光荣。庄扬在银州市工作多年，方方面面的关系、熟人也不少，市委将要派联合调查组调查在网上发表文章并给市委市政府各委领导投递匿名信的事情很快就传到了他的耳朵里。他极度紧张，惊恐不安，他相信，如果市里认真查办此事，他那副小肩膀是承担不起后果的。匿名信上说的那些事情只要大脑没有缺弦进水，谁都知道纯属造谣诬蔑，市里说调查，其实就是要查匿名信的炮制者，在现代科技手段的支持下，查一封匿名信，尤其是在网络上公开发表的匿名信并不是难事。活是司光荣干的，司光荣又是受他的指使，根据他对司光荣的了解，那是一个可以共富贵的利益关系人，绝对不是一个可以共患难的哥们儿。如果调查组追到司光荣头上，他估计司光荣八成会把他抬出去挡枪子。想到这些，他开始追悔自己当时为什么昏了头做那种事情，现在用理智想想，单凭那么一封靠想象和谎话编造出来的匿名信对彭远大不会有任何伤害，反而会让他再一次成为各级领导关注的焦点。愚蠢，愚蠢，这就是典型的利令智昏。

庄扬拍打着自己的脑袋，实在想象不出自己怎么会变成这个样子。过去，他一向自诩品格正直，为人光明磊落，认为凭着自己的正直、努力就可以赢得在政治上立足和发展的机会，然而，在追究人大主任曾聪明的小舅子贪赃枉法以后，随即遭遇的官场博弈搞得他焦头烂额。痛定思痛，他对自己过去所抱持的人生态度和政治理念产生了深深的怀疑，并由此陷入消沉中。范局长突然死亡，在司光荣的煽动忽悠下，他在阴暗的泥潭中又看到了曙光，突然醒悟到，仕途的生存发展并不仅仅只需要辛勤的努力和突出的成绩。在和司光荣积极活动的过程中，他所得到的清楚或者含糊的承诺，让他看到了在仕途上取得新突破、实现跨越式发展的现实可能，他就像喝了迷魂汤又吃了摇头丸，在疯狂欲望的鼓舞下做着那些过去连想都不会去想的蠢事。他忽略了一个残酷的游戏规则：官场和商场一样，承诺不管是明确的还是含糊其辞的，在没有实现以前都是只有响声没有味道的水屁。

司光荣急匆匆地来了，手里拎了一个鼓鼓囊囊的大包，庄扬关上门之前鬼头鬼脑地朝走廊里窥测了一阵儿，司光荣惊奇地问：“怎么了，庄局？”

庄扬说：“情况不妙，你先坐下喘口气。”

司光荣大大咧咧地说：“能有什么不妙的？我刚刚还跟刘哥通过电话，他还问您的事情定下来没有呢，如果他没有打招呼说话，他不会这么问的。”说着，扬起手里拎的东西给庄扬照了照面说：“我正要到曾主任那里去一趟，东西都准备好了，保证能让他动心高兴。过去您跟他小舅子有那么一次，虽然上面有人打了招呼，我们也去过了，可是我想现在是关键时候，还得再往实里夯一夯。”

庄扬说：“算了吧，现在这一套全部暂停吧，明天调查组就到局里来了，你还想夯实什么？没用了。”

司光荣问：“调查组？什么意思？调查什么？”

庄扬说：“调查我们告彭远大那件事情，据我了解，吴书记亲自发话了，对这件事情特生气，要一查到底，肯定查到谁谁倒霉。你也是的，写几封匿名信就行了，在网上搞什么名堂？现在可好，让人家抓住把柄了，说是造成了严重的社会影响，事情闹大了。”

司光荣也紧张了：“不会吧？真有那么严重？”

庄扬说：“比我说的还严重，我找你来就是商量一下这件事情该怎么办。”

司光荣一屁股坐到了沙发上，痴痴地活像刚刚死了爹又死了娘。

庄扬说：“你估计他们能查到你我头上吗？”

司光荣说：“要查也只能查到我头上，肯定查不到您头上。”

庄扬说：“你不是都用的打字稿吗？这种事情又核对不了笔迹，到时候硬扛，没有证据谁也没办法。”

司光荣叹了口气说："唉，也怪我当时太自信了，也有点太急于求成，就怕彭远大占了您的先。现在仔细想一想，如果他们真的认真查下去，用不着核对笔迹，从网上 IP 地址还有市委文件交换站可能都能查出蛛丝马迹来。"想了想又问："对了，庄局，您知不知道，市委文件交换站有没有监控录像？"

庄扬说："应该没有吧，不过市委大院门口可是有监控的，去送信的时候是不是你亲自去的？"

司光荣说："当然是我亲自去的，这种事情哪能委托别人？什么人也信不着。"

庄扬顿足叹息："那就完了，人家用不着抓住你的手，只要看看监控录像，你刚好在那个时段出入市委大院了，人家不追究你还能追究谁？"

司光荣阴沉着脸点着一支香烟坐在沙发上冥思苦想，他的脸在节能灯的映照下，青白青白的，在缭绕盘旋的青烟后面活像一个幽灵。庄扬看到他这副表情突然有点害怕，身上冷飕飕的，感觉似乎正在被这个幽灵朝万丈深渊勾引。庄扬开始后悔了，悔不当初跟这么一个人勾搭在一起成了他的殉葬品。他却忘了，写匿名信正是他安排给司光荣的任务。司光荣在烟灰缸里狠狠按灭了烟头，动作和表情都像庄扬透露出了这样一个信息：他的决心已定。

"庄局，"司光荣坐直身躯，郑重其事甚至有点慷慨激昂地说，"这件事情您根本用不着紧张，即便查到我头上了，跟您也没关系。我刚才仔细想了一下，我说的那些问题里面，如果单就事实来说，没有什么伪造的，都是客观存在的，关键的问题是对事实的认定和看法。如果调查组真的进来了，我就主动找他们承认这是我干的，但是我不会承认这是有意造谣毁谤，我会一口咬定这就是我个人的看法，充其量也就是我的方式方法有点瑕疵。”

庄扬有点感动了，也有点为刚才的想法感到羞愧，便真心实意地对司光荣说：“老司啊，这件事情你是按照我的意图办的，到时候我一定会挺身而出，就说这是我们共同的看法，你不会独自面对的，该揽的责任我一定会揽。”

司光荣一听这话就急了：“庄局，您怎么犯傻啊？难怪您稀里糊涂就把曾聪明给得罪了，您要是真的挺身而出替我揽责任，您就真的白在官场上混这么多年了。您好好的，我即便受点委屈今后还有希望，您要是跟我一块栽了，今后我们就永无出头之日了。您冷静地想一想，即便我承认了，能受多大个处分？大不了给个行政警告、党内记过之类的处分，如果您出面，那就成了小帮派、小集团，那可是犯大忌的问题，您跟我都得倒大霉。您千万不能出面应承这件事情，在别人面前您还得骂我两句，显得您跟这件事情根本没有任何关系才行。”

庄扬理智上明白他说的有道理，但是一时半会儿面子上又下不来，还要做出一副讲义气、够哥们儿的样子：“老司啊，你也别替我担心，你刚才不是分析过了嘛，大不了给个小小的警告记过处分，按年龄你比我大，我今天就说一句话，今后你跟我就是哥们兄弟，这件事情我绝对不能让你一个人承担。明明是我让你办的，出了问题我当缩头乌龟，我还是个人吗？”

司光荣真的急了：“庄局，您是真的不明白还是装傻？如果您承认了，处分就绝对不会是警告、记过，您跟我都得从公安局滚出去，您好容易保住的这个副局长职务肯定得白瞎了。吴书记那个人您又不是不知道，办起这种事情绝对是下得了狠手的。我求求您在政治上成熟一些行不行？我再把话说得透一些，办这些事情我并不完全是帮您，我也是为了我自己，您上去了对我有好处，归根到底只有利益，没有感情，这是我的实话。过去我帮您，现在该您帮我了，您帮我的最好方式就是对这件事情装作您啥也不知道，该骂我就骂，该批评就批评，彻底把自己摘干净。”

庄扬愣愣地看司光荣，他不能不承认，从现在起，对眼前这个人绝对应该重新认识，从职务上说，他比司光荣高半级，是他的领导，从政治经验方面说，他只配当司光荣的学生。司光荣拎起拿进来的那包东西说：“庄局，记住了，打死也不能说您跟这件事情有关系，我还得赶紧到曾聪明家去一趟。”

庄扬问他：“你还去干吗？”

司光荣说：“我已经跟他约好了，不去不行。再说了，不管是将来还是眼前，这个人都是能够借上劲的人。我劝您一句，这件事过去之后，您一定要千方百计跟曾聪明搞好关系，现在这个基础建立起来不容易，不能放了。”

庄扬说：“我估计再跟他怎么着，也是面上的事情，他小舅子那件事情我把他得罪狠了。这一次我对他也没抱太大希望，只求他看在省人大张副主任的面子上别给我使太大的绊子就行了。”

司光荣说：“庄局啊，我有时候都想不通您这个人怎么能当上副局长的，当官最忌讳的就是清高，要想清高就别走仕途，您跟曾聪明不就是那么点事吗？再怎么说得罪的也不过就是他小舅子，又不是把他家孩子扔到井里了，我敢保证，曾聪明现在还巴不得您跟他搞好关系呢。这对他更有好处，一来，您年轻，他也干不了两年了，您一直跟他抗着，他退下来别的不说，今后见面了您对他不理不睬就够他受的。二来跟您搞好关系，也能显得他有水平，免得人家说他因为小舅子的事儿给您穿小鞋。您这方面呢？既然要从政，就要多栽花少栽刺，只要能用得着的人，就要千方百计地去搞好关系，哪怕暂时用不着的人，也绝对不要得罪，谁知到啥时候就用得着了。好了，您是局长，我是您的部下，跟您这么说话您千万别见怪，我这真的是为了您好，再说句私心话，您好我不也就好了吗？”

庄扬起身拍拍司光荣的后背说：“谢谢你老兄，我听你的。不管怎么说，我还是相信感情的，你跟我就是兄弟，你是哥我是弟，你这个朋友我交定了。”

司光荣显然很受用他这句话，嘿嘿一笑说：“我这个朋友还用交吗？我本来就是您的铁杆儿朋友。好了，我该忙去了，记住，即便调查组找您，说我已经承认了是受您指示，您也要坚决否认，让他们跟我对质啊，千万不能承认，您一承认就把我毁了。我该走了，您别送我，现在是非常时期，让别人看见不好。”说完，匆匆忙忙跑去拜会人大主任曾聪明去了。

和司光荣分手以后，庄扬心里轻松了许多，踏实了许多，他知道，司光荣是个明白人，说的都是明白话，这方面肯定不会有什么问题了。回家的路上，他蓦然想通了过去一直困扰他的课题：为什么那么多上级领导会跟司光荣这样一个小小的副处级干部打得火热？因为司光荣是一个极会来事又非常可靠的人。

3

彭远大最近非常忙碌，既要审核报送检察院的移送报告，补充案件审结材料，又要应付他不在期间积压的工作和文件，最近又因为报功的问题闹得他不得不直接找到市长夏伯虎那里求援。所以，当蒋卫生找他商量配合联合调查组进驻公安局的事情时，他并没有太在意，说了一声："你办事我放心，你全权代理，我没意见，我最近事情太多了。"按照排名，他排在蒋卫生后面，这么说带有逗趣、玩笑的意思，放在过去蒋卫生根本不会在乎，现在局势微妙，几个人都成了竞争对手，彭远大这么一说，蒋卫生的脸就拉长了，好像彭远大已经开始以领导自居了，其实彭远大根本没往那方面想。看到蒋卫生不高兴了，彭远大还以为人家是嫌他对这件事情不重视，态度不积极，又补充了一句："我的确忙啊，出差那么多天，手头压了一堆事情，最近报功那件事情你也知道，卡在大李子的身份上了，我不替他跑谁替他跑？还是那句老话，你办事我放心，放手干，我没任何意见。"

蒋卫生对他也没办法，转念想想，记忆里好像彭远大过去就是这副德行，当年第一次见面就打听他蒋卫生是名字还是绰号，跟他也认真不得，便说："那我就安排政治部协助他们工作，他们还要一台电脑、一个临时办公地点，这些事情都让政治部安排吧。"

彭远大连连点头："好好好，你看着办，你现在是老大，我啥都听你的。"

这么一说，蒋卫生才舒服了点，也才确定刚才彭远大那句"你办事我放心”并不包含居高临下的味道。让彭远大没想到的是，调查组进驻以后，第一个召见的人就是他。王处长见到彭远大先道歉：“老彭啊，对不起啊，那天真的不是我想谋害你，你可千万要谅解我，设身处地地替我想一想，如果是你，你又能怎么办？”

彭远大连忙拦住了他：“没关系，没关系，我从来没有怨过你。”

跟随王处长一起来的两个人中，一个是纪委检查二室的老孙，一个是纪委调研室的小李，纪委和监察局两块牌子一班人马，监察局局长由纪委副书记兼着，所以老孙和小李既代表纪委又代表监察局。根据调查组的工作计划，他们先要搞清楚彭远大这次办理的案子到底有没有匿名信上反映的那种可能，其实他们心里都明白，那种可能是不存在的，原因很简单：彭远大是人不是神仙。但是，作为一次完整的调查，这仍然是一项不可疏漏的环节和必要的程序。

王处长是主演，老孙和小李两个人是配角，所以开场白也由王处长先来，王处长道歉过后也就不再绕弯子，直截了当地问道：“彭副局长，你可能也听说了，最近有一些对你不太正面的反应，你是不是听说了？”

彭远大反倒有些纳闷儿，据他所知这一次调查主要是要查出那封匿名信的炮制者，没想到一来就先找到了自己头上，在公安局工作多年，向来是他找别人谈话调查别人的问题，由别人找自己谈话调查自己的问题还是头一遭，心理上就难免有个调适过程，所以回话也就有些僵硬：“不是听说了，而是亲自看了，我回来的头一天在网上就看到了。”

王处长接着问：“那你有什么看法？”

彭远大说：“我没看法啊，再说了，我有什么看法也不重要，关键是你们有什么看法。”

纪委的老孙插了一句话："一切结论产生于调查研究之后，这也是我们党的基本工作方法，现在我们不是正在调查吗？希望你积极配合我们，这也是作为一个党员干部的责任和义务。"他这话说得如果再加上一句"坦白从宽，抗拒从严"就更有审讯的味道了。

彭远大好笑，又有些生气，暗想：别人诬蔑诽谤我，你们不去查，反而问我有什么看法，这不是荒谬嘛，就说："你们要是让别人无中生有的臭骂一顿，也就用不着问我有什么看法了。有什么话就直接说，别拐弯抹角的。"

王处长便开始直接说了："你为什么要积极侦办这个金锭失窃案？是不是像网上那篇文章说的有个人功利目的在里头？"

彭远大想了想说："肯定有个人功利目的啊，我是警察，破了案就能立功受奖，不破案就没办法交代，这不是明摆着的事吗。这个案子当年没破得了，不光压了我半辈子，也压了当年的老局长一辈子，他一直到死都耿耿于怀，你说我们接到这个案子的新线索之后，能不积极侦办吗？嗳，你们问我这些是什么意思？是不是你们认为那篇破文章说的是真的，我彭远大就是为了当局长才作政治秀去了？我提醒你们一句啊，我走的时候范局活得旺旺的，没病没灾，我可不知道他能突然那么死了。"

老孙又插话了："你走的时候范局确实是活得旺旺的，我们没有怀疑你出差办案的原始动机，问题是范局死了之后，案子破了之后，你有没有活思想？"

彭远大作为公安局副局长本来对他们找自己谈话调查问题就不太适应，现在听他这么问，心里的反感终于按捺不住了，嘿嘿冷笑："'活思想'这个词儿好像听说过，噢，想起来了，'文化大革命'中早请示晚汇报，每天都得汇报自己的活思想，你怎么还用这个词？你这是极左路线的表现啊，现在如果要建设一个活人博物馆，你倒真的可以送去作做‘文革’时期的活展品，哈哈哈。”

老孙是个办事认真的老实人，这种人往往死板一些，说话也往往词不达意，他的意思是想问彭远大在听说了范局死亡的消息之后，有没有想到利用这个案子捞取个人的政治好处，比方说主动给新闻媒体提供自己的破案素材和先进事迹，通过新闻媒体来宣传提高自己，增加自己的政治筹码。这种话不好直截了当地问，他是想问得委婉一些，找来找去找不到合适的说法，就想起了“活思想”这个词，反而让彭远大耍笑了一顿。这终究不是审讯嫌疑人，而是调查谈话，老孙让彭远大讥嘲了一通，没办法反嘲他，只好自己憋气，脸涨得通红，鼓着腮帮子活像幼儿园里被阿姨罚站的儿童。

彭远大却还接着讥讽他：“活思想我倒真的有，当时我想，这个案子早点办结了，我好早点回家看老婆去，真的，人出差在外真的想老婆，你说这算不算活思想？人活着就有思想，除非死了就没思想了，也不对，可能死了也有思想，只不过我们不知道而已，死了以后的思想是不是就叫死思想？”

王处长暗暗埋怨老孙，心想我们到这里来明摆着是要查那封匿名信，而不是查彭远大，叫他过来了解了解情况，寻找一些线索，你查问人家的活思想干吗？老孙是纪委的，跟他不是一个部门，属于联合调查，虽然王处长是主办，牵头的主管是关原，他对老孙和小李也没有领导权，所以不好当着彭远大的面说什么，眼看着彭远大咬住人家老孙不撒手，老孙气得脸红脖子粗，怕他们二人一言不合吵起来，闹得大家下不来台，便连忙出面灭火："老彭，你这是干吗？别讽刺人好不好？什么活思想死思想的，好了，我也不跟你啰唆了，你直截了当地把你处理这个案件前前后后的过程说一下，然后再想想跟谁有利益冲突，谁有可能写匿名信诬蔑你。我还要提醒你一句，我们是受市委市政府的委托组成的联合调查组，找你谈话不是我们个人对你有什么意见看法，你还是要摆正态度啊。"

彭远大终究是公安局的副局长，虽然性格有时候不太正规，却也不是大街上的混混，尽管对他们这种谈话方式多多少少有点对抗情绪，却不会做过分的事情。转念再想想，人家受市委市政府的委托来调查这件事情，本身也说明市委市政府对自己非常负责任，既然要搞清事实，人家找自己来了解情况也属于正常的组织行为，便对老孙笑笑说："老孙，过去我们也认识，我就这么个人，有时候爱较真，有时候说话也不太注意方式方法，你别计较啊。"

老孙让他这忽冷忽热的表达方式搞得晕头转向，心里的气还没有散尽，却也不好再继续鼓着腮帮子顶牛，只好说："本质上我们都一样，都是爱较真的人，工作也要求我们较真，你别计较就成了，我哪敢计较。"话里话外仍然有些不高兴，脸上却勉强挤出来一丝笑纹。

彭远大接着应付王处长："王处长，你们说的这些我心里都明白，不就是怀疑我企图利用这个案子争取当公安局局长吗？话说回来，只要人家想编派你，嘴是扁的，舌头是软的，想怎么说都有理由。我们运气好，把这个案子破了，人家说你是利用这个案子捞取政治资本向组织上要官要权。如果这个案子没破得了，人家又可以说：看看彭远大，跑了那么远，花了那么多差旅费，白浪费钱，狗屁事没办成。说实话，我现在事情太多了，真的没有精力在这方面纠缠，你们要了解整个案情，刚好我们给检察院的移送报告写出来了，我让他们给你们复印一份，你们看看就啥都明白了，比我自己谈更有说服力，也更有条理性，更加详细，我真的没时间陪你们了，你们不知道，刚刚送上去的立功材料又出问题了，我还得赶紧跑这件事情去。”

老孙敏感地问：“什么立功材料？你们报功了？”

彭远大只好又给他解释：“这个案子福建警方配合得非常得力，我们就给省厅打报告给他们请功，省厅也没有权利给人家福建警察记功啊，就给公安部打了报告，公安部对这件事情非常重视，说两省两地警方联合成功办案更应该大力表彰，又说哪有主办人员不报功，光报协办人员的？让省公安厅把我们这边主办人员的事迹材料也一并报送上去，要给我们和福建警方参与破案的人员同时记功。省厅一看部里态度这么积极，精神头马上大了，追在屁股后面好像催命鬼一样让我们尽快把材料报上去。我们报上去了，结果又不行，说大李子不是公安局的人，不能由公安部门报功，充其量只能报个见义勇为，把材料打回来了让我们重新报。”

王处长问：“你们都报了谁？”

彭远大说：“还能报谁？黄小龙和大李子两个人。”

老孙问：“怎么没有你？”

彭远大说：“肯定不能有我，这个案子是我当年办砸了的，现在侦破了是我将功补过，我哪有资格立功受奖。再说了，报纸电视上吹了那么一小吹，就闹得满城风雨，劳驾你们到公安局调查，如果再受到公安部的嘉奖，那还不更得闹翻天。算了吧，指标也有限，福建省报两个，我们也只能报两个，我们一共去了三个人，只有两个指标，你说能报谁？”

王处长想了想说："嗯，还真的不好报你。"

彭远大说："这个大李子也是倒霉，公安局借调他用了好多年，参加破了不少案子，现在临到报功了，却没有立功受奖资格，这件事情不公平，责任在我们公安局。今天我好容易约到了夏市长，看看能不能说服市长大人特批一个工勤指标，只要人事关系能进到公安局来，算公安局的工作人员就能报功，不然这个指标就浪费了。对不起啊，你们该找谁了解让蒋副局长给安排，我真得去办正事了。回头我让刑警队王队长把结案移送报告给你们复印一套送来，对不起啊。"说完，还没等人家点头答应，彭远大跑了。

彭远大出了调查组临时占用的办公室之后，长长出了一口气，叫了车就朝市政府奔去。他确实没有时间陪着调查组玩，约夏市长很不容易，事先要找秘书安排日程，他给夏市长的秘书送了一张免费参加机动车驾驶执照培训考试的内部表格，市长秘书就给他加塞安排了，定在今天上午十点钟接受市长夏伯虎召见。

跟调查组纠缠了半上午，彭远大从公安局出来的时候已经是九点五十了，从公安局到市政府正常情况下乘车十分钟足够了，但是现在车辆越来越多，塞车越来越成为交通常态，十分钟的路走一个小时也是常事。领导召见，只能等候领导，哪里敢让领导等自己？所以彭远大心里很急，深怕去晚了夏伯虎生气，本来能办的事情也不给他办了，又怕夏伯虎来个过时不候，一走了之，再约他就不好张口了。所以就让司机拉响了警笛，冒充正在执行紧急公务，一路上闯红灯、逆行、抢行，招惹得别的司机纷纷鸣笛甚至破口大骂，彭远大清清楚楚地看到一辆挂黑牌的宝马车的司机朝他竖起中指满脸狰狞地张着大嘴，显然是在用最难听的话骂他。好在别人怎么骂他也听不到，一路疯狂，总算赶在十点整来到了市政府大楼前面。彭远大跳下汽车跑进大楼来到电梯跟前，不由暗暗叫苦：两部电梯都刚刚离开一层正在朝上漫游。最近几年，市政府的领导受到广东人的传染，对“八”字情有独钟，原来市长办公室在三楼，“八”字流行以后，都搬到了八楼，也不知道他们是个人想“发”，还是盼着银州市“发”。

彭远大不敢等电梯，只好顺了楼梯拼了老命地朝八楼爬。爬到八楼气喘吁吁地看看表，已经十点过五分了。一到走廊，就看到夏伯虎的秘书在走廊里犯了痔疮似的来回溜达，见到彭远大就像见了多年未见的老情人，疾步扑将过来一把揪住他抱怨：“彭局啊，你急死我了，市长已经催了两次了，你怎么手机也不开？”

彭远大气喘得说不出话来，只好连连拍打秘书的后背，用动作和表情致歉，提到手机，才想起来，昨天晚上手机放在卫生间里充电，今天早上急着出门，忘了带手机。秘书二话不说拉了他就走，来到夏伯虎办公室门前先轻轻敲了敲门，等到里边应了一声：“进来！”才推门进去对夏伯虎报告：“公安局彭副局长来了。”

就听得夏伯虎在里边嚷嚷：“让他进来，迟到了整整七分钟。”

彭远大连忙窜了进去纠正道：“市长，迟到了六分钟，不是七分钟。”

夏伯虎虎着脸说：“我为了等你把市长办公会议都推迟了，你还迟到，怎么回事儿？你以为市长的时间不值钱是不是？鲁迅怎么说的？”

彭远大连连道歉：“对不起市长，我哪敢迟到，是市委联合调查组非要逼着我谈话，跟我纠缠了半上午，还是我硬跑出来的，路上又塞车，唉，真不容易啊。”说着擦了一把汗，才想起来市长还有个问题等他回答，便又问："鲁迅说什么了？"

夏伯虎说："浪费他人时间无异于谋财害命。"

彭远大觍着脸说："鲁迅老先生的话我不敢说不对，可是也不够确切，我有天大的胆子也不敢对市长谋财害命啊。再说了，市长您的工资比我也多不了多少，谋财我也不谋您，您也没有多少财值得我去谋啊。"彭远大在官场上混得久了，深知对上级领导适当地拍一拍还是很有必要的，现今最有效的拍马方式就是暗示领导清廉，不管这位领导是不是真的清廉，你只要表现出认定他清廉，都会马上收获好感。

果然夏伯虎接受了这顶彭远大随手拈来的高帽，不再追究他跟领导约会迟到的罪过，改为半真半假却让人感到亲近地说教："行了，别嘻嘻哈哈的了，多大岁数了，再怎么说也是公安局的主要领导，说话办事都得有准才行，当领导的凭什么树立自己的威信？就是一个字：诚信。我们党和国家现在不都强调要建立诚信社会吗？作为领导干部，更要讲诚信，以诚立德，以信立业。我这个市长也不是不讲道理，你不能按时来，打个电话，改个时间也行嘛，让我扔下一摊子重要事情在办公室傻老婆等蔫汉子地候着。说吧，什么事？"

彭远大想提醒夏伯虎"诚信"是两个字，却没敢提醒，怕伤了夏市长的面子，一会的事情不好办，便连连道歉："对不起啊市长，下不为例，今天您一直在这儿等我，让我非常感动，也从您身上真正体会到了诚信的价值和意义。"彭远大顺手又把一顶"诚信"的高帽子戴到了夏伯虎的脑袋上，然后就抓紧时间说自己的事情："夏市长，我有一个不大不小的麻烦得求您帮忙。"

夏伯虎说："你的麻烦我知道，不就是有人写匿名信臭你吗？你这个人也是的，别人都说我锋芒外露，你比我还能露。那天在常委会上你打电话说自己最有条件当公安局局长，干吗？有这么说话的吗？说轻了是妄自尊大，说重了就是直截了当地向组织要官。过去我还真没发现你彭远大、局长大人还真的挺有上进心啊！”

夏伯虎这个时候又提起了这件让彭远大难堪的糗事，彭远大只好再次解释：“我当时不知道你们在开常委会，还以为王处长跟我逗笑呢，过去提谁当局长从来也没有人征求过我的意见啊，所以就跟他开了那么一句玩笑，真的，纯属玩笑。”

夏伯虎瞪着他说:“这么说你真的是开玩笑，真的并不想当局长啦？那好办啊，这是好事啊，刚好这样也能让那封上网的匿名信造的谣言自生自灭了。我替你着想，现在这个时候还是低调一些好，不就是一个公安局局长吗？当上了也比现在多挣不了几个钱。相比之下，好名声对于一个领导干部来说更重要。”

彭远大尴尬极了，为难极了，他既不愿意说自己不想当局长，也不能说自己想当局长，他根本想不到，他一约夏伯虎，夏伯虎马上就以为他是为自己的提升来做工作的，所以一上来先要封他的口。

姚开放老岳父赵银印的恐吓虽然目前还没有成为现实，但一直是夏伯虎心头的阴影，如果姚开放真的出局了，赵老爷子是不是真的有一个关系很铁的老部下在国土资源部当副部长，会不会真的动用他在国土资源部的关系破坏银州市的高新技术开发园区，夏伯虎心里没底。根据常委们在会上的表态来看，姚开放这一次肯定没戏了，原因就是他老岳父的戏演得过火了，这就更让夏伯虎忧心忡忡。现在的局面是，蒋卫生太平庸，他在这场博弈中肯定也做了工作，但是效果并不显现，起码夏伯虎目前没有发现常委里有谁着意替他撑腰。而且他那种人也是吴修治不赏识的，吴修治自己做人沉稳，讲究内涵，却喜欢别的干部果断、干练、张扬一些，所以估计蒋卫生只能老老实实当个看家的常务副手，让他独当一面的可能性不大。庄扬夏伯虎也不担心，他估计庄扬八成对曾聪明做了工作，这从曾聪明谈到庄扬时候前后态度的明显反差可以看得出来，但是如果真要任命庄扬为公安局局长，曾聪明那一关很难过，如果仅仅是处理了曾聪明的小舅子那还好说，关键是后来庄扬在陷进官场泥沼的时候，通过组织部由市委决定直接任命到了公安局当副局长，等于借市委的手扇了曾聪明一记耳光，这个疙瘩是任何一个在政坛混的人都难以轻易解开的。现在的问题就是彭远大了，从那天常委会吴修治的态度来看，他似乎对这个人很感兴趣，而且这个人目前正火。他估计，如果真的让全委无记名投票，这个号称局长大人的小个子凭着眼下正走红的舆论支持，很可能会脱颖而出，后来者居上，成为银州市新一任公安局局长，同时也就成了夏伯虎高新技术开发区的定时炸弹。这种结果是夏伯虎不愿意看到的，他愿意看到的是高新技术开发区顺利、成功。如果彭远大这个有力的竞争对手适时退出，顺顺当当地让那个姚开放当局长，夏伯虎心里就安稳了。夏伯虎目前最在乎的是高新技术开发区，谁当公安局局长他根本就不在乎。

彭远大听懂了市长的意思，他不明白为什么夏伯虎对自己当局长那么不赞成，记忆里他从来没有做过一件让市长不悦的事情。如果夏市长真不愿意让他当局长，他也不可能当局长，刚好自己又要求他办大李子那件事情，还不如顺水推舟，遂了市长的心愿，人活在世上不可能万事如意，绝大多数情况下只能选择取舍。彭远大在心里飞快地盘算了一阵儿，决定舍自己，取大李子，这样总算兑现了他在福建那个小山村里对大李子的承诺。现在的问题不是他当不当局长，而是他不清楚自己什么地方得罪了这位市长，这件事情不弄清楚，今后麻烦事肯定会接踵而来，即便是副局长，他也别想当消停。这个前景让彭远大忐忑不安，想来想去没有别的办法，只有借此机会直截了当地请教夏伯虎："夏市长，我当不当局长不要紧，就像您说的，当上了也不过每个月多拿五十来块钱，还不到一条烟钱。我不知道该问不该问，您对我的工作和别的方面有什么批评意见没有？"

夏伯虎马上说："我对你有什么意见？你干得很好啊，不但没意见，其实说心里话，我对你很欣赏，在适当的场合我还要表扬你，破了那么大一个案子，为国家挽回了几百万的损失啊！"

彭远大连连点头："谢谢市长，我只不过做了我应该做的而已，不值得市长表扬。可是……"他想问，既然您对我那么欣赏，为什么又不愿意让我当局长呢？可是这句话实在太敏感，听着跟直接要官差不多，彭远大在这个时候无论如何没有勇气问出来。

夏伯虎知道他想问什么，过去关严了办公室的门，然后坐到了彭远大跟前做出推心置腹的样子，用亲切诚恳的口吻说："远大同志啊，不是我不愿意让你当局长，更不是我对你个人有什么看法，我之所以那么说，原因就是背景太复杂了，现在的风气太坏了，我这是顾全大局，完全是为了顾全大局，我给你说一件事情，你知道了就行，万万不能对任何人说。"

彭远大难得遭遇领导如此的信赖和亲近，激动、紧张、感激种种感觉让他气促心跳，连忙表态："夏市长您放心，我绝对不会再给第二个人说，连我老婆和老岳母都不会说。”

夏伯虎说：“你们那个姚开放真不是个东西，你听听他那个名字，什么姚开放，这样的人如果当了你们公安局局长，光是这个名字就让人笑掉大牙。可是没办法啊，如果这一次姚开放当不成局长，我们市正在开发建设的高新技术开发区就有可能夭折，已经投入的几千万就有可能泡汤，如果那样，即便我这个市长向银州人民鞠躬谢罪，引咎辞职，损失也挽不回来了。所以，我请你顾全大局，主动放弃这一次机会，就算帮我夏伯虎一个忙，今后你工作上有什么困难，尽管来找我，我一定全力以赴地帮助支持你。”

彭远大目瞪口呆，他实在想不到姚开放竟有那么大的能量，搞得市长都无可奈何咬着牙违心地提拔他。他想问个明白，又觉得问明白了也没什么意义，大不了是上面哪个领导而且是掌握了银州市命脉的领导绑架了高新技术开发区来要挟市长。想到这里，看着夏伯虎愁眉苦脸的样子，彭远大竟然开始同情起夏伯虎了，他却不知道，夏伯虎这副表情三分真实七分假，不然也就不成其为“瞎白话”了。

他只好宽慰夏伯虎：“夏市长，这件事情没关系，我答应你我不争这个局长，可是当还是不当都不是我自己说了算的事情，你说我应该怎么做，我听你的。”

他这一问，夏伯虎反倒为难了，因为确实像彭远大说的，当不当局长，谁来当局长，都不是彭远大个人能做得了主的，现在的形势就连他夏伯虎都做不了主了。本来他还想让彭远大给市委市政府写一个书面报告，明确表态自己不当公安局局长，可是认真想想，这样做大大的不妥，彭远大的报告递上去，人家问一句：谁让你当局长了？彭远大根本就没法回答。再说了，如果彭远大那么做了，吴修治肯定要追问彭远大为什么要这么做，本来吴修治就根本不相信赵银印有能量破坏得了银州市的高新技术开发区，如果追究到彭远大承受不了，把今天自己跟他的谈话交代出去，他在吴修治面前就下不来台，而且根据吴修治那个脾气性格，很可能偏偏反其道而行之，让原来多多少少还有点希望的姚开放更加没戏可唱，甚至直接把他赶出公安局的可能性都大大存在。夏伯虎想了一阵儿，实在想不出可以让彭远大在这方面做什么，只好说："你也没什么可做的，只要别争就行了，今天你表态就够了，在会议上我可以把你的态度带上去。"

彭远大说："好，您放心，我本来也没有争，这种事情也不是个人能争得来的。"

夏伯虎心里想：也不知道你是真傻还是装傻，现在这年头哪有不争的？不争热馒头能到你的手里？心里这么想着，起身送客："好了，你有这个态度我就放心了，那篇文章你也不要答理它，我断定也是哪个想当局长的家伙利令智昏瞎胡闹，现在吴书记已经组织人去查了，你要相信组织相信党，这件事情一定会处理好的。"

彭远大连忙起身正想告辞，蓦然想起，自己来找他的事情还没说呢，一进来就让他绕住了，在当不当局长的问题上纠缠了半天，差点把正事儿都忘了，连忙说："对不起夏市长，我找您有事。"

夏伯虎愕然："还有什么事？你说，我能办的一定办。"

彭远大说："我找你是关于这次破案报功的事儿……"

夏伯虎马上说："没问题，我同意给你报功，几等功都成，只要你们公安系统批准，我就没意见。"

彭远大说："不是给我报功，我没资格立功，那件案子当年就是砸在我手里的，我再报功脸皮也就太厚了。我是说我们局长期借调人员李勇军同志的事情。"李勇军是大李子的名字，彭远大让夏伯虎胡搅蛮缠了半天，这会儿才倒出空把大李子的事情原原本本地说了一遍。

夏伯虎听完了愣愣地盯着彭远大看，他万万想不到彭远大居然会为了一个下岗人员来找他，他原来以为彭远大今天来找他就是为了给自己当说客，一来解释那封匿名信的问题，二来是为自己当局长做工作。当他确切明白彭远大专门找他的目的之后，突然感到心里空空的、慌慌的、惭惭的，他自己也说不清楚自己这一次逼着彭远大表态不当公安局局长到底是做了蠢事还是做了好事，他开始怀疑自己的判断力。

彭远大见夏伯虎半晌不说话，表情是那种心不在焉、魂不守舍的模样，不由就开始紧张起来，连连追问："夏市长，您怎么了？这件事情您真得特例一次，不然我们市里就少了一个立功受奖的指标，对我们市里的声誉也有影响，多少城市的公安局想要都要不来的好事啊。再说了，李勇军同志在我们公安局工作了将近二十年，也是我们过去对他太不关心了，只知道用人家，一直没有给人家办理正式调转手续，后来人事管理越来越严，定编制、定职称、逢进必考，结果就耽误了，归根到底责任还在我们身上。这一次侦破这个案子李勇军的作用是关键性的，如果不是他，很可能犯罪嫌疑人就跑了，赃物也就拿不到了……"后面这几句话有点夸张，目的还是为了替大李子说情。

夏伯虎回过神来，问彭远大："你们公安局还有没有编制？"

彭远大说："我到市编制办问过了，干部编制还有，但是要有大学本科以上的学历经过公务员考试才行，工勤人员的编制没有了，大李子要调进来，只能走工勤人员的路子，这也是编制办告诉我的，所以我才来找您，刚才您可说了，工作上有什么困难来找您，您一定帮助、支持我们啊。”

夏伯虎二话不说，拿起电话就拨，拨通了彭远大才知道他是给市编制办主任挂电话："有这么一件事，你们给公安局增加一个工勤人员的编制，马上抓紧办，这个人的事情牵涉我们银州市整个公安队伍的集体形象问题，我先让他们办理调转手续，急事急办，特事特办嘛，好了，我让彭副局长直接找你。好好好，三天之内办妥啊。”

放下电话，夏伯虎问彭远大："这么办可以吗？我这个市长说话还算数吧？"

彭远大刚才看到他沉吟不语，表情僵硬，以为他不同意办这件事情，没想到他办的这么果断、顺畅，不由喜出望外，连连表扬夏伯虎："不错，不错，这才叫高效率。"话说出来了，才想到这种口吻活像领导表扬下级，连忙又加了一句："市长的话一句顶一万句，那我现在就去办了。"

夏伯虎却拦住了他："人家现在都反感领导批条子、打招呼，今天为了你们的事情我就破一次例，不但要打招呼，还要批条子，你等等。"说着从办公桌上拿起纸笔哗哗啦啦地写了一通，然后把纸交给彭远大："拿着这个去找编制办和人事局。"

彭远大匆匆忙忙瞄了一眼，条子上写着：

人事局周局长、编制办冯主任：公安局李勇军同志在侦破金锭被盗案中发挥了重大作用，将会受到公安部的嘉奖，请你们协助公安局本着急事急办、特事特办的原则，尽快办理李勇军同志的调转手续。办理过程中如遇到职称、文凭等政策条件限制，可变通处理。

下面是签名：夏伯虎。

彭远大高兴透了，大李子的身份问题一直是他一块心病，有了市长的特批，把大李子变成公安局的工勤人员就没问题了，至于这个工勤人员具体干什么工作，那就是公安局权力范围之内的事情了。压在心头多年的石头一旦搬掉，彭远大不知道该怎么来表达自己轻松愉快的心情，就动作夸张地给夏伯虎鞠了一个躬："谢谢夏市长。"夏伯虎还没明白过来，彭远大又给他鞠了一个躬："我代表大李子谢谢夏市长。"夏伯虎刚要客气一下，彭远大又鞠了第三个躬："我代表公安局谢谢夏市长。"

夏伯虎让他搞怕了，赶紧拦住他："你有完没完了？成了日本人了？好了，别假模假式的了。"

彭远大说："不是假模假式，我是真感谢您，您不知道，我现在简直不敢见大李子，人家跟着我干了这么多年，到头来成了下岗工人，我能不愧得慌吗？还是当市长好，想办的事就能办。"

夏伯虎叹了一声说："唉，你们都以为当了市长就可以呼风唤雨、心想事成啊？其实很多事情当市长的也是无可奈何，你多多理解吧。这件事情你们先办手续，如果有什么问题随时找我。"

彭远大连忙说："理解理解，谢谢夏市长。"

夏伯虎抬腕看看表："好了，我也该走了，为了等你我让他们推迟了开会时间，再晚就不好交代了。"

彭远大也看看表，已经十一点多钟了，不知不觉耽误了市长一个多小时，不敢再耽搁人家的宝贵时间，连忙告辞下楼，直奔市编制办而去。他知道，政府机关办事就得趁热打铁，拖不得。夜长梦多，彭远大绝对不敢把这次机会给浪费了。

4

很多事情没做之前往往觉得非常复杂、难办，真正办起来却又出乎意料的简单容易，联合调查组的实践就足以证明这一点。进驻公安局之前，他们在思想上、组织上、技术上都做了充分的准备，他们估计，这次调查工作将会非常复杂、困难。可是，调查组第一天进驻公安局，第三天就撤退了。不是调查工作遇到了不可抗的阻力，而是调查工作结束了。难怪王处长向关原汇报调查结果的时候，关原也大为惊讶，连着问了三遍："你们真的认为调查结果证据充分真实可信吗？"这次调查的确太顺利了，顺利到让人不得不怀疑调查结果的可信度。

那天彭远大走了之后，王处长接着让小李子去找公安局负责配合他们工作的政治部主任安排跟蒋卫生谈话。小李子正要去办，司光荣却主动找上门来了。司光荣对王处长这种人物不会不有所经营，所以二人倒也算老相识。王处长见到司光荣有几分惊愕地说："老司你干吗来了？还没轮到你呢。"

司光荣说："你们别找别人了，不就是要查那封匿名信吗？信是我写的。"

调查组三个人顿时懵了，按照他们的预期，这项调查并不是一件轻松的事情，他们已经做好打算，如果他们经过谈话查不出子丑寅卯来，那就要动用公安局的技术力量开展侦查，市委书记亲自布置的工作，组织部部长又三番五次强调要查个水落石出，他们的脑袋上就像顶着沉重的磨盘，这件事情不可能不了了之，如果不办得干净利落板上钉钉，他们根本交代不过去。现在司光荣主动“投案自首”了，反倒让他们有一种被闪了的感觉，就好像一个人憋足了劲要搬起一块大石头，一用力搬起来却是一块泡沫塑料。

王处长恢复正常比较快，郑重其事地警告司光荣：“司处长，这种事情可不是开玩笑的，即便你主动承认了我们也要认真调查核实。”

司光荣说：“我跟你们开什么玩笑？就像你说的，这种事情是开玩笑的事情吗？”

王处长问他：“你为什么要干这种事情呢？”

司光荣说：“我是为了坚持正义，揭穿那些制造虚假政绩向组织上要官要权的人。辩证唯物主义告诉我们，看问题要透过现象看本质，要用联系的、发展的观点研究问题、解决问题，彭远大公然向常委会说公安局除了他以外没有人适合当公安局局长这件事情是真的吧？仅仅破了那么一个由他自己制造的积案，新闻媒体就那么大张旗鼓莫名其妙地追捧，这种种的一切发生在范局长去世以后，组织上正在选拔公安局局长的时候，难道你们认为是正常的吗？”

老孙又插话了：“按照你的意思，范局长死了，就不能破案，新闻机构也不能对公安局取得的工作成绩进行报道了吗？破了案就是为自己制造政绩，新闻媒体宣传报道了就是人家有意宣扬自己作政治秀吗？还有，关于彭远大向常委会说的那些话，先不管是不是真的，我倒想问问你，你是怎么知道的？”

司光荣说：“你是纪委的老孙吧？我认识你，可是从来没有想到你看问题这样僵化、片面，我劝你还是回去好好学学毛主席的《矛盾论》和《实践论》，好好学习一下辩证唯物主义的基本方法，尤其是调查研究的时候，一定不能先入为主，不能带有个人的感情因素。”

老孙当然不会吃他这一套，冷着脸说：“学什么都要先学做人，连做人都不及格，学什么也是白费。”

司光荣让他说得恼羞成怒，脸红脖子粗地质问他：“你说说我做人怎么不及格了？你这是调查问题还是替彭远大出气来了？”

王处长也觉得这个人真的太有点不可思议了，明明自己做了坏事丑事，却还振振有词，理直气壮，真不知道这人是脑子坏了还是生物电流短路了。看到他跟老孙争执，王处长也忍不住损了他两句：“你好赖也是个党员、国家干部，起码的组织原则和组织纪律应该懂吧？你认为自己这种做法对吗？”

司光荣坚持己见：“当然对了，任何一个人都有思想的权利，都有表达自己看法的权利，作为党员，更有向上级组织反映情况的权利。如果你们认为这样就是做人不及格，那是因为你们自己党性原则不强。”

老孙让他气得忍不住呵呵冷笑：“你别忘了，任何人也不能把自己的看法强加给别人，任何人也不能假借向上级反映情况诬蔑诽谤别人，更没有权利通过公共传媒来造谣诽谤。”

监查局的小李子一直在一旁记录，这时候也有点看不过去了，插了一句：“思想跟行动是有本质区别的，你可以思想你杀了人，但是如果你真的杀人，肯定得枪毙。”

司光荣开始耍赖：“你们这是干吗？是调查问题还是开批判会？反正我的事情说完了，就是那么回事儿，你们爱怎么着就怎么着，我坚持我的观点。”

王处长说：“你不要有抵触情绪，我们调查这件事情也不能全听你的，我们还是要坚持重证据、重事实，你说是你写的匿名信，那你就详细说说你书写、投递匿名信的过程，以及你在网上发布匿名信的情况。”

司光荣居然毫不隐瞒地把他书写匿名信以及通过文件交换系统向领导投递的过程，还有在银州市官方网站张贴那篇文章的情况详详细细地说了一遍，说过了还不忘坚持自己的观点："我认为我这种做法没有错，哪一条党纪国法也没有规定不准匿名反映问题。”

当王处长让他回去把今天的谈话内容写下来的时候，司光荣从兜里掏出几页纸递给了他："我早就写好了。”

至此，剩下的工作就是核实司光荣说的事实了。王处长他们找到蒋卫生，让他派人配合做一些调查落实工作。这件事情和蒋卫生没有什么牵涉，而且如果查实真的跟庄扬或者姚开放有关系，对蒋卫生反而是大大的好消息，所以蒋卫生的态度非常积极，马上调派技术侦察科的两个人全力配合调查组的工作并很快就有了结果。

政府大院门口的监视录像证实，司光荣确实在那天一大早就去过设在政府大院门口里侧的文件交换站，虽然交换站里没有监控摄像，没办法确定他投递匿名信的具体录像资料，但是他在大院门口的监控摄像资料仍然可以成为证据链条上结实的一环。此外，通过 IP 地址追踪系统也可以证实，在网络上发布匿名信的电脑地址跟司光荣交代的完全一致。

关原听过汇报之后根本就不相信这件事情是司光荣独立做的，因为司光荣不可能有他自己标榜的那么高的政治责任感，他更不会在没有任何利害冲突的情况下主动去得罪自己的领导，而且是一个前景看好的领导。所以他一再追问王处长："你们有没有找公安局其他同志谈谈？有没有在调查这件事情的背景方面花花工夫？”

王处长说："我们三个人分头找了很多公安局的同志调查了解这方面的情况，没有任何线索，唯一可以认定的就是司光荣跟他的主管领导庄扬过往甚密，交情很深，但是这也难以证明庄扬在这件事情当中起到了什么作用。刑警队的人说过这样一个情况，他们队里有一个人外号叫郭半仙，曾经开玩笑说公安局历任局长都是小矮个，就是因为公安局背后的山叫半截峰，而公安局大院的门礅又矮，所以个子高的在公安局当不了局长……"

关原嗤之以鼻："无稽之谈，简直无聊。"

王处长接着说："他们说的时候刚好让司光荣和庄扬听到了，结果第二天他们就把大门礅给拆了，重新搞了个门礅，就是现在这个样子，比院墙高出来足足一米。"

关原问道："这件事情你们找司光荣谈过没有？"

王处长说："我们找他问过了，他也说这是无稽之谈，他从来没有听说过什么半截峰门礅子之类的事情，他们之所以改造门礅子，就是因为门礅子比院墙低了一截，不好看。至于为什么刚好要在那个时间改建，他说那纯属巧合。这种事情对方死不承认也就无法认定，只能做个情况参考。"

关原心里充满疑惑，根据他对机关人事结构常态的了解，司光荣和庄扬之间肯定早就已经超越了普通上下级的关系，在某种程度上已经形成了利益共同体，但是这种事情就像王处长说的，没有办法证实，当事人也不会承认。如果严刑拷打，说不定他们才会供认，但是刑讯逼供对于纪委办案来说，简直是不可想象的事情，所以此时只能就此而止，再深查也查不出什么结果来。

王处长把写好的调查报告交给了关原，关原便去向吴修治汇报，吴修治跟关原的看法一致，司光荣只不过是庄扬的枪手帮凶而已，但是这也仅仅能算作猜测和判断，没有证据。尽管没有证据，但是庄扬经过这一场事情，除非发生奇迹，否则他的仕途基本上走到了终点，吴修治指示关原在庄扬的人事考核档案里加上这样一句评语：思想作风不正派，有拉帮结派现象。有了这个评语，庄扬将不会再有任何升迁的机会，即便他的对头曾聪明下台了，他也没有机会。这也是干部考核的优势，法官判案必须以事实为准绳，以法律为依据，干部人事考核，却可以根据你的表现和群众反映由组织下评语。

关原请示吴修治："吴书记您看这件事情该怎么处理？"

吴修治说："此风不可长，从严从快处理。关于司光荣的组织处理意见，按照党章的规定，由他们基层党组织讨论以后报上来一个处理意见，再由常委会确定。行政处理你们考虑一下，基本原则是这个人不能再在公安机关工作了。还有一条，对此事要在所有机关党政干部中进行通报批评，要求其本人作出深刻检查，并主动在互联网上刊登道歉声明，如果他坚持不承认错误，明确告诉他，我们将通过新闻媒体全面报道这件事情的来龙去脉，及时教育广大干部，也是还人家彭远大一个清白。"

关原有些惊讶，但是随即他又明白了，吴修治当初确定由三部门联合调查此事，就是要把这件事情搞大、搞出动静来，他最讨厌这种阴谋小人，这也是他的脾气。所以关原没有再问什么，把吴修治的意见逐条记录下来之后，便告辞去逐条落实了。

按照组织程序，司光荣的问题先由联合调查组向公安局全体党员作了通报，然后由基层党支部大会讨论对司光荣的处理意见。这种会议按照《党章》规定，司光荣也要出席。司光荣所在的党支部是公安局后勤支部，没有外处、室、队的人员，司光荣就是后勤处的行政领导，当着司光荣的面，党员既不敢也不好意思提出过于严格的处理意见，最终表决结果是给予司光荣党内警告处分，连“严重”两个字都没敢加。支部的讨论意见报到了局党组，局长死了之后，党组成员剩下四个人：蒋卫生、彭远大、姚开放、庄扬。

蒋卫生看到联合调查组查来查去只查出了一个司光荣，根本没有涉及局里的领导干部，弄不清这是上面的意图还是调查组笨蛋，心里明明知道庄扬和司光荣是一伙，相互勾结、互相利用，却没有证据证明。现实问题是，得罪了司光荣也就是得罪了庄扬，这就犯了官场大忌，所以根本就不愿意发表自己的意见。彭远大就更不好发表意见了，司光荣的问题涉及他，如果他要求加重处理，就难免报复之嫌，如果他说不予组织处理，那就太便宜了司光荣，所以他是左右为难，只好向三国时期的徐庶学习，虽然没有进曹营却也坚持一言不发，别人说怎么样他就举起一只手投降。姚开放还在做他的局长梦，他老岳父传过来的信息是省委省政府主要领导都已经向市委市政府打过招呼了，而且市长、书记都已经有明确态度要把公安局局长送给姚开放，所以姚开放根本不会在这个时候出头得罪司光荣和庄扬，也坚持不发言、不表态，等着别人先说。公安局这个党组会开得真是有意思透了，屋子里几个人都闷着头不说话，活像公安局党组突然变成了聋哑学校。在一旁记录的党办室秘书无话可记，在一旁抓耳挠腮好像从花果山上招聘的猴子。

闷了半下午，还是庄扬开口表态了。庄扬心里虽然非常想保护司光荣，可是他也明白大家现在都把他跟司光荣看成了一伙，嘴上不说谁心里都断定司光荣是给他挡枪子，所以反而是他要用实际行动证明自己跟司光荣并没有任何超出工作关系的关系，于是说："我认为司光荣同志的错误性质是非常严重的，应该严肃处理，我同意基层党支部广大党员的处理意见。"基层党支部的处理意见是党内处分最轻的一级：警告。

他这么发言了，别人也懒得啰唆，纷纷说："同意，没意见。"于是这个闷了半晌午的党组会草草收场，记录本上只记了半页纸。

这个意见经由联合调查组报到关原那里，关原也觉得处理太轻，但是他又没有权利干预，根据目前公安局的现状干预了也没有什么作用，便直接报给了吴修治，吴修治说："我已经预料到会是这个结果，把这个结果拿到常委会上去，听听大家的意见。"

过了两天，吴修治主持召开市委常委会议，这次会议只有两项议程：一是讨论组织部拟订经过吴修治审定的干部选拔任命改革方案，二是讨论公安局发生的书写投递匿名信并在互联网上对彭远大进行诬蔑诽谤事件的处理意见。

关于党政干部选拔任命改革方案，上一次常委会在大原则上已经取得了一致意见，而且关原介绍改革方案的时候，一张口先把本方案经过吴书记审定的话端在了前头，宣传部部长李玉玲抢先发言，认为这个方案非常完善，非常具有可操作性，为银州市选拔任用党政领导干部实现公开、公正、公平创造了良好的条件，这个方案一经实施，必然会带来干部人事制度的新局面，并且成为全省干部人事管理机制创新的楷模，所以她举双手拥护。接下来常委们一个个表态，没有一个人对这个方案提出任何异议，然后举手表决，全票通过。

接下来开始讨论司光荣的问题。组织部王处长代表联合调查组向常委会汇报了调查经过，关原向常委会汇报了公安局上报的组织处理意见，然后由常委们对这个问题展开讨论。常委们一个个都是人精，不是人精也成不了地级市的常委委员。

曾聪明首先提出了疑问："彭远大如果跟司光荣没有杀夫夺妻灭子之恨，他为什么要这么诬蔑诽谤彭远大呢？"

夏伯虎接下来提出的疑问跟曾聪明差不多："司光荣这么干的目的是什么？"

王处长说据司光荣自己说就是要坚持正义，夏伯虎骂了一声："扯他妈的蛋。"

他这一声骂把王处长吓住了，王处长呆呆地不敢再接着往下说了，夏伯虎说："我不是骂你呢，我是骂那个司什么荣呢，他他妈哪儿来的那么高的政治觉悟？你们相信吗？"

常委们纷纷摇头："不可能，如果他真有那么高的政治觉悟就不会采取这种下流手段。"

夏伯虎接着问："那他这么做的目的是什么呢？不就是因为公安局局长的任命吗？这简直是一个政治流氓的所作所为，这种人绝对不能轻饶。"

常委们对夏伯虎的意见纷纷表示赞同、支持，李玉玲还回声似的连连说了几个"政治流氓、政治流氓……"常委们对司光荣的行为表现出的同仇敌忾、义愤填膺是真实的，如果此风不刹住，任何一个人对哪个领导不满意就利用互联网捏造事实诬蔑诽谤，即便事后得到了澄清，但是造成的名誉损害是很难通过一个道歉或者更正得到弥补的，发生这样的事情对任何一个领导干部都是一场噩梦。此外，司光荣一口咬定此事是他个人所为，跟任何人没有关系，常委们都知道这是蒙人，却又没有办法追究他的同伙，潜意识里都有一种让司光荣愚弄的挫折感，对他也更加愤慨，所以，在讨论对司光荣的处理问题的时候，大家一致的意见是处理太轻了。

吴修治说："基层报上来的处理意见是轻还是重，都应该用党的《纪律处分条例》来对照，不能简单地凭感情和情绪来确定。老关，你主持这件事情的调查工作，根据《中国共产党纪律处分条例》，像司光荣这种问题，《条例》是怎么规定的？"

关原说："司光荣的行为违反了《条例》第一百四十三条：'侵犯他人人身权利'中的第一款'侮辱诽谤他人'，《条例》规定，违反这一条，根据情节可以给予党内警告、严重警告、记过和留党察看以致开除党籍的处分。"

夏伯虎说："司光荣的情节已经非常严重了，他不单单是给很多领导投递匿名信，还在互联网上公开发布了对彭远大同志的诬蔑诽谤文章，造成的社会影响极其恶劣，说老实话，如果彭远大到法庭上告他，他不但得给人家赔情道歉，还得给人家经济赔偿呢。我看这种政治流氓无耻小人干脆开除算了。"

关原说："司光荣的错误是严重的，可是我们还是要抱着惩前毖后、治病救人的态度，给他一个改过自新的机会，我的意见，处分加重可以，但是不要把人家的政治生命给枪毙了，留党察看吧。"

吴修治也说："我们的目的不仅仅是要处理一个人，更重要的是通过这件事情教育广大党员干部，尤其是各级领导干部，心里一定要有高度的组织观念，自觉遵守党的组织纪律，绝对不允许搞非组织活动，更不允许对党内同志采取这种造谣诬蔑人身攻击的行为。我同意关部长的意见，对司光荣同志既要严格处理，更要加强教育，让他真正认识自己的错误，也要让广大党员干部知道司光荣错在什么地方。所以，我提议新闻媒体要对司光荣的错误以及受到的处理进行报道，司光荣本人也要在公开场合向彭远大同志道歉。在党纪处理的同时，还要给予政纪处分，老夏，你说撤了他的职，调出公安局怎么样？”

李玉玲照例带头同意吴修治的意见，夏伯虎也点头说：“吴书记和关部长的意见我同意。”其他党委纷纷表态同意，于是对司光荣的处理就此定案。举手表决，全体通过。然后吴修治又提出了一个建议：“我们马上就要开始对公安局局长的任命实施行全委会票决，为了保证这次干部人事制度改革的顺利成功，我提议对拟任职候选干部做一些调整，大家讨论一下，看看是不是把庄扬同志从公安局调出来，重新安排一个能够更好地发挥他作用的地方？”

吴修治这个提议常委们心知肚明，刚才王处长汇报进度的时候曾聪明等人就提出了关于司光荣动机的疑问，谁心里都明白，司光荣对彭远大造谣诬蔑肯定不是毫无背景的个人行为，王处长也介绍了根据公安局同志的反映，他和庄扬的密切关系，常委们对他们俩到省上到处跑官活动的种种情况也多多少少有耳闻，因为他们到省上活动了，有人要替他们说话，话还是要说到银州市的领导耳朵里。但是司光荣一口咬定这件事情他就是出于政治责任感向组织上揭发检举问题，跟任何人没有关系，实际上这里头的关系大家都能意会得出来，可是，意会不能代替证据，更不能用意会来处理人，所以仅仅处理司光荣大家都有一种意犹未尽、心有不甘的感觉。吴修治一提出这个建议，大家马上心领神会，谁也不说破，一致表态同意，吴修治问关原：“有没有合适的职务？”

关原的眼睛转了转说：“职务倒是有，龙山区区委副书记还一直没有到职。”

吴修治马上说：“那就安排庄扬同志去，到基层锻炼锻炼对他今后的成熟和发展有好处。”

龙山区是银州市的偏远山区，公安局范局长就是在那里的深山老林里打野猪死亡的。龙山区经济发展滞后，条件艰苦，让庄扬到那种地方锻炼最合适，于是常委们纷纷赞同，就此庄扬彻底被从公安局局长候选人的名单上删除了。

市委、市政府作出对司光荣留党察看两年、撤职调出公安局的处理决定之后一个月，司光荣拿到了省公安厅的调令，他被调到省公安厅担任后勤处的副处级调研员，司光荣在官场上长期经营的一片苦心没有白费，关键时候落水的他还是有人打捞的。这些都是后话，不再赘述。

结局

常委会召开一周以后，银州市在市府大礼堂正式开始由全委会票决公安局局长。全体市委委员一个不少地参加了这次具有历史意义的投票。按照吴修治的提议，人大、政协、工会、共青团和市妇联都派了代表到现场充当公证人，监督票选过程的公正性、公平性。银州市的报纸、广播和电视台还有省级、国家级驻银州的新闻媒体也都派记者到现场全程采访。对此常委中有不同意见，担心万一票选过程出现问题，记者们在现场采访，传了出去政治影响不好。吴修治说："立党为公、执政为民和三个代表思想绝对不是空洞的口号，它是我们从事各项工作的行动指南，也是需要我们用工作实践加以丰富的纲领。我们党的宗旨不就是五个字'为人民服务'吗？既然是为人民服务，为什么怕人民监督呢？今后我们银州市，除了涉及国家机密和个人隐私的事情，所有公务活动都应该让人民群众知道。真正落实了人民群众的知情权、参与权和监督权，立党为公、执政为民才有坚实的群众基础。我们不可能把银州市所有的老百姓都请到票选现场来，可是通过新闻媒体现场报道让老百姓都知道我们的公安局局长是怎么产生的有什么不可以呢？即便现场出现了一些疏漏甚至问题，也没有什么了不得，只能说明我们的工作还有改进的空间，对我们进行的改革正好是一次促进嘛。”

吴修治力主公开、透明，别的常委也不好意思再想着半透明、半公开，对老百姓半遮半掩。于是这次票选便闹得轰轰烈烈、声势浩大。省委、省政府得知消息，还派来了观摩团，更使得这次票选有了超出任命公安局局长不同寻常的意义。

蒋卫生、彭远大、姚开放三个人作为经过组织部门资格审查合格的候选人坐在台下备询。三个人心情都非常紧张，各自心里又都有着不同的“活思想”。蒋卫生估计自己希望不大，因为刚才组织部介绍他个人资料的时候，工作成绩实在单薄平庸，很难引起市委委员们的兴趣。而且，他的年龄又是三个人中最大的，这也不符合眼下人们对干部年龄的心理预期，过去一讲就是资格，现在年轻则成了选拔干部的重要标尺。

彭远大忐忑不安，他当然希望自己能成为公安局局长，尤其是以这种方式成为公安局局长更有意义，这是他的远大理想。可是一想到自己对夏伯虎的承诺，就又惴惴不安，不敢想象如果自己真的被选上了，怎么给夏市长交代。“万一选上了，夏市长非得骂我是不讲诚信的骗子，今后在夏市长手底下还真的不好混啊。选不上今后就很难再有机会了。干你老，我现在是光屁股骑驴，上也难受，下也难受啊。”彭远大紧张之中，不知不觉用上了闽南口头语在心里表达自己那种患得患失、欲取欲弃的矛盾心情。

姚开放万万没想到市委市政府采取这种方式决定公安局局长的人选，他觉得自己跟老岳父都被吴修治、夏伯虎愚弄了，他简单对自己面临的局面作了一个评估，论资历他比不过蒋卫生，论业绩他比不过彭远大，他的优势就是有一个能靠得上的老岳父，然而，这种选干方式让他老岳父的能量落空了，他老岳父绝对没有那么大的本事让每一个市委委员都听他的，即便他现在还在职，还是省委主管政法的副省长，无记名投票的方式也让他老岳父无法控制人们的选择。

吴修治虽然是市委书记，在这次干部选拔中也跟别的市委委员一样，只有一张选票。他坐在台上，这是对他这个市委书记的特殊优待，因为这次票选公安局局长的仪式由他亲自主持。他现在的身份与其说是市委书记，还不如说是节目主持人。关原代表组织部向各位委员介绍候选人个人的详细信息，其实彭远大三个人的个人信息都已经书面印发给了每一个委员，但是作为程序，关原还得口头再作一次详细介绍。这时候，吴修治不经意间突然看到窗户外面跟党走探头探脑地朝里面张望，连忙起身出门招呼他："老领导，您也来了？怎么不进来？"

跟党走说："我没有那个牌牌，人家不让进。"

吴修治说："您能来就是对我们工作的支持，我给您走一次后门，没牌牌您也能进。"

跟党走跟在吴修治后面进了会堂，嘴里嘟嘟囔囔地说："你们还真的干上了，我参加革命这么多年，还头一次见到用这个办法提拔干部呢。"

吴修治问他："您觉得这种办法好不好？"

跟党走说："好，当然好了，这样公平，像赵老贼那样的就不好走后门了。"

关原介绍完了候选人的情况，向吴修治请示还有什么事情没有，吴修治摇头示意："我没事了，请各位委员说说，还有什么疑问没有？"

这次票选准备工作做得非常细致，头一次进行这种尝试，从上到下谁也不敢掉以轻心，从选票的印制到会议地点的确定，乃至这几个候选人个人资料的文字稿，吴修治统统把关，一下子变成了事无巨细、事必躬亲的老大妈。选票除了印有蒋卫生等三个人的名字之外，还有一个空格，如果委员对现有的三名候选人均不看好，还可以提出自己中意的人选。每张票的下面都有详细的文字说明，在关原作完候选人个人情况介绍之后，又由组织部干部处王处长向各位委员详细说明了投票的注意事项。

各位委员这种投票选举的事情已经干得多也见得多了，虽然这一次投票的内容不同、意义不同，形式却没有什么不同，便纷纷表示没有疑问，有一些委员已经跃跃欲试，急于履行自己意外获得的这项新权力，一拿到票就用胳膊遮挡着别人的视线匆匆忙忙打起钩来。接下来就开始选举监票人，监票人从人大、政协、工会、妇联和共青团的代表中产生，然后又选出了唱票人、计票人，接着就开始正式投票。

吴修治理所当然地带头到票箱跟前投下了自己有生以来第一次选举下级干部的那一票。其他委员们开始按照党内外级别排名排着队缓缓向投票箱前进，记者们纷纷涌到前面，抢抓镜头，忠实地记录这历史性的进步时刻。照相机的闪光灯和摄像机的照明灯就像雷雨来临之前的闪电，照相机的快门声响成一片，好像正在发生激烈的枪战。

市长夏伯虎当市长以后向上面的领导学会了遇到记者拍照摄像时稍作停顿摆出一个亮相，在列队走向投票箱的时候，他习惯地停下步子面朝记者又做了一个亮相，后面紧跟着的李玉玲没料到他走得好好地突然停下了步子，高耸的胸脯撞到了他的后背上，羞赧惊慌之下，本能地向后一退，高跟鞋的后跟一下跺到了关原的脚面上。女人的高跟鞋跺到脚面造成的痛苦指数跟遭到驴蹄子践踏的痛苦指数相等，关原惨叫一声，随即又忍住了，他知道电视台正在直播，为了维护自己的形象，既不能叫唤也不能顾脚，只好咬牙切齿一瘸一拐以轻伤不下火线的精神，坚持到票箱跟前投下了他那神圣的一票。这一幕可以算作这次全委票决公安局局长推荐人选唯一不在程序范围之内的意外事件。

投票结束的时候，夏伯虎看到关原瘸了，关心地问他："怎么了？是不是关节炎犯了？"

关原痛苦地拐着弯骂李玉玲："让驴蹄子踩了。"

这个小小的插曲并没有影响到投票秩序，很快投票结束，监票人员开始开箱唱票，一共有三十五个人投票，彭远大得票二十五张，蒋卫生得票五张，姚开放得票三张，还有两张废票。关原当即宣布：彭远大经过市委全委会票选，被推荐为新一任银州市公安局代理局长。按照程序，彭远大还要经过市人大常委会批准才能正式成为局长。人大常委大多数也是市委委员，都参加了这次票选，再考虑这次票选的舆论效果，彭远大通过市人大的批准应该没有什么问题。

随着热烈祝贺的掌声，记者们纷纷涌到彭远大跟前请他在获得成功的时候谈谈感想，彭远大脑子晕乎乎地什么也说不出来，一抬眼看到夏伯虎正看着自己眯眯地笑，搞不清楚他这是冷笑、讥笑还是微笑、祝福的笑，心中大急，无可奈何地对夏伯虎喊："夏市长，这可不怪我啊，我也是没办法。"他这一喊，夏伯虎大窘，在场的人大愣。记者们随即涌向夏伯虎，请他发表改革感言，这对于夏伯虎来说是长项，他便开始夸夸其谈起来，从眼前的票选一直把话题拉到了刚刚返回地球的神舟飞船上。

跟党走高兴极了，咧着缺牙漏风的老嘴哈哈哈笑个不停，对吴修治说："好好好，这样好，公平多了，跑官买官的难度大多了，我就不信跑官买官的坏怂投机分子们能把所有的委员都收买了。"

吴修治说："老领导，我敢断定这仅仅是个开始，今后我们的胆子会更大一些，步子会更快一些，消除政治道德层次的腐败，清除孳生腐败的土壤，我们需要的仅仅是时间和实践。"

图书在版编目（CIP）数据

前门 / 高和著. —北京：线装书局， 2012.11
ISBN 978-7-5120-0748-2

Ⅰ. ①前… Ⅱ. ①高… Ⅲ. ①长篇小说—中国—当代
Ⅳ. ①I247.5

中国版本图书馆CIP数据核字(2012)第264664号

前门

著　　者：高　和
责任编辑：杜　语　孙嘉镇
排版设计：李　萌
出版发行：线装书局
　　地　址：北京市西城区鼓楼西大街41号(100009)
　　电　话：010-64045283　64041012
　　网　址：www.xzhbc.com
经　　销：新华书店
印　　制：北京慧美印刷有限公司
开　　本：787mm×1092mm　1/16
印　　张：28
字　　数：309千字
版　　次：2013年1月北京第1版　2013年1月第1次印刷
印　　数：10000册

定　　价：39.80元